U0918482

晚唐五代诗史

——甘露之变到汴京残梦

陈曦骏/著

天津出版传媒集团
天津人民出版社

图书在版编目(CIP)数据

晚唐五代诗史:甘露之变到汴京残梦 / 陈曦骏著
. -- 天津:天津人民出版社,2022.1
ISBN 978-7-201-17995-7

Ⅰ. ①晚… Ⅱ. ①陈… Ⅲ. ①古典诗歌—诗歌欣赏—中国—晚唐②词(文学)—诗歌欣赏—中国—晚唐③古典诗歌—诗歌欣赏—中国—五代(907-960)④词(文学)—诗歌欣赏—中国—五代(907-960) Ⅳ. ① I207.2

中国版本图书馆 CIP 数据核字(2021)第 258824 号

晚唐五代诗史:甘露之变到汴京残梦
WANTANG WUDAI SHISHI
GANLUZHIBIAN DAO BIANJINGCANMENG

出　　版　天津人民出版社
出 版 人　刘　庆
地　　址　天津市和平区西康路 35 号康岳大厦
邮政编码　300051
邮购电话　(022)23332469
电子邮箱　reader@tjrmcbs.com

责任编辑　李　羚
出版策划　春风化雨
装帧设计　冯英翠

制版印刷　三河市龙大印装有限公司
经　　销　新华书店
开　　本　880 毫米 × 1230 毫米　1/32
印　　张　13
字　　数　270 千字
版次印次　2022 年 1 月第 1 版　2022 年 1 月第 1 次印刷
定　　价　49.80 元

前言

早就想动笔写一本书，然而真的动笔写完之后，我却后知后觉，发现了两个“没想到”。这第一个“没想到”便是我的第一部作品，居然是一本和古诗词以及历史有关的书，如果没有参加中国诗词大会，我的第一部书也许会是警察故事一类的半纪实小说。与诗词结缘是命中注定的，父亲书架上陪我度过童年的诗词书，小时候背一首诗词后奖励的玩具，默写不及格后的罚站挨打，这些熏陶在学龄前就把我和古诗词深度绑在了一起。然而，让我把诗词这个业余爱好真正当成一件事来做，是两三年前的事儿。在2018年8月中国诗词大会七夕特别节目的舞台，我从观众直接成了专场冠军，这个冠军给我带来太多——不是荣誉，而是压力。当时只掌握五百多首诗的我压力实在是太大了，已经31岁“高龄”的我不得不利用全部的业余时间，重新拿出高考的学习状态开始背诗。开始还是很痛苦的，我当时删了所有的手机游戏，不必要的社交活动基本不去，到了第四季录制时，这种“抢救式”学习的读书效果还是非常明显的，两次登台均铩羽而归，赢得仓皇北顾。当时我的诗词表上已经有了800多首的储量，但是对于诗句的理解经常南辕北辙，对于意象的把握基本属于望文生义。这时我的职业属性给我带来了力量——没有公安机关完成不了的任务，这学诗词不能光看猪跑，这肉也得吃，第四季录制完成后，我开通了微博，开始一边读诗一边写鉴赏，也加入了诗词学会，一边背诗一边学创作。经过两年的积累，我更新了2800多条博文，鉴赏内容几乎在百万字以上，创作诗词800余首，背诵的诗词也有了近3000首，这些背诵和笔耕让我完成了创作的原始积累，同时也帮助我在中国诗词大会第六季的舞台站到了最后。

第二个“没想到”的是，我在一年多的时间里就把这部作品完成了，现在已经开始写续集了，这对于一位专业作家来说并不难，但对于一个民警和双胞胎奶爸来说，似乎也没那么容易了，单位的加班备勤，帅帅和萌萌周末的课外辅导，都是要占用时间的，如何保证业余写作输出呢？我先是戒了午休，每天晚睡少睡一两个小时，因为早起对我来说那几乎是不可能的。而后我又多了喝咖啡的习惯，每天八个浓度的清咖能保证我高效阅读，并对文字进行深度思考和加工，做到高质量的输出。

讲完我写书的这两年，再来说说为什么我会选择写诗史？文科学子们都知道文史不分家，作为老文科生，这在我的爱好中体现得非常明显，熟悉我的朋友都比较了解，我的历史知识的积累其实是高于古诗词和古典文学的。这也让我自己得以在写诗中自由运用史料典故，也让我更能从大历史观的角度来解读诗人的作品。

为什么是晚唐五代诗史？对我来说就是一个字：美。因为

晚唐诗的美感，尤其是李商隐情诗的曲折深婉甚至难以名状的美，是我写下这本书的重要动力。

此外，诗史可以让诗词回到当时的历史环境中去，让我们耳熟能详且流传千年的诗句，不仅仅成为让我们口齿生香的音律和彰显内涵的工具，而且能让我们通过阅读场景，和诗人置身于同一时代：和杜牧一起走过“春风十里扬州路”，看“南朝四百八十寺”；听李商隐讲“心有灵犀一点通”的情话，共看乐游原的“夕阳无限好”；嗟温庭筠词中思妇“一叶叶，一声声，空阶滴到明”；感韦庄“四月十七，正是去年今日别君时”被夺爱的无奈；随着李煜的笔触回到他“雕栏玉砌应犹在，只是朱颜改”的故都金陵。透过历史，我们与诗人的心灵相接，比肩而立，通过诗人的作品解读历史，能让我们的诗心更好地融入属于诗人的时代。

诗史还能教会我们从历史的角度观察诗人和诗词，历史是复杂的，诗人也是复杂的：到底是“薛王沉醉寿王醒”这样的讽喻诗，还是“一寸相思一寸灰的”无题诗才是李商隐的诗风；杜牧究竟是“十年一觉扬州梦”的风流才子，还是感慨“千秋佳节名空在”的忧国士子；温庭筠“小山重叠金明灭”的旖旎和“铁马云雕共绝尘”的雄浑是否分裂矛盾，韦庄何故将因其成名的《秦妇吟》雪藏千年，了解这些原委需要我们跳出诗词文本用历史的眼光来洞悉。

诗史还能让读者领悟诗词的传承，晚唐五代诗词的成就并非无根之浮萍，而是远接风骚，中承汉魏六朝，近续盛唐中唐文脉，杜牧的七绝我们可以看到李太白的飘逸，许浑的律体有杜甫的精严，李商隐的绮语多续齐梁，陆龟蒙的隐逸又上追陶令北窗风。

传承历史是为了开创历史，诗词也同样如此。晚唐五代诗在继承中华文脉的同时，对后世影响深远：宋初三体“晚唐体”“西昆体”和始于韩冬郎的“香奁体”皆出于这个时代；温飞卿成为第一位大量创作小令的文人，揭开了词的文人化的序幕；蜀地的《花间集》，南唐的《阳春集》代表着词被文人士大夫广泛接受，词从市井里弄、烟花柳巷开始登堂入室，进入宫廷庙堂、文人雅集之中。李煜用他的生命为词的雅化一锤定音，伶工之词始变士大夫之词。

以诗心感悟历史，以历史视角解读诗词，是我想通过这本书和读者朋友分享的读诗赏诗的方法。这或许不是一部诗词大会冠军宝典，看了这本书对你准备九宫格、飞花令并不会有很大的帮助。你可以把它当成一部从甘露之变到李煜去世一百多年的诗坛历史读物，也可以把它看作近百首的晚唐五代诗词鉴赏作品合集，还可以把它当作一本晚唐五代主要诗人的小故事汇编，或者把它理解为我多年学习诗词的一本有趣的汇报材料。我希望这本书给读者带来知识的同时，也能给大家带来快乐。这本书不只是写给诗词爱好者和历史爱好者，还写给每一位对传统之美和生活之美有追求的朋友。

目　录

第三章　外篇——晚唐的皇帝诗人

第四章　花间一壶酒——《花间集》

第五章　如今却忆江南乐——南唐

第六章　问君能有几多愁——李煜

第一章 晚唐诗史前夜

一种风流吾最爱，六朝人物晚唐诗。

这是日本文人大沼枕山对于晚唐诗的看法。从文学艺术成就来看，晚唐诗作是中国诗歌的又一座高峰，它与盛唐诗展现“九天阊阖开宫殿”的恢宏、“俱怀逸兴壮思飞”的浪漫，记载安史之乱“五十年间似反掌”江河日下的巨变不同。晚唐诗的高峰更多的是文人对诗这种最浪漫的文学体裁的内在升华。这与盛唐诗增加诗的吟咏对象、提升诗的表达意境、扩大诗的表现风格有所区别。与大唐政治史的脉络相同，从唐太宗到唐玄宗初期那极富张力的大唐政权，反映在诗坛上就像初唐和盛唐的诗人手持巨阙宝剑披荆斩棘，开千里之不毛，在文学领域不断进行扩张，占领一个又一个诗词史的高地，将唐诗推上了中华文学史的顶峰。

然而，晚唐诗的魅力则不在于攻城略地，而是将盛唐诗占领的文学疆域进行治理，将初唐、盛唐时期吸收的养分进行消化和深加工。这种变化是“诗”这一体裁，从《诗经》时代经历千年的历史发展后，从“开垦”过渡到“深耕”的一个过程。当然这和当时文学史上晚唐政治、军事和社会现实等客观环境，以及晚唐诗人和文士的特点有着密切的关联。那么我们就沿着文学史和政治史的发展脉络，去探索和了解这一阶段的诗人和诗作吧。

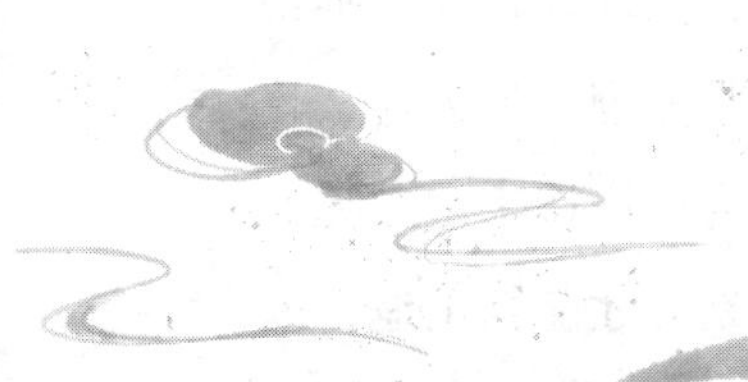

时空错乱——中唐史里的晚唐诗

（1）两个概念

为什么在中唐时期会有晚唐诗？难道是时空错乱吗？这里并非要上演“关公战秦琼”，而是在进入晚唐诗史之前，我们要引入两个历史概念，从而帮助我们了解历史。这两个概念，一个是文学史，一个是政治史。

在文学史中，我们常常提到的李商隐、杜牧、温庭筠等人都是晚唐代表诗人，那么，中唐代表诗人是谁呢？是“大历十才子”，是白居易、元稹、刘禹锡、柳宗元等人。大家可能觉得白居易和李商隐是不能互相“点赞”的，但是事实上，白居易曾举荐过李商隐，甚至还说转世要给李商隐当儿子。那么他们既然见过面，为什么作为诗人还要划为两代呢？这是根据他们的主要创作时间和诗风来划分的。但是如果按照历史的主线来划分，白居易和李商隐属于一个时代——中唐。

从二十四史以朝代命名就不难看出，历史的主线是政治史。自从有了国家，有了政权，几乎所有文明的历史主线都是一部政治史，虽然各个领域都有自己专门的历史记载，但无论是如何记载的，在编写时都离不开政治史这条主线。每个领域的历史都有其特点，我们也在高中学过这个道理，这就是唯物辩证法讲到的事物的普遍性和特殊性的关系原理。那为什么政治史上会把这一段早期的晚唐诗的出现作为中唐诗来定义呢？我们要从头来看唐代的政治史和文学史的划分才能真正地去理解它们的不同。

（2）政治史和文学史的时代对比

唐代政治史和文学史一般都是按照不同特点分为四个阶段：初唐，盛唐，中唐，晚唐。我们将政治史与文学史上的时期一一作比较：

政治史的初唐：从唐高祖武德元年到唐高宗永徽元年，先后经历了唐高祖、唐太宗、唐高宗初年三个时期。这个阶段的政治事件主要包括李渊称帝、玄武门之变、击败东西突厥、贞观之治等。

在文学史上，初唐的概念要比政治史上初唐的概念早了近60年，从唐高祖武德元年到唐玄宗先天元年，从由齐梁“宫体”发展而来的初唐“上官体”开始，诗坛经历了“初唐四杰”、王绩、“文章四友”等革新，再到“沈宋体”将五律定型，再到近体诗的出现（指七律开始定型），再经过“燕许大手笔”、诗骨陈子昂的贡献，基本完成了近体诗格律的定型、内容的丰富，并进一步扩大了诗的表现领域，为盛唐诗坛的繁荣做好了前期准备工作。

政治史上的盛唐是从唐高宗永徽元年到唐穆宗长庆元年，这个时代同时是大唐风起云涌的时代。一方面是大唐开疆拓

土，四夷宾服，国库廪实，生民富庶；另一方面是政变频发，皇室内乱。在唐玄宗天宝后期的昏聩后，大唐从顶点开始走下坡路，直到引发改变中国和世界历史进程的事件——安史之乱。如此看来白居易笔下的“开元一株柳，长庆二年春”才是政治史中唐的第一年。

政治史上的盛唐事实上应该分为两个历史时期，其分界点就是天宝十四载，其最重要的事件就是来自东北地区的叛乱，也是影响大唐命运甚至世界政治格局的事件——安史之乱的爆发。

在安史之乱爆发前，大唐有治有乱，治在对外关系中的表现是使四夷宾服，对内则是使大唐百姓安居乐业。但乱象集中在官场，尤其是宫廷内部，宫中政变频发——唐高宗的永徽之治后，先是出现了武周代唐，而后接连发生神龙政变、唐隆政变、先天政变，直到先天政变唐玄宗铲除了太平公主的势力后，李唐的皇族内部政变斗争才告一段落。

在公元713年，唐玄宗改元为开元。在姚崇、宋璟等贤相的努力下，明主李隆基励精图治，开创了为后人称道的“开元盛世”。开元十三年，以李隆基封禅泰山为标志，大唐的盛世到达了顶峰，这意味着中国古代历史上最强盛的时代的到来。此时，大唐行政疆域极为广大，共分为十六道，三百二十八州，这是中国历史上疆域最大的时期之一，大唐的骑兵可东至辽东、西跨葱岭、南下南诏、北抵大漠。

然而到了开元后期，唐玄宗逐渐开始怠政，任用奸相李林甫、杨国忠后，致使天宝后期乱象频出。同时，在对外军事上大唐也屡遭败绩，在此期间，杨国忠为立功，遣剑南节度使鲜于仲通开启边衅，讨伐南诏。结果是六万大军尽丧，鲜于仲通“仅以身免”，杜甫在《兵车行》中记载此战时感叹道：“边庭流血成海水，武皇开边意未已。”

名将高仙芝在与阿拉伯阿拔斯王朝（黑衣大食）爆发的怛罗斯之战中战败，大唐在西域的影响力开始削弱。同时大唐的内部也出现了危机，唐玄宗沉溺享乐而不理朝政，李林甫和杨国忠两个奸相任人唯亲，扰乱朝政。盛世已经出现危机，朝廷内部摇摇欲坠，而外部危机也已开始显现。长期与吐蕃的战争严重消耗了国力，加之玄宗后期盲目给予北方边将权力，尤其是安禄山掌握了三镇军政财权，拥兵十数万，重用胡将和给予边将近乎绝对的权力造成了军事上的枝强干弱，一场足以毁灭大唐的危机也行将到来。

公元755年，安史之乱爆发，这不仅是大唐由盛转衰的转折点，更改变了中国历史，乃至世界历史的进程。安史之乱持续八年，安禄山三十日克东都，天宝三大名将全部陨落，天子不能守两都，诸侯不能安九牧，玄宗惶惶逃亡蜀地，肃宗灵武匆匆即位登高一呼。虽然安禄山、史思明先后被其子所杀，历时八年的安史之乱也最终被平定，但是永徽之治和开元盛世却再也回不去了。大唐开始进入内有宦官专权、外有藩镇割据的时期。

肃宗时期，大唐出现了第一次宦官专权的现象。玄宗时期，高力士虽然深受皇帝信任，太子称兄，宰辅称翁，但其进退有节，且忠于玄宗。第一个专权的唐朝太监是敢对唐太宗说“大家（指代皇帝）但内里坐，外事听老奴处置”的李辅国。

李辅国名字起得霸气，但当一个宦官开始辅国的时候，

这个国家也真的是摇摇欲坠了。唐代宦官专权起点就很高，远远超过东汉和明朝，具体表现就是唐朝的宦官把持了皇帝的废立。他在肃宗去世后联合另一个宦官（程元振）杀死张皇后而拥立代宗，而唐代宗也成为大唐历史上第一个由宦官拥立的皇帝。

外有节度使尾大不掉，内有宦官把持朝政的时代在大唐朝廷揭开序幕。但是从代宗开始，一直到宪宗，李唐王室血统的骄傲让后世子孙们无不竭尽全力地去改变，他们想努力再回到盛唐的光景。在代宗年间，随着史朝义被杀，祸害大唐数年的安史之乱终结。代宗虽然力图改革，先后灭李辅国、罢黜程元振，但安史之乱带来的后遗症——河朔割据，以及对外战事的失利——吐蕃攻下长安，仆固怀恩叛唐，河北节度使不断叛乱等依旧让他心力交瘁。

代宗去世后，德宗即位，德宗前期有比较清明的改革政策，比如任用杨炎为相改革税赋，分置兵权，罢黜宦官。对内改革刚刚开始，藩镇屡次叛乱，李希烈称帝，泾原军哗变，德宗出逃奉天，后又有淮西节度使叛乱，吐蕃攻陷北庭都护府。德宗开始重用宦官，宦官掌握神策军成为制度，同时宫市出现，宦官为宫市使，宦官开始染指军权和财权。继位的顺宗在上任后立刻开展永贞革新，谋夺宦官兵权，未成，继位不到八月，在宦官的逼迫下将皇位禅让给太子，史称永贞内禅，唐顺宗成为第一个被宦官废掉的皇帝。

宪宗即位后，任用武元衡、裴度为相，沿用了永贞革新的成果，实现了元和中兴。但藩镇割据势力进一步扩大，从阳奉阴违到了公然对抗。元和九年，淮西吴元济叛乱，次年宰相武元衡被平卢节度使李师道派刺客在长安上朝途中公然刺杀，副相裴度被刺伤，百官数十日不敢上朝，而武元衡成为唐代第一位被节度使刺杀的宰相。后来虽淮西平定，李师道授首，藩镇割据暂时平定，但是盛唐后期却是危机四伏。唐宪宗晚年昏聩，开始求长生，迎佛骨而服丹药。元和十五年，唐宪宗被宦官杀害，成了第一个被宦官杀害的大唐皇帝。至此，盛唐时期正式落下帷幕。

文学史上的盛唐比政治史上的盛唐要短得多，其从开元元年至大历元年，基本上是在唐玄宗五十年太平天子期间——李商隐《马嵬·其二》中的“如何四纪为天子”讲的就是这段历史。相比盛唐的政治史，盛唐的文学史也是轰轰烈烈的，就拿文学史上盛唐开始的这一年来说，这头一年，就有一件大事发生，那就是杜闲的儿子出生。他就是历史上被誉为“诗圣”和“江西诗派之祖”的杜甫，所以我们可以说杜甫是一个完全生活在盛唐的诗人。这或许就是他的使命，是天地让诗圣坠入人间，用诗来记录这个中国古代史上最辉煌的时代，同时也记录下这个时代幻灭的过程。

“五十年间似反掌”，五十年后“诗圣”在他的诗中如此总结这个时代的变化。这个阶段的唐诗到达第一个顶峰，除了天上的“谪仙人”和地上用诗记录盛唐的“诗圣”，将笔墨泼洒于边塞战场的高适、岑参和“七绝圣手”王昌龄，寄情于山水田园的王维、孟浩然、储光羲，及以一句“海日生残夜，江春入旧年”揭开盛唐气象的王湾，这不仅是大唐的盛世，更是诗家的盛世，从此，唐诗成为中国诗歌史甚至中国文学史上的顶峰。

（3）颓唐的中唐——晚唐诗史的开端

前面铺垫了不少初唐和盛唐的政治史和文学史，和晚唐诗词有关的线索终于“千呼万唤始出来”了。我们要讲的中唐的历史就是这一段了，还是从政治史先讲。

中唐是从唐穆宗长庆元年到唐僖宗乾符二年这一时期，这个时期覆盖了文学史上中唐诗的后期和晚唐诗的前期。从穆宗登基到黄巢起义，这五十多年的时间中大唐先后经历了穆宗、敬宗、文宗、武宗、宣宗、懿宗和僖宗等七位皇帝。唐朝中后期最著名的历史事件“牛李党争”就是这段历史时期的开端，牛僧孺与李德裕生隙，造成大唐朝野长期相互倾轧，牛进则李出，李进则牛出，历时五朝。

但李、牛二人却都不能用奸臣来形容，两人的为人都很正直，且才气与理政能力堪称能臣典范，在朝一方为抑制藩镇和限制宦官权力立下大功，在野一方为当地发展做出了突出贡献。两人的历史评价也都极高。大诗人李商隐评价李德裕：万古良相，一代高士。范仲淹称其：有相之功，义不朽也。牛僧孺也以执法不阿、为官正派、不纳贿赂而闻名，穆宗议论宰相人选时曾言：“首可僧孺之名。”

但就是这么两个人，却开启了大唐历史上最旷日持久的士大夫党争，牛李两党相互攻讦，相互倾轧，相互拆台，让力图恢复盛世的大唐的庙堂更加混乱。有人说牛、李若能和平相处，精诚合作，则如贞观时期的“房杜”和开元年间的“姚宋”。大唐也更有机会回到盛世，但是这种假设在中唐的政治环境下也只能是假设。

两党相争的表面原因是李吉甫、李德裕父子与李宗闵、牛僧孺之间的恩怨，为什么要把牛党中的李宗闵放在前面？因为牛党的实际党魁是李宗闵，牛李党争的实质是二李党争。另有一种说法是李德裕一人和李宗闵一党之间的斗争。这种说法是有一定道理的，党争中牛党的李宗闵、牛僧孺、杨嗣复、令狐楚、白敏中等人都担任过宰相，而所谓的李德裕党，担任过宰辅的不多，除了李德裕就是郑覃。但是根据史料，郑覃未必是李党，其只是与为牛党的杨嗣复政见不和，只是曾为李德裕举荐。

牛李党争表面上是两派势力的政治意见不同，实则是地主阶级中新起庶族与旧勋士族的最后一次较量。李德裕出自赵郡李氏一族，为士族代表，而牛党人士为唐代科举制后得益的庶族。经过隋、初唐和盛唐，庶族在科举制选官制度下登上政治舞台并发挥重要作用，而原本在察举制和九品中正制有先天优势的士族却逐渐衰败——正所谓“旧时王谢堂前燕，飞入寻常百姓家”。到了中唐时期，庶族阶层为相已经成了很正常的现象。就如选官制度的科举制代替以九品中正制为代表的察举制要经历必要的历史进程。庶族代替士族成为中国古代政治舞台上的主角，同样需要两个阶层的角力，而这种角力自南朝刘宋时代就已经开始，到了隋代科举制的出现进入了决战前夕。

牛李党争正是在士族和庶族政治斗争发展的背景下必然出现的历史事件，但这一角力的出现对于本就已经内忧外患的大唐来说实在是一个悲剧。这场斗争带来的结果是，让本就受到节度使和宦官打压的士大夫集团分裂且产生内耗，让士大夫阶层内部的争权夺利贯穿了整个中唐，让李唐每一次恢复盛世的

尝试和努力都付诸东流。这使得恢复盛唐不成，反倒迎来了更加混乱的晚唐。

（4）俗与怪——两条路的中唐诗风

再看文学史上的中唐，其是从大历元年到唐文宗太和九年，在这一期间先后出现了诗风朴实的但有名句无名篇的“大历十才子”，出现了承接王维、孟浩然的山水田园派“韦柳”，以“元白”为核心的新乐府运动开始兴起，“韩孟诗派”也开始对盛唐诗的传承和改革贡献力量。

德宗时期，为矫正大历年间唐诗文体的平弱肤浅，出现了分走两条路的诗坛改革派。一派是以元稹、白居易、李绅、刘禹锡为代表的通俗派，其核心人物就是白居易。因共同倡导新乐府运动，白居易与元稹并称“元白”；因多闲适诗和讽喻诗，白居易与刘禹锡并称“刘白”。白居易成诗后先读与老妪，其诗之通俗，提升了中唐诗的普适性。“童子解吟长恨曲，胡儿能唱琵琶篇”可见白诗之通俗性；“一语天然万古新”是对白诗语言风格的总结；“并州未是风流域，五百年中一乐天”是元好问对白居易的评价，评价之高，显而易见。即便是对元和体多有微词，曾有“元轻白俗”之论的苏轼，在晚年也以白居易自比，且对白居易晚年的闲适诗有极高评价。

诗的另一个改革方向则是由同一时期的孟郊、韩愈来主导的，其代表还有李贺、卢仝、贾岛等人，史称“韩孟诗派”。“韩孟诗派”的精神内核与“元白”新乐府的相似，“元白”主张“歌诗合为事而作”，“韩孟诗派”主张“不平则鸣”。

总体来说，二者在思想上和技法上对盛唐“李杜”诗风进行了承袭和总结，但“韩孟诗派”的语言风格，尤其是语言审美与浅显通俗的新乐府完全不同。前者主张苦吟抒愤，重视内心世界，在语言上标新立异，不用陈言，于是形成了奇崛险怪的诗风。

“元白”的通俗和“韩孟”的雄奇，一扫大历诗坛的颓境，让中唐诗走出了盛唐诗的阴影，让中唐诗有了自己的特点和时代特色，也让中唐时期涌现出一批在古代文学史上留下盛名的诗人和大量不朽的名篇佳作。

（5）远贬的宰相之才——“刘柳”

除了“元白”和“韩孟”，中唐另一对重要的诗人就是刘禹锡和柳宗元组成的“刘柳”组合。比起其他诗人组合，这一组合在中唐的政坛上似乎更加负有盛名。说到“刘柳”，自然要提到永贞革新，在唐顺宗还在太子位时，其东宫的两个弄臣——王叔文和王伾开始策划顺宗登基后的政策和权力的再次分配事宜。

历史上人们对王叔文和王伾的评价普遍不高。王叔文是翰林供奉、太子侍读，其“以棋待诏”。唐代的翰林院分为两大类，一类为翰林学士，是皇帝的高参团队；另一类就是翰林供奉，主要功能是陪皇帝玩耍。王叔文就是陪东宫下棋的供奉。王叔文不过初通文墨，但为人自负狂傲。在顺宗登基后，作为翰林学士，王叔文可随意出入宫禁，左右朝政决策，当时被朝臣称为内相。王叔文不知规矩，对时任宰相的韦执谊呼来

唤去，将其视为起草文章的秘书而已。同时，王叔文自身的江湖义气浓重，在朝廷上公然结党，与王伾、刘禹锡、柳宗元、韩泰等结为生死之交，还和大臣们拜了把兄弟，做派很像江湖游侠。

再看王伾，他的所作所为更是令人不齿，在当时他以广泛收受贿赂而著称。在王伾家里的庭院里，专门放了一个没有门的大石头柜子，上面钻了一个洞，可以往里面放入金银珠宝，他专门用这个石头柜子来收受贿赂。更厉害的是，他和妻子生怕这个石头柜子被贼人偷走，两个人还制定了值班看守制度，他俩每天轮流值班，就睡在石头柜子上面。王伾的这个发明创造有点儿像我们今天的储蓄罐，这真是妥妥的守财奴。

“二王”虽然或专横跋扈或腐败无能，但在人才善用和青年才俊的奖掖上做得还不错。比如重用刘禹锡、柳宗元和韩泰等人，制定新朝国策，涵盖抑制藩镇、整顿吏治、理顺财政、夺取宦官兵权等多个方面，其施政设想和目的更是直指大唐时弊，且切中要害。所以后来在继任者唐宪宗的时代，永贞诸君所制定的这些政策得到了强力推行，结果是宦官收手，藩镇服膺，大唐也迎来了“元和中兴”。

但是此时的“改革领袖”——“二王”太过嚣张，他们的政策推行得过于急躁，引起了宦官权力集团的强烈不满。宦官集团利用顺宗身体多病、几乎不能视事的弱点，通过宦官俱文珍的策划，让顺宗立李纯为太子（永贞内禅）。

永贞内禅直接使得“二王”主导的永贞革新失败，与此同时，影响更大的后果出现，这就是中唐时期重大的政治事件——“二王八司马”事件。王叔文被杀，王伾在贬谪的路上病死，八位朝廷重臣被流放到边州，成为低阶官员，这其中就有大诗人刘禹锡和柳宗元。刘禹锡踏上了“巴山楚水凄凉地，二十三年弃置身”的道路。他的伙伴柳宗元，在遭到第一次贬谪时便失去了母亲，在第二次贬谪中则永远地留在了柳州，没能活着回到长安。

刘禹锡曾写下《听旧宫人穆氏唱歌》来回忆当时参与永贞革新的同僚们：

曾随织女渡天河，记得云间第一歌。
休唱贞元供奉曲，当时朝士已无多。

故交多寂寞零落，自身老而无成，诗人感慨万千，其悲怀之情可谓溢于言表。诗中的“贞元”指的是唐德宗最后一个年号，也是永贞改革开始谋划的时期。如今朝廷的政策均出自永贞革新，不知道如果当时改革的人们都还活着，看着自己呕心沥血的理政思想成就了他人的功名事业，会是怎样的心情。刘禹锡除了感慨自身之外，面对元和中兴心情也是复杂的。他高兴于国家的复兴，感慨于自身的悲哀。明明怀揣宰相之才，却屡迁低阶，辗转边州，归来之后却年事已高，只能做一些闲散的高职。

“诗称国手徒能尔，命压人头不奈何”，永贞革新的失败并不是没有贡献的。其中的贡献之一，就是为中唐贡献了两位风格迥然的伟大诗人。一位是越挫越勇的诗豪刘禹锡，两游玄都观作诗，让他那锤不烂的铜豌豆性格人尽皆知，这也深刻影响了中唐以后讽刺诗的风格。

另一位则是找到了人生哲学的退路和出口，继承了王维和孟浩然衣钵的柳宗元，从“独钓寒江雪”到“烟销日出不见人，欸乃一声山水绿”，他与政治、与人生、与世界达成了妥协。他唯一挂念的便是他的好朋友刘禹锡，第二次分手之时，他说“皇恩若许归田去，晚岁当为邻舍翁”（柳宗元《重别梦得》）。柳宗元没有想到这次分开，居然是二人的永别。即便这两位诗作风格并不相似，两位诗人的性格也全然不同，但是今天的我们仍然把他们并称为“刘柳”。史学家或许说是因为政治上的关系，但我觉得他们二人不可分开更是因为这段高山流水一样的友情。

“大历”“元白”“韩孟”等中唐诗人，在自觉继承“李杜”诗篇浪漫主义和现实主义风格的同时，为唐诗继续攀登高峰做好了准备，奠定了基础。在唐文宗大和年间，随着新风格、新流派诗人开始崭露头角，中国文学史上又一个诗的高峰行将到来。

（6）外患内忧：藩镇如外虏，宦官鼠变虎

唐文宗大和九年，这是中唐文学史的最后一年，也是晚唐诗的元年。在这一年，大唐历史又一次发生了转折，遗憾的是这次转折并不是向着积极的方向转变，而是以更快的速度滑落到灭亡的深渊。这次转折中的关键事件就是甘露之变。

此时的大唐，虽然安史之乱最终被平定，伪燕最后一个皇帝史朝义授首已经过去了很多年。可当年安史旧部所掌握的河北之地割据已成定局，仆固怀恩叛乱、蜀中刘辟叛乱后，无

数个藩镇割据，名曰藩镇，实际为一个又一个的独立诸侯。他们动辄反叛朝廷，而大唐朝廷也无力对藩镇进行有效的控制，只能倚重其他藩镇来平叛。而后平叛的藩镇再坐大，从而使得天宝后期的强枝弱干的军事形势变得更加严重，甚至朝廷要通过公主外嫁藩镇来与节度使维持关系。李商隐在《寿安公主出降》中讽刺道“事等和强虏，恩殊睦本枝。四郊多垒在，此礼恐无时”，此后的节度使的骄狂就更加显露无遗了，在淮西节度使吴少阳死后，其子吴元济自任节度使留后发动叛乱。淮西之乱的爆发让朝廷头疼，而平卢节度使李师道表面上服从朝廷，实际上暗中帮助淮西。他派人将着力于削藩的当朝宰相武元衡当街刺杀。这一事件，标志着藩镇的彻底失控，也为绞死大唐的白绫系上了第一个结。

权归臣兮鼠变虎——宦官专权到了一个新的高度。代宗时期，第一个宰相宦官粉墨登场，第一个宦官封为异姓王，皇权暗弱，为剪除威胁到皇权的权宦，皇帝也不得不依靠新的宦官，从而给宦官更多的封赏。宦官的权力一任超过一任，到了代宗剪除鱼朝恩时，已经不能像剪除李辅国时那样以明令来罢黜，而只能靠密谋。宦官反奴为主，这为绞死大唐的白绫系上了第二个结。我们可以通过唐诗来看看第一个被宦官杀死的皇帝——宪宗元和年间宦官的权势。

宿紫阁山北村

白居易

晨游紫阁峰，暮宿山下村。

村老见余喜，为余开一尊。

举杯未及饮，暴卒来入门。
紫衣挟刀斧，草草十余人。
夺我席上酒，掣我盘中飧。
主人退后立，敛手反如宾。
中庭有奇树，种来三十春。
主人惜不得，持斧断其根。
口称采造家，身属神策军。
主人慎勿语，中尉正承恩。

这是一首新乐府运动中具有代表性的讽刺诗，叙事完整而且通俗易懂。诗的大意是：小官吏白居易早上起来去爬山游玩，晚上来到山下的村子投宿。到了村子后，村老看到来了一位官员非常开心，拿出酒准备晚上好好喝上几杯。可还没等他们开喝，就有大兵闯了进来，他们丝毫不把官身的白居易放在眼里，当场就抢了他的酒和餐食。主人呢？他一看当官的都搞不定这些人，于是躲到后面不再敢言语。

抢了酒菜之后，这伙大兵又借为皇家修筑宫殿的名义，砍了主人家种了三十多年的大树。这些人巧取豪夺的样子，让我们想起了白居易的另一首讽刺宫市的诗——《卖炭翁》。“可怜身上衣正单，心忧炭贱愿天寒”，自己已经如此可怜了，最后却将“一车炭，千余斤，宫使驱将惜不得。半匹红纱一丈绫，系向牛头充炭直”。宫市的宦官和本诗中的“采造家”一样，都是在明抢百姓的东西。

《卖炭翁》中是皇家的公使，那这里的暴卒是什么人呢？“口称采造家，身属神策军。”这里我们可以得知两个信息，第一个信息是这些暴卒居然是皇帝的戍卫部队中的成员，也就是属于禁卫军，可见禁卫军军纪已经败坏到什么程度了。第二个信息是他们是“采造家”，也就是说他们承担了为皇家修筑宫殿、庙宇、陵墓和纪念碑的采买工作，军队不再是纯粹的军队，而是去做兼职了，这样的部队打仗肯定是不行了。那他们就只能去抢老百姓了吗？诗的最后一句解释了上面两个信息出现的原因——主人慎勿语，中尉正承恩。这句话是从诗人自己的口中说出来的，诗人的目的在于劝诫主人，千万不要乱说话，不然会惹出麻烦来，因为中尉，也就是带领这些人的宦官正受皇帝的信任和宠爱。

我们在这里又可以得到两个信息，第一个是禁卫军的兵权掌握在宦官手里。在德宗时，兵变爆发，他不得不逃离长安。再次回到长安后，德宗设立左、右神策军护军中尉，均由宦官来担任。从这时起到大唐灭亡前夕，神策军就一直掌握在宦官手中了。第二个是皇帝对宦官更加信任。在元和年间，宪宗重用宦官吐突承璀，他不但是神策军中尉，而且兼任与藩镇对抗的各路军的统帅。白居易此诗深刻地揭露了中唐时期的宦官专权的弊端，同时将乱象的矛头对准了重用宦官的皇帝。讲甘露之变前，我们为什么要强调上述两件事情呢？因为这与晚唐历史上最重要的政治事件的发生和善后有着非常紧密的联系。

（7）甘露之变——蚜虫粪便引发的血案

甘露——古代帝王追寻的一种神药，传说为天降之物，饮后能延年益寿，被称作神灵之精，仁瑞之泽。汉武帝曾为祈

祷甘露降世而兴土木，在建章宫外建承露盘。这就是卢照邻在《长安古意》中描述的“汉帝金茎云外直”，而李商隐曾讽刺过甘露延年这一荒唐之事，作诗《汉宫词》：“青雀西飞竟未回，君王长在集灵台。侍臣最有相如渴，不赐金茎露一杯。”李商隐通过该诗讽刺了君王着意求仙而不礼贤的行为。

天降甘露在古代被称作盛世祥瑞，不少帝王都祈求天降甘露，汉宣帝甚至将自己的年号改为了甘露。就在唐文宗大和九年，唐文宗接到左金吾卫大将韩约的奏报：“昨夜左金吾卫后院的石榴树上发现甘露，此为天降之祥瑞。”已经走了这么多年下坡路的李唐王朝忽然现此祥瑞，宰相首先率领百官向文宗庆贺，并邀请皇帝亲临观露。文宗同意，于是摆驾含元殿，先令李训等朝臣前往察看。李训回来之后向皇帝报告：“这不像是真正的甘露，不可匆忙宣布，以防引起天下官民笑话。”让宦官去鉴别一下吧，于是文宗令韩约带着左神策军中尉仇士良和右神策军中尉鱼弘志去探个究竟。

这就奇怪了，韩约发现甘露了，李训说不像甘露，这个李训原本也是个媚上的小人，而现在发现了甘露他想到的不是去拍皇帝的马屁，山呼万岁地说两句吉祥话，而是一反常态地提出质疑。文宗本人已到含元殿，为何不移驾亲自去看，反而派两个近侍宦官去看，这实在是太反常了。对于这种反常，只能用一个词来解释，那就是阴谋。

这个“阴谋”的制定，要追溯到文宗登基时。当时，唐敬宗被宦官刘克明杀死，成了第二个被宦官杀害的李唐皇帝，唐文宗（当时的江王）被宦官王守澄拥立为皇帝。这位文宗与昏聩贪玩的敬宗不同，很有复兴图强的想法。虽然他为宦官所立，但他一直在努力剪除宦官势力，力图恢复太宗和玄宗的威风。大唐文宗朝的前九年，是皇帝和宦官斗争的九年。在大和二年的“贤良方正”科举考试中，进士刘蕡针对宦官之祸慷慨陈词，考策官嗟叹佩服，因惧宦官而未加以录用。当时，朝野一片哗然，然而刚即位的唐文宗无力援手。大和五年，文宗与宰相宋申锡商议，密谋除掉宦官王守澄。事情败露，宋申锡被迫罢相，从此宦官势力更加横行。可以说在前几次的试探性进攻中，剪除宦官的尝试都没有达到效果。

不过文宗还是善于总结经验教训的，让君子与宦官斗，似乎没有胜算，于是文宗开始病急乱投医——用起了小人。于是他错误地选择了两个帮手：郑注和李训。

郑注，时任太仆卿，为当时第一权宦王守澄所看重。李训，翰林侍讲学士，因替他干爹李逢吉求恢复宰相之职而贿赂郑注，被郑注引荐给王守澄。这两个人本来是宦官集团的牛马。王守澄为了进一步控制皇帝，于是将善于炼丹药的郑注和会讲《周易》、善于解梦的李训引荐给皇帝，利用两人研究旁门左道的能力，让文宗在昏君的道路上越走越远。

但不成想文宗却是个初心依然的皇帝，其对祖父和兄长被宦官杀害耿耿于怀，对宦官掌握大权极为不满。李训和郑注敏感地察觉到了皇帝的想法。于是两人立马翻脸不认人，背叛了举荐他们的王守澄，当着皇帝的面痛陈宦官之祸。文宗大为感动，马上以实情相告，两人遂带着不可告人的目的进行了一场皇权与宦官的豪赌。

此刻朝堂上，牛李党争进入白热化阶段，裴度欲推荐李德裕为相，牛党依附宦官集团，赶走了李德裕，从而让李宗闵和

牛僧孺为相，十年间牛、李两党均四进四出。李训、郑注在将矛头对准宦官之前，先拿牛、李两党的士大夫练起手来。他们先是将李德裕罢相，让其从节度使到太子宾客再到袁州长史，一贬再贬。与此同时，为李德裕说话的宰相路隋也被贬出长安，李党在大和九年率先偃旗息鼓了。

牛党觉得投靠宦官这步走对了，可是牛党也别开心得太早，李训和郑注两位新贵紧接着就开始为牛党官员们设计更合理的“出游”路线了。他们通过造谣将矛头对准李宗闵的亲信京兆尹杨虞卿，不久李宗闵就因连坐而被罢相外贬，最后被贬为潮州司户，这个级别和距离还不如先走的李德裕。持续了近十年的牛李党争，在两个小人的阴谋下竟然告一段落了。两人也因此一路扶摇直上，变本加厉，不管是牛李党官员还是无朋党的官员，只要不是他们的人就全部被贬出朝廷。

党争风波暂歇，李、郑二人又将矛头对准了宦官集团。似乎对付宦官要比读书人难一些，因为他们和李、郑二人一样，全无廉耻，不择手段。与朝堂激烈的党争相同，宦官界也不是铁板一块，李训和郑注利用宦官仇士良、鱼弘志和王守澄的矛盾，对宦官内部进行分化，同时许以仇士良重要官职，如擢升其为左神策军中尉。皇帝为了恢复皇权，李训、郑注为了出将入相，仇士良为了取而代之，三方力量均已准备完毕，他们对权宦王守澄发起了挑战。

在挑战王守澄之前，李训和郑注将另外三个权宦——左神策军中尉韦元素、枢密使杨承和及王践言流放，并在途中将他们杀死，而后提出“先灭宦官、再收复河湟、最后荡平藩镇”的三步走的宏伟蓝图。为向文宗纳投名状，他们先将杀害宪宗的宦官襄阳监军陈弘志杖杀，而后将矛头指向了恩人王守澄。他们先夺取了王守澄的禁军兵权，而后将其改任，再将其鸩杀，而后宣布王守澄因病而亡，并追赠其为扬州大都督。主持三次废立的一代权宦就此落幕，但是王守澄绝对不是大唐最后一个权宦。

剪除王守澄后，李训、郑注计划在王守澄的葬礼上消灭全部宦官。除掉王守澄后，李训拜相，郑注建节，两人似乎迈出了成功的第一步，文宗似乎也看到了扭转家奴反客为主局面的曙光。但此时李训、郑注二人的关系却发生了变化。

李训为邀功，不顾此前与郑注商量的在王守澄下葬时铲除所有宦官的计划，提前策划并发动了甘露之变，并将矛头指向了郑注。但临时起意的甘露之变却因李训的利令智昏而以失败告终。纵观整个甘露之变，从策划者李训到执行者韩约，策划不周，不引外援，协调失当，选人不当，所以失败似乎也并不出人意料。

甘露之变的失败，使得唐文宗彻底失去了皇帝的权威，标志着历史上第二个宦官专权时代的到来。这不是李唐子孙恢复盛唐的最后一次努力，但是通过这次努力所有人都认清了一个事实：大唐的颓败已经积重难返，回到盛世只能是在梦里出现了。还不止于此，甘露之变无论是在政治史上还是在文学史上始终都绕不过去的。政治史上，唐文宗从此被宦官软禁欺凌，宰相王涯阖族被灭，李训、郑注、韩约等人被杀。对于甘露之变造成的结果，《资治通鉴》上如是记载：“自是，天下事皆决于北司，宰相行文书而已。宦官气益盛，迫胁天子，下视宰相，陵暴朝士如草芥。”甘露之变的失败使得文宗和朝臣在大

和年间所有的抑制宦官权力的努力付诸东流，还造成了宦官势力严重反弹的不良后果。

就唐文宗为重振皇权而与李训、郑注合作而言，甘露之变是当时的无奈选择。李训和郑注本就是奸佞，他们利用宦官之间的矛盾除掉王守澄，如能到此为止，文宗一朝对宦官家奴权力的限制无疑是成功的。但是李训利令智昏，提前策划并发动甘露之变，而此举皇帝并不完全知情。没有可靠的外援，朝臣不知，内部准备不充分，在这样的情况下发动政变，李训完全没把肃宗年间就已经形成气候的宦官势力放在眼里。在这次事变后，文坛也发生了巨变，晚唐诗史上群星将璀璨登场。

（8）甘露之后——且看“小李杜”

为什么甘露之变这一年成了晚唐诗的元年？一个很重要的原因是，在这场事变之后，几位重要的中唐诗人彻底退出了历史舞台。他们或在此前不久因病而亡——元稹、韩愈、李贺、柳宗元，或在这次失败中被杀——王涯、卢仝（卢照邻后裔，有茶仙之称，白身，因甘露之变后居王涯府上被杀），或在事变之后在诗坛上只剩下传说——白居易、刘禹锡。此时的白居易不再是豪气干云左拾遗了，而是经历人生蹉跎之后，成了善于蛰伏的明哲保身之人了。

这次事变之后晚唐诗中两位最重要的诗人登上了中国文学史的舞台，这两位诗人便是李商隐和杜牧。说来杜牧和李商隐的关系与李白和杜甫的关系特别相像。下面主要谈谈两人的诗风。

杜牧诗风飘逸，有贵族之气，文辞清丽，情致跌宕，刚劲且雄姿英发，华丽有俊爽之风，峭健而有风华。这不就是“谪仙人”李白的诗风吗？所以称杜牧的诗风似太白诗风。

李商隐呢？未读过李商隐诗集的人，所知道的大多是来源于《红楼梦》中林黛玉提到的“李义山之隐僻”，但是李商隐作为晚唐最有成就的诗人之一，他的诗作绝对不止于隐晦，他的诗作追求完美，好用典故。其讽刺诗辛辣，其爱情诗缠绵，其格律精严、对仗工巧、用典别具一格。李商隐的诗深受杜甫诗影响，尤其是其成就最高的七言律诗。李白诗不可学，而杜甫诗可学，李商隐习得了杜甫诗用典的精髓，其在继承杜甫诗锤炼严谨、沉郁抑顿的同时，将“韩孟诗派”尤其是“诗鬼”李贺之险峭，将南朝“齐梁体”和“上官体”的浓艳融入其中，让自己的诗风在杜甫诗的精工基础上又增加深邈和绮丽，在杜甫诗的沉郁和伤感中又多了几分凄美。

（9）强扭的并称——赠诗不回还有谁

李商隐和杜牧的年龄差也与李白和杜甫的年龄差相同。李白大杜甫十二岁，而杜牧大李商隐十二岁。两人的际遇也与“大李杜”的际遇相似。杜牧少年得志，而后便因党争落魄，屡屡不受重用，自此寄情于山水，流连歌舞市坊。“十年一觉扬州梦”的“小杜”完全可以和“笑入胡姬酒肆中”的太白相接。李商隐更是牛李党争的受害者，如“老杜”一样一生蹭蹬，终不得重用。他徘徊于两党角力的风箱之中，牛李两党均不待见他，仕宦之路比杜牧更蹉跎，最后郁郁而终。此外两人

的关系也与“大李杜”的关系类似。杜甫是李白的“粉丝”，其十余次赠诗于李白，而李白只回复了三首，其中唯一走心的便是这句：“思君若汶水，浩荡寄南征”。李商隐也曾两次写诗给杜牧：一首律诗，一首绝句。两首诗均写于杜牧担任司勋员外郎期间。

赠司勋杜十三员外

李商隐

杜牧司勋字牧之，清秋一首杜秋诗。
前身应是梁江总，名总还曾字总持。
心铁已从干镆利，鬓丝休叹雪霜垂。
汉江远吊西江水，羊祜韦丹尽有碑。

杜司勋

李商隐

高楼风雨感斯文，短翼差池不及群。
刻意伤春复伤别，人间惟有杜司勋。

对于这两首诗，李商隐颇为用心。我们先来解读律诗：这前四句是一组意思，用诗的赋和比来称赞诗坛前辈杜牧的文才。第一句看似没有什么实际含义，只是写出了杜牧的名、字和官职。第二句用赋的形式引出了杜牧的代表作品《杜秋娘诗》，并以此来夸赞其诗风如清秋一般清新、高远和典雅。

杜秋娘是一位传奇人物，喜欢古诗词的朋友应该对传说是她所作的一首诗还是很熟悉的。

金缕衣

杜秋娘

劝君莫惜金缕衣，劝君惜取少年时。

花开堪折直须折，莫待无花空折枝。

杜秋娘本是金陵人，初为镇海军节度使李錡的爱妾，中唐时藩镇叛乱不断，镇海军叛乱被朝廷镇压，杜秋娘被作为战利品没籍入宫。按说杜秋娘所从非人，她的好日子似乎应该结束了，但是杜秋娘因能歌善舞而在入宫后受到了宪宗皇帝的喜爱。杜秋娘不但没有遭遇不幸，反而成为宫中新宠。可又过了几年，宪宗皇帝被宦官鸩杀，穆宗皇帝继位，杜秋娘已经年老色衰，不能再凭借美貌承恩，等待她的结果应该是和其他前朝宫人一样被打入冷宫。然而，杜秋娘似乎一直受到上天的眷顾，新继位的穆宗将儿子漳王交给了杜秋娘教养。时间又过了十几年，漳王长大了，杜秋娘的教养工作已经完成，她正准备过上养老的太平日子。谁知道，甘露之变爆发，漳王被废，杜秋娘也被遣返故里。历经四朝三十载，故乡沧海桑田，杜秋娘晚年过得穷困潦倒。杜牧路过金陵时采访了这位传奇女子，写下了这首通过小人物记载中唐历史变迁的代表之作。

个人认为李商隐在诗中推崇《杜秋娘诗》除了因其记载了传奇人物杜秋娘的身世之外，还因其引用了夏姬、西施、窦太后、萧后等古代女子的典故来感慨女子身世的变化无常，并且该诗又进一步引用了孔子、孟子、管仲、孙武、邓通等士人的典故，以讲人事无常，前途难以预料。这种善于引经据典的诗作风格也与李商隐本人的风格很像。杜牧的《杜秋娘诗》除了

有李白飘逸之风的影子，也受到了中唐“元白”作品通俗之风和李贺作品绮丽之风的影响，叙事兼杂议论，不失为一首文学和史学佳作。

再看《赠司勋杜十三员外》这首诗的颔联，就会发现第一句诗布局的巧妙了，“前身应是梁江总，名总还曾字总持”。用历经齐、梁、陈三朝的文学大家江总来作比。江总是南朝人，梁代文学大家，陈朝亡国宰相，从小在外祖家长大，杜甫有诗称“江总外家养，谢安乘兴长”。江总与杜牧一样出自名门大族，同样是年少成名，梁时因作《述怀诗》受梁武帝萧衍器重，一时名噪。陈代梁之后，他曾担任太子詹事，其潜心佛教，好文而见宠于陈后主，后来做到了宰相之位。这位宰相的主要活动，就是每日与后主、宫姬在宫中狎玩，不理政事。这也导致了南朝内不能治民，外不能御敌，最终灭亡于隋。江总也被迫迁移到了北方，晚年才回到江南终老。刘禹锡在《金陵五题·江令宅》中写道：“南朝词臣北朝客，归来唯见秦淮碧。”这首诗总结了江总的一生。唐代诗人孙元晏在怀古诗《陈·江令宅》中更是直接写出了一代才子在为官时的不作为：“不向南朝立谏名，旧居基在事分明。令人惆怅江中令，只作篇章过一生。”可见江总虽为文章大家，但终为小人之儒。

但李商隐用此比却没有一点儿贬义，李商隐的诗汲取了齐梁诗的清丽，同时唐代诗人的偶像多是南朝诗人，比如李白崇拜谢灵运和谢朓，杜甫在夸赞李白的时候也称其似庾信和鲍照。所以李商隐用江总来比杜牧，是用江总的诗才来比杜牧的诗才。

把两人的名和字进行比较，两人均是名中有字、字中有名。杜牧字牧之，江总字总持，其结构一样。这可能是李商隐开的一个玩笑，古人多认为人是可以转世的，而杜牧的名和字与江总的如出一辙，那杜司勋的今生可能就是梁代的总持转世，这同样是将两人的诗才相提并论。而且江总做到了陈朝宰相这一高度，这也暗示了诗人对杜牧未来宦海仕途的期望。这里夸的是杜牧的文采。

赞过文才，该赞他的武略了。颈联“心铁已从干镆利，鬓丝休叹雪霜垂”，这是对杜牧的一励一劝，即鼓励和劝勉。“心铁”是指杜牧心中的宝剑已经像干将和莫邪一样锋利，这里代指杜牧的兵家天赋和胸中韬略已经为朝廷所用，而后一句是劝勉其不应为年老白发而嗟叹。这首诗作于唐宣宗大中三年，这一年发生了什么事儿呢？这一年，杜牧将他完成的《孙子兵法注》上呈给了朝廷。这一年李商隐三十七岁，而杜牧已经四十九岁了，杜牧已经到了知天命之年。然而杜牧晚年常以年华渐去而仍不得志在诗中长吁短叹——“前年鬓生雪，今年须带霜”，可见李商隐对前辈杜牧的诗是认真读过的，所以才能写出与他的诗作呼应的鼓励和劝勉的句子。

杜牧除了是诗人，也是一位兵家，他身上流着唐代高门大族的血，“城南韦杜，去天尺五”之谚可见杜家的高贵。我们可以从盛唐王维的《少年行》里看出高门大族的有志男儿都想去边庭，通过立功而出将入相，何况是祖辈出了边塞名将的杜家。

少年行四首

王维

新丰美酒斗十千，咸阳游侠多少年。
相逢意气为君饮，系马高楼垂柳边。
出身仕汉羽林郎，初随骠骑战渔阳。
孰知不向边庭苦，纵死犹闻侠骨香。
一身能擘两雕弧，虏骑千重只似无。
偏坐金鞍调白羽，纷纷射杀五单于。
汉家君臣欢宴终，高议云台论战功。
天子临轩赐侯印，将军佩出明光宫。

这是一组夸赞盛唐贵族少年昂扬成长的诗歌，杜牧正是怀着这种志向刻苦研习兵法，在朝时多次上军事咨文策论且被采纳，其中的献平虏策不仅被宰相李德裕采纳，而且取得了理想的效果。刚讲过杜牧曾为《孙子兵法》作注，而他所作的注也被作为《孙子兵法》十一家注之一而流传至今，可见杜牧军事才能之高。

《赠司勋杜十三员外》最后一联的起兴，是这首诗的点睛之笔。诗人在这里提到了四个人，而且这四个人还两两相关。“羊祜韦丹尽有碑”，提到了羊祜和韦丹。“汉江远吊西江水”，“汉江”原是指西晋时的杜预，其时任襄阳太守，襄阳位于汉江之滨，所以用汉江代指杜预，这是以地名代人名。又因杜预是杜牧的远祖，所以这里的汉江又代指杜牧。“西江”，在这里可不是指河流，而是指长江中游的江南西道，简称江西。因韦丹曾任江西观察使，所以西江用来代指韦丹。汉江为何要吊西江呢？其实本诗有注解的，“时杜牧奉诏撰韦碑”。史书上说韦丹勤勉于政，爱民如子，为官一任不负圣命不负民望，皇帝特命当时最具盛名的文人杜牧来给他写碑文。立碑，还是圣命立碑，这在唐代已经是最高的荣誉了。

那为什么又提到了羊祜呢？羊祜是西晋人，与大文学家、大书法家蔡邕为表亲，与东吴的陆抗为终生对手，两人惺惺相惜，可比一时瑜亮。羊祜在死前举荐杜预继任，而羊祜在去世后，除了极尽哀荣，襄阳的百姓还为他在岘首山上立了碑——羊公碑，官员和百姓面对此碑无不落泪，杜预感怀，称此碑为垂泪碑，并远吊羊祜。那杜预为什么没有去岘山碑前祭拜呢？这是因为在羊祜死后，杜预担负了伐吴的重任，他将对羊公的思念转化为对羊公遗志的继承。

羊祜和羊公碑，在唐诗宋词中是勤政爱民的重要意象，孟浩然有诗言“羊公碑尚在，读罢泪沾襟”，李白和苏轼也都曾用过这个典故。李商隐在诗中引用这四个人的两个典故是什么用意呢？这一来是再次彰显杜牧的文才。皇帝命杜牧为韦丹作碑文，显然是皇帝对杜牧的认可，而杜牧写的碑文也会让韦丹如羊公一样千古留名，此碑文也一定如羊公碑一样流芳百世。二来是通过引用杜牧的远祖杜预的典故，来体现杜牧“去天尺五”的高贵出身，而这正是李商隐最羡慕的，也是他最缺少的。第三点也是最重要的，韦丹、杜预和羊祜都是才气纵横且立下了不世功勋的人，诗人在最后一联将杜牧的文才武略与这些人相比，是在说“他们在政治上、军事上、文才上的成就，您早晚都会实现，您又何必再去自怜自艾呢”？可以说，这是诗人对杜牧的最高评价，称赞他不仅能达到韦丹的高度，甚至

能与杜家先祖以及闻名天下、流芳百世的羊祜在历史上并驱争先。

我们再来看这首七言绝句《杜司勋》。这是一首寄情于景的诗，李商隐在这一天登上了高楼，登高远眺却只看到了漫天风雨，可能此时的他想起了杜牧前辈的几首诗，杜牧登楼和感叹风雨的诗有哪些呢？是“独登还独下，谁念我悠悠”“百感衷来不自由，角声孤起夕阳楼”，还是“江楼呜轧角一声，微阳潋潋落寒汀”呢？这恐怕就不得而知了。但李商隐的登楼伤怀诗也是这种风格，比如“花明柳暗绕天愁，上尽重城更上楼”，再比如“迢递城高百尺楼，绿杨枝外尽汀洲”。读了杜牧的诗作后，登楼的愁情让李商隐产生了共鸣。

有了这种共鸣，李商隐就将两人的身世和官场上的际遇并到了一起来写：在漫天风雨中，短翼之燕怎么能追赶上高飞的燕群呢？李商隐入仕后一路坎坷，杜牧也是才不得其用，两人都是一身壮志难酬。

第三句和第四句，诗人对杜牧的诗做了一个整体评价：刻意伤春复伤别。在杜牧的诗中，伤春和伤别是重要内容。“自是寻春去校迟，不须惆怅怨芳时”“南朝四百八十寺，多少楼台烟雨中”“繁华事散逐香尘，流水无情草自春”是伤春；“同来不得同归去，故国逢春一寂寥”“不用凭栏苦回首，故乡七十五长亭”“蜡烛有心还惜别，替人垂泪到天明”是伤别。

看来李商隐对前辈杜牧的诗作很是了解，将其总结为“伤春”和“伤别”，其实李商隐的诗何尝不是“伤春”和“伤别”呢？“芭蕉不展丁香结，同向春风各自愁”是伤春，“梦为远别啼难唤，书被催成墨未浓”是伤别，“相见时难别亦难，东风无力百花残”，这不是既伤春又伤别的诗句吗？李商隐在点出杜牧诗的特点的同时，何尝不是在说自己的诗的风格啊！

最后一句“惟有人间杜司勋”，点明刻意写这两种题材的诗的，这世上只有杜牧啊！只是如此吗？李商隐在这里其实省了一句话：除了我就剩您了。这是在向杜牧委婉地表示尊重，李商隐是将杜牧视为自己的诗坛知音了。

李商隐赠给前辈杜牧的两首诗，表达了自己对杜牧的崇拜和尊重，也表达了自己对杜牧的关心和劝慰。这两首诗换来了什么结果呢？是不是如人们对“小李杜”关系的猜测那样，两人惺惺相惜，相见恨晚，又终成莫逆呢？

遗憾的是并没有。至少在杜牧的诗作中没有体现，我们在杜牧的作品中没有找到任何回复晚辈李商隐的诗句。是什么原因让杜牧没有回复呢？有人说是杜牧没有时间回，这个说法不无道理，你看长辈收到晚辈的诗，远远要比回复晚辈的诗多。孟浩然之于李白，李白之于杜甫，都是如此。杜甫给李白写的诗保存下来的就有十四首之多，如《春日忆李白》《天末怀李白》《梦李白二首》等，而李白只回复了三首，且多为不太认真的戏作。

再说回杜牧，以《赠司勋杜十三员外》来说，时杜牧任吏部司勋员外郎，吏部有天官（武周时期称天官）之称，司勋考功部门又是核心部门之一，杜牧显然不似“十年一觉扬州梦”时那般潇洒了。然而不久后杜牧又升任中书舍人，是草拟诏书旨意的官员，中书舍人是成为宰相的必经之路，这是风头无两

的重要官职。同时杜牧也是当时文坛的领袖人物，像李商隐这样给他赠诗的文人可以说是不胜枚举。李商隐虽已入仕，文才声名在外，但毕竟官职低微，不受杜牧重视也是理所当然。

还有一种说法：杜牧没回复是因为李商隐的两首诗触碰到了他的痛处，杜牧和李白一样，自认为有宰相之才。这里要区别对待的是，杜牧是真的有宰相之才，而李白先不说其治国理政的能力，就是从他随永王东巡来看，他的政治头脑就不太够用。杜牧之所以没有实现理想是因为牛李党争的倾轧，尤其是在武宗时期李党独大之时。杜牧少入牛僧孺幕府，被视为牛党成员，在牛李党争的波澜中浮沉，终不能得志。

杜牧和李白一样最反感别人称其为诗人，他也最不想承认自己的身份就是诗人。他和李白一样想成为“匡社稷、济天下，为万世开太平”的一代宰相。但杜牧和李白也有着不同。李白是从不走寻常路，不考科举，不寻门第，恃才放旷，以名声来获得天子青眼，以求征辟为官。李白要的升官之路也不遵循什么规则，他想要的是“闲来垂钓碧溪上，忽复乘舟梦日边”“朝为田舍郎，暮登天子堂”这种类似于春秋战国时代以前的选才方式。

杜牧不但有着高贵的出身，还积极参与科举考试，在“五十少进士”的进士科中高中，同时在考试前行卷《阿房宫赋》，获得了文坛上有名望的长者的推荐，赢得了第五名的好成绩。但是因为卷入党争而远没有达到自己仕途的预期，没有满足自己立功的渴望。

我猜是因为李商隐把他比作江总，同时一再强调他的诗才，他才感到不快，所以便没有回复李商隐的两首诗。不过我个人认为，李商隐的这两首诗虽然隐晦，却也不失含蓄蕴藉的美感。但是相对于含蓄的诗文表达，在其仕途早期，李商隐却是个锋芒毕露的人。想要了解他，就要回看他在政治事件中的表现，就要回到李商隐所在的中唐时代政治史上最重要的事变——甘露之变。

（10）能动手就别吵吵——《重有感》

说到“小李杜”，年事是杜长于李，可为何要从李商隐写起呢？这其中一个原因，就是两人当时最要紧的政治事件的密切程度了。这和当时李商隐所作的关于甘露之变的一首诗有关。

重有感

李商隐

玉帐牙旗得上游，安危须共主君忧。
窦融表已来关右，陶侃军宜次石头。
岂有蛟龙愁失水，更无鹰隼与高秋。
昼号夜哭兼幽显，早晚星关雪涕收。

这首诗的创作背景是在甘露之变后不久，时年李商隐二十四岁，刚刚在令狐绹的帮助下，在连续落榜两次后，终于在进士科考中第。刚刚步入仕途的李商隐有着非常直爽的性格特点，本来就对宦官弄权、欺君辱臣、滥杀无辜的行为愤慨之极，对于甘露之变后长安城“流血千门，僵尸万计”的惨状更

是不能容忍。虽然人微言轻，但初为僚属的他还是义愤填膺地写下了《有感两首》，以此来表达自己的不满。

甘露之变发生不久，昭义节度使刘从谏听闻宦官屠杀朝臣，毅然上疏声讨仇士良和程元振，虽然刘从谏本人也不是什么好人，但这一次却义愤填膺地在奏章中写道“臣誓以死清君侧”。当时仇士良对刘从谏是又恨又怕，恨的是不能出兵讨伐他，怕的是担心刘从谏引藩镇之兵开向长安。这一道上疏，确实也吓到了宦官集团，让文宗皇帝和南衙大臣们在仇士良的恐怖高压之下松了半口气，文宗皇帝还下旨勉其忠心。李商隐就是在这个大背景下写下了这首《重有感》。

这首诗的首联直言兵事，“玉帐牙旗”指的是军队，代刘从谏治下的昭义军部队。“得上游”有两层含义：第一层含义是军事态势上占了优势。昭义军镇为一方雄镇，是泽、潞等州合并之后的藩镇，其下辖五州，军事实力很强。刘从谏和其父刘悟两代经营，多次出兵支援朝廷和其他藩镇。第二层含义是在“救皇帝”和“清君侧”的旗号下，昭义军获得了道德上和舆论上的支持。

“安危须共主君忧”，是讲唐文宗在甘露之变后被宦官集团控制，正处于危险中，诗人委婉地劝告刘从谏“主忧臣辱，主辱臣死”这样一个道理。藩镇当为朝廷藩篱，作为臣子要与主上同患难。总而言之，首联是在强调军队应当忠于国家，忠于朝廷，忠于君王。诗人在高度评价刘从谏的同时，也对禁军由宦官把持，以及其他藩镇对此无动于衷的现状表示不满。

而后，他用了两个历史典故来比喻刘从谏上疏这件事。一个是东汉凉州刺史窦融上疏请示汉光武帝刘秀讨伐隗嚣的时间，这里代指刘从谏上书声讨仇士良之事。另一个就是东晋陶侃镇压苏峻叛乱的典故。东晋时期，苏峻叛乱，占领首都建康，荆州刺史陶侃率领讨苏军队直下金陵，斩杀苏峻。如果说前一句是对刘从谏的认可，那这一句就可以看成是对刘从谏出兵的催促，甚至是略带不满和责备的敦促。既然已经像窦融一样上疏朝廷了，那么你可知道皇帝、百官和长安城正处于水深火热之中？你更应该像陶侃出兵石头城一样，来解社稷和苍生之倒悬啊。

李商隐在颔联中对刘从谏的出兵戡乱寄予厚望，其原因不止上述两层含义中的“得上游”。刘从谏在甘露之变发生的三年前，为了将治所迁回潞州，主动入朝为官，在入朝为官期间被加封同平章事。这在大唐是宰相头衔，他还得到了文宗皇帝的多次褒奖和勉励，文宗称其“忠义”，而他本人也素与宰相王涯等人交好。诗人认为素有忠义之名的将领，又身兼宰相（检校司空、同平章事）的职务，看到自己交好的同僚被宦官杀害，怎么能无动于衷，不去出兵护主、清君侧、为朋友报仇呢？

颔联也体现了诗人在政治方面的不成熟。刘从谏是武人出身，并不具备士大夫的品质，另外其入朝为官也是别有所图，本意是求移封他处，获得更大的利益。当时的朝廷将他作为榜样也是希望其他藩镇效仿他，双方实则为互相利用，各有所图。然而昭义军又素有骄横之名，《新唐书》和《资治通鉴》对刘从谏轻视朝廷、藐视宰相的事件均有记载。他与王涯交好，不过是在代表士大夫的南衙和代表宦官的北府之间选边站而已，他们也是相互倚重的关系。退一万步讲，如果刘从谏真

的举兵入京，昭义军会不会变成东汉的西凉兵，刘从谏会不会成为大唐的董卓，这就不得而知了。

诗人在颈联二句用了比喻，将唐文宗被宦官控制比作蛟龙失去了水，以龙比皇帝在唐诗中时而会出现，比如杜甫《诸将五首》中的“龙起犹闻晋水清”。龙的日常工作就是行云布雨，它怎么会失去水呢？诗中的一个岂字表达了作者的感情，这种意思就是：这是不该发生的事儿啊，皇帝怎么会受制于宦官家奴呢？

后句中的“鹰举高秋”，是指忠臣武将应该站出来，这里特指的就是藩镇边将。这里为什么用鹰隼代忠臣良将呢？《左传》中记载：“见无礼于其君者，诛之，如鹰隼之逐鸟雀也。”春秋时臣对君无礼数，尚可诛杀，何况宦官家奴了。可是诗人期待的鹰击长空的忠臣良将，却并没有出现。没有人来诛杀宦官，救君臣百姓。为什么本不该发生的龙失水成了现实，该出现的救主鹰隼此刻却隐匿了？大唐朝廷颓败的形象被诗人无意间记在了历史的笔记本上。正如李白的名言“君失臣兮龙为鱼，权归臣兮鼠变虎”，这一联是诗人的愤恨和无奈的集中爆发。

正因为有蛟龙失水，无鹰隼举秋，又因为宦官的疯狂报复，禁军的抢劫杀人，眼下的长安城里不论昼夜都是一片人哭鬼号的悲惨景象。身在长安的诗人不禁仰天发问，君臣和百姓什么时候才能从宦官的恐怖政治中解放出来？宫廷和整个京城何时才能恢复正常的状态呢？诗人不但对长安众生的期望进行了呐喊，更对刘从谏出兵戡乱进行了呼唤。

这首诗很有杜甫诗作的感觉，从题目来说，拿“有感”作为诗题就源自杜甫。本诗从格律的精严、风格的沉郁顿挫、用典的严密精准、反映忧国忧民的情感等方面都承袭了杜甫诗的风格。但从李商隐后来的成就来看，这篇律诗并不能算作他的代表作品。

本诗属于李商隐早期的作品，厚重精严有余而纵横开阖不足。这也不单纯是他诗作题材的问题，李商隐年轻时的诗作，就连酬唱和艳情的作品都是工整有余而浪漫不足。比如他在酒席间即兴而作的“白足禅僧思败道，青袍御史拟休官。虽然同是将军客，不敢公然仔细看”，与他后期所作的《锦瑟》《二月二日》等诗相比，不免相形见绌。

李商隐作此诗同杜甫在安史之乱中作《杜鹃行》一样，纵然喊破了嗓子，痛到了骨髓，刘从谏也并没有出一兵一卒。不过相对其他藩镇的置之不理，刘从谏勉强对得起一个“义”字了。

在甘露之变后，大唐皇权地位继续下降，相权也进一步被宦官限制，再加上牛李党争，在这种恶劣的政治环境下，士大夫阶层中明哲保身者开始层出不穷，其中就有我们熟悉的已步入老年的白居易。与此同时，有许多大臣和诗人因牛李党争而被杀。那我们晚唐诗史的另一位主角杜牧此时的心情如何呢？他不但因外放入幕躲过了这场劫难，而且极有可能迎来升迁的机会。因为牛党再次入朝上位，而他的幕主和恩师是牛僧孺，他也被视为牛党中人。

刚刚中第的二十四岁的李商隐愤然地对宦官滥杀大臣的行为提出抗议，同时借助节度使刘从谏的上疏写下了这首诗。刘从谏在诏书上表达了自己的愤怒，虽然他没有进兵京城的意

思，但以仇士良为首的宦官集团惮于外藩势力，打压文宗和大臣的态度有所收敛。事已至此，大唐恢复盛世的最后一次努力宣告失败。虽然有唐武宗会昌时期皇权对宦官的短暂强势，但终究也只能是回光返照，宦官牢牢控制中央政权的时代又一次到来。

晚唐诗坛一哥——冷门诗人李商隐

曾在网络媒体上看到有人把李商隐称为冷门诗人，我不敢苟同。可当我写下这一段文字的题目时，我发现自己已经把李商隐置于晚唐第一诗人的位置上了，我不禁思考自己是不是过于主观了。我也曾多次问自己，是冲动，是噱头，还是无缘无故的爱？

难道晚唐除了李商隐，就不可以让别的诗人排在第一位了吗？那毕竟是诗坛群星璀璨的时代，把晚唐中最像李白的杜牧排在第一位不行吗？八叉手而成八韵的温庭筠不可以吗？写下晚唐第一歌行的韦庄不优秀吗？皮陆、罗隐、郑谷、崔道融的诗句难道不够好吗？

够好，够优秀——但是如流行乐坛，最优秀的艺人只有一个。他们虽然都开创了自己的风格，都有流传度极广的诗作和词作，但是和李商隐相比较，他们仍然落了下风。李商隐是我最喜欢的诗人，诚然，让其排第一有我一定的主观认识的成分，但是李商隐可以说是实至名归的当此殊荣。这不仅因为诗坛前辈和同辈对李商隐作品的高度评价和绝对认可，更因为他的艺术风格和创作手法对后世的影响不逊于杜甫。

首先是当时诗坛前辈的推崇。在文学史上，晚唐诗是承接

中唐诗的，而中唐第一诗人毫无疑问是“诗魔”白居易。白居易除了“诗魔”，还有一个“诗王”的称号。在诗坛能封王的只此一位，后人也常将白居易与“李杜”并论，白居易俨然是唐代诗坛的第三号人物。白居易这个“诗王”的称号，不是追封的，而是在他活着的时候就得到的。而且在他死后不久，唐宣宗特地写了一首诗来纪念他，在诗中又给了他一个称号：诗仙。这首诗的名字就叫《吊白居易》。

吊白居易

唐宣宗

缀玉联珠六十年，谁教冥路作诗仙。

浮云不系名居易，造化无为字乐天。

童子解吟长恨曲，胡儿能唱琵琶篇。

文章已满行人耳，一度思卿一怆然。

令大唐皇帝如此推崇的白居易，官居三品（唐代基本没啥一品二品职事官，三品就已经是宰相的级别了），是诗坛盟主。白居易在第一次见到李商隐的时候就认为他是奇才，除了将他引荐给令狐楚之外，还说要转世做他的儿子，由此可见白居易对李商隐诗才的推崇。

其次是当时诗坛的认可。诗人得到诗坛认可的一个标志，就是有并称。并称除了是对诗人风格的总结归类，也是对诗人的夸赞，比如初唐的“初唐四杰”“文章四友”“沈宋”等，盛唐的“李杜”、山水田园诗人“王孟”、边塞诗人“高岑”等，中唐的“元白”“刘柳”“韩孟”等。

晚唐的李商隐在文学史上也有并称，而且他的并称还不少。因晚唐诗两座玉峰并立，他与杜牧并称“小李杜”；因在工于辞章、用词风流上与温庭筠相似，他与温庭筠并称“温李”。《唐才子传》称两人并称“温李”是指他们的诗风“以致相夸”，这种绮靡诗风影响了整个晚唐诗坛，对五代及北宋的诗词也有深远影响，当时就被称为“温李新声”。但是以我对“温李”诗的了解来看，二人的并称不仅在于此，两人的咏史诗风格也极为类似，都是借古讽今，托古喻今。李商隐的《汉宫词》《贾生》《隋宫》，温庭筠的《蔡中郎坟》《经五丈原》《苏武庙》都是这一类作品。李商隐的“地下若逢陈后主，岂宜重问后庭花”与温庭筠的“象床宝帐无言语，从此谯周是老臣”都是嬉笑怒骂皆为诗章的讽刺，这种讽刺又何等的辛辣。

此外，李商隐也很擅长作四六文。在当时作赋的文人中，李商隐、温庭筠、段成式文风相近，且三人的创作风格被称作“三十六体”，由此足可见李商隐在文学领域是一位全才。

从对后世的影响来看，李商隐的诗被后人称为“西昆体”。这其实是一个误区，“西昆体”是一种模仿类的艺术形式，在创作中只得其形，未得其内容和精神内核。不过后世的许多诗人模仿李商隐来作诗倒是不争的事实。从晚唐到五代十国，再到宋初，除了韩冬郎的“香奁体”有几分神似之外，其他诗人都无法望其项背，尤其是以杨亿和钱惟演为代表的宋初的“西昆体”。杨亿和钱惟演的“西昆体”从流行到被批判，证明了李商隐的诗虽然似杜诗一般可学，但是却没有一个诗人在此基础上超过李商隐，所以才有宋中期的诗坛革命。宋诗开

始改弦更张，宋诗在苏舜钦、梅尧臣、欧阳修的努力下与唐诗分道扬镳，才让宋诗走出属于自己的风格。

基于以上论据，我们可以说李商隐是晚唐最具代表性的诗人。无论是其文学成就，还是其对后世的影响力，都是其他晚唐诗人不能比拟的。李商隐的作品中有三类诗成就最为突出，分别是咏物诗、咏史诗、无题诗。

（1）别出心裁的咏物诗

咏物诗是诗人通过对自然和人文事物的吟咏来表达自身感情的诗歌类型，一般的咏物诗在客观描述的同时融入自身的感情。再上一个层次的咏物诗，那就是由物及人、托物言志了。屈原的《橘颂》、刘桢的《赠从弟其二》、虞世南的《蝉》，都是优秀的咏物言志诗。然而李商隐的咏物诗具有更为独特的艺术特色，他将自己深邃的情感融入诗歌当中，在比喻中除了运用极为恰当和形象的比兴之外，还引用大量的典故。同时，李商隐注重从物到人的过渡，如在《赠柳》中所写的“忍放花如雪，青楼扑酒旗”。柳花如雪是说春柳极盛之时，而青楼酒旗表明正处烟花之地，以柳代人（柳枝），借咏所思。

同时，李商隐还留意形与神的关系处理，用巧妙的艺术手法让形象饱满，让精神内核充实，比如他在七律《流莺》中就将这一手法运用得当。“流莺漂荡复参差，度陌临流不自持”——这一联首先通过黄莺漂荡流转的习性，来将黄莺无所栖托的形象刻画出来；然后以似轻描淡写的不自持，来道出黄莺来往迁徙的习惯是因为没有固定的枝丫可停靠。“不自持”

三个字看似轻描淡写，其实最能说明原因，那就是诗人的命运与流莺的命运一样，无法掌握在自己手中。这句诗反映出李商隐没有考中进士时，辗转于各个幕府的处境，又是精妙地由物的现实过渡到人的身世的体现。

最能体现李商隐咏物诗中的精妙，也就是说他的咏物诗中最突出的成就是他诗中情与理关系的处理。他不但感情饱满，能令人垂泪，且思想深邃，能直击人心。我们通过李商隐最动情的咏物诗——《蝉》来感受他在诗中处理物我、情理、形神关系的艺术手法。

蝉

李商隐

本以高难饱，徒劳恨费声。

五更疏欲断，一树碧无情。

薄宦梗犹泛，故园芜已平。

烦君最相警，我亦举家清。

第一句便是从古未有之想象。古人认为蝉为清高之物，身居高处，餐风饮露。虞世南看到的是“居高声自远”，从来未有人考虑蝉在高处餐风饮露时是否能吃饱这个问题。因站得高而吃不饱本来已经够让人郁闷了，而第二句的“徒劳恨费声”就增加了更多的悲哀。似乎这个声音是因为不饱而发出的哀鸣，但是这样的哀鸣却不能引起注意，这样的叫声对于蝉来说是白费力气。首联状了物，描了蝉的形，那人和神有没有呢？这些在首联同样体现出来了。高处的蝉代表的就是清高的文

人，也就是诗人自己。因为清高，诗人不受重用，从而沉沦于下僚，长期处于贫困难言的境遇之中。从个人境遇映射出晚唐社会的不公平。通过首联，诗人将自己对现状不满的情感浓缩到了小小的蝉难饱又徒劳的境遇当中。

颔联承接首联，将情感推到了一个新的高度，“五更疏欲断”，这还是在讲蝉的叫声。五更天表示天快要亮了，蝉因为没有吃饱凄惨地叫了一夜，声音逐渐变得微弱、稀疏，甚至快要啼叫不动了。蝉附着栖息的本该给予它养分的大树，却像没有看到它的凄凉处境一样，对它不理不睬，无动于衷。“一树碧无情”，“碧”体现了大树的生命力，“无情”指蝉鸣是对大树有所需求，可它却装作视而不见。不过按说“树碧”不应该是正常现象吗？怎么就“无情”了？这里当然有诗人的艺术表现手法，但你看蝉叫到叫不动了，应该是什么季节？李商隐有诗云“初闻征雁已无蝉，百尺楼高水接天”，这是秋季啊，秋天的树叶应该是泛黄了的。诗人将物拟人化处理，人与人之间有共情，在这里物与物之间也应该有同感。蝉近秋而声欲断，可大树听到欲断之声仍然没有同样的悲伤，仍然一树碧绿，这不是太无情了吗？

钱锺书先生评论此联道：“蝉饥而哀鸣，树则漠然无动，油然自绿也。树无情而人有情。”本联将物拟人后，我们再由物到人：这蝉指的正是诗人自己；这大树便是整个大唐朝廷；秋天正是指大唐朝廷已经过了繁盛之时，进入夕阳之年了。诗人高洁有才却无耐生活在无情的官场之上，他看不到前途和希望。

如果说首联与颔联还是在借物比人的话，那颈联就完全是诗人自己内心的独白了。“薄宦梗犹泛”，“薄宦”是指自己的官小禄微，当时李商隐虽然考上进士，但仍在幕府中担任低级幕僚的职务，自然没有厚禄。然而“梗犹泛”是用了《战国策》中的一个典故，说的是一个用桃木雕的小人儿和一个用泥土捏成的小人儿之间的对话。桃木小人儿嘲笑泥土小人儿说：“你就是西岸的土被捏成了泥人，等到发洪水的时候你又要变成土了”，而泥土小人儿却说：“我是西岸的土不假，发洪水后我又可以回到西岸去了，而你是东国的桃木梗，被刀削成了人，发洪水之后你肯定回不了家了，除了漂在水上你还能去哪里？”

这无家可归的桃梗不就像在宦海浮沉不定的诗人吗？既然官场不得意，那就由儒入道。他可以效仿陶渊明，做武陵人，归隐家乡。但颈联后一句告诉我们，那已经不可能了。并不是他不想回去，而是他不能回去了，因为“故园芜已平”，家乡的南亩田已经长满了荒草。此时的他只能做那个无奈的桃木小人儿，在不属于他的官场上随波逐流，无力抵抗任何风浪。

陶渊明说：“田园将芜胡不归？”诗人为了理想，不得不远走他乡，而自家的田园都快要荒芜了。做官不但没有给诗人带来想要的生活，而且让他看到了理想与现实的落差，还给他带来了巨大的精神压力。在认识到官场黑暗之后，陶渊明选择了归隐田园，他也从只能留在地方志上的彭泽某任县令，升华为千载留名、万人传诵的五柳先生。可是李商隐故园的荒草此刻都已经连成一片了，仕途不顺，回乡的路也被堵死了，诗人处于不能进也不能退的尴尬境地，身负大才之人，落入如此境地是何等悲哀。

尾联，诗人再次回到咏蝉本身，而此处又是“不单纯”地咏蝉，此处诗人与蝉在进行交流和互动。他称蝉为君，君吃不饱和我的清贫又何其相似。诗人把蝉那欲断的鸣叫理解为它是在提醒自己，两者的境遇其实是一样的。蝉鸣本非为我而发，而我却最为相警，可见诗人的情思之深，愁思之深。尾联呼应开头，使得本诗首尾相合，这首咏物诗也被誉为咏物诗中的上乘之作。

（2）犀利辛辣的咏史诗

说罢李商隐通灵般的咏物诗，让我们看看李商隐相比咏物诗艺术成就更高的咏史诗。如果用寥寥几个字来评价李商隐的咏史作品，那就是犀利和辛辣。李商隐这一类诗的主要内容就是借吟咏前朝之事，来针砭当朝流弊。

讽刺诗，自《诗经》四言诗时代就有，风者讽也，在古文经学代表《毛诗序》成为主流解读之后，十五国风中的大多数诗都承担起了讽谏诸侯君王的历史使命，虽然其中有些内容看上去并不能担负如此重任，但是儒学家们总能千方百计地将之与政治事件联系上。

《诗经》中直抒胸臆的如《黄鸟》，讽刺秦穆公以大臣殉葬之事，《硕鼠》讽刺苛政猛于虎，委婉一点儿的如《君子偕老》和《氓》，还有硬要把它理解成讽刺诗的《子衿》等。

讽刺诗的发展到了唐代出现了一次飞跃，不在形式和内容探索积极的初唐，也不在百花齐放的盛唐，而是在诗格稍弱的中唐时期。

在中唐以前，即便是直接的讽刺诗，也是直抒胸臆的就事论事，绝少用大量的比兴来做辛辣的讽喻。总体来说，早时的讽刺还算是直言不讳地揭露和厚道地批评。那么，讽刺诗从什么时候开始变得辛辣和犀利了呢？这是中唐时期一位以豪著称的诗人的功劳，他就是刘禹锡。标志着讽刺诗全方位升级的诗作就是《游玄都观》，其中的“玄都观里桃千树，尽是刘郎去后栽”极尽讥讽。这首诗让元和年间当朝官员善于谄媚的嘴脸被无情揭露，也让刘禹锡彻底触怒了朝廷，从而被重新流放边州任连州刺史。更重要的是，文学史给予了这首讽刺诗一个划时代的评价——明代《唐诗绝句类选》中说“风刺时事全用此体”。

也就是从这首诗开始，辛辣犀利的讽刺诗开始登上文学史的舞台。清代《古唐诗合解》中说道：“诗至中唐，渐失风人温厚之旨。”从这首诗开始，诗人们的讽刺诗不再像盛唐李白的诗那样直言快语，也不像杜甫的诗那样循循善诱，他们利用自然事物和古人典故来做比喻，极尽挖苦讽刺之能事，让讽刺诗变成一把直插对方心窝的尖刀。

李商隐的咏史诗有两大特点，其中一个是用典时间跨度极大，几乎覆盖由周到唐的全部历史时期。比如有讽刺周代周穆王的《瑶池》，有借咏春秋历史讽喻现实的《梦泽》《楚宫》《吴宫》，有讽刺汉代汉文帝的《贾生》，讽刺汉武帝的《汉宫词》，有借三国时期历史慨叹现实的《筹笔驿》，有讽刺南北朝时期高纬的《北齐二首》，讽刺南梁武帝的《齐宫词》，有讽刺隋朝隋炀帝的《隋宫》，还有讽刺唐玄宗的《马嵬》和《龙池》等。

另一大特点是刻画的人物形象生动饱满。在《富平少侯》中，诗人刻画了一位汉代承袭爵位却腐朽无知的贵族少年的形象。在《贾生》中，诗人叹息贾谊之才未能尽其用的同时，还刻画了汉文帝为求长生而不顾苍生，好谈鬼神而急切地见通灵之臣的昏君形象。在《北齐二首》其二中，诗人将贵妃冯小怜刻画成一个只顾享乐、不顾社稷的妖妃。在正史上，这些人物形象或许不是主流的评价观点，但是经过李商隐的艺术加工之后，汉文帝、富平侯、冯小怜等形象的别样角度被呈现出来。

关于李商隐咏史诗的两大特点，我们通过两首诗来深入感受一下。我选择了一首七绝和一首七律，所咏之故事一个来自汉代，一个就是唐代本朝之事。希望赏析完这两首诗之后，更多的朋友能够读懂李商隐咏史诗的艺术手法和所要表现的内容。

汉宫词

李商隐

青雀西飞竟未回，君王长在集灵台。
侍臣最有相如渴，不赐金茎露一杯。

这首咏史诗是李商隐此类诗中较为浅显易懂的，所托历史事件明显，人物“相如”和建筑“金茎”告诉我们这首诗的历史背景是汉武帝时期，而且是汉武帝晚年时期。这首诗表达的内容也很明显，“青雀”“集灵台”“露”都是皇帝求仙之元素，由此可见这是讽刺君王求仙问道的诗篇。

我们先看首句，作者将神话故事和历史故事相结合。青雀是西王母的青鸟，是用来传递消息的。青雀为何西飞呢？西王母曾使青雀东来，到汉廷传递消息，此次西飞应是将汉朝皇帝的消息带回且反馈给西王母。但是这只青雀竟然一去未回，“竟”字表现了皇帝的错愕，此时的武帝求长生已经入了魔，认为青雀没有回来是他意料之外的事儿，令他觉得不可思议，可见汉武帝对于自己成仙升天的事儿已经到了执迷不悟的境地。

第二句“君王长在集灵台”，君王的本职工作是君临天下，处理朝廷政务，汉朝皇帝本应在未央宫，而史书上记载汉武帝却在长安城外建起了建章宫宫殿群，内设神明台、集灵宫、望仙台，武帝晚年主要在建章宫从事拜神仙和求长生等封建迷信活动。这句诗看似轻描淡写地点出君王所在之地，但是从“青雀西飞竟不回”这一句可知，青雀明明已经一去不回了，君王却执迷不悟，坚信自己的求仙活动会成功，仍在集灵台痴心妄想地等待着仙界传来好消息。诗人委婉而又谐谑地将揶揄讽刺放在前两句，看似白描却入木三分。

第三句“侍臣最有相如渴”，一位汉代人物——司马相如出现了，史书记载司马相如患有消渴症，也就是今天的糖尿病，糖尿病的一个病征就是患者需要大量饮水。司马相如是汉代著名文人，曾以诗赋著称于世，因《上林赋》被提拔为郎官，后又受命安抚蜀地，被封为中郎将，深受汉武帝器重。后相如因病不能视事而免官养病，可见到了汉武帝后期，相如的糖尿病已经相当严重。

相如为武帝器重的侍臣，也为朝廷立过功，亲贤臣的君主在功臣患有重病时除了下旨抚慰外，不说派遣太医为其治病，

至少也该有所关心和赏赐吧。然而诗人笔下的晚年求仙的武帝是怎么做的呢？正如本诗最后一句所言“不赐金茎露一杯”，连一杯甘露都不肯赐给这位贤臣。在前面讲甘露之变时我曾提到过，甘露本是蚜虫的排泄物，可古人认为甘露为云表之露水，包治百病，能使人返老还童，还对修道求仙有重要作用。而且天降甘露是祥瑞中的祥瑞，所以汉武帝命人建了金铜仙人和承露盘来承接甘露。这些甘露专供皇帝修道使用，这就是诗中的金茎的作用。一个“最”字，说明相如已经如此之渴，病入膏肓，而武帝为了求仙竟然放弃了这位贤臣的生命，居然连一杯救命的甘露也不肯赐给他。这句诗尖锐地讽刺了皇帝对于求长生、拜神仙的渴望远远超过了对人才和贤臣的渴望。

这首诗借汉武帝之事到底在讽刺谁呢？我们先看看这首诗的创作时间，是唐武宗会昌五年，也是唐武宗生命的晚期。唐武宗可以说是中晚唐时期的明君雄主，在位期间任用李德裕为相，对内清除宦官专权，对外抑制了藩镇的尾大不掉，另外为了保证朝廷财政，下令灭佛，武宗前期大唐似乎看到了复兴的希望。

可就是这样一位皇帝，在患病医治没有明显效果之后，也走上了求神仙、服丹药的不归路。史书载“饵方士金丹，性加躁急，喜怒无常”，似乎服用丹药已经成为中唐皇帝的标配，宪宗和穆宗皇帝是水银配方丹药类食品爱好者，而武宗似乎比这两位皇帝还上了一个台阶，为了长生不老，他在道士赵归真的鼓励下继续食用丹药而求脱胎换骨，最后中毒颇深，盛年而亡。

诗人作此诗的一个动机想必是讽刺皇帝的修道服丹之举，

那么诗人还有其他的创作动机吗？我们来看“相如”这个意象，“相如”在这里是指贤臣和人才，求仙而不求贤引起了诗人的不满。如果我们把诗中的“相如”具象化，“相如”不就是指代诗人自己吗？李商隐多次在自己的诗中将自己比作司马相如，比如“休问梁园旧宾客，茂陵秋雨病相如”，再比如“相如未是真消渴，犹放沱江过锦城”。这是李商隐的自信，他的才气足以与司马相如相较，所以他在这里讽刺皇帝不重视像他这样真正有才的人。他的消渴，不是真的得了糖尿病，而是渴望得到朝廷的重用，这杯金茎露却迟迟不赐予他，这才让他嗟叹才无所用。

武宗时期正是李党得势，而李商隐并没有飞黄腾达。因为诗人由牛党干将令狐绹所举荐，所以只要牛李党争还在，李商隐注定是被两方势力都打压的人，这也是李商隐一生的悲哀。

（3）皇帝的祖宗也敢讽刺——马嵬

马嵬，大唐境内一个普普通通的小驿站，就连它所在的兴平市，如果不是人文地理爱好者，也很难在地图中找到它的位置。但自从天宝十五载开始，诗人们纷纷地或以马嵬为题，或将马嵬入诗，以至于马嵬这个地名成了帝国衰败、君王出逃、爱情破碎、美人香消的诗词意象。虽说盛唐的高适和大历年间的李益都有作马嵬诗，但是马嵬真正成为一种意象和常被后代诗人使用，当从白居易的《长恨歌》中的“马嵬坡下泥土中，不见玉颜空死处”开始。到了晚唐，马嵬诗出色的作品当属郑畋的《马嵬坡》、罗隐的《题马嵬驿》，而最著名的马嵬诗人

当属两作《马嵬》的李商隐。

李商隐的马嵬诗有两首，其一为绝句，其中有名句“君王若道能倾国，玉辇何由过马嵬”。我们重点要讲的是一首七律《马嵬·其二》，这首七律应当属于李商隐咏史诗中的最佳之作。

马嵬·其二

李商隐

海外徒闻更九州，他生未卜此生休。

空闻虎旅传宵柝，无复鸡人报晓筹。

此日六军同驻马，当时七夕笑牵牛。

如何四纪为天子，不及卢家有莫愁。

这是一首较为独特的马嵬诗，此前的马嵬诗都是将矛头指向奸臣和乱党，甚至女祸的，而这首诗直接将讽刺的矛头对准玄宗皇帝。在白居易的《长恨歌》中，关于唐玄宗和杨贵妃天地两隔的爱情，一句“天上人间会相见”使读者获得了一丝安慰。这首诗则将读者的幻想全部打破，它揭开了唐玄宗自欺欺人的面纱，露出了盛唐最难看的伤疤，它在艺术成就之外，更添辛辣。

“海外徒闻更九州”，中国古称海内，故有“海内存知己，天涯若比邻”，而海外则是指中国之外。那海外更九州是什么意思呢？这里用了两个典故，第一个是海外九州的典故。有种说法是大禹治水后将中国分成了九州，这个九州是小九州，小九州之外还有中九州，中国的小九州是中九州的其中一州，被称为赤县神州，另外还有八个中九州，每一个中九州都有自己的小九州。所以称海外更有九州。

第二个典故，是神仙方士在蓬莱仙山见到了太真妃的传说故事。白居易的《长恨歌》中是这样写的："临邛道士鸿都客，能以精诚致魂魄。为感君王辗转思，遂教方士殷勤觅。排空驭气奔如电，升天入地求之遍。忽闻海上有仙山，山在虚无缥缈间。楼阁玲珑五云起，其中绰约多仙子。中有一人字太真，雪肤花貌参差是。"按照白居易《长恨歌》中的说法，杨贵妃并没有在马嵬坡被缢死，诗中的"不见玉颜空死处"，也为后续的太真活着埋下了伏笔。

杨贵妃在海外九州活着，玄宗与杨贵妃仍然可以"在天愿作比翼鸟，在地愿为连理枝"，两人可以生生世世为夫妻。但是李商隐用了两个字就把这些幻想打碎了，就是"徒闻"二字。为什么这些幻想会碎了呢？因为"他生未卜此生休"。这是以唐玄宗的口吻说出来的话："不要再和我说什么海外还有九州，太真妃要在那里和我生生世世做伴侣的话了。来生的事情一切都渺茫未知，而今生的我们却永远不能相见了，一切都已经完结了。"而且接下来的颔联和颈联说出了"此生休矣"的原因。

先看颔联，是出逃马嵬驿和宫中生活的对比，"虎旅传宵柝"和"鸡人报晓筹"是对大唐长安和宫中日常生活的描写。虎旅是随皇帝出逃的金吾卫，金吾卫值守京师重地，在长安内城负责巡逻和保卫，到了晚上击打宵柝来报更和保平安。鸡人是一个古老的宫廷职业，自周代开始，主要有两个功能，第一个是掌供办鸡牲，第二个就是凡举行大典或者仪式时警夜。到

了唐朝，鸡人主要负责为宫廷掌管更漏以及报晓。在古代宫中，早朝开始前，在宫门外喊叫一为报时，二为早朝增加气氛。同时要将晓筹（计时用的报更竹签）送入宫中。

关于鸡人这个职务的身份，我要强调一下，这个职务可不是由宦官来担任的，而是由宫中卫士来担当的。卫士系上红头巾，负责喊叫，其气势颇为雄壮，展现了皇家的庄严肃穆。后来鸡人连叫也不用叫了，改成了以送签筹的形式报时间。王维也有诗句描述这一场景，即“绛帻鸡人报晓筹，尚衣方进翠云裘”，可见当时的宫人是多么有条不紊地开展自己的工作啊。然而《马嵬·其二》这首诗，在“虎旅传宵柝”和“鸡人报晓筹”的前面加了两个定语，即“空闻”和“无复”，这样意思就完全变了。我们先看“无复鸡人报晓筹”，这句好理解，出了宫之后，自然就不用上早朝了，而且玄宗逃出长安时没有通知太多官员，就连李唐皇室成员知道消息的也甚少，鸡人报晓就显得没有什么必要。

更为讽刺的是“空闻虎旅传宵柝”。唐玄宗的逃难队伍是“翠华摇摇行复止，西出都门百余里”。到了马嵬驿，虽然有李白“圣主西巡”的美化，但皇帝再想保持宫中的威严已经是不可能了。这里的空闻有三层意思。第一层意思是，此时的宵柝应该是行军锅子“刁斗”敲打出来的，和宫中的已然不同，此时的玄宗应该还听不习惯，可能不知道是什么声音。第二层意思是，玄宗这些年一直与杨贵妃沉浸于享乐之中，哪里会知道什么是军旅告警的声响呢。第三层意思是最为讽刺的，是说不只是皇帝空闻，就连整支部队都是空闻，因为用来报平安的宵柝声已经变了，此时的宵柝声不是警卫用来保障皇帝的安全的，而是发动斩杀宰相、逼死贵妃、要挟皇帝的政变的信号。

再看颈联，“此日六军同驻马”，承接上一联的兵变，作者在这里虽然没有明说驻马的原因，但是结合上一联和后一句我们也能猜到原因。“六军”，这是天子銮驾的禁卫军。《周礼》记载：“凡制军，万有二千五百人为军。王六军，大国三军，次国二军，小国一军。”到了早上，天子应该带领禁卫军继续前行，继续他的成都巡幸之旅。可是护卫他的六军为什么驻马不前，要知道后面有安史叛军在一路追杀。这种情况只有一种可能，那就是皇帝已经指挥不动他的部队了。本来好好在家里享受天宝盛世的禁军和金吾卫的兄弟，却因皇帝对安禄山和杨国忠无原则的放纵而被迫背井离乡。而且在出逃的路上他们受尽了宰相杨国忠的欺凌，加上杨贵妃是安禄山这个始作俑者的干妈，他们将满腔愤怒都转移到了杨氏兄妹身上。在昨夜传来的报虚假平安的宵柝声中，杨国忠及其死党已被愤怒的禁军乱刀砍死。然而此时的驻马，是他们以“贼本尚在”为理由，逼迫唐玄宗将杨贵妃典刑正法，以安军心。

久居深宫、沉溺管弦的唐玄宗看到保卫他的禁军反戈相向，已无早年的骁勇，且对甲兵颇为忌惮。在惊诧中，他想到了在昭阳殿里的过去，他想到了他与杨贵妃在七夕节那天看星星的故事。那时他们嘲笑牵牛和织女一年才能相见一次，这样的神仙有什么意思，还不如他与杨贵妃在人间日日相见，时时缠绵。当一位君临天下的皇帝心中只有儿女情长的时候，这对国家来说却是一种悲哀。如果没有当时七夕笑牵牛的荒淫无道的缱绻缠绵，又何来今日面对六军同驻马而不得不挥泪的生离死别？

如果说前三联算是嬉怒皆成讽刺的话，那么最后一联则是诗人深深的思考。李商隐先是提出了一个问题：如何四纪为天子？四纪说的是时间，在中国古代一纪是十二年，四纪就是四十八年。李隆基当了四十五年皇帝，又有五十年太平天子的说法，历史发展到这个时间，前人只有汉武帝刘彻和梁武帝萧衍任职时间超过了他。后人也只有辽圣宗，明代的嘉靖、万历和清代的康熙、乾隆比他当皇帝时间长。按照李唐家族的平均寿命来看，李隆基算是极为长寿的了，这里是说怎么才能当这么长时间的皇帝吗？难道诗人是在夸他？

并不是，我们先用训诂的方法来解读一下，此句是一个倒装句，本意是“四纪为天子又如何”。诗人又给出了答案——“不及卢家有莫愁”。即使唐玄宗当了这么久的皇帝，但是一旦不修政事，落得这般田地，就连自己的爱人都保护不了，连自己的爱情都保不住，甚至不如能陪伴莫愁的卢家夫婿，这是何等的悲哀，这是何等的无奈。

李商隐的咏史诗除了讽刺诗，还有借古人自比来慨叹自身经历之诗，如将自己比作宋玉的《楚吟》和《宋玉》，如将自己比作司马相如的《寄令狐郎中》。在《寄令狐郎中》中，诗人卧病向旧交诉缱绻之意，其修好之意在于不言，这种欲说还休、欲休还说的情感更像诗人另一种题材的诗。相比咏物诗、咏史诗，这种诗更能代表李商隐的成就，它就是多与爱情相关的无题诗。

（4）情深如海却又欲说还休——无题诗

有人认为李商隐有很多表达自己隐晦爱情的无题诗，其实不然，李商隐的无题诗只有十六首（一说十七首），相对于他流传下来的作品总数而言，其实并不算多。但是字字珠玑，句句经典，所以才能被人记住，致使人们印象里自然认为他的无题诗有很多。李商隐的无题诗多是他对爱情的态度和一些感悟，尤其是在玉真山修道期间。

但是当时就有人提出李商隐所有的爱情诗可能都不只是爱情诗，古代常以男女之情来写君臣之间的关系，所以有人提出李商隐的爱情诗都是讽刺朝廷和时事的微辞。所以李商隐通过《有感》对时人对其诗的不辨而表示慨叹："非关宋玉有微辞，却是襄王梦觉迟。一自高唐赋成后，楚天云雨尽堪疑。"不是宋玉一定要写文章来托讽楚王，而是楚襄王沉迷于艳梦之中不肯清醒，所以宋玉才作《高唐赋》来讽谏，难道说在宋玉的《高唐赋》问世之后，所有的情爱类韵文都被怀疑是讽刺时政的微词了吗？

诚然，李商隐诗作中"牢骚人语"确实不少，但是主要是在咏物诗和咏史诗中体现，在无题诗或者其他情爱诗中过度地去解读，倒使他的无题诗失去了美感，就像毛诗序训诂《诗经·国风》的爱情诗那样。

李商隐的诗除了牢骚盛，另一特点就是用情深。这种情深不只是有万壑之涧底的深度，也有横跨时空的广度。这种情深不似江水一样急深，也不似湖水一样静深，而是如海水一般，表面上风平浪静，内里有暗流涌动，这些暗流随时都可能在爱

情的海面上掀起滔天巨浪。李商隐情路坎坷，所以他将自己有关情爱的感悟大量入诗，多数是用来消遣，而不是如当时人所言的微词。

对于李商隐的无题诗，我们先从最熟悉的一首开始了解。

无题

李商隐

昨夜星辰昨夜风，画楼西畔桂堂东。
身无彩凤双飞翼，心有灵犀一点通。
隔座送钩春酒暖，分曹射覆蜡灯红。
嗟余听鼓应官去，走马兰台类转蓬。

这首无题诗为一首七律，它后面还有一首七绝，这一组诗对于李商隐的无题诗而言，不算是特别隐晦的，不用结合他的传记就能看懂。我们来看一下这首七律。从整首诗来看，他写的是在一个贵族家的一场晚宴中与一名女子的邂逅。在后来回忆这段情感时，诗人用虚实结合的笔法，写下了对女子的思念和两人难成眷侣的惆怅。

首联是实景实写，先交代了时间和地点，诗中说的是昨天晚上的事，参加了一个贵族人家的晚宴。用“昨夜星辰”和“昨夜风”指明时间，用“画楼”和“桂堂”等建筑来展现设宴人家的富贵，用“西畔”和“东”点明相见的地点。

但是诗人又不只是在交代时间和地点，更重要的是通过环境的刻画来烘托气氛，两个“昨夜”做叠词，说明诗人一再重复表示对昨夜的难忘。紧接着诗人为什么说到星辰而不是月亮？因为月亮太亮，而星辰不与月光争辉，且星星的点点荧光会使得夜色更显浪漫。那这风只是和风与暖风吗？当然不，这风一定也有抚过美人后再吹到诗人身边的香风。有了“星辰”和“风”等自然事物，整个晚上的气氛变得如此浪漫。

那么人文景观怎么样呢？先看“画楼”，画楼是上有精美雕饰的楼房。古代没有起重机，建楼房是一件困难事儿，只有钟鸣鼎食之家才有能力建造画楼，而“桂堂”是用桂木这种名贵木材建筑的厅堂。在《河中之水歌》中，梁武帝以“卢家兰室桂为梁，中有郁金苏合香”来表现卢家的富有。此外，桂堂还有月宫的含义。诗人用“画楼”和“桂堂”这两个建筑物，不但将主人家的身份展示了出来，还为当夜的欢宴营造了旖旎华贵的气氛。

首联是实写，而颔联“身无彩凤双飞翼，心有灵犀一点通”就是虚写了。首联写的是昨夜的景色，颔联写的是现实的思考。诗人在这里用了“彩凤”这个意象，彩凤同凤凰和鸳鸯一样，可以作为爱情的意象，比如李太白在《长相思》中就用“赵瑟初停凤凰柱，蜀琴欲奏鸳鸯弦”来暗喻男女之情。彩凤可以振翅高飞，而诗人说的是自己没有彩凤之翼，那么自己自然不能与美人双宿双飞，这是一件遗憾的事儿。

但是诗人笔锋一转，又作了一个比，他说他们的心灵就像犀牛角一样，一点贯通，他们之间有着感应。通过这一句我们可以得到诗中两个重要的信息：一是女子的身份，一是女子对诗人的感情。

我们先来看女子的身份。是歌女？是舞姬？应该都不是，这名女子应是这个贵族人家的小姐。诗人是用“凤凰”来形容

这位女子的，如果是歌女或舞姬，诗人一般会用“流莺”或者“蜂蝶”来代指，而不会使用象征着高贵地位的“凤凰”这种意象。这里的主人是达官显贵，而他只是微官末吏，这对于他来说自然是高攀，他所缺少的双飞翼正是他们爱情的鸿沟——出身。

再来看女子对诗人的感情。“心有灵犀”现在已经成为一个成语了，表示两个人不用言语便能知晓对方心意的默契。在本诗中，女子知道诗人对她的感情，虽然双方有着身份差距的无奈，但李商隐是天下闻名的大才子，佳人爱才子那是天经地义的事儿，所以她对诗人还是有着好感的。同样，李商隐也知道佳人明白他的心思。

颈联再次回到实境的描写。这或许是昨夜酒宴上的场面，他和那位女子在“送钩”“射覆”等酒宴游戏中眉目传情。“隔座”和“分曹”说明两个人在保持一定的距离。或者是因为在真心爱上一个人的时候，往往会将心中所爱之人神化，继而产生仰视，所以不敢让自己靠得太近，又或者是因为缘分没到，总之两个人没有坐在一起，也没有分在一组。

还有一种解读是，这些场面并非他看到的实景，热闹的场面都是诗人的想象，这里是实写的虚景：富贵人家夜夜笙歌，此时此刻诗人昨夜遇见的女子是不是正在与他人玩着射覆和送钩的游戏，他们推杯换盏，觥筹交错，嬉笑喧哗，气氛热烈。然而诗人却在今夜思念当时的心有灵犀，渴望今日的重逢。空有心思却身无双翼，想象中的酒宴气氛有多欢快，诗人此刻的心情就有多寂寥。

尾联和首联一样，是实景实写，诗人想着昨夜的女子，辗转反侧，在不知不觉中已过了一夜。晨鼓声已经敲响了，敲碎了他的思念，诗人感叹又到了上朝的时间了。在骑马走向兰台的时候，诗人将爱情的怅然失去和自身如蓬草般飘零的身世结合起来，使得这首诗富有意蕴。

这里的兰台是指秘书省。武则天时期，中央机构曾有一次大的文艺化更名：中书省改为凤阁，门下省改为鸾台，六部按照吏部、户部、礼部、兵部、刑部、工部的次序改为天官、地官、春官、夏官、秋官、冬官，而秘书省改为兰台。其实在李商隐所处的时代，兰台已经改回秘书省了，而此处用兰台是为了让诗的意境更美。如果把兰台换成秘阁，那诗句的美感怕是要少一半了。这也体现了到了“小李杜”的晚唐时期，诗不再追求中唐时期的通俗平实和奇崛险怪，而是追求华丽的美感，这种美甚至有一点儿婉约，有一点儿晦涩。尤其是李商隐，他作诗的思绪之深，丰沛的情感如潺潺细流一样流出，字句雕琢上务求工、精、美等特点，让我们没有办法不爱上晚唐诗的风流。关于无题诗，这里我们不再做更多的分享，因为在讲完另一位大诗人之后，我们会对晚唐诗风做一个总结，届时我们会和李商隐那难解的爱情诗再度相逢。

盛唐诗风余脉——杜牧

本书主要是以历史时间为线索进行讲述的。之所以先讲李商隐，再讲比他大十几岁的杜牧，不只是因为他们的并称是李在前杜在后，而且因为他们的诗对后世的影响不同。

商隐诗对晚唐五代诗和宋初诗有着直接且深远的影响，从宋初的西昆体到清代黄仲则的情爱诗，它们身上都有着商隐诗的影子。杜牧的诗对于后世的影响与李商隐的诗对于后世的影响相比，实在是逊色了一些。

这并不能说杜牧的才学不如李商隐，而是杜牧诗风的优点所致。李商隐的诗学了杜甫诗的精严，而杜牧的诗承袭了太白诗的飘逸。这种天马行空的诗风最大的问题与太白诗一样，就是“不可学”。且不可学的原因也类似。诗风如人，杜牧和李白一样过于潇洒和气盛，这样的才子提笔便是自诩天下第一。如此，敢学的人才力不够，才力够的人不肯去学，才力够又肯去学的，又没有他们飘逸的气质。在诗史上找一个类似李商隐的诗人并不难，但是找个类似杜牧的，实在是太难了。

《唐才子传》称后人评价杜牧的诗如“铜丸走坂，骏马注坡”，这是说他的诗如铜丸从高处陡峭的斜坡滚下，像奔腾的骏马跃立于山坡一样“圆快奋争”。刘熙载在《诗概》中称杜牧之诗“雄姿英发”，这是说他的诗情感宣泄激荡，而豪迈俊爽之风又颇有太白诗风流潇洒之遗风。虽然在李白之后，尤其到了晚唐时期，诗人多推崇“沈宋体”，古体诗风渐渐不再流行，但杜牧不仅多有如《张好好诗》《杜秋娘诗》等古体之作，在律体中也多有拟古之作，笔力跌宕峻峭，超诣绝伦。

相对于他的诗风，有更多人因“十年一觉扬州梦”而对他的人生感兴趣，杜牧的一生不算一帆风顺，他常叹才不尽用，但从做官这件事来看，他至少要强于与他齐名的李商隐。从他的出身、经历、能力和成就来看，杜牧是一位揭开晚唐文学史序幕的传奇人物。既然如此传奇，我们就要通过几个有关他的标签来了解他的人生和诗风。

（1）杜牧的四大标签之一——贫穷贵公子

谈到出身好，我们就会想到《三国演义》中的袁绍，对袁家的介绍经常用到一个词：四世三公。这是说袁家四代都做到了宰相一级的位置，可谓是万石传家，豪贵数代。但是袁家和杜家比起来，那就有点儿不够看了。

问题出在袁家的繁荣只在东汉中后期，而杜家从西汉开始一直到中晚唐都是人才辈出。西汉时的名臣杜延年，受封侯爵且位列三公，并被汉宣帝排在了麟阁十一功臣第七位的位置上，位列于周勃、苏武之前，这是杜家第一位三公，完成了杜家入相的成就。

魏晋时期的杜预，更是文韬武略兼备，先后撰写《春秋左氏经传集解》和《春秋释例》，并作《善文》五十卷，可谓

文才天下。并且他力劝司马炎南下灭吴，夺取江陵，完成了西晋的统一，可谓武功盖世。后晋武帝追封其为征南大将军、开府仪同三司、成侯。杜预立下了不世之功，完成了杜家出将的成就。

到了唐代，先祖杜预的各支的后人，先后有十一位担任宰相，将四世三公的袁家远远地甩在了身后。杜牧和李白不同，李白在言自己出身高贵时，动辄便言其先祖与李唐王室同宗，杜牧则只需要说他的爷爷就可以了。杜家距离杜牧最近的宰相都没出三代，他的祖父杜佑虽然是以恩荫入仕，但通过努力和政绩在京城和地方历任要职，并在德宗、顺宗和宪宗三朝为相，封爵岐国公，并以三公致仕还乡，京兆杜家在中唐时期显赫一时。对于杜牧而言，从功臣先祖到宰执祖父，无论远近他都堪称出身高贵。虽然不一定能够做到“上品无寒门”，但在非常重视出身的唐代，他的出身无疑拥有入仕为官得天独厚的条件。

所以杜牧在考上进士之后，除了对自己的才气充满自信，对自己的出身也感到非常骄傲。刚刚以优异的成绩通过殿试和授官考试，一时间杜牧名动长安城，无人不识京兆杜郎。杜牧也自觉春风得意、前程锦绣，约上三五好友到终南山游玩。在山上他见到一位老僧正在说禅，感觉老僧看上去有些不凡，于是上前来攀谈。要么是这位禅师的语言没有别的僧人的语言那么烦人，还能给他的内心带来一点波澜。要么是围观群众听了他们的对话，掌声雷动。于是杜牧向老僧自报家门。当时的场景可能是这样的：

杜牧：我是杜牧。

老僧：那边是下山路。

杜牧：我是刚考上常科和制科的双料进士杜牧。

老僧：离这里不远有个华清池。

杜牧：我是杜希望曾孙，杜佑之孙，家住杜曲的杜牧杜樊川。

老僧：哦……你好烦……

在出家人面前撞了南墙，杜牧可能没少被同游的小伙伴们笑话。可意气风发的杜牧并没有垂头丧气，反而以自嘲的方式写了一首诗，也顺便话里有话地怼了一下老人家：

北阙南山是故乡，两枝仙桂一时芳。

休公都不知名姓，始觉禅门气味长。

这首诗名曰《赠终南兰若僧》，属于杜牧早期年轻气盛作品的代表。他在禅师处吃瘪后，以诗“自嘲”，先以祖先的荣耀来为自己加持：“你知道我家住哪儿吗？”这看似简单的一句话，却有几百年的骄傲。杜牧家所在的城南杜曲在长安历代都是钟鸣鼎食的豪门显贵之家的聚居处。更重要的是住在这里也就罢了，这片富人区还冠以杜姓，可见杜家影响力之大。

夸完自己的身世，那就要再说说自己的成绩了，毕竟在大唐这么多的恩荫入官的“官二代”中，难免充斥着一些不学无术、坐吃山空的混子。杜牧这颗璀璨的骊珠可不愿意和这些鱼目们等量齐观，故自云“两枝仙桂一时芳”。“仙桂”喻指科

举功名，“一时芳”是直言名噪当时。

可对于“两枝”，诗词鉴赏家们有不同的看法。一说是指杜家两位最优秀的同辈人，一位当然是杜牧他自己，另一位是杜牧的伯父家的长兄杜悰。这位杜悰虽然名声不如杜预、杜佑的大，却拥有杜家亘古以来的最高职务，他先是于宪宗年间迎娶公主成为驸马，后历任光禄大夫、京兆尹、节度使、宰相等要职，最后以太师职务盖棺。杜牧考上进士那一年，杜悰正在担任京兆尹一职。持此种观点的人，认为杜牧是把自己放在和功成名就的长兄同样的地位。

另一种观点认为，“两枝”并不是指杜家的两位达人，而是指杜牧一年内两场考试的高中。一场是礼部在洛阳组织的进士科（常科）考试，杜牧拿了第五名；另一场是吏部贤良方正直言极谏科（制科）的考试，这场考试决定他是像诗坛前辈王维、白居易一样“晓随天仗入，暮惹御香归”地留京做官，还是像高适、孟郊一样去边远小县过着“拜迎长官心欲碎，鞭挞黎庶令人悲”的县尉生活。关于这个答案，我们可以看杜牧的另一首诗。在考中制科之后，杜牧曾骄矜并含蓄地写下一首《重登科》，通过这首诗，我们就能看出他的为官第一站去了哪里。

星汉离宫月出轮，满街含笑绮罗春。
花前每被青蛾问，何事重来只一人。

这首诗叫《重登科》，杜牧不是已经考上进士了，怎么又重新考了一遍？难道那次的成绩不算了？其实并不是，这体现了大唐科举制度的规则。

科举考试考中进士最差也能当知县，那是明清时候的事儿，出来就能当官那也是北宋时期。大唐凭借科举制度当官的，与靠战功和恩荫当官的相比只是九牛一毛。即便是这样，被礼部进士科考试录取的还不能被马上授予官职。还要等到第二年春天参加吏部组织的春关考试，而春关考试一般以制科形式出现，李商隐就是在这里倒霉了一把，差点儿礼部进士白考。

春关考试是一场进士分配考试，决定你是去北大清华还是去北大青鸟，是去兰州大学还是去蓝翔技校。成绩最好的几位才能留京，在皇帝和宰相身边工作；成绩差的就去边远县城，去当分管治安和建设的县尉。“春风得意马蹄疾，一日看尽长安花”的孟郊同学，就是在春关考试前过于嘚瑟，成绩不理想，只能前往小县城任职。

那杜牧呢？他的成绩好得简直令人发指。这首诗把他的得意体现得淋漓尽致。在这场分配考试中的所有进士，只有杜牧有资格留在京师任职。诗中的“何事”和“只一人”反映出了杜牧的无奈，怎么就变得这样一枝独秀了呢？怎么就变得高处不胜寒了呢？

杜牧用实力证明了自己是这一批进士中最为优秀的人，被授予校书郎，留在京师为官。

从上面两种观点来看，如果认为“两枝”指代的是杜家的二位才子，那么这位读者不是没有经历过狂喜，就是太不了解杜牧这个人。骄傲如他，他是不会拿这位口碑很差的高官大哥来抬高自己的身价的。

我更倾向于第二种理解。在他两次考试顺利的情况下，他认为自己也一定会如祖父一样出将入相，而进士及第又常被称为蟾宫折桂，将诗中的“两枝仙桂”理解为常科和制科的双双折桂，就是进士考试的双折桂。两次折桂使得杜牧名满京城，加上优秀的出身，当时无人不知无人不晓就显得很合理。这种理解符合杜牧当时的个人情况和性格特点。用两度蟾宫折桂告诉面前的老僧“纷吾既有此内美兮，又重之以修能”，是强调在出身高贵的青年中我是最有才的，在才高八斗的士子中我是出身最好的。

在自矜之后，老僧居然不知道他的姓名和突出事迹，这让杜牧怏怏不乐：“休公都不知名姓。”这是说，我都已经这么优秀了，况且这终南山就离长安不足百里，你居然还不知道我姓甚名谁，有何成就吗？刚还在意气风发的他一下转入失落之中。但是骄傲的杜牧是不会甘于承认自己还是不具名的小角色的，况且身旁还有一起来游览的同年士子，他绝不会吞声不言，甘心吃瘪。于是就有了看似自打圆场，又暗带讽刺地回答：“始觉禅门气味长。”“始”字很关键，如果早知禅师不知他，他不会自讨没趣地去问禅师：“我……杜牧……认识吗？”这里突出此处是禅门，是在说禅门与帝都是两个世界，身处佛门而不知世俗事是很正常的事情。杜牧用良好的逻辑思维说服了自己，也告诉了好友，不是自己名声不够大，而是人家和他们不在一个维度。

对于最后的“气味长”，曾有人解释为：诗人感叹佛家思想的深邃和意味深长，从而体现他与僧人论道后自谦的一面。这种解释看似很有道理，但这种解释一点儿也不符合杜牧。杜预之后的杜家诗人历来有狂放之风。初唐杜审言曾说“苏味道看了我写的文章，一定会羞愧到死的”。盛唐“诗圣”杜甫是“自笑狂夫老更狂”，而杜牧的狂甚至要超过这两位。此时他正值年轻，又才擢双桂，自谦对于他来说尚不知为何物，他会在朋友面前向僧人低头？想太多了。

那诗中的“气味长”又是何意呢？这应该从文学和心理学双角度来进行分析。从文学上来看，中国的古典文学大体是一字一词，双字和多字词的大量出现要在新文化运动之后。尤其是在高度凝练的绝句当中，除了专有名词的使用，基本都是一字一词。此处的“气味”在训诂时要拆作“气”和“味”两词来进行分析，上文观点得出的自谦结论，是将“气味”作为一个词来理解的，这从诗词赏读角度来看是有瑕疵的。

再从心理学上看，要从杜牧全诗的意图入手，本诗的任务无非两条主线、一条支线。主线为脸上贴金和找回场子，贴金的任务已经被前两句完成了；在支线上如果能反怼老僧一下那就更刺激了。我们先从主线主题来理解，根据与老僧对话的场景进行分析，“气”和“味”可理解为佛家用语，气为胸怀，味为要旨和意义。杜牧通过夸赞老僧深远的胸怀和旨趣，突出了老僧非尘世中人的身份，完成了找回场子的主线目标。而“长”字，就颇为值得玩味了。长似乎是空门知晓世间万事的路径长。这讽刺意味就出来了，就好比如今用脑回路较长来说人笨一样，小杜在暗讽老僧反应太慢，竟不知历代公卿的杜家又出了他这样一位前途无量的青年才俊。

可就是出生在“去天尺五”的杜家，杜牧在回忆少年时却说：“某幼孤贫……有屋三十间，去元和末，酬偿息钱，为他

人有……奔走困苦，无所容庇……食野蒿藿，寒无夜烛。”一个堂堂宰相的孙子，每天吃野菜，晚上家里没有蜡烛，这实在是难以想象。难道杜牧一家都是败家子，因沉溺赌博或声色欠了钱，不得不当掉三十间祖屋吗？

并不是这样，在这样贫穷的环境下，杜牧仍然不舍得卖掉身边的一百多卷书籍，家里真是穷得只剩下书了。即便是晚上没有蜡烛，他也会带着弟弟一起背诵古书，这样刻苦读书的兄弟怎么看也不像是“百万千金买歌笑”的纨绔子弟。上面这段叙事出自杜牧的自书，或许情节上有些夸张，但他年少时的穷困是真实的。那么这不足三代的宰相门栏杜牧家怎么会沦落到这般田地呢？

答案就在杜牧自述中的“孤”字上。通过晋代李密在《陈情表》中的话语，我们可以了解这个“孤”字的含义。李密言：“生孩六月，慈父见背。行年四岁，舅夺母志。祖母刘闵臣孤弱，躬亲抚养。”由此可以看出，杜牧早年丧父，遂被称为孤。自言孤贫，正是因为父亲去世。杜牧的父亲名叫杜从郁，是杜佑的第三子，以恩荫入仕，一直在京任职，且职务清要。可谁知天不假年，他体弱多病，在杜牧尚年幼时便在驾部员外郎任上去世。

由于父亲官做得不够大，杜牧兄弟二人无法享受恩荫待遇。所以父亲死后，杜牧和兄弟便没有了生活来源，只能举债度日。没过多久杜牧家在樊川的三十间房屋全部被收掉，杜家的奴仆是饿死的饿死，跑路的跑路。杜牧一家人只能躲进破庙里居住，靠杜牧的成年兄长去发达的亲戚家讨钱粮度日。

出身显赫，且经历了家道中落的杜牧，并没有被贫困夺志，而是带着弟弟一起朝读暮诵圣贤经典。即便是在母亲多次提出不许他再读书的情况下，他依然不忘学习的初心。正所谓“有志者，事竟成，破釜沉舟，百二秦关终属楚”，杜牧年方二十时，散文、诗赋、策论便已闻名天下。在进士科开考前，文坛前辈吴武陵手持《阿房宫赋》找到主考官，自带干粮为杜牧加油。杜牧在省卷中也不负其出身和才气，在大唐科举“五十少进士”的考试中，以第五名的成绩进士及第，而这一年他才二十六岁。此时，透过历史的镜头，我们能看到一位身骑骊驹的前进士，正从东都洛阳向西驰骋，远处潼关内的西京长安是他的故乡，而这里也有他对未来的希望。

（2）杜牧的四大标签之二——“不得已”的风流客

遣怀

杜牧

落魄江湖载酒行，楚腰纤细掌中轻。

十年一觉扬州梦，赢得青楼薄幸名。

这首《遣怀》是杜牧回长安时因怀念扬州而作，一句“赢得青楼薄幸名”让他坐实了浪荡不羁、艳游无度的风流才子盛名。同时，“青楼”这个意象在诗词中喻义专有化，从指代大户人家的意象，变成了勾栏妓馆的代名词。

不止如此，杜牧在扬州还有不少风流佳作。与友人调侃写下“二十四桥明月夜，玉人何处教吹箫”，与风尘女子依依惜别写下“春风十里扬州路，卷上珠帘总不如”，在把酒告别时

深情款款地说“多情却似总无情，唯觉樽前笑不成”。

在杜牧的诗中，大唐的扬州是繁华之都、浪漫之邑、烟花之城。二百年后好“自作新词韵最娇”的姜夔偶过扬州，见物是人非便悲从中来，自度新曲，以扬州城为名填词《扬州慢·淮左名都》。这首词铺景触情，让人感慨颇深，但在用典时只提到了杜牧的名字，还化用了他的一句诗。“杜郎俊赏，算而今重到须惊……二十四桥仍在，波心荡，冷月无声。”杜牧的诗和姜白石的词一道，让杜牧成为扬州城中风流才子的象征，而这一切都源于杜牧的一段不得志的幕僚生涯。

在杜牧的第一个标签中我们提到，由于常科和制科成绩突出，杜牧被留在京师担任校书郎。虽然官衔不高，但是这已经是唐代进士为官最好的安排之一了。这一职务主要负责文书和宫廷典籍的校勘，是晋升翰林学士、给事中和中书舍人等清要官职的必由之路。北宋时期的黄庭坚和陈师道在刚任校书郎和正字（比校书郎还低的职位）时，对自己的前途充满了信心，校书郎和正字可以说是同品级官职中的清要之选。但不知是因为这份工作太闲了，还是因为不够刺激，还是因为幕府升迁快的诱惑，才进入官场不到一年，杜牧就准备去其他地方。

他先是应邀进入与杜家世代交好的江西观察使沈传师的幕府，担任官职较低的巡官。说来也巧，同年李商隐也被令狐楚聘为幕府巡官。在沈传师入京以后，以才闻名的杜牧又受聘于淮南节度使幕府，这位幕主是在他的一生中对他帮助最大的人，也是因为这一层关系，他卷入中晚唐时期历时最长的一次党争，这位幕主就是牛李党争中的牛党领袖——牛僧孺。

当时大唐的战事多集中于北方，淮南节度使所镇守的江南太平无事，作为幕僚的杜牧便才不能用，志不能舒，于是他“不得已”地将在江西幕府养成的章台宴饮的习惯带到了扬州。然而繁华的扬州娱乐行业的发达程度又远远超过洪都，就像杜牧的诗坛至交张祜在诗中描写的那样：“十里长街市井连，月明桥上看神仙。人生只合扬州死，禅智山光好墓田。”这里的十里长街是繁华的闹市，月明桥上满是出自烟花巷陌的美姬，无事可做的风流才子杜牧又岂能不动心呢？于是他又“不得已”地让自己沉沦于弦歌和樽前。在扬州幕府两年多的时间里，杜牧不过是做些日常的应酬，或者是写些迫不得已的谄媚文章，基本没什么正事儿可做。在这个铁拳打到棉花，有劲儿使不上的工作岗位上，杜牧成了秦楼楚馆的常客，因此在归京之时还发生了一段小插曲。

在归京之前，幕主牛僧孺亲自为杜牧送行，席间这位有着宰相身份的节度使借着酒劲很委婉地和即将进京的杜牧说了些悄悄话：“你才高八斗，本来就已经够被人嫉妒的了。平时行为检点一些，别在京城被人抓到把柄。”杜牧听罢先是面红，而后假正经道：“我还是很注意社会影响的，感谢领导提醒，我有则改之，无则加勉吧。”牛僧孺静静地看着他表演，并没有配合，随后笑而不语，拿出一个盒子交给他。杜牧打开盒子的时候，先是恨不得找个地缝钻进去，而后马上对恩公牛僧孺感激涕零。原来他每个翘班出去风流的夜晚，都有节度使帐下的士兵在暗中保护着他，同时士兵把他每次去的场馆和消费记录都记在了小纸条上。牛僧孺对于他可谓煞费苦心，杜牧也不含糊，在这次回京之后立刻就在党争中投桃报李。

在扬州城的夜夜笙歌就是他的情感寄托，虽然在脂粉堆和

销金窟里都是逢场作戏，但是时间一长，对于戏里戏外的角色也难免动些真感情。比如这一次作别，为了一位青楼姑娘，他一夜黯然销魂。

赠别・其二

多情却似总无情，唯觉樽前笑不成。

蜡烛有心还惜别，替人垂泪到天明。

“黯然销魂者，唯别而已矣”，在通信基本靠吼和交通基本靠走的畜力交通运输时代，每一次离别都可能是永别。与亲人离别或是“劝我早还家，绿窗人似花”，至少还有家可归。与朋友离别或还有“海内存知己，天涯若比邻”的豁达，但是与身不由己的歌女的离别，或许只能是“记得绿罗裙，处处怜芳草”了。

他又走入熟悉的楼馆，进了熟悉的房间，看见熟悉的笑容，倾听熟悉的乐曲，望向熟悉的红烛。可是今夜的心情却很陌生，他的心境与往常全然不同，在心里已经预演了数次的尽兴而欢别的场景，到了真正开始上演的时候，他却连一句情话也说不出来。并不是因为紧张，而是因情多不知从何说起。每次张开口后，总是话到嘴边又咽下去的欲说还休。无言以对，只剩下面面相觑，杯中的美酒和眼前的美人都不能让他忘记即将离别的现实。明日，他就要告别眼前的佳人，告别熟悉的生活，告别繁华旖旎的扬州。面对现实，作者就连强颜欢笑都无法做到。这本是宦游之人早应该熟悉和习惯的场景，而之所以如此难过，只因为诗人太多情。

不忍分别，不能言语，也不想说自己有多少不舍和难过，而是将目光投向了这燃烧过半的红烛。“蜡烛有心还惜别，替人垂泪到天明。”诗人将蜡烛拟人化，将烛芯视作惜别之心，蜡烛因他们的即将离别而流下了泪。诗人感受到红烛替“我”落泪，而彻夜未眠，这也更好地表现了他不忍离去的感伤。相比“楚腰纤细掌中轻”的狂放，相比“春风十里扬州路”的俊朗，这一晚的杜牧情感是深沉的，他用绝美的比兴将缱绻的情思和内心的缠绵悱恻淋漓尽致地表现出来。从此，“红烛垂泪”在诗词中常被用作深情又余味连绵的感情意象。比如晏殊在词中这样表达思念：“念兰堂红烛，心长焰短，向人垂泪。”又比如千古伤心之人晏几道如是写惜别之情：“红烛自怜无好计，夜寒空替人垂泪。”烛泪垂下一滴，别酒便饮一盏，伤心徒增一寸。

在他离开扬州后，或是牛相的叮嘱，杜牧在长安收敛了不少，可谁知不久又遇到了甘露之变前夜的乱局。幸而作为监察御史的杜牧出监东都，远离了京师的争端。于是这位“不得已”的风流才子又回来了。杜牧在洛阳的时间不长，但这段时间内发生的两件事对他的影响不小。第一件事，就是在李党骨干李绅升任宣武军节度使，洛阳百姓夹道相送之时，杜牧派人将欢送队伍驱散了。这件事坐实了他的牛党身份，虽然后来杜牧对此事表示悔意。

第二件事就是主动要求参加李司徒的晚宴。当时杜牧是言官身份，因为岗位避嫌，洛阳当地的官员聚会普遍不敢邀请他去。有一日，杜牧听说闲居洛阳的司徒李听在大摆宴席，几乎邀请了在洛阳地区的所有的官员和名士，而自己却没有被邀

请。于是不在邀请之列的杜牧便主动报名参加，李听在惊喜和无奈之余给这位风流才子送去了邀请函。

杜牧到了之后先是自斟自饮，自得其乐，已为众人侧目，随后他又对主人说道：“听闻君家有位歌姬名叫紫云，有绝代之色，能否请出来让我见一见？”主人指着紫云向杜牧介绍，杜牧再斟一盏，而后大笑云：“这样的绝代佳人应该送给我。”李司徒和在场宾客、歌姬忍俊不禁。杜牧旁若无人地又自酬三杯，口占一首绝句：“华堂今日绮筵开，谁唤分司御史来？偶发狂言惊满座，三重粉面一时回。”小杜不只是诗风与太白相近，酒后疏狂之气和飘逸之态亦似太白。从此杜牧风流浪荡的名声传遍了两京官场，虽然在中晚唐时期官员狎妓之风盛行，但风流的名声对于杜牧后来官职的升迁，还是有不小的影响的。

之后，杜牧离开了两都这样的是非之地，进入了宣州幕府，继续他的幕僚生涯。于是他再一次成为闲人，经常进行一些周边游的活动，期间也发生了不少风流韵事。

叹花

杜牧

自是寻春去校迟，不须惆怅怨芳时。

狂风落尽深红色，绿树成阴子满枝。

传说杜牧在湖州刺史的陪同下游览湖州，刺史是他的朋友，这位刺史知道杜牧喜欢在湖光山色之间相伴美色宴饮，于是他为杜牧把全州最好看的歌姬都请来了。

看惯了长安和洛阳秦楼楚馆里的女子的杜牧却没看中刺史找来的歌姬，这就让刺史大人很没有面子了。杜牧这时也给了刺史台阶下，说道：“并不是湖州没有美女，而是你找的这些我都没相中。”于是刺史和杜牧外出游览，杜牧看上了一个十来岁的女孩子。当时那个女孩子身边还站着她的母亲，还是幕僚的杜牧就和女孩子的母亲说：“过个十年，我一定会来这里做州刺史的，到时候我要娶她为妻，可否请她等我十年，十年内我若不来则任她别嫁他人。”于是杜牧给了那位母亲一笔钱作为聘礼，和这个女孩子定下了十年之约。

后来，杜牧真的当上了刺史。从京师三次去往外州，先后去了黄州、池州、睦州，可他一直无缘到湖州去担任刺史，这也就使得他没办法完成那个十年之约。在他四十八岁那年，经过屡次上书，朝廷终于将他外放湖州。他到湖州的第一件事就是履约，去迎娶当年的豆蔻佳人。杜牧找到她的母亲时，却得知她在三年之前已经嫁为人妇。杜牧责备女子母亲道：“不是说好等我十年，而且你收了我的聘礼了，怎么能毁约呢？”女子母亲哭诉道：“孩子已经等了你十年，还多等了一年，后来见你迟迟不来才在三年之前嫁为人妇，今日离与大人定下约定之日已经过了十四年了。”清代诗人黄景仁也曾在情诗《感旧四首》中以此为典，写下“多缘刺史无坚约，岂视萧郎作路人”的佳句。

听到这些话的杜牧也只能遗憾作罢，这场十年之约终因他的误期而未能完成，于是他又当场给了那个女子的母亲一笔钱，快快离去并写下了这首诗。在湖州刺史任上只做了一年，杜牧就得以升迁，回京任要职——知制诰。这也是他的人生中

被记录的最后一件风流韵事，自湖州返京后的杜郎中再也没有为人津津乐道的新故事。不久这位风流才子又升任中书舍人，开始了他仕途上最为顺利的一段时光，而这段时光也是他人生中最后的时光。

（3）杜牧的四大标签之三——被耽误的军事家

有些读者在看到将杜牧归为军事家时不免心头一震，会想到类似于诸葛亮斩颜良、诛文丑，宋江手持板斧冲出法场，唐僧用九尺钉耙大闹天宫的场景。但事实上，杜牧的确是一位军事家。虽然他在历史上的诗名和文名光芒太过耀眼，使他那杰出的军事成就变成了“灯下黑”，但他的军事战略眼光和在兵法上的成就仍不能被掩盖。

中国民间有“龙生龙，凤生凤”的说法，优秀的人才好像都有优秀的祖先，就算没有也会有好事者帮忙考证出来几位。但是对于杜牧来说，完全没有编造的必要，自西汉以来的高门望族，杜氏为相者十个手指都数不过来，让杜牧带上点儿军事家血统更是易如反掌。尚且不说西晋灭吴的杜预，就连杜牧的曾祖和祖父都是有名的军事家。

杜牧的曾祖杜希望，是玄宗开元后期的著名将领。史书对他的评价是“重然诺，所交游皆一时俊杰”。杜希望不但继承了先祖杜预善于指挥的优点，而且精于骑射，武艺了得。在开元二十六年唐朝与吐蕃的河西之战中，杜希望率军攻占新城，斩敌数千，使得唐军士气大振。后来他长年驻守镇西军，吐蕃主动向其求和，杜希望没有同意。这是因为他深知，对付经常入侵的吐蕃人，必须要将他们彻底打服打怕。于是杜希望领兵击敌，历经大小数十战，最终擒获吐蕃将领。当时王维有诗赞其曰："天上去西征，云中护北平。生擒白马将，连破黑雕城。"

杜希望的第六个儿子杜佑，不但任三朝宰相，而且在军事上有着杰出的成就，他编注的《通典》对军事制度有详尽的记载。在宪宗时期，杜佑还曾上书要求拒绝边将因贪功请战而擅开边衅，为元和中兴创造了良好的外部条件。此外，杜佑曾为《孙子兵法》作注，而他所作的注也被视为《十一家注孙子兵法》中的一家。

连续两代长辈的影响，加上大唐"功名只向马上取"的传统，杜牧从小熟读兵书，他的军事水平相比祖父，可谓"青出于蓝而胜于蓝"。在年轻时，他屡次向宰相、李党领袖李德裕上书言兵事，许多建议获得采纳和认可，并在平叛中发挥了作用。

在四十七岁时，杜牧完成了他的军事著作《孙子兵法注》，并把它献给了当时的宰相周墀。杜牧的《孙子兵法注》被认为是水平最高的、最为重要的《孙子兵法》注解之一。

关于《孙子兵法》的注解，有两种说法。第一种说法是上文提到的十一家注，包括曹操、梁孟氏、李筌、贾林、杜佑、杜牧、陈皞、梅尧臣、王皙、何氏与张预的注；第二种说法范围要小得多，只有三家注（曹操的、杜牧的和陈皞的注）。但无论是哪种说法，都含有杜牧的注解，可见杜牧的军事能力已为后世军事家所认可。不只如此，我们还能从他的诗中看到他对国家防御和边塞战事的关心与牵挂。

河湟

杜牧

元载相公曾借箸，宪宗皇帝亦留神。
旋见衣冠就东市，忽遗弓剑不西巡。
牧羊驱马虽戎服，白发丹心尽汉臣。
唯有凉州歌舞曲，流传天下乐闲人。

河湟，是指唐代位于黄河和湟水合流处的若干州郡，这里是指初唐和盛唐时期的西部军事重镇，也是唐朝曾经最为富庶的地方。岑参曾称“凉州七里十万家”，可见仅一凉州人口近十万户，故当时称“天下富庶，无出陇右”。

安史之乱爆发，原本用来防御吐蕃的西域诸州军队被调遣至洛阳，吐蕃军队乘虚而入，在十数年间拿下了陇西诸州，彻底切断了安西都护府、北庭都护府和朝廷的联系，河湟之地尽归胡人，河湟之地的汉人也沦为胡人的奴隶，生活方式也逐渐胡化。二十年后，一代人的时间过去了，河湟汉人没有等来回归大唐。反倒是在唐德宗建中年间，唐蕃于清水会盟，唐朝政府竟然在强虏的胁迫下以“务息边人，外弃故地，弃利蹈义”为由，签署了不平等条约，承认吐蕃所占州县全部归蕃。一场会盟，河湟人没有盼到回归，等来的是母国对他们的彻底放弃。以上就是杜牧的作品《河湟》的创作背景。

虽然屈辱的外交协议已经签下，但是大唐有些人始终没有忘记这片土地和土地上的百姓，这些人包括作诗人和诗中所写的人。“元载相公”是代宗时期的权相元载，他在当时的权势可以和中兴名将郭子仪、权宦鱼朝恩相提并论。元相虽然在挑拨鱼朝恩和郭子仪的关系上不遗余力，在贪赃枉法、卖官鬻爵、铲除异己的道路上不曾停歇，但是对于河湟地区之于大唐的作用有着清醒的认识。元相曾上奏西北边事，请求修筑原州城，设置军镇和县城，绘制陇西地区的防御地图，为防御吐蕃和收复河湟做准备，但他的上书未被皇帝采纳。

后来，由于元载日益骄纵，唐代宗对他所做的思想工作不起作用，在大历十二年，唐代宗将元载及其全家赐死，将其所附党羽处死。同年代宗下令掘其祖坟隳其家庙，煊赫一时的元相就此凄惨落幕。

这首诗中的“衣冠就东市”引用的是汉景帝时晁错的典故。当时七国打着“诛晁错，清君侧”的幌子发动叛乱，汉景帝决定以牺牲晁错为代价，谋求七国退兵，于是将还穿着朝服的晁错骗到了东市，将这位帝师和忠臣就地腰斩。晁错虽然在削藩之事上操之过急，但人品还是过硬的。杜牧在颔联引用晁错的典故是对元载的回护，原因是代宗之子唐德宗登基后，因元载拥立有功而为其平反，也欲借元载想要收复河湟之事提高他的身份地位。

不只是宰相和群臣惦记着河湟失地，大唐的皇帝也无时无刻不在期盼着收复这片要地。比如有“元和圣天子”之称的中唐明君唐宪宗，在看大唐疆域图时也曾因河湟失陷而发出感叹。但是这位在平定藩镇中有过灭刘辟、除李琦、定淮西、讨淄青功绩的明君还没来得及部署收复河湟的战略便撒手人寰了。这位效仿“太宗之创业”“玄宗之致理”并创下“元和中兴”的君主，在九泉之下一定不甘心自己成为大唐第一个被宦官所杀的皇帝。为了河湟，诗人将奸相元载与晁错相提并论，

将宪宗这位明君比作了华夏族的始祖——黄帝。黄帝在乘龙而去之后只剩下了弓和剑，而“不西巡”似乎使用了周穆王的典故，进一步明确：因宪宗皇帝的离世，在国力最强的中兴时代，大唐没有向占据河湟的吐蕃开战。

颈联描述了河湟遗民的处境，他们在吐蕃统治者的逼迫下不但身穿戎服，就连生产生活方式也从农耕文明转型为游牧文明。这在诗人看来不只是困在河湟的汉人过着水深火热的生活，这更是历史的倒退。虽然他们处境艰难，但是过了几十载，他们仍然心向汉家，愿为汉臣。公元836年，唐使前往西域的途中经过凉州故地，河湟遗民拉住大唐使者泣不成声，问道：“皇帝犹念陷蕃生灵否？”遗民丹心皇天后土可鉴，那么此时的朝廷还有没有像宪宗皇帝和元载相公那样的收复失地、迎回子民的想法呢？

杜牧在尾联并没有直说，而是直接荡开一笔，不再就收复河湟的计划展开描写，也不再就当地的风景和人物泼墨，而是将视角拉回到眼前。如今大唐和河湟之地有关的或许只剩这《凉州曲》了吧，而不解此曲之意的闲人们，不为失去故地而感伤，反而沉浸在乐曲的美妙之中，这心可是真大啊。更可悲的是，这样的闲人还不是一个两个，当时的《凉州曲》已经成了大唐流行歌曲之一，可见当时的社会风气。这些闲人里不只有普通百姓和富贵人家，还包括边塞的将军、台省的宰相，以及高居庙堂的皇帝。

如果说杜牧和王昌龄、岑参一样，通过写诗记录了边塞风光，感慨嗟叹了战场的残酷，体会了士兵戍边的艰辛，夸奖了将军的英明神武，那么他也能算是一位边塞诗人。但是杜牧的边塞诗除了与河湟有关的几首，就是在黄州时因回鹘入寇的几首，这些边塞诗的数量与质量和他其他作品的数量与质量相比较，实在不算突出。因此，与其说他凭借几首边塞诗勉强跻身边塞诗人行列，不如说他凭借出色的军事思想和战略眼光算得一等军事家。

早在杜牧科举入仕前，就曾投书给昭义节度使刘悟，建议其出兵攻击背叛朝廷的藩镇——幽州和成德。其言辞急激，直指刘悟不服从朝廷的管理是拥兵自重，并以历史事典陈词利害。后来又以白丁身份上书宰相，这不仅是因为他的勇气，更因为他着眼全局思考的军事战略思维。在他任黄州刺史时，回鹘因发生内乱而南下侵扰大唐，得知消息的他虽然身在内地，但一直关注北方边境，不甘作壁上观的他作诗明志："平生五色线，愿补舜衣裳。弦歌教燕赵，兰芷浴河湟。"

不只是以诗明志，他还主动向执政的御史中丞李回毛遂自荐道："性颛固，不能通经。于治乱兴亡之迹，财赋甲兵之事，地形之险易远近，古人之长短得失。""不能通经"，这是杜牧的谦辞。他想要表达的是，相比文采，他的军事才能更为出众，希望在这治乱交替的时代他能够才尽所用，希望能借助李回的推荐参与到朝堂上的军国大事中来。

到了唐武宗时期，李德裕成为皇帝最信任的宰相，军国大事可以说是悉从李出。身为外朝官员的杜牧，积极地向李德裕上书论兵，很快杜牧的机会就来了，而这也是导致他官场厄运的伏笔之一。

曾上书声讨仇士良的泽潞节度使刘从谏去世后，其侄子刘稹在没有朝廷任命的情况下自立留后，并上书请求朝廷承认这

一既成事实。这是中唐藩镇的一贯套路，已经见怪不怪了，当年刘从谏就是这样继承的他爹刘悟的位置。对，这个刘悟就是当时杜牧投书的那个昭义节度使刘悟。但是这一次可不是穆宗时期的朝廷了，泽潞不同于边镇，是大唐内地领土的节镇，一旦任由将领世袭罔替，私相授受，那么对于朝廷来说无疑是在身边安装了一颗定时炸弹。

这次泽潞军镇的请求被唐武宗和李德裕严词拒绝，藩镇大将郭谊遂教唆自任留后的刘稹起兵造反。杜牧遂不顾党争背景，迅速上书宰相李德裕，谈论如何平定泽潞战事。杜牧从全局战略出发，提出以下建议：朝廷派河阳军驻守关隘，不主动攻击敌人；同时利用泽潞与其东面几个藩镇的矛盾，令成德和魏博两镇在东侧夹击叛军，断其粮草；西线，调遣朝廷控制的各节镇、各州的精锐部队，如李愬雪夜破蔡州一样长驱直入，直接攻打其治所上党，则泽潞叛军将土崩瓦解。

此计妙吗？当然妙。这是一份很有战略高度的建议，杜牧不但了解军事地形和周边势力，还了解各支部队的素质和特长，并且抓住了藩镇叛军的弱点。这不是纸上谈兵，而是对大唐军事形势的整体把握，是对一场重大战役进行的周密部署。这篇上书充分体现了杜牧的战略思想，并展现了他那优秀的军事才能，这篇上书就是《上李司徒相公论用兵书》。

那么李德裕到底有没有采用杜牧的建议呢？北宋欧阳修在《新唐书·杜牧传》中言：“俄而泽潞平，略如牧策。”朝廷平定刘稹的方略与杜牧献上的计策基本一致。虽然文章没有直接提到李德裕采纳了杜牧的方略，但杜牧作为出刺一州的地方官员，能与朝廷首相李德裕有着同样的军事思想和战略眼光，至少可以说明他在军事方面有着帅才。

然而司马光认为，李德裕的战略布局一定来源于杜牧的上书，其在《资治通鉴》中言："时德裕制置泽潞，亦颇采牧言。"无论是英雄所见略同，还是上书被采纳，这都是杜牧堪称大唐晚期优秀军事家的实战例证。加之他那流传千年的《孙子兵法注》，杜牧堪称理论和实战双料军事大家。当他看到朝廷在泽潞战场上按照自己的战略部署用兵时，他对胜利和大唐的复兴更是充满了信心，于是提笔写下"屈指庙堂无失策，垂衣尧舜待升平"。

如此有战略眼光、有战局意识、有战术思想的杜牧为什么会在战事频繁的中唐得不到重用呢？说到被耽误还是要说回他向李德裕上书的事儿，这是杜牧最得意的手笔，也是他被牛党中人认为"骑墙"的开始。说到底，杜牧未得到重用还是因为牛李党争。

杜牧以科举入仕，曾于牛僧孺帐下为官，颇受爱护和重用，自然被视为牛党中人。在洛阳任分司御史时，杜牧曾出兵驱散为李党骨干李绅送行的民众，从此站在了李党的对立面。但在会昌年间，杜牧多次向在朝的李党党魁李德裕上书言事，并题诗夸赞当时掌权的李党宰执，从而被牛党视为骑墙派。被牛党视为骑墙派，被李党视为政治对手，杜牧的境地非常尴尬。李党执政时，杜牧在朝中没有位置，先后出刺黄州和池州。在黄州有一段时间他天天郁闷，不时怅然。"多少绿荷相倚恨，一时回首背西风""不用凭栏苦回首，故乡七十五长亭""秋声无不搅离心，梦泽蒹葭楚雨深"这一系列暗色调的诗句都是杜牧在黄州任上所作。

在唐宣宗继位后，随着李德裕从出镇荆南到远贬海南，李党彻底倒台，牛李党争终于宣告结束。白居易的堂弟白敏中任相后，遭贬谪的牛党骨干纷纷回朝。此时自认为是牛党中人的杜牧也期待着回朝，实现参与军事的理想。但是他迎来的调令并不是回朝的调令，而是去距离长安更远的睦州任职的调令。这如同贬谪的迁官，是来自牛党中人的报复。从此之后，无论是在朝还是在野，杜牧再也没有机会参与朝廷的军事行动。

但是不甘心的杜牧并没有停歇，转而进行军事理论研究，在四十七岁那年他终于完成了《孙子兵法注》，并把它献给了宰相周墀，而后他担任吏部员外郎、湖州刺史、知制诰、中书舍人等官职，官当得越来越大。遗憾的是，杜牧再也没有在实践上涉足过大唐的军事行动。一代兵家除了留下理论著作和泽潞之战的献策文书之外，没有一次亲临战场，没有一次运筹帷幄，甚至没有一次为战争做一些具体工作，这或许是他一生的遗憾。

（4）杜牧的四大标签之四——翻案大师

清代诗人、诗评家袁枚曾在《随园诗话》中说“诗贵翻案”，他所说的诗就是翻案诗。

翻案诗一般有三种。第一种是翻历史典故的定案。比如罗隐的“西施若解倾吴国，越国亡来又是谁”，这是为西施红颜祸水的典故翻案；又比如“尽道隋亡为此河，至今千里赖通波”，这首诗翻的是京杭大运河为隋朝灭亡背黑锅的案子。

第二种是对经常使用的诗词意象反用。比如刘禹锡的“庭前芍药妖无格，池上芙蕖净少情”，这是将两种通常作为美好意象的花进行了妖魔化和薄情化处理；再比如老杜的“新松恨不高千尺，恶竹应须斩万竿”，这是将作为传统君子意象的竹子视为恶势力的代表。

第三种翻案诗，就是直接将矛头对准前人的作品了，最典型的就是韦庄对高蟾的诗作的翻案。高蟾因感慨余晖下的金陵而作《金陵晚望》，感叹“世间无限丹青手，一片伤心画不成”。然而韦庄却在一天看到了六幅描绘南朝故事的金陵图，看到实物的他似乎一下就想起了高蟾的这首诗，于是提笔而作《金陵图》：“谁谓伤心画不成，画人心逐世人情。君看六幅南朝事，老木寒云满故城。”此时的韦庄就和博物馆讲解员一样，仿佛在说：“你不是说画不成吗？我眼前的金陵图不就是吗？”而且他不但摆出了证据，还讲出了理由：“一般的画者画不成，是因为他们迎合当权者的心态，不画伤心图。你再来看看这六幅南朝故事图，古木枯，寒云冷，六朝偏安且短命，景和情的伤心不都画出来了嘛。”如果高蟾当时能在现场，估计会无话可说。

说到翻案诗的创作，就不得不提到晚唐诗人杜牧。关于上述三类翻案诗，杜牧都有涉猎，且均留下了传世之作。其中的一首为历史事件翻案的诗最为突出，也最能体现杜牧的文武才能，这首诗就是《赤壁》。

赤壁

杜牧

折戟沉沙铁未销，自将磨洗认前朝。
东风不与周郎便，铜雀春深锁二乔。

这是杜牧经过赤壁时写下的一首绝句。作为一名军事家，杜牧来到古战场参观，会有异于常人的体验。在此次游览中，杜牧颇有收获。他发现了一支折断的戟，经过一番磨洗和鉴定后，他断定这就是东汉末年的旧物。由此，他联想到了几百年前的那场大战。这就是本诗前两句的意思，这两句似乎波澜不惊，却为后两句的发挥起到了以小见大的埋线作用，为后面惊世骇俗的观点的提出做好了准备。

那这支断戟又是谁的呢？折戟一般代表战争的失败，赤壁之战的结果无人不知，杜牧可能认为这把断戟属于失败的曹军。但是接下来，杜牧并没有对失败的一方进行批判，而是把矛头指向了胜利的一方。

周郎——周瑜周公瑾，赤壁之战时任东吴水军大都督，是孙刘联军的总指挥。在这场战争中，周郎指挥得当，借助东风，用一把大火烧退了占绝对优势的曹军，这场战争也为三分天下的局面的形成奠定了基础。

在本诗中杜牧没有关注周郎运筹帷幄的能力和出色的指挥才能，而是着眼于为这把大火助力的东南风。赤壁之战的时间是冬天，这时刮过来的风应该是北风，怎么会有东风呢？或许是天不亡东吴，就是这么巧，在开战的几天前刮起了罕见的东南风。在冷兵器时代的战场上，天气的瞬息万变直接影响着战局。我们经常在史书上看到，忽然狂风大作，在飞沙走石之间就有将军输掉一场本来必胜的战役，从而导致战局的扭转，甚至是国家的灭亡，这就是决定战争胜负的最重要的元素之一——天时。

杜牧在诗中强调了天时的重要性，顺便嘲讽了一下这位东吴名将的军事能力。如果不是有东风的帮忙，东吴就会输掉赤壁之战，而江东的两位美女就会成为曹操铜雀台上的笼中之鸟。宋代一位神似道学家的诗词评论员曾对“铜雀春深锁二乔”这句诗评价道：“杜牧此句诗不好，他对江东父老尚且不顾，反倒是担心二乔被掳，实在是不识好恶。”

这类认识大体是两宋道学家的通病，在自己还没弄明白诗意的时候就吹毛求疵、上纲上线，继而对人进行泼水扣帽，即便是贤者程颐，亦曾被东坡哂笑作“鏖糟陂里叔孙通”。这句诗评实在是完整地体现了评论员文学外行以及史学外行的属性。

从文学性而言，诗贵在曲，如果将“铜雀春深锁二乔”改成“国破家亡尽寂寥”，从格律和表意上都算得上及格，但是这种直言不讳的说法不符合诗这种文体的诉求，更不是这首七言绝句的尾联最合适的选择。再从历史性来看，二乔的身份地位是什么呢？大乔是孙策孙伯符的妻子，而孙策是吴侯孙权的长兄。孙策为孙家在江东建立割据政权奠定了基础，杜牧也有诗赞其曰“孙家兄弟晋龙骧，驰骋功名业帝王”。大乔在吴国也被视为国母级的人物，而小乔是这次战争的参战方东吴主帅周瑜的妻子。一位是国母，一位是主帅夫人，从吴国女性的角度来看，她们是孙吴政权的象征。如果连她们二人都已经成为铜雀台上的“客人”了，那么吴国一定已经到了“吴宫花草埋幽径”的时候了。如此，北军渡江灭吴，江东百城尽隳，百姓生灵涂炭都是显而易见的事儿了。这么简单的道理，读书人不会不懂，只是部分道学家视而不见罢了。

那杜牧为何要翻这个案呢？他为何不把战胜之功归于周

郎，反而要归于代表天时的东风呢？话说自古文人相轻，而军事家之间也未必不相轻。比如我们初中课本就有，墨子和公输般在战术推演过程中曾互相较量，何况是精于兵法且有独到见解的杜牧呢。对于周郎利用偶然性极高的天时来获取战争胜利的行为，杜牧是不认可的。毕竟天时不如地利，地利不如人和，东风成为战争胜利的决定性因素，并不代表周郎在军事上有卓越的指挥能力。当然这里也有杜牧对现实的批判，周郎作为一种意象，可以视为晚唐一些所谓的名将。他们利用偶然因素获得胜利而声名鹊起，这在杜牧这个真正的兵家看来是极为不可思议的，并令他极为愤懑的现象。世有英雄，但英雄不得其用，不展其才，而令竖子成名，让大唐堕入乱世。名为翻案，实为讽刺，这或许才是《赤壁》的现实意义。

从《赤壁》可以看出，在大唐，兵家可没有那么好当，有文化的兵家诗人就更难当了，专业知识的熟练掌握绝对算得上一个门槛。然而对于这一点杜牧却游刃有余，于是他成了晚唐优秀兵家诗人的代表。他曾在《题吴江亭》中言“江东子弟多才俊，卷土重来未可知”，表达了胜败乃兵家常事的思想，可见其在军事上的清醒认知。

不仅是对于军事事件，对于政治斗争事件杜牧也有着清醒的认识，比如对于“商山四皓”出山辅佐汉惠帝的故事，杜牧就有着不同看法。在那个立嫡立长为惯例的时代，多数人认为四皓是安汉之功臣，因为他们的出山打消了刘邦废太子而立赵王的想法，从而避免了当下政权动荡局面的出现。但是杜牧却在诗中说“南军不袒左边袖，四老安刘是灭刘”，诗人没有盯着刘邦和赵王如意不放，而是将眼光投向太子的母族——外戚吕氏。

“吕氏强梁嗣子柔”，是说豪横的吕氏和懦弱的惠帝。在母强子弱的情况下，大权掌握在吕氏一门的手中，这也是大汉王朝外戚擅权的开始。在吕氏的打压下，刘氏皇族的权力空间不断压缩，而所剩无几的开国功臣是吕氏的拉拢对象，同时他们也是拯救刘氏的最后希望。如果在关键时刻他们没有发动南军来消灭吕氏，而是成为吕氏的附庸，汉家江山将与秦代一样二世而亡，刘家江山也必然姓吕了。如此一来，力保太子的商山四皓就必须背上“灭刘”的罪名。也不知是不是这首诗的缘故，后世对“四老安刘”这种说法的风评也发生了变化，至少在我读历史启蒙读物《上下五千年》的时候，商山四皓的行为已经被定性为助吕。从这里就可以看出杜牧较高的政治素养、良好的全局意识，以及其堪称晚唐军政达人的远见卓识。

但是“常在河边走，哪有不湿鞋”，有一首诗就遭遇了滑铁卢，还被后代的政治家直接抨击。这首诗就是《题乌江亭》，这是一首怀古咏史诗。

题乌江亭

杜牧

胜败兵家事不期，包羞忍耻是男儿。

江东子弟多才俊，卷土重来未可知。

兵家鞭辟入里的点评，刻画出西楚霸王有勇无谋的形象。相对于只堪为将的项羽，杜牧如一位“决胜千里之外”的元帅。这首诗大获成功，千古传唱，“卷土重来”更是成为形容

败将恢复士气、再夺霸业的成语。

可在百年之后，一位看问题要比杜牧这位诗中元帅更为透彻的人在同一个地方写了一首翻案诗，诗题就是“叠题乌江亭”，一个叠字就感觉压了杜牧一头。

叠题乌江亭

王安石

百战疲劳壮士哀，中原一败势难回。

江东子弟今虽在，肯为君王卷土来？

用一个成语形容这首翻案诗中的翻案诗，那就是“螳螂捕蝉，黄雀在后”。霸王为什么不肯渡江？连年的征战已经让江东师老兵疲，江东子弟已经无力再战。然而，中原失鹿让西楚霸王无力回天，即使江东还有数十万百姓，他们又怎会甘愿和项羽再次投入战场呢？有道理吗？很有道理。杜牧这位诗中元帅，眼光只是放在军事战场上，而王安石曾任大宋实际上的首相，他是站在顶点上，从全局的角度对战局进行的分析。谋国者的老成持重，是兵家谋战者所不能比拟的，尽管他是天才杜牧。但是偶然一次的被抨击，并不能影响他翻案诗大师的地位，更何况抨击他的人是被苏大学士称为“老狐狸”的王安石。

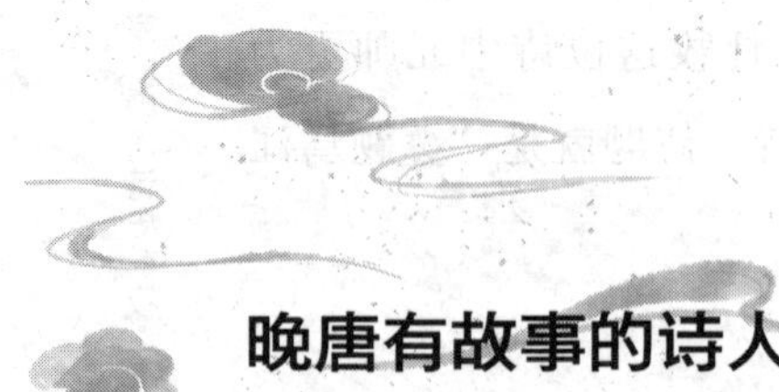

晚唐有故事的诗人——许浑

（1）《清明》的争议

为什么会在这里插入这样一位在诗词历史中看似和小李杜不在一个段位的晚唐诗人呢？因为他是一个有故事的人。首先在当时他在文坛的诗名很盛，就连比他早中进士的杜牧在赠诗时都在题目中客气地称他为“许浑前辈”。

虽然两人关系不错，但这位先辈和杜牧之间确实因为一首诗打起了千年官司。这一首诗就是我们耳熟能详的《清明》。

清明

杜牧

清明时节雨纷纷，路上行人欲断魂。

借问酒家何处有？牧童遥指杏花村。

会有读者问“这首诗有什么问题吗？”，从课本到课外读物这首诗的作者一直都是杜牧啊，它和许浑有什么关系呢？这就要说起杜牧的故事了，杜牧在临终时烧毁了自己十之七八的诗文，其余自认为是佳作的编入了《樊川集》。而后又有人编

辑《樊川集》未收之作，弄了个番外篇——《樊川别集》，但这本诗集实属粗制滥造，内多充斥许浑的诗作。这就为两人作品的混淆埋下了暗线。

然而这首如今看来脍炙人口的佳作《清明》不但没有被选入《樊川集》，就连番外篇也没有进入，只出现在类似于《三字经》的低幼读物《千家诗》中，所以有人断定它不是杜牧的诗。

那为什么又说它是许浑的诗呢？就是因为诗词中意象的使用，这类意象的大量使用就是许浑诗作的特点之一。

许浑的诗作特点有二，且非常明显。如果用两个字来形容，那就是执着。对于创作体裁的选择，许浑和李白正好相反。李白多作古诗，而极少作近体诗，七律更是少之又少。许浑一生只作近体诗，专攻格律诗。且这种“专”是一种极致，他一生没有留下一首古体诗，这极有可能是因为他根本就没有创作过古体诗。从这一点来看，可以看出他的专研。

从内容来看，他的作品以怀古诗和田园诗为主。值得注意的是，许诗人特别喜欢爬高，一爬高就写诗，而且天气往往不太照顾他。比如他上过潼关驿楼、爬过洛阳故城、登过咸阳西楼，这也使得他的登楼诗佳作甚多。也因为他的作品词句清新，诗律精密俊丽，晚唐诗人韦庄对他的评价甚高，韦庄曾大赞其作品“字字清新句句奇”。

清丽似乎成为那个时代许多一流诗人的共同标志，而许诗称“奇”，则如某些歌手颇具特色的嗓音一般，有其专属标签。

我们先来看一组他诗中的名句：“残云归太华，疏雨过中条。”“溪云初起日沉阁，山雨欲来风满楼。”“日暮酒醒人已远，满天风雨下西楼。”“石燕拂云晴亦雨，江豚吹浪夜还风。”……

这除了雨还是雨的作品，不知是因为下雨他才写诗，还是因为他要写诗才下雨。从代表秋来或傍晚的形象，到化作送别心情和政治讽喻的意象，雨水成了许诗中的高频词，而雨水作为高频词在许诗中的应用，特别对得起诗人名字中的三点水。含有雨水内容的诗篇，成为最具许浑特点的诗作，甚至后人通过他的这一特点让其与杜甫齐名：“许浑千首湿，杜甫一生愁。”无论是送别、咏史，还是登楼览胜，许浑的诗总和雨水分不开，那么我们就跟着雨水进入许丁卯的诗中，在漫天的风雨中与他一起登楼怀古吧！

（2）不拘一时一景的怀古诗

自从陈朝灭亡，杨坚马踏台城之后，煊赫六朝的金粉佳丽地金陵城，成为治所在镇江的丹阳郡重要的农副产品生产基地。诗人这一群体最见不得的便是繁华落尽，红粉成灰。于是隋唐以降，以“金陵怀古”为题的诗便层出不穷。不论是去过的诗人（比如李白），还是凭空想象的诗人（比如刘禹锡），都对“金陵怀古”满腔热情。哪怕金陵城和秦淮河在中晚唐已经再次成为“夜泊秦淮近酒家”的歌舞盛地，诗人们也丝毫没有消减自己的怀古热情。在晚唐乱世，在那个金陵怀古诗杰作频出的时代，许丁卯交出了优秀的答卷。

金陵怀古

许浑

玉树歌残王气终，景阳兵合戍楼空。
松楸远近千官冢，禾黍高低六代宫。
石燕拂云晴亦雨，江豚吹浪夜还风。
英雄一去豪华尽，惟有青山似洛中。

这首诗与其他金陵怀古诗相比，有着自己的特点，其最大的不同就是不拘泥于一景一境的刻画，不就一事一感而进行议论，而是以导致金陵败落的直接原因入手后，便立刻展开时间卷轴，从而转向对六朝历史留下的景物进行描写。而后以“石燕”和“江豚”作为比兴，突出历代的优秀人物在金陵呼风唤雨的曾经。这首诗既不像李白的《登金陵凤凰台》那样以一景管窥历史，也不似刘禹锡的《金陵五题》那样使用一景一议的手法，而是对“大意”进行概述，用泛指的古迹、寻常的植物和非常的动物来演绎金陵古城的繁华落尽。

首联开门见山，引出了金陵破败的直接原因。那一曲由陈后主所作的《玉树后庭花》，在临春楼中尚未奏罢，陈家的江山便即将覆灭，数百年来虎踞龙盘的金陵城开始由盛转衰。杜牧诗云“整整复斜斜，隋旗簇晚沙”，北兵南下，飞渡长江，直逼台城，靠近景阳宫殿，而此时的南朝帝都却成了一座几乎不设防的城市。“门外韩擒虎，楼头张丽华”，陈朝的终章也成了六朝古都金陵的耻辱谢幕。

在如同井中蛙的陈叔宝被擒后，南朝帝都金陵遭到了毁灭性的打击。在李白的眼中，帝王家的破败是“吴宫花草埋幽径”。刘禹锡则着眼于士族府第与寻常民宅，言“旧时王谢堂前燕，飞入寻常百姓家”，而许浑在金陵玉树歌残、王气散尽后着眼的又是什么呢？他选择了能最直接地反映“气终”和“歌残”的两处遗迹。

“国之大事，在祀与戎”，在祖先崇拜和先贤崇拜之风盛行的古代中国，墓葬和祭祀礼仪对于国家和百姓家来说是一件大事。稍微有点儿身份的人家都会重视墓葬排场，哪怕是《孔雀东南飞》中描写的府吏人家，在安排墓葬时都是“东西植松柏，左右种梧桐”。要是哪户人家出了高官或状元，他们也会认为是家里祖坟冒青烟了，或者认为是家里祖坟风水好。

诗人登上高处，首先映入眼帘的是满地的松楸。诗人遥想，此处应该是无数六朝官员的墓葬群吧？虽然没有“古墓犁为田，松柏摧为薪”那么严重，但是这片墓地早已成为无人祭祀的松树林。诗人再想象六朝时士族祭祀的盛况，这些曾经的达官贵人们，这些曾经的成者贤人们，如今他们的灵魂已经不能再庇佑他们的后人，他们的墓地也已经无人祭祀。当年一位位炙手可热的权臣，一个个权倾朝野的家族，随着金陵王气殆尽而成为云烟。

而后诗人又把目光移向台城，这里曾是六朝的宫殿所在，有人曾感慨“江南好，建业旧长安”，可如今台城却已是“万户千门成野草”，只有无情的杨柳“依旧烟笼十里堤”吧。诗人看到的高高矮矮的禾黍，不仅仅是眼中所见的景象，更是一种意象的呈现。这种意象在许浑的《登洛阳故城》中也有用到，正是“禾黍离离半野蒿，昔人城此岂知劳”。从景象到意象，展现了历史的前车之鉴，也体现了诗人生出的“黍离麦秀

之悲”的感觉。

悲从何来？来自今昔的对比。谢朓笔下古都“白日丽飞甍”和“垂杨荫御沟”的景象已然不在，六朝的风流人物也已经不复存在。本诗颔联写的是静态的景，诗人为达到动静结合的效果，在颈联以动态写人。但是诗人没有如李商隐一般直接选取六朝某一代表人物的故事来写，而是选择了写景时使用的手法，即用泛写的笔法来刻画六朝风流人物叱咤风云的过往岁月。

不选具体人物，诗人该如何写？“石燕拂云晴亦雨，江豚吹浪夜还风。”在这一联中，诗人用两个典故中的事物来代六朝人物，而这两个典故也源于南朝境内，这从侧面体现了晚唐诗人的精严。其中“石燕”的典故出自《浙中记》：“零陵有石燕，得风雨则飞翔，风雨止还为石。”“江豚”的典故出自《南越志》：“江豚如猪，居水中，每于浪间跳跃，风辄起。”从颔联中眼前破败的今日之景，穿越回六朝时英雄人物的形象，他们当时就和典故中的石燕和江豚一样，呼风唤雨，乘风破浪。

在逆挽之后，诗人再次感慨繁华不复，英雄易逝。“英雄一去豪华尽，惟有青山似洛中”是说，当年的君王、权臣、名士都已经化为松楸下的泥土，台城结绮临春的豪奢也都随着陈朝的“歌残王气终”而消失。如果还想认出这是曾经的帝王州，那只有去看环绕着它的群山了，只有这些与如今的帝乡东都洛阳类似。江山不移，风物尽改，在风雨飘摇的晚唐，此刻的金陵会不会是未来的京洛？豪华散尽，六朝已成过往。当下，大唐朝廷藩镇林立、宦官当政、朝臣党争，诗人对此会做何感想？对于大唐朝廷的未来，诗人又会做何感想？我们从许丁卯的下一首诗来寻找答案。

（3）一次登楼揽结四种愁

“山雨欲来风满楼”如今已经成为一个七字成语，使用频率还不低，往往用来表示局势发生重大变化之前，所出现的预兆或迹象，而这句诗是出自晚唐诗人许浑的七律《咸阳城西楼晚眺》。最擅长在格律诗中“呼风唤雨”的诗人究竟在这次登楼中的心情如何，又有哪些感悟？我们来解读一下这首名作。

咸阳城西楼晚眺

许浑

一上高城万里愁，蒹葭杨柳似汀洲。

溪云初起日沉阁，山雨欲来风满楼。

鸟下绿芜秦苑夕，蝉鸣黄叶汉宫秋。

行人莫问当年事，故国东来渭水流。

从题目来看，这是一首登楼诗，但是这首诗的题目有两个版本：一是“咸阳城东楼”，二是我们采用的“咸阳城西楼晚眺”。之所以选择其二，一个原因是周汝昌先生在写作《唐诗宋词鉴赏》时使用的“咸阳城西楼晚眺”这一版本，其依据是“晚眺”为本诗重要关目。第二个原因是，我认为诗人站立在城楼之上，在首、颔、颈三联中视角由远及近进行了迁移。首联“蒹葭杨柳似汀洲”应是从城楼上往外望去看到的远景。颔联“溪云初起日沉阁，山雨欲来风满楼”是晚眺所见的远景，以及作者居于楼中的感受。颈联“鸟下绿芜秦苑夕，蝉鸣黄叶汉宫秋”则是对眼前近景，以及咸阳城内旧宫室凋敝的描写。

然而诗人要观城楼近景，山光西落，夕阳沉入楼阁之下，如此细致的刻画，在西楼的位置登楼而望看得更为清晰，所以我认为“咸阳城西楼晚眺”为题更为合理。

看罢题目，我们再来看诗歌内容。“一上高城万里愁”，从“一”和“万”的对比，以及愁有万里的夸张起句，立刻抓住了读者的眼球和心理。诗人的万里之愁在何处？具体有哪些？愁情如何化解？这或是读者想要在诗中找到的答案。诚然许浑的这首代表作中的代表作，正是以愁起兴，通篇从浅层次的愁情到深层次的愁情，从眼前景物的愁情到历史长河的愁情。根据诗人的布局来看每一联所写的愁情，我们至少能找到诗人的四种愁情。

首句以愁起兴，第二句转入描写乡愁，为什么看到“蒹葭”“杨柳”和“汀洲”就觉得作者是在思念故乡呢？除了杨柳这一常用意象可以作为证据，诗人的家乡也可以提供证据。许浑是润州人，润州曾在玄宗时改为丹阳郡，其治所就在今天的镇江丹阳。诗人本生于江南水国，心中的故乡江水如练，溪流如布，数里之间必有汀洲。如今看到生长在岸边的蒹葭，很容易与故乡的溪岸联系起来，不禁感慨，关中地带，竟也有如江淮水乡的这般景象。一个“似”字，既有对故乡的追忆，又有面对眼前似是而非的景象而生出的思乡的惆怅。

首联点出乡愁，颔联是“变天”之愁。作者以天气变化来作比兴，“云起”“日沉”“风满”“欲雨”，这些是天气由晴好转向狂风暴雨的征兆。古人在万里无云的天气里，登高极目，远眺河山，亲近自然，开阔心胸，解郁减愁，获得一种释然。但谁料天气的变化让诗人“欲上高楼去避愁，愁还随我上高楼”。“云起”遮住了视线，“日沉”暗淡了光明，“风满”吹乱了情绪，“欲雨”……都要避雨了还能有什么心情。乘兴而来，败兴还回不去，这怎能不教诗人生愁。

只是理解到这一步，我们还不能够了解登高诗的又一常用主题——“怀古喻今”。在颔联中，诗人“怀古”的心思虽仍然遮遮掩掩，但从如今“山雨欲来风满楼”的用法来看，诗人“喻今”的想法已被读者参透。许丁卯是文宗大和六年的进士，虽被杜牧称为前辈，其实是就诗坛成就和年龄而言的，杜牧考上进士科比许浑还早了四年。关于这首诗的创作时间，主流观点认为是在唐宣宗大中三年，这时的许浑已在大唐的官场上摸爬滚打了十多个年头。历经三朝，他目睹了甘露之变、宦官专权、牛党被逐、李德裕贬死等大事。对于大唐恢复盛世，他心中生起的期盼，一次次被乌云截断，一次次被滂沱山雨浇凉。而此时虽有“小太宗”宣宗在位，牛李党争结束，大中暂治初见曙光，但是经历了那么多的政治风波，身为监察御史的诗人仍感到不安。他看到了朝廷的隐患，那就是皇帝虽善于纳谏，但重视用术驭臣，所用宰执不当。最受重用的两位宰相，白居易的弟弟白敏中“乏济世之才，功德无闻”，令狐楚之子令狐绹则“容子纳贿，有紊时政”。近代学者蔡东藩评道：“大中政治，亦不过粉饰承平，瑜不掩瑕，功难补过。”后世学者尚有如此认识，当时立在咸阳城西楼夕阳之中的诗人，难免也为晚唐随时可能迎来急转直下的变局而感到忧愁。

“鸟下绿芜秦苑夕，蝉鸣黄叶汉宫秋”，将颔联中怀古意思遮掩的内容，在颈联中和盘托出。咸阳是秦都，而汉代的都城长安也与咸阳有着密不可分的关系。刘邦定都长安后，下令

恢复咸阳城，武帝时改咸阳城为渭城，西汉五陵都在此地，渭城可以视为汉西都长安的一部分。回到本诗，颈联表达的是一种什么样的愁情呢？是旧日的繁华和辉煌落尽的衰败之愁。

颈联在创作中使用了互文句和倒装句。“秦苑”和“汉宫”互文，正序应是“秦苑夕鸟下绿芜”和“汉宫秋蝉鸣黄叶”。抛开代表时间的“秋”“夕”以及代表地点的“秦苑”“汉宫”，“鸟飞到青草地上”和“蝉在高树上吟唱”算是比较闲适的场景。但这里的“绿芜”却是秦汉宫殿遭损毁后的废墟，怀古如元人叹“伤心秦汉经行处，宫阙万间都做了土”。再加上时间元素，“西陆蝉声唱”本就足以令人生悲，尤其到了晚间更让人受不了，诗人此时的心情也定和孟浩然秋来失意时“日夕凉风至，闻蝉但益悲”的感受一样。此为诗人因凭吊而生愁。

如果说前三联的愁是具体的、有限的，尾联之愁则是无形的、泛化的，甚至是莫能名状的。尾联首句承接颈联，“当年事”指的是在咸阳的宫苑里指点江山的帝王将相，礼敬圣朝的万国衣冠，以及暖歌冷舞的乐工美人们。当年的繁盛都哪里去了呢？“行人莫问当年事”，无论是路过这里的人，还是千百年间来过这里的人都不要再问了，知道和了解故事的人，不愿说、不能说、不忍说，同时更说不尽、道不完、讲不明。如果一定要知道所以然，那就跟随诗人的目光望向这渭水吧，故国、故都、故景、故事皆非，只有这河水东流如故。既然不可追，既然追不回，就让登临高城的万里之愁和怀古伤今的万古之愁一起随流水向东汇入大海吧。

晚唐诗风——断肠声里唱阳关

（1）精严至极的文体

讲过了这么多位晚唐诗人，虽然还没有完结，但是我们可以通过几位最著名也最有代表性的晚唐诗人，总结出晚唐诗风的三个特点。为了让读者朋友们更加深入地理解这三个特点，我们将针对每一个特点选取一首或两首代表诗作，并对这些诗作进行深入分析。为了符合认识的规律，我们将按照从作品的框架到内容的顺序来进行分析。

第一个能充分体现晚唐诗特点的关键词是精严——文体的精严。这以李商隐为代表，“诗家总爱西昆好，独恨无人作郑笺”，这是元好问对李商隐的诗做出的批评，先不谈我不认为李商隐的诗与宋初西昆体不是一回事的问题。

众所周知，李商隐的诗情调优美，善于描写内心世界，多用比兴、象征、典故和暗示等隐晦的表达方式，似乎怎么做注解都不合适。但是每一个李商隐的读者的心里，都有为李商隐的诗作作笺的理想。虽然李商隐只有近六百首诗传世，但是要探究他那细腻而又曲折的情感，并为他那丰富的典故、华丽和晦涩的词句作注，怕是要耗尽一生的时间和心血。

在这里我不谈为《李商隐诗全集》作笺注这一浩大的工程，主要从句法精严的角度，通过具有代表性的李商隐的诗作对晚唐诗进行分析，因为它们最能代表晚唐诗的成就。所选之诗更是李商隐诗作的压卷之作——《锦瑟》。通过《锦瑟》，我们可以看出，晚唐诗在近体诗格律、词句和文法上的精严程度已经到了无以复加的境界。

（2）《锦瑟》到底是什么意思

锦瑟

李商隐

锦瑟无端五十弦，一弦一柱思华年。
庄生晓梦迷蝴蝶，望帝春心托杜鹃。
沧海月明珠有泪，蓝田日暖玉生烟。
此情可待成追忆，只是当时已惘然。

为什么选择这首《锦瑟》？不只是因为它难懂，还因为它是李商隐的压卷之作，它的精严程度足以使它成为晚唐诗的代表之作。我们先来看看这首诗。

首联上来便是一个问句，锦瑟为什么要有五十根弦？辛弃疾的“五十弦翻塞外声”也是讲的瑟，这样看来李商隐的这个问句似乎是无理之问。其实不然，这是商隐诗的特点之一，看似无典实际上在隐晦的用典故。

《史记》中记载：“太帝使素女鼓五十弦瑟，悲，帝禁不止，故破其瑟为二十五弦。”首句引用“五十弦”的典故，为全诗奠定了沉郁的基调。

再看次句，“一弦一柱思华年”，柱是琴、瑟等乐器上用以系弦的柱，比如“鸣筝金粟柱”中说的是筝的柱，“赵瑟初停凤凰柱”中说的是瑟的柱。这句诗表述的是，每一根弦和每一根柱都能让人联想到人生的年华。

从五十弦想到悲哀的人生，五十弦便有五十柱，这每一弦和每一柱都体现着诗人人生中的经历。琴为七弦，筝有十三弦，而你锦瑟为什么要有五十弦呢？难道是为了每一弦和每一柱都用来纪念人生吗？此时的瑟本应为二十五弦，那么诗人为何要以五十弦的锦瑟来起兴呢？这里似乎有纪念自己的年华的意思。另一层意思似乎是，李商隐以五十弦瑟自况。别人的瑟是二十五弦，而自己的瑟是五十弦，诗人似乎是在用多出来的弦和柱来说自己有才，或者是深情。首联便自问自答，纵横跌宕，大起大落，用词有限而用意无限。

颔联和颈联的手法更有近体诗完善的特点，对仗极为工巧。这两联使用了两种对仗手法，同时使用了四个典故，以及美轮美奂的词语，完美地表现了晚唐诗的特点。先来看诗人运用的四个典故：庄生梦蝶，杜宇魂化杜鹃，南海鲛人泣泪成珠，蓝田良玉日照生烟。

从近体诗格律来看，正格的律诗的颔联和颈联应使用对仗。其中颔联必须使用工对，“庄生”对“望帝”，“晓梦”对“春心”，“迷蝴蝶”对“托杜鹃”，不但工整且奇巧。颈联对仗则可以使用宽对和借对，《锦瑟》的颈联使用的就是借对。“月明”对“日暖”，“珠有泪”对“玉生烟”，这一组可以看作工巧的对仗，怎么就成了借对了？问题出在“沧海”

和“蓝田”这里，“沧海”对“蓝田”按说是工对，但是“蓝田”是指特定的地名，而不是像“沧海”那样是泛指。这里商隐通过借用“蓝田”的字面意思来与“沧海”相对。

这四个典故连用又为何意呢？《锦瑟》这首诗，其实也是一首无题诗。与其说《锦瑟》是对朦胧的爱情的描述，我更倾向于它是对诗人一生的总结和慨叹。李商隐一生多波折，早年丧父，中年丧妻，四十五岁便去世，事业上因党争而不受重用，每每出现一个机会，欣赏他和愿意提拔他的人总是撒手人寰，爱情上也几度波折，“虚负凌云万丈才，一生襟抱未曾开”可以说是他一生的写照。

我们分析一下颔联和颈联的内容，如果说首联是对锦瑟的慨叹，这两联就是当锦瑟奏响时带读者所去往的诗中的境界，也是商隐使用这四个典故的意图。

“庄生梦蝶”这一典故来自《庄子·齐物论》：“昔者庄周梦为胡蝶，栩栩然胡蝶也，自喻适志与！不知周也。”这个典故是说庄子梦见自己化成了蝴蝶，此刻不知道蝴蝶是庄周，还是庄周是蝴蝶。这个典故是指人不可能确切地分辨真实和虚幻，而李商隐年轻时也曾上玉阳山修道，他在回顾自己一生中的经历时用此典故，想来是不知是在梦中还是在现实中，不知道自己的一生是否活得明白，不知道自己是否参透了人生的道理。

“望帝春心托杜鹃”这一句表达的对人生的理解要深于前句。如果说“庄生迷蝶”是指商隐面对死亡还有化蝶的幻想和浪漫的寄托，这句就是说诗人将对人生的不满化作一曲悲歌。由浪漫的幻想寄托到想到自己的一生即将过去，大限将至时，自己那如五十弦瑟一般的才气却没能施展。如今，只能将悲怆和愤懑托与悲鸣之鸟。

望帝杜宇是古代蜀国的国王，心系百姓，因大臣治理水害有功而让位。大臣当上皇帝后并未善待百姓，望帝死后便化为子规鸟，夜夜啼血哀鸣，子规又被称为杜鹃。李白晚年在宣城见到杜鹃花时感慨道：“一叫一声肠一断，三春三月忆三巴。”宋人王令有诗云：“子规夜半犹啼血，不信东风唤不回。”可见杜鹃叫声之凄凄，杜鹃之悲鸣亦是商隐对自己的一生以及经历这个时代的控诉。

“沧海月明珠有泪，蓝田日暖玉生烟。”在这一联中，沧海是大海，蓝田在陆地，海陆相对；月明对日暖，是日月相对；珠、玉都是人才的象征。上下两句色调和体感都是一冷一暖，一阴一阳，好像太极八卦一般，这分明体现了诗人遣词造句和营造诗词意境的功力。我们沿着“珠玉是人才”这个思路来了解这一联，“石韫玉而山辉，水怀珠而川媚”，为何这颗沧海之珠却含泪？因为这是一颗不为所用的遗珠。蓝田之玉即便不为玺绶，至少也要被做成大臣的玉佩，然而它却闲在这里，在日暖之下发出常人目力所不及的玉气，这是未被发现的美玉。沧海遗珠，蓝田隐玉，皆是被遗弃之物，空怀一身才气，空怀满腔抱负，却没有实现理想的路径，这是商隐对自己一生怀才不遇的慨叹。

再看尾联，有人常常以这一联为总结，从而将《锦瑟》只看成一首李商隐对某一段甚至是一生所经历的爱情生离死别的情诗。我认为如果把这首诗这样理解的话，未免也太狭隘了。商隐深情、专情、痴情，爱情在他的人生和他的诗句中是很重

要的部分，但是这些并不是他的全部。李商隐的一生中还有对文学的追求，对政治理想的追求，对人间正道的追求，对天下苍生的悲悯。可能有人会用他的一首自白诗来回怼：“非关宋玉有微辞，却是襄王梦觉迟。一自高唐赋成后，楚天云雨尽堪疑。”的确商隐好作情诗，情诗中不仅有香草美人的政治讽喻，也有许多记载自己爱情的诗。但是到了人生终点，用“此情可待成追忆”来收束，这远远不只是爱情的情，这情是李商隐一生全部的情感。

诗人的这种人生体验与首联的“年华”相呼应，这是诗人人生岁月中的每一份有着记忆的情感。他一生蹭蹬，一生充满了难言之隐，难诉之情，难解之意，难抒之志。将所有情感郁结于心中，到了与这个世界告别之时，心中如万顷海水的情感，似乎用百万字也不能诉说，而自己宣泄情感的出口却只有一个水龙头，欲说还休，却又不得不说，且将海中一滴水化作一声嗟叹，将生死哀怨的情感化为诗句，只剩脑中的追忆和心中的惘然了。商隐诗之所以为商隐诗，因为他到死都还是商隐，他的诗还是商隐诗，他到人生的最后一刻都不会愿意去直抒胸臆，给我们留下的除了婉转曲折的情感，就是难以窥探的心灵深处的怅恨。

（3）词句和意象的绮丽

上文以《锦瑟》为例介绍了晚唐诗的精严，其实晚唐诗的第二个特点也蕴含其中，那就是绮丽，诗的绮丽源于晋代陆机提出的“诗缘情而绮靡”。晚唐诗精严的特点主要体现在文体上，而绮丽的特点主要体现在词句和意象的应用上。且这种绮丽不同于一般的优美和华丽，而是一种用超诣的笔法，用极度旖旎甚至是浮夸的绚烂，让晚唐诗的词句呈现夺目的光耀。

为什么会如此呢？如果说初唐和盛唐诗是一个不修边幅，但能“上马击狂胡，下马草军书”的大将，那中晚唐诗就是一个注重生活品质，而且在精神和物质上追求精致的士大夫，这是一个典型的文人。比如晚唐诗开句的起兴可以是这样的：“水精如意玉连环，下蔡城危莫破颜。”华丽的珠玉与有着绝世容颜的美人在诗句中竞相绽放，典故和意象也蕴含其中。其中下蔡城的典故就来源于前秦宋玉的《登徒子好色赋》，宋玉东邻为绝色美女，惑阳城，破下蔡，窥宋玉三年，而宋玉并没有动心。当时描写女性的艳情诗词多是如此，除了绮丽还有情深似海和惆怅千结，不只是李商隐，惆怅莫过杜牧的“多少绿荷相倚恨，一时回首背西风”，深情莫如温飞卿的“玲珑骰子安红豆，入骨相思知不知”。

不只是形容女性的诗如此，写景的诗句也要色彩斑斓，声色并茂。杜牧的“菱透浮萍绿锦池，夏莺千啭弄蔷薇”，李商隐的“花须柳眼各无赖，紫蝶黄蜂俱有情”，都充满着绮丽和细腻入微的感情。为何如此呢？

这和晚唐的政治环境和社会风气有着密切的关系。安史之乱以后，大唐不可避免地走上了下坡路，虽然有元和中兴、大中暂兴等几次复兴，但终属回光返照。这些历史变化在诗坛上也有着明显的表现，比如边塞诗的没落。盛唐时期的边塞诗多为岑参、王昌龄和李白的气势恢宏之作，虽然偶有像高适和杜甫这样对开边流血和战事的频繁进行反思的作品，也是在进

攻和扩张过程中进行的反思。这一类边塞诗重点写的是大国气象，比如王维的“大漠孤烟直，长河落日圆”和“居延城外猎天骄，白草连天野火烧”，岑参的“忽如一夜春风来，千树万树梨花开”。等而下之的是战争对于国家的影响和将士建功立业的场景，比如李白的“愿将腰下剑，直为斩楼兰”，王昌龄的“黄沙百战穿金甲，不破楼兰终不还”，以及岑参的“功名只向马上取，真是英雄一丈夫”。

到了中唐，大唐的军事战略开始由进攻态势向防御态势转化，且在边疆战场上数次大败于吐蕃，在唐代宗时期，长安曾被吐蕃军队占领。对少数民族政权的战争中，哪怕就是镇压节度使反叛，也要向其他少数民族政权借兵，正如杜甫在诗中所言的“岂谓尽烦回纥马，翻然远救朔方兵”，以及“京师皆骑汗血马，回纥喂肉葡萄宫”。

既然由攻转守了，那边塞诗的内容外延就要缩小，同时它的精神内核也开始趋于内敛，所以中唐边塞诗不再有盛唐边塞诗那种恢宏的气势，不用说着眼于大国气象，就连对一场战争的整体描述都变少了，取而代之的则是对一个又一个战场片段的描写。比如“大历十才子”之首的卢纶，有《塞下曲六首》，就是描述了边塞战争中的六个事件。

在这里插入一个关于《塞下曲》的小知识点。这《塞下曲》和《塞上曲》有什么区别呢？汉朝时候有《出塞曲》和《入塞曲》，出塞就是到了边关以外，这里又被称作塞上，按照国界划分属于国外。入塞就是从边境口入关回国，这就是回到塞下，按照国界划分这里属于国内。所以北宋范相公在抵御西夏进犯时有感而发的“塞下秋来风景异”不是出征时的场景，而是在境内边关防御时看到的景色。

再来说说卢才子的《塞下曲六首》，这六首诗描述了边境的六个战斗场景。其中，有将军点兵的画面，正是“独立扬新令，千营共一呼”；也有军中欢宴的场景，正是“醉和金甲舞，雷鼓动山川”。最有名的是第二、三首。第二首是这样写的：“林暗草惊风，将军夜引弓。平明寻白羽，没在石棱中。”这里用的是李广的典故，来展示领兵将军的勇猛。第三首则呈现了中唐边塞诗少有的大场面：“月黑雁飞高，单于夜遁逃。欲将轻骑逐，大雪满弓刀。”但是毕竟描写的是中唐的落日气象，前两句的全局性的大场面还是没有坚持到最后，仍然是以一个将军的兵器的近景收束。有人将其归因于“大历十才子”羸弱的诗风，有人将其归因于诗人才情有限，但是我个人还是倾向归因于大唐国力的下降和攻守之势的变迁。

除了场面之外，中唐的边塞诗还添了悲凉，很少去谈论战争的胜败，代表作就是李益的《夜上受降城闻笛》：“回乐烽前沙似雪，受降城外月如霜。不知何处吹芦管，一夜征人尽望乡。”这应该是中唐最好的边塞诗了，景色、声音和感情尽交融。“受降城外”，原本是在征战中获胜后接受对方投降的城池。如果是在盛唐时期，在受降城出征也好，防守也罢，征人都会充满必胜的豪情，但是在此时，余下的只有思乡的苦情。一旦一个国家停止了豪情万丈的开拓，转为对个人情感领域进行探索，诗句情感就会变得丰富细腻，用词上就会趋向绮丽。

讲过盛唐和中唐的边塞诗，那么是不是也要选一首晚唐边塞诗来讲呢？并没有，这不是我不想选，而是晚唐几乎没有好的边塞诗。原因是客观条件的变化，即没有边塞。中唐之后藩

镇林立，朝廷能直辖管理的州县越来越少，往往出了国都就是藩镇，一个被藩镇包围的朝廷怎么会有用来抵御外族入侵的边疆？没有边疆怎么会有好的边塞诗呢？所以在讲晚唐的绮丽诗风时，选择一首爱情诗更能体现这一诗风的特点。我们再来看一首李商隐的类似于无题诗的诗作。

碧城三首·其二

李商隐

对影闻声已可怜，玉池荷叶正田田。
不逢萧史休回首，莫见洪崖又拍肩。
紫凤放娇衔楚佩，赤鳞狂舞拨湘弦。
鄂君怅望舟中夜，绣被焚香独自眠。

《碧城》一共有三首，是李商隐不叫无题诗却相当于无题诗的一组诗，《为有》《一片》《当句有对》等皆属于此类诗。可能读者并不太了解《碧城三首·其二》，相对于这首诗，《碧城三首·其一》或许更为著名。

碧城三首·其一

李商隐

碧城十二曲阑干，犀辟尘埃玉辟寒。
阆苑有书多附鹤，女床无树不栖鸾。
星沉海底当窗见，雨过河源隔座看。
若是晓珠明又定，一生长对水晶盘。

虽然这《碧城三首·其一》也不乏绮丽，尤其是“犀辟尘埃玉辟寒”这句，但相对而言，《碧城三首·其二》的绮丽要更胜一筹。诗题“碧城”是什么意思呢？按照《太平御览》的记载，此为道教之神元始天尊的居所，元始天尊以碧霞为城，故称碧城。碧城有金台五所和玉楼十二座，李白的诗句“天上白玉京，十二楼五城”便是对碧城的描绘。

本诗中的碧城指的是道观，当时的道观可并非清修之地。在唐代，道教为国教，不时有公主前来道观清修，她们一般会带来一众宫女。此外，也有像鱼玄机这样被情所伤的良家女子入道，从而有了大量的女冠子，同时引来不少书生的光顾。当时的道观可谓修道书生和女冠子们谈情说爱的场所，树树栖凤鸾，美人才子各有所欢，这也是当时的社会现象。

李商隐曾到玉阳山修道，结识了不少女道士，更是与以宫女身份入道的宋华阳情投意合。两人产生了爱情，便经常约会。宫中女子本就寂寞，好不容易出了宫，便迅速地开始寻找爱情，因宫女大都如此，修道的公主便睁一只眼闭一只眼。

但是宋华阳毕竟是公主身边的高级侍女，经常因公差而爽约，比如诗人就曾在《圣女祠》中抱怨她“寄问钗头双白燕，每朝珠馆几时归”。其实这并不是宋华阳故意放李商隐的鸽子，或像其他有两三个情郎的女道士一样另有所约，而是在完成她的本职工作——侍奉公主修道。这样一来，宋华阳就只能派低阶侍女到约会地点通知李商隐“临时有事，今天的约会取消”。如此，爽约也就变成了家常便饭。

《碧城三首》中我最喜欢的是其二，那这《碧城三首·其二》又说了什么呢，让我们一起来解析一下吧？“对影闻声已

可怜”——每当我看到你曼妙的身影，哪怕只是不确定的影子，听到你美妙的声音，我都觉得你无比可爱。这足可见当时诗人对宋华阳的痴迷程度，直接夸赞似乎还不够，于是诗人又用了比兴的手法，将玉人的美貌比作荷花。

比作荷花没有什么稀奇，在唐代以采莲为主题的诗作中有大量夸赞采莲女的诗句，如王龙标的“荷叶罗裙一色裁，芙蓉向脸两边开”，以及李太白的“日照新妆水底明，风飘香袂空中举”。但无论怎么夸赞，若耶溪畔的荷花终为凡间之物，而李商隐把宋华阳比作瑶台玉池中的荷花，玉池为仙界之池塘，许浑曾有“玉池露冷芙蓉浅，琼树风高薜荔疏”之句。玉池是本诗第一个绮丽意象。

在唐代，修道者亦是修仙者，“玉池”这一意象一合宋华阳修道女冠子之身份，二合宋华阳的如玉容颜，而“田田”是表示水中芙蓉开放最完美的时候。这一联可谓从主客观两个层面来讲宋华阳的美，可谓夸赞到了极致，主观是指诗人心中觉得宋华阳可爱，客观是指宋华阳的美如荷叶之田田。

但是，颔联并没有将这种甜蜜延续下去，而是笔锋一转，又回到了我们熟悉的那个掉书袋和作诗如獭祭鱼的李商隐。“不逢萧史”和“莫见洪崖”这两个典故要表达何种感情？

萧史善吹箫，后与秦穆公之女弄玉成亲，夫妻二人笙箫和鸣、跨龙乘凤，飘拂升天而成为神仙，秦国的旧都雍城便成了凤城，凤城在以后的诗词中便代指京都，而萧史也成了诗词中如意郎君的代称，比如“侯门一入深如海，从此萧郎是路人”。

洪崖的典故则出自《西京赋》，主人公是传说中的大音乐家，叫伶伦，诗人曾在七言绝句《钧天》中以伶伦自比，言“伶伦吹裂孤生竹，却为知音不得听”。伶伦的仙号为洪崖，传说其听凤鸣而辨十二音律而铸十二钟，在《神仙传》里他被称为洪崖先生。李商隐的这句诗是化用晋代玄学大师郭璞的《游仙诗》中的“左挹浮丘袖，右拍洪崖肩”。

陷入爱情的男子常常浮想联翩，这两句诗写出了李商隐的担心，爱情的排他性让诗人产生了这样的内心活动：“我最亲爱的人，你生命中的如意郎君，除了我不会有其他人了，那萧史早已经跨龙成仙和弄玉比翼双飞了，你是不会遇见他的。而我的担心是，你会见异思迁，你会遇见能解你心音的洪崖先生，我只求你珍重我们的这段感情，请不要移情于他人。”首联还只是怜爱，颔联便已经表达了对这段感情的难以割舍。

首联和颔联已经将自己的主观感情表达到位了，那颈联还能写些什么呢？商隐荡开一笔，写了其他人和事。他用紫凤比作女子——也就是其他女冠子，将赤鳞（红鲤鱼）比作男子——也就是其他书生。他们在干吗呢？放娇一词点破一切，她们在和心爱之人在我们固定的约会场所在大胆的幽会，而男子鼓奏起能令湘女唱歌的瑟弦。第二处绮丽之处出现在颈联，极其华丽的四个意象“紫凤”“赤鳞”“楚佩”“湘弦”集中出现，加上放娇和狂舞的动作连接，有动态感，将爱情热情的一面体现得淋漓尽致。

但是热闹都是别人的，心爱的你没有出现在我面前，我什么都没有，人家有多热闹，我就有多凄凉。尾联李商隐自比鄂君，就是“山有木兮木有枝，心悦君兮君不知”的乘船的君子。鄂君在舟中被人示爱，举绣被而覆之，而诗人这里，虽绣

被仍在，但所爱不在，便只有独自成眠了。诗人用了最后一组绮丽的意象，绣被焚香，这原本都是为了迎接爱人而准备的。熏香用了荀彧的典故，商隐在《牡丹》中有诗句“荀令香炉可待熏”，焚香代表对自己形象的精心打扮，绣被表明了两人约会地点的精心布置。但是因为无法与爱人相会，这一切变成了徒劳。我们从本诗可以看出，年少的商隐是一个浪漫的人，不但文笔细腻，学识广博，而且很精致。同时这首诗反映出商隐早期的爱情诗与中年时期的爱情诗有所不同，相对无题的晦涩，这首诗中的商隐感情炽烈且直率，诗句更为大胆和直抒胸臆。

（4）晚唐诗的特点之三——私情的觉醒

晚唐诗的第三个特点是充满着个人感情，这个特点其实是和前两个特点有明显的逻辑关系且不可分割的。精严是说形式，绮丽是说内容，私情则是说晚唐诗中更深层次的精神诉求。文体精严是晚唐诗的骨骼，它和人体的骨骼一样，极为精密，每一根骨头和每一个关节都是不可代替甚至是不可移位的。这副骨骼是诗在进化中的终极形式，它让晚唐诗显得玉树临风，亭亭玉立。

绮丽诗风是肌肤，肌为肌肉，肤为皮肤。这种肌肉是丰腴的，是落皑霏霏都比不上的丰满浓艳的华丽。这种肌肤亦如吹弹可破、拥有满满胶原蛋白的肤质和高亮肤色。这也就决定了外形上最美的晚唐诗不似南朝诗的纤柔之美，也不似宋诗的清瘦之美，而是一种浓艳且丰腴的美感。私情则是这一切的情感内核，也就是晚唐诗的灵魂。

私情是相对于共情而言的，我们先来看一下何为共情。这种共情从初唐开始探索和萌发，它是“况属高风晚，山山黄叶飞”的人与具体事物的共情，是“念天地之悠悠，独怆然而涕下”的人与天地万物的共情，是“海日生残夜，江春入旧年”的对于盛唐天下的共情。这种共情存在于李白的“君不见黄河之水天上来”的豪情之中，体现在老杜的“大庇天下寒士俱欢颜”的呐喊之中，融合在王维的“征蓬出汉塞，归燕入胡天”的壮阔雄奇之中，奔涌于王昌龄的“青山一道同云雨，明月何曾是两乡”的感慨之中。

在横向上看，这样的共情随着大唐骑兵的金戈铁马跨过葱岭，穿过草原，立于大海之滨，直抵彩云之南。在纵向上看，这样的共情被唐诗承载，从一千多年前的盛唐一直流传到现在。我们在吟诵唐诗的时候同当时的诗人、当时的吟诵者，以及当时的倾听者一样产生共鸣，而这种共鸣就来源于共情，这种共情正是盛唐诗魅力的体现，更是盛唐的象征和标志。

然而随着帝国的坠落，这种属于整个国家的骄傲渐渐消逝。在安史之乱后，曾有人用诗篇追寻这种骄傲，也曾有人追求盛唐的复兴，但当吐蕃破京、回纥掠夺、泾原军变、甘露之变等事件接踵而至时，为复兴所做的一次次努力最终化为泡影。在这样的背景下，那些曾经仰天而视的唐朝文人，视线开始向下。文人的私情开始觉醒，晚唐诗描写个人情感的作品多了起来，这一时期的爱情诗数量颇多，而且情深处不忍卒读，意切处催人泪下。

我们还是以千古伤心人李商隐为例。他的私情是“如何雪

月交光夜”的浪漫，是“相见时难别亦难”的纠结，是“梦为远别啼难唤”的无力……再看“直到相思了无益，未妨惆怅是清狂”这一句，此时他的私情到达极致。此时，他的爱情只与自己有关，只与爱情本身有关，至于爱情要寄予的客体，已经没有那么重要。这种超脱于客体的爱情，最是私情的代表。

（5）“温李新声”——只要好看，风云气短又如何？

关于私情，我想晚唐一位和李商隐并称的人可能有话要说，他就是温庭筠。元好问称二人“风云若恨张华少，温李新声奈若何”，元好问是“建安风骨”的爱好者。西晋诗人张华，就是李白在《梁甫吟》中用典提到的“张公两龙剑”中的张公。当时张华的诗句与建安文学流派风格迥异，因绮靡艳丽而著称，被钟嵘在《诗品》中称“儿女情多，风云气少”。“温李新声”则更擅长儿女情长，尤其是“温李”的绝句和律诗，真的可以看作纸短而情长了，并且温庭筠以浓艳之词见长。此前讲了太多的李商隐的诗，我们来看看温庭筠的《新添声杨柳枝词二首》。

新添声杨柳枝词·其一

温庭筠

一尺深红胜曲尘，天生旧物不如新。

合欢桃核终堪恨，里许元来别有人。

新添声杨柳枝词·其二

温庭筠

井底点灯深烛伊，共郎长行莫围棋。

玲珑骰子安红豆，入骨相思知不知？

这是两首以女子口吻来作的杨柳枝词，为什么我要强调是词呢？因为“诗”这个文体在晚唐时的作用还是以“文以载道，言志述事”为主，即便是温庭筠自己的诗作，也与我们熟悉的他的花间词不同，比如那首著名的咏史诗《过五丈原》。

过五丈原

温庭筠

铁马云雕久绝尘，柳营高压汉营春。

天清杀气屯关右，夜半妖星照渭滨。

下国卧龙空寤主，中原逐鹿不由人。

象床锦帐无言语，从此谯周是老臣。

这样的诗句风云气一点儿都不少，但是为什么从诗到词，诗人就从怀揣满腔家国情怀的大丈夫变成了热衷于卿卿我我的弱女子了呢？是因为词在唐代的功用，词在当时属于通俗歌曲，是歌女拿来唱的。所以早期有许多词是从女性的角度来写的，包括后面要讲到的《花间集》中的温庭筠的《菩萨蛮·小山重叠金明灭》和牛希济的《生查子·春山烟欲收》。

不过我们不是在说诗风的变迁吗？这里选取两首词是什么意思呢？我们可以看到，这两首词无论是平仄还是用韵都与七

言绝句一模一样，除了内容浅显和风格轻佻之外，它们完全符合格律诗的条件。这也是早期词的形式，词源于诗，词从律句到长短句经历了从中唐到晚唐再到五代的演化。刘禹锡的《竹枝词九首》和《浪淘沙》，以及白居易的《杨柳枝词》都是这种律句或者类似律句形式的词。到了今天，这些词被收入《唐诗辞典》中，并被当作诗来看待。与《新添声杨柳枝词二首》一样，它们不但是词，从格律上看也是近体诗中的七言绝句。

温庭筠的这一组作品在表现技法上，既与上述作品有相同之处，又有不同之处。相同的是它们都用了比兴和谐音的雕琢手法，而不同之处在于这些手法的使用顺序。第一首中，先用比兴手法进行铺垫，用的比兴物是衣料。“一尺深红”代表的是新的布料，红色布料大都用于喜庆场合。“曲尘”是鹅黄色的意思，它的本意是酒曲中生的霉菌。这里是用颜色代指布料，而同样的用法在唐代小说《博异志》中也有记载：“如黄衣曲尘之色。”这种如霉菌之色的布料显然不是什么好的材料。

有的版本作“一尺深红蒙曲尘”，我认为这个版本解释不通，因为它根本经不起训诂学的推敲。曲尘为酒曲中的霉菌，一尺深红色的新布料怎么会和酿酒的酒曲放在一起？这个曲尘是怎么凭空蒙在新布料上的呢？这种错误极有可能是后人在抄写古人作品的时候将曲尘理解成尘土造成的。下面的“天生旧物不如新”这一句就更证明了“胜”字的合理性，新胜于旧，正如深红色胜曲尘色。所以此句的表意是：一尺崭新的红布料要远胜鹅黄色的旧料子。

刚才也和大家介绍过了，这句使用了比兴手法，作者只是要说布料的比较吗？作者当然是在说人，是在反映陷入爱情中的女子的心态。杜甫在《佳人》中曾这样写道："但见新人笑，那闻旧人哭。在山泉水清，出山泉水浊。"再看本诗，"一尺深红"代表的是男子的新欢，而在家等待良人归来的女子却成了不如新物的"曲尘"。这"一尺深红"似乎还代表着新的爱情，这位郎君可能即将开始新的姻缘，而这位在家中盼得郎君归的女子却即将沦为弃妇。

后两句则转向对这位女子的内心世界进行描写。"合欢桃核终堪恨"，其中对于"合欢桃核"有两种理解，基本差不多，一种是分开两个意象，即理解为合欢花与桃核，另一种理解是单指桃核。我偏向后面一种理解。桃核和红豆一样，在古诗词中都是相思的意象。桃核的两瓣相互拥抱得很紧，也象征着坚贞的爱情，按照正常情况来说非刀劈斧砍不能令其分裂。可在本诗中桃核怎么就分开了呢？女子也给出了答案："里许元来别有人。"

桃核啊桃核，虽然难以分开，但是里面还是有桃仁的，你我是合欢桃核的两瓣，那新人不就是桃核里面的桃仁吗？这是典型的反用意象诗句，将本属相思意象的桃核用解构主义进行剖析，再将桃核中的"仁"谐音作"人"，再加上"元来"二字，令这个负心郎的形象鲜活起来，仿佛他不是因一念之差而喜新厌旧，而是本来就是个朝三暮四的男子。每每读到此处，我都为温飞卿在撰写这样的词句时的脑洞所叹服。

第一首的主题无疑是私情中的悲剧，故不如新，结果是丈夫变心，思妇成了弃妇。第二首的主题则是纯粹写女子相思。

"井底点灯深烛伊"，乍看"井底点灯"似乎很难理解，

这里并不是说去修葺水井而在井里点了一盏蜡烛。这是一种比喻，蜡烛在燃烧的时候，烛芯周围的蜡先燃烧，而两边的则燃烧得较慢，所以以烛芯为中心形成了一个类似于井状的形态。然而烛火就位于“井”的底部，这就是这句“井底点灯”的含义。这样“深烛伊”的第一层意思就好理解了，就是灯火在深处照着你，即便你看不到火苗，它也一直在发光发热，一直在为你提供着光明。这烛火又是一种比兴，这是女子心中对情郎炽热的爱恋，即便你远在他乡，我对你的爱也依然结在深深肠，哪怕你不能看到它，甚至不能感受到它，这份爱在我心中依然存在。如果见面，我也要像井底的灯火一样深深照亮着你，我要把日夜牵挂的你再三地看仔细。

后一句“共郎长行莫围棋”似乎也不好理解，这句话的关键在于“长行”的含义。“长行”是一种类似于博彩的游戏，类似于“握槊”和“双陆”这两种博戏，在唐代尤其是中晚唐时期极为盛行。《唐国史补》中记载“今之博戏，有长行最甚”，唐人经常因长行博戏而废寝忘食。“共郎长行”，讲的是两人在一起时的场景，我们在一起时我愿意陪你玩长行游戏。“长行”是一种赌博，而且是一种市井游戏，其中的一个特点是在玩的时候参与者一般都会有所交流，甚至会大呼小叫。那为什么又“莫围棋”呢？围棋是君子六艺之一，相对于长行来说是高雅的游戏，但是少了些生活的气息。

前两句的“深烛伊”“共郎长行”和“莫围棋”，体现了女子发自肺腑的谆谆叮咛。这两句还有一层意思，在这里温庭筠使用了谐音和双关的手法。“烛”，可谐音作“嘱”；“围棋”，可谐音作“违期”。长行如果单纯地理解为游戏，未免浅薄了些。此处，长行可双关长途旅行。这样看来，前两句包含着女子如下的嘱咐：我深深地嘱咐你，我要与你相随相伴、永不分离，还请郎君远行之时信守誓言，千万莫要违约违期。

诗人用了极细致的雕琢手法和一个又一个贴切的比兴，这似乎也给词的收尾带来了很大的难题，这组诗该如何收束呢？温庭筠无疑是描写私情的高手，不但让这首诗以豹尾收关，而且让这一联诗成为反映千古爱情的名句，甚至让其成为我们在相思之情达到极致时想到的第一联诗。

“玲珑骰子安红豆，入骨相思知不知？”从文学上来看，这一联诗无论从整体结构来看还是从部分意象来看俱可用“绝妙”二字来形容。“骰子”承接了上句的“长行”这一博戏。“玲珑”二字又给予了这枚骰子性别，再次强化本诗是女性视角的作品。这两个词已然是致巧，而“红豆”一出，此句再次升华。红豆，又称相思豆，这一意象最著名的使用就是王维在《江上赠李龟年》中的使用。

江上赠李龟年

王维

红豆生南国，春来发几枝。
愿君多采撷，此物最相思。

“此物最相思”，将最相思之物安在女性化的骰子上，是表达对博戏的深爱吗？显然不是，在古代，骰子是使用动物骨头制成的，相传是才高八斗且深情婉致的陈思王曹植所发明，起初的骰子上面的点数为黑色，并没有红色的点面。到了唐

代，骰子上才出现了红色，相传是一位深情的男子赋予骰子红色的，他就是唐玄宗。

在唐玄宗与杨贵妃的一次博戏中，唐玄宗眼看就要输给杨贵妃，在最后一次投掷中，只有摇到四点才能挽回败局。唐玄宗在掷出骰子后连声大喊："四，四，四。"果然天遂人愿，摇出的点数真的就是四。于是皇帝大喜，令高力士诏告，骰子可以涂红，所以就有了描红的骰子，而玄宗摇出的四，则被涂上了全红。在本诗中，作者将描红的点数比作安入的红豆，所以就有了"玲珑骰子安红豆"中意象的精工铺陈，也让后面的"入骨相思知不知"这一千古传诵的名句自然天成，也让这份属于女子的私情深邃到了极致。

红豆入骰子，相思入骨。骰子描红人尽皆知，我的相思如斯，你——知不知？

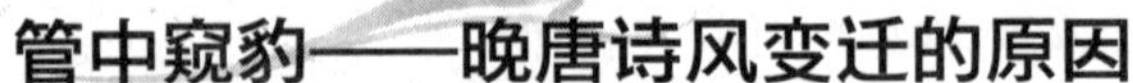

管中窥豹——晚唐诗风变迁的原因

律法的精严，词句的绮丽，用典的繁复，孱弱的气息，以及充满着个人私情的内容，这些构成了晚唐诗的主流风格。看到这些现象，我们不禁要去探求诗风转变的原因。这些文字，究竟是如何出现的，与诗本身的发展有什么关系，与诗人有什么关系，与当时的诗坛有什么关系，最后与当时的历史环境又有什么关系。我们去试着探求和分析晚唐诗风转变的原因。

（1）原因一：止于至善

这个原因是从诗词本身而言的，这是所有文学的共性，从简单到复杂，从粗犷到精致，从自由发挥到有法可依再到有系统性的理论支撑。诗的演进在遵循了文学发展共性的同时，也有着自己的特点。总而言之，可以从语言和章法两个方面来看古诗的发展。从语言上来看，古诗从《诗经》的四言，发展到汉代乐府和古诗的杂言，再到东汉时期的五言诗的发展，再到建安和南朝时期的成熟的五言体，再到曹魏时期的七言体（主流观点认为曹丕的《燕歌行》是第一首七言体诗），再到初唐时期七言体的成熟和盛行。

从作诗的章法上来看，也就是从规矩来看，古体诗经历了从自由到相对自由的发展过程。古体诗看似音律自由，其实有着格律要求，比如虽然可押平韵，也可以押仄韵，但是在换韵的时候首句必须押韵。然而近体诗的出现是诗体向精严方向发展的一个标志。格律诗出现的一大原因就是诗和乐的分离。

①诗与乐的分离

诗成为体系诞生于周，与周礼乐相配，后来的无论是《诗经》《楚辞》，还是汉乐府，都有相应的曲目来配管弦金鼓来吟诵，所以诗的创作韵律最初是以乐曲的旋律为依附的。到了东汉末年和魏晋时期，五言诗体已经趋于成熟，成熟的五言诗比杂言乐府更为流行，更为上口，五言诗渐渐脱离了乐府诗框架的束缚，成为不再使用管弦伴奏就能吟诵的诗句。这就是徒歌出现的背景，是诗的文本与音乐分离的开始。

没有大规模的伴奏，诗句创作脱离了音乐；脱离了音乐，诗要寻找自己的音律美就要建立属于自己的音律理论。这是从自发到自觉的演进过程，也是从感性认识到系统化理论的过程。在这个过程当中，先后出现了反切注音法和一系列小学类的研究，这些为诗律的形成做出了贡献。在四声理论出现之前，东汉魏晋诗人在五言诗的创作中也注意诗句中的用字，以期在徒歌形式的表现中有更美的韵律。这期间经历了近古铿锵刚劲的建安体，西晋初期的太康体，东晋清玄高妙的玄言体，以及辞藻华丽却短于痴板的元嘉体。直到近体格律诗出现，诗才逐渐形成了属于自己的律法。

格律诗的形成一共经历了两个阶段。首先是“永明体”阶段，这是格律诗的1.0版本，代表诗人是南朝齐的“竟陵八友”，其中我们熟悉沈约、谢朓、王融，以及重量级人物萧衍——篡齐的梁武帝。在此后直到初唐的百余年时间内，作为相对于古体诗而言的新体诗，永明体是格律诗的主要存在形式，南北朝时期的大诗人庾信、吴均、徐陵等人都对永明体进行过尝试性的创作。

那诗为什么一定要脱离音乐呢？带着音乐一起不好吗？诗的脱乐独立主要有两个必然性。

一是音乐传承太难，举一个例子来说。我们现在提到儒家经典，一般是在说《四书》和《五经》，但是古代可是有《六经》的，这唯一失传的儒家经典，就是《乐经》。音乐不像诗的文本那样可以通过文字的记载来流传，在古代没有录音设备的情况下，音乐基本要靠乐谱或着人传人的形式来传播，周礼乐、汉乐府音乐的演奏还需要多人的配合，音乐在中国历史上往往是失传最快的东西。《诗经》中的雅颂文本流传到了今天，雅颂的音乐却没有一首流传下来。说《诗经》和汉乐府似乎有点儿远，就拿唐宋词来说，也几乎没有哪个词牌对应的曲子传承下来，所以明清以后不得不根据原来的填词来总结词谱，用词谱来反映词的格律，这才出现了明代到今天的无曲填词。

二是文人成了诗人。这句话好像有点儿问题，但确实没有问题。我们先弄清一个现象，就是会作诗的人并不都是诗人。《诗经》的时代，十五国风是来自民间的歌谣，这些歌谣的作者只有几位是有名有姓的贵族，其他作者大多是未留下姓名的人士，他们能算诗人吗？当然不能。其实“诗人”这一称号的出现，要远远晚于诗的出现。郭沫若先生曾认为，屈原是中国

历史上第一个诗人。

虽然在战国时代文人群体中出现了第一位诗人，但是他们并没有形成诗的创作集团，这个创作集团又是在什么时候出现的呢？是在同一时期的文人创作形成一种固定诗风的时代，而这个时代开始于东汉末年的建安体形成时。诗的脱乐也恰好是在这个时代起步的。

这难道是巧合？这是因为文人有着一个特点，它既是优点，又是一种毛病，就是文人的自信与骄傲。在《诗经》和《楚辞》的时代，甚至到了汉乐府的时代，诗的文本都是音乐的附庸，诗的表现是不能脱离音乐而存在的。换句话说，就是作词人怎么用字句，那是要看作曲家和演奏家的音乐作品的。

文人成为诗人之后，怎么可能允许自己成为给乐工打下手的人呢？于是随着汉乐府音乐的失传，成为诗人的文人开始自发地探索，他们发现把不同的字音有机地组合在一起，也能使句子出现高低起伏，再配上抑扬顿挫的吟诵，文本自身也能带来类似音乐的美感。再加上五言诗比四言诗更富于变化，诗人通过不断探索，使得音乐对于诗的影响越来越小。诗人自发对诗的格律进行的探索，标志着诗的文本可以独立于音乐而存在，诗人再也不用看乐工的脸色作诗了。然而成为诗人的文人们也在等待着一个机会，从自发自觉的格律探索，到形成一套完整的理论，让格律诗和音乐做最后的道别。

②永明体：格律诗的1.0测试版

永明体是格律诗的初级阶段，也是近体诗的少年时期。它因南朝齐武帝的年号而得名，产生的前提是汉语四声的发现，这个四声与今天普通话的四声一样，是用来表示汉语的高低音调的。但是与现在的“阴平、阳平、上声、去声”这四声不同，当时的汉语四声为“平上去入”，平、上、去为舒声，入为促声，下面这个口诀可以帮助你更好地理解古代汉语的四声：平声平道莫低昂，上声高呼猛烈强。去声分明哀远道，入声短促急收藏。

发现汉语四声之后，永明体诗人对五言诗的创作进行了大刀阔斧的改革，改革的贡献主要集中在三个方面：声律、句式和技法。

从声律上来看，用韵技巧走向成熟，体现在以押中古汉语的平声韵为主，从近邻韵通押转变为以押本部韵为主，讲求一韵到底。从句式上来看，五言句法基本固定下来，以四句、八句和十句为主，有诗句的篇幅规定。从技法上来看，开始有意识地进行出句和对句的对仗，类似于唐代近体诗的律句开始出现，在诗中开始用典。在诗风上，更注重构思的精巧，以提升诗的意境。

当然这里也有对古体诗的继承，比如要求叙事完整等。根据上述转变，沈约提出了创作中要避免的八种忌讳，这就是“八病”。“八病”对作诗时使用的音律做出了要求，而诗人为避免“八病”而自觉雕琢的诗句，就是最早有章法可循的格律诗，这一类格律诗，就被称作“永明体”。

这时诗歌从诗人自发对脱乐后的诗作音律进行摸索的阶段，过渡到理论化的新阶段。有种说法是，格律诗的出现标志着诗歌从自然艺术转向人为艺术，这有一定的道理，同时格律的出现让那些音律不协调、拗口难诵的诗句变成了音律协和且悦耳的韵文。那格律理论的出现是不是一定对诗歌的发展有利

呢？这却不尽然，至少“永明体”这个测试版也有相当大的弊病。

③试用版就是试用版——永明体的局限性

当然每个事物在少年时期都有其局限性，永明体虽然摆脱了诗歌在脱离乐律后所引起的音律不协、痴重板滞的弊端，但是仍有不成熟之处。在当时它就被《诗品》的作者、著名诗评家钟嵘所批评。虽然钟嵘是诗歌评论大师，但是他也有看走眼的时候。在评诗的时候，他不免带着一些中正官选拔官员的习惯，他比较讲究诗人的出身，从而难免有错评诗歌的时候，最典型的例子就是他把被后世归于神品的陶渊明诗列在了中品的位置上。抛开钟嵘不谈，宋代的《沧浪诗话》也对永明体的格律颇有微词，下面我们来看一下初代格律诗的代表——永明体的弊病。

第一，格式规定的范围狭窄：永明体的“八病”仅对五言诗做出了规定和要求，对七言诗则选择了忽略。从文体来看，七言诗表达意象较五言诗更丰富，毕竟字多了，创作的空间更大了。从音律来看，七言诗则更为自由多变。永明体对于七言诗的忽略，对七言诗的后续发展无疑是不利的。

第二，格律未就通篇进行考量：永明体是典型的有律句而无律篇。其仅从一联的出句和对句着眼，而不是着眼于全篇的规划。这就造成了句与句之间出现失粘的情况。

第三，“八病”的规定过于严格。永明体的出现，为不需要大规模伴奏的徒歌打下了基础，也为声律优美、辞藻华丽的齐梁陈宫体诗提供了格式基础，但因“八病”的规定过于严格，且缺乏系统性的成熟理论，在一定程度上造成了内容为形式服务的后果，这也是宫体诗一直被后人诟病的原因之一。

④沈宋体——格律诗的2.0进化版

一个人从少年阶段走向成熟总是需要一定的经历，在这些经历中他可能会走一些弯路，格律诗的发展也是如此。在这前无古人的探索中，历代的诗人也是在摸着石头过河，渡过一个又一个沙洲到达彼岸。当时间来到初唐时期，经过唐太宗、唐高宗和武则天三朝的发展，一个世界性的帝国和文化中心屹立在东方。诗体则经历了虞世南的“渐开唐风”，上官体讲求对偶之美的“六对”和“八对”，以及“初唐四杰”时清时雄的六朝锦色与唐调的铿锵并存。之后，上承六朝诗、下启盛晚唐诗的体裁出现了，它就是沈宋体。

沈宋体与上官体的命名方式相同，是以武则天时期著名诗人沈佺期和宋之问的并称来命名的。沈佺期和宋之问通过创作实践而形成广为后世接受的格律诗的理论。相对于永明体，沈宋体从声律和对仗方面进行了积极的改革。

沈宋体的贡献首先是四声的二元化。沈宋体诗人在创作中对四声进行了二元化的划分，将平声归为平声部，将上、去、入声统一归为仄声部，在写作中只辨平仄，不再理会声调。

而后是将“回忌声病”发展为“约句准篇”。沈宋体继承并发展了声律“八病”的提法，并除律句和律联之外，着眼“准篇”，这就解决了永明体因有律句而无律篇所带来的失粘的问题。理论进一步系统化，同时覆盖五言诗和七言诗。

除了音律之外，沈宋体还继承了上官体对仗工巧的特点，在律篇中讲求骈对的使用。如正格颔联和颈联作对：“九月寒砧催木叶，十年征戍忆辽阳”和“别路追孙楚，维舟吊屈

平”等。

沈宋体的出现让格律诗既有格律约束的人工雕琢之美，又有诗人自由发挥的自然之灵。中唐诗人元稹称“沈宋之流，研练精切，稳顺声势，可谓之律诗”，至此五言律诗正式定型，七言律诗开始定型，沈、宋所创格律为后世之所宗，而沈宋体也成了律诗的别称。成熟近体诗的出现，让文人开始迈入“戴着镣铐起舞”的诗篇创作阶段。

⑤国家不幸诗家幸——晚唐诗内容的充实

和谐的音律，工巧的对仗，清丽的辞藻，这一切为诗的发展提供了形式和框架。但是无论是上官体还是沈宋体，它们都没能为唐诗提供丰富的内容。这或许是因为诗人的身份——宫廷诗人。宫廷诗人对美感的追求毋庸置疑，但是他们的职责和身份限定了诗的内容的表现领域，比如即便是宋之问和杜审言远谪边州，其诗的表现也只是狭窄的自怨自艾。这也就注定了只有有着丰富经历的知识分子才能为唐诗提供更丰富的内容，科举的出现让士族开始走向衰弱，一些士族知识分子也逐渐落魄。但是大唐科举考试官员录取率之低又让许多庶族知识分子不能入仕或长期沦为下僚，他们心中的愤懑和不满，使他们成了为唐诗贡献内容的主体，比如陈子昂、杜甫、李贺，以及晚唐的李商隐和杜牧。

有了贡献内容的主体，就要有可以贡献的内容。从初唐到晚唐，大唐的经历丰富，诗人的经历同样丰富。他们经历过天可汗时代的“前军夜战洮河北，已报生擒吐谷浑”，经历过开元盛世的“公私仓廪俱丰实”，也经历过“四海南奔似永嘉”的“安史之乱”……中唐以降，大唐陷入混乱——中兴——再混乱的循环当中，到了晚唐，战乱频繁，政治混乱，经济凋敝，大唐摇摇欲坠。从兴到衰，从极盛到破败，大唐诗人的经历越来越复杂。这更给予了诗词丰富的内容来源，尤其是到了晚唐，诗的内容意象空前丰富，就连本朝的典故入诗都俯拾皆是。从格律的精严到内容的丰富，诗的骨骼和肌肉都已经为晚唐这个时代做好准备了，只等待那些属于晚唐时代的灵魂来让唐诗尽善尽美。

（2）原因二：无能为力的不满

诗人向来是对现实不满的，尤其是晚唐这样宦官当道、奸佞横行、藩镇割据、盗匪肆虐的时代。但是这种不满和安史之乱后诗人对社会的不满不同，也与中唐时期诗人对政局的不满不同。之所以不同，正因为诗人胸中的那口气发生了变化。

①绣口一吐，就是半个盛唐

在安史之乱后，大唐开始由盛转衰，那时大唐诗人心胸锁住的仍是盛唐气象，杜甫是晚唐时代的记录人，也是对那个时代最为不满的人。但是他有对那个时代的思考，如《秋兴八首·其四》中的“鱼龙寂寞秋江冷，故国平居有所思”，有对盛世的回忆，如“忆昔开元全盛日，小邑犹藏万家室”和“昔有佳人公孙氏，一舞剑器动四方”。虽然他胸中沉郁，但是这股气一旦得到舒展和释放他便能写出像“五夜漏声催晓箭，九重春色醉仙桃”这样华丽大气的朝省诗，也能写出像《闻官军收河南河北》这样的平生第一快诗。

面对神州陆沉的现状，诗人们对恢复大唐盛世仍然充满

着信心，而且愿意投身到复兴事业中去，如李白在《永王东巡歌十一首·其二》和《永王东巡歌十一首·其十一》中写到的景象。

永王东巡歌十一首·其二

李白

三川北虏乱如麻，四海南奔似永嘉。
但用东山谢安石，为君谈笑静胡沙。

永王东巡歌十一首·其十一

李白

试借君王玉马鞭，指挥戎虏坐琼筵。
南风一扫胡尘静，西入长安到日边。

即便大片江山已经落入叛军手中，诗人仍然充满了胜利的希望，身随永王东出平叛，自比谢安，欲拿下长安，报效国家。诗人在这首组诗中的气概与天宝三年被玄宗赐金放还时的理想相同，当时诗人在《梁园吟》中以“东山高卧时起来，欲济苍生未应晚”来抒发自己的追求和决心。这种潇洒飘逸和神采奕奕不愧是“绣口一吐，就是半个盛唐”。

②中唐诗人的气——桃花依旧笑春风

中唐诗人的气较盛唐诗人少了豪气和壮气，但是毕竟经历了元和中兴、剪除宦官和河北三镇俯首等重大事件，这曾让他们隐约间看到过走向复兴的曙光，在李愬雪夜入蔡州之后“诗豪”刘禹锡写下“忽惊元和十二载，重见天宝承平时”这样的诗句。且中唐距离盛唐不远，中唐诗人对于盛唐的回忆也是非常具象的回忆。元稹有诗云“白头宫女在，闲坐说玄宗”，白居易有诗云“君不闻开元宰相宋开府，不赏边功防黩武”，即便是看到了柳树白居易也会想到盛唐，从而写下“开元一株柳，长庆二年春”这样的诗句。

虽然中唐诗人不如盛唐诗人那样在面对政治危局和社会危机时有“用我必胜”的自信，但是他们仍然以儒家的进取之心阻止大唐继续走下坡路，他们面对自身的困境多是积极旷达的，面对不平世事主动直接地针砭时事并提出解决办法。比如，白居易在《卖炭翁》中直击宫市制度的弊病，在《宿紫阁山北村》中指出宦官治下的神策军仗势欺压百姓的无耻。再比如，有“诗豪”之称的刘禹锡更是在《金陵五题》等怀古诗中总结亡国的教训，以警朝野，其中《台城》“万户千门成野草，只缘一曲后庭花”最为醍醐灌顶。那不远的盛唐是中唐诗人用来取暖的回忆，他们也担忧着回忆会烧尽，他们也曾努力，也曾纠结，也曾失望，他们的勇气也将在一次次的失望中消减，直到大唐滑入晚唐的深渊。

③只是近黄昏——晚唐诗的孱弱

在甘露之变后，诗人对盛唐的回忆变得不复存在，此时的大唐也正如李商隐的诗所言——运去不逢青海马，力穷难拔蜀山蛇。对于晚唐诗人而言，盛唐太远，他们也只是在传说里听过，他们不再去追寻这种具象的回忆，因为具象化的内容他们从没有遇到过，于是这种回忆从意图恢复变成了一种梦境。

虽然多为士人的诗人对晚唐黑白颠倒的现实并不满意，但是大厦将倾，他们没有能力去改变，甚至没有可行的办法来解

决自己遇到的生活窘境。所以他们逐渐放下恢复盛唐的想法，从儒家的进取转向道家的退隐，盛唐似乎只会在他们的梦里出现。因为对现实政治的不满，诗人希望把他们的盛唐梦做得更完美、更绮丽。虽然偶有“夕阳无限好，只是近黄昏”的慨叹，但是更多的是“十年一觉扬州梦，赢得青楼薄幸名”的自嘲。虽然也有一些借古喻今的诗，但它们仍是绮丽梦境之下的冰冷现实，比如杜牧的《泊秦淮》。

泊秦淮

杜牧

烟笼寒水月笼沙，夜泊秦淮近酒家。

商女不知亡国恨，隔江犹唱后庭花。

这是一首耳熟能详的怀古诗，诗人把目光投向历史，投向偏安的南朝。从写景到写人，都是今景和今人，却以一曲让陈朝亡国的《玉树后庭花》来怨叹晚唐之歌姬。其实诗人并不是在怨歌女，歌女唱什么曲子，不都是依着酒家座中客嘛，而座中客不正是权贵吗？陈人无暇自哀，晚唐人哀之却不鉴之，这又有什么办法呢？

晚唐诗人也没有办法，不能修儒便只能入道，诗人也在寻找自己的精神出口。即便是借古讽今，诗人仍以绮丽甚至香艳的诗句来表现，比如李商隐的《北齐二首·其一》。

北齐二首·其一

李商隐

一笑相倾国便亡，何劳荆棘始堪伤。

小怜玉体横陈夜，已报周师入晋阳。

这是用美文与谏意之间的反差来强化讽刺效果，从而体现对腐败的政治的不满，但是他们并没有解决办法。虽然李白没有解决问题的能力，但是他在《永王东巡歌十一首》中通过诗句“南风一扫胡尘静，西入长安到日边”表达了自己勤王恢复盛世的意图。晚唐诗在怀古中不仅仅表达了无能为力的态度，还带有不再去努力改变现实的想法。

（3）原因三：诗人自我的觉醒

诗中的私情同样受到当时环境的影响，王维在诗中所提倡的“九天阊阖开宫殿，万国衣冠拜冕旒”的时代已经一去不复返了，晚唐诗人也认清了这个现实。于是诗人就开始将笔锋向内，文才向内探索，从盛唐的家国情怀，甚至是天地境界的情怀，转为对自己内心情感的窥视。所以，晚唐时期作者将自我心情诗化的内容有很多。

那么盛唐的时候诗人有没有私情啊？也有，但是在私情里面有一种共情。在表达思念时，王湾写的是“海日生残夜，江春入旧年”，李白写的是“思君若汶水，浩荡寄南征”，二人的私情之中都蕴含着共情。

到了晚唐，已经不再是天可汗的时代了，诗人的思念就

成了一个人的事儿。这会儿，诗人的思念是“春心莫共花争发，一寸相思一寸灰”，是“春风十里扬州路，卷上珠帘总不如”，是“我是梦中传彩笔，欲书花叶寄朝云”。

这种向内着力的诗对五代和宋代的诗词的发展产生了重大的影响。自外向内的审视是汉文化的收缩，使得整个文化有时间去自我审视。诗词从共情到私情，再到内化和深入，为宋诗走上与唐诗不同的道路奠定了基础。

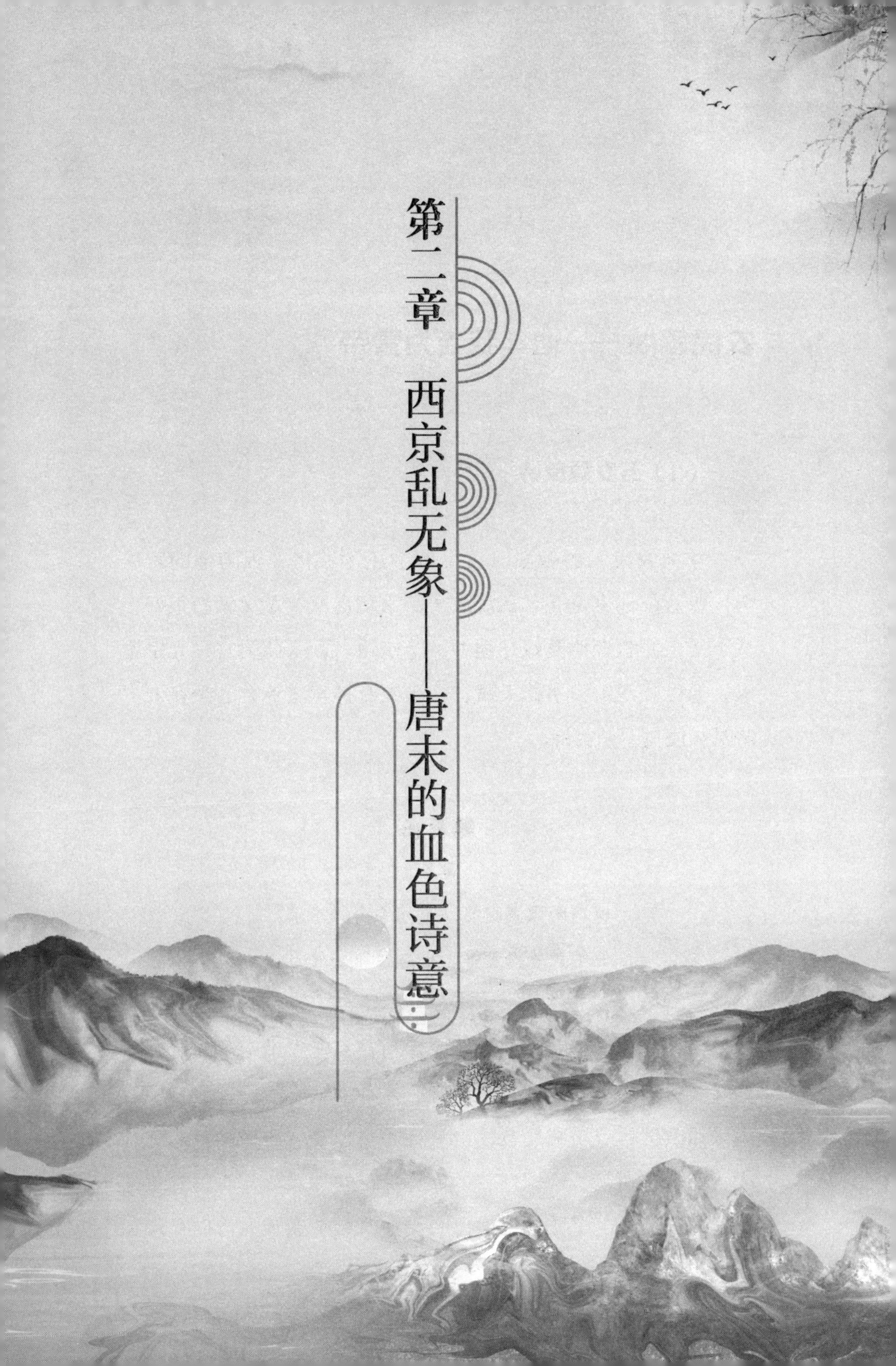

第二章 西京乱无象——唐末的血色诗意

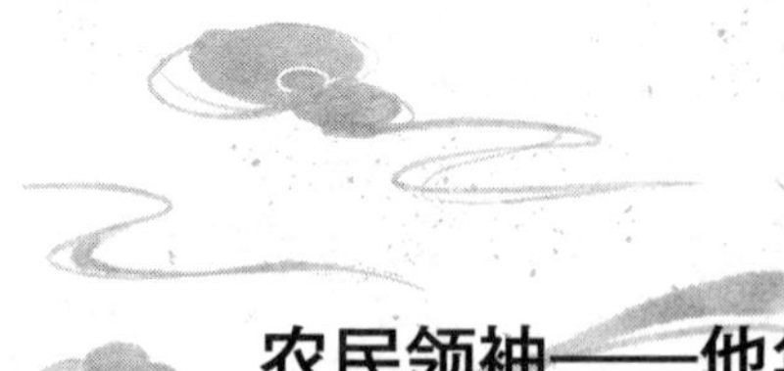

农民领袖——他年我若为青帝

（1）五岁题反诗

作为农民军的领袖，黄巢似乎还不够格，因为他的家族世代贩盐，他也是一名私盐贩子，家境富庶。黄巢家教很好，从小父亲便教育他要好好读书，金榜题名，入朝为官，光宗耀祖。他也展现出读书的天赋，从小便有神童之称，甚至在五岁的时候便写下一首诗。

题菊花

黄巢

飒飒西风满院栽，蕊寒香冷蝶难来。

他年我若为青帝，报与桃花一处开。

菊花在秋天盛开，西风转凉，菊花只能发出幽冷的清香，难以吸引蝴蝶来采。这是一首典型的不平则鸣的诗，它一反菊花孤标傲世的品质和气节，也一反对菊花个体的描写。本诗先从满院菊花写起，这就打破了单从菊花的“孤”，而后对菊花开放的季节发出了质疑，为什么要在西风中盛开呢？也有诗人

称“不是花中偏爱菊，此花开尽更无花”，那是不是菊花的孤高是因为它在开放的季节不得阳光雨露的恩泽呢？这又打破了菊花在一般诗句中凸显的“高”。所谓的孤高，只是因为开在秋季，香冷蕊寒，无蜂蝶来眷顾罢了。在黄巢看来，孤高不过是因为无利。白乐天在《琵琶行》中云“商人重利轻别离”，看来黄巢对“利”字的理解已经相当到位。

既然没有了道家的孤高淡然，那就谈谈商家的解决办法吧。黄巢在诗句中假设，原来是青帝未用青眼来看待菊花，于是没有安排让它在百花齐放的春天绽放。那么他打算如何改变这一现实呢？他没有以劝谏、讨好和行贿的方式来取得青帝的青睐，而是说“他年我若为青帝”，既然青帝不青睐菊花，那就把他换了吧，这才是一劳永逸的解决方案。既然要换，那就让自己来做青帝吧，从而让菊花在最美的季节尽情肆意地绽放。试问此花在春日绽放之时，是否香冷，是否蕊寒，是否蜂蝶还难来？

（2）少年天才——不过是自我包装

在我看来，若黄巢真的是在五岁时作此诗，那么他不是天才便是杀才。从天才的角度来看，五岁成诗，他的天赋已经超过了很多诗人的天赋，我们来看看被这位商贾子弟超过的诗人。

影响后世诗作发展的黄庭坚七岁成诗，写下“多少长安名利客，机关用尽不如君”——不如黄巢。

“初唐四杰”中的杨炯九岁就能作诗，骆宾王七岁便写下了脍炙人口的《咏鹅》——依然不如黄巢。

十四岁便被征辟为官的神童中的神童，列于“初唐四杰”之首、写下流传千古的《滕王阁序》的王勃，也只是六岁成诗——至少在作诗这一方面他不及黄巢。

既然如此，看来黄巢的确是个天才，但是除了黄巢五岁所作的这首诗之外，文学史上所记载的他的下一个作品就是他不第后的那首诗，他的作品的数量在文学天才这一领域似乎是说不过去的。

那黄巢会不会跟《伤仲永》一文中的方仲永一样，小时了了，大未必佳呢？从他的历次科举考试成绩来看，或许真是如此。在我看来，有关黄巢的传奇故事极有可能是黄巢喝多了之后胡说八道的结果，或是下属为拍他的马屁而广泛宣传的结果，或是后世为了凸显他传奇人物的形象想象和演绎的结果。

先来了解一下黄巢五岁作诗故事的出处。这段记载出自南宋张端义的《贵耳集》，具体记载为在黄巢五岁的时候，他的爷爷和父亲看着菊花准备憋诗。两人毕竟是贩盐出身，读书有限，憋了半天也没憋出来一句。五岁的小黄巢一看，哎，不就是作诗吗？于是随口就是一句“堪与百花为总首，自然天赐赭黄衣”。他爸一看，这小子一定脑有反骨，于是就要上去揍他。这下被他爷爷给拉住了，他爷爷说“孙子不错，能作诗，只是不知道轻重罢了，再让他试试”。于是黄巢就赋得了这篇《题菊花》。

故事到此就没有再表下去了，那么这个故事在暗示什么呢？我们先来看第一个律句，出句说菊花是百花之首，对句则阐明了原因：天赐赭黄衣。赭黄就是赤黄色，在唐高祖武德年

间，唐高祖将赭黄色定为皇家专属配色，普通官员和老百姓不能着赭黄色衣服。然而菊花并非李唐国花，此黄更不是赭黄色，黄巢却偏偏说菊花是天赐赭黄，是百花之首，这不但在有文字狱的明清是反诗，就是放在唐宋也必是反诗。然而《题菊花》中那句“他年我若为青帝”更是赤裸裸的改朝换代的口号，这会是一个五岁儿童写下的诗吗？我们先把黄巢和其他几位儿童诗人做个比较。

骆宾王七岁写下的《咏鹅》：“鹅鹅鹅，曲项向天歌。白毛浮绿水，红掌拨清波。”此诗清新自然，所述即所见。这是一代神童骆宾王的文字，是对眼前景象的自然流露，毫无雕饰，却又如此可人，可谓有自然之气。

七岁作诗的黄庭坚，则与骆宾王有所不同。这首八岁而就的《送人赴举》最能反映他的气质，诗云：“青衫乌帽芦花鞭，送君归去明主前。若问旧时黄庭坚，谪在人间今八年。”送人科考，却说是回归皇帝身边，气度和想象力均非不凡。本诗虽然可以看出黄庭坚少年狂傲，不过想象一下：一家人在送你参加高考时，家里八岁的弟弟对你说，你上辈子就是读的清华北大，赶紧考回去吧。如果学校校长问到我的话，你就说我已经八岁了，年龄到了我就来您这儿上学。换个角度来看，这是不是也是一种另类的天真呢。黄庭坚有一种天生士子的傲气，也正是因为有这样的真性情他后来才与苏轼结为一生的挚友。

天真，童真，哪怕带着些许看起来很好玩的狂傲，都可以看作小孩子的正常表现，但是五岁就什么都看不惯，想当青帝，想改朝换代，按照常人的思维来看是不太可能的。那为什么黄巢会有这样传奇的故事呢？因为传奇的需要。因为每一个传奇人物都需要一个“天将降大任于斯人”的奇异故事。

比如刘邦的亲爹不是刘太公，而是一个夜晚里俯卧在地上行云布雨的蛟龙；汉光武帝刘秀出生之时光耀整个房间，让人感觉他母亲好像生了一个手电筒；李世民出生的时候也有两条飞龙前来贺喜；朱元璋落地之日满屋香气不散。真的不得不佩服为立国君主编造这些异象的文人们。

相比之下，没有开国传世的领袖的传奇故事编得还算接地气。或许是因为这些故事是刚起步，他们身边没有拍马屁过硬的文人，故事编得太早了。比如有关陈涉的“燕雀安知鸿鹄之志哉”，虽然出自《史记》，但按照陈胜在秦朝的佣耕身份来讲，他是绝对不可能有讲出这句话的水平的；而李自成的故事就更直接了，在他出生那天，陕西省某小河里跃出一条草龙，直冲云霄，之后一个道士说了“大明将亡”四个字，这个故事可以被评为最草率的传奇人物故事之一了。总之，这些草头王的传奇故事无非八个字：天赋异禀，造反有理。

黄巢的故事相对于开国帝王来讲，还是比较接地气的，而且与他的身份和经历很吻合。“五岁能作诗”是为了凸显黄巢的才华横溢，在农民军中，能够识文断字的人才已经难得，像黄巢这样数次参加科举考试且直奔进士科而去的更是稀少。“两题反诗”说明他从小就有改天换地的气魄，而数次科举考试的失利并非因为他才力不济，也不是因为他运气欠佳，而是因为上天不想让他通过考试而屈居下僚，他有更重要的事情去做，五岁时写下的那首诗就变成了他攻破长安、建立大齐政权的谶语。

那么黄巢的故事是怎么传播开来的呢？不会是他起义之前就有的，因为那时候他不是个传奇。也不是他走南闯北征战之时传播开的，因为那时候他的影响力还不够大。只有他进入了长安，他的传奇故事才能宣传到各地，从口口相传到有人记载，最后被记录在宋人的诗集中，作为故事传播到今天。如果他没成功，这些传世的传奇故事，就只会是当年茶余饭后的闲谈。

开国传世的帝王故事更强调顺天意而为之，而草头王们的故事则强调人定胜天。虽然这些传奇故事都不靠谱，虽然这些人都经过了生死考验，但那些强调顺应天意的君主在君临天下之后选择的是治，把自己当成了国家的主人，把百姓当作了自己的子民。而那些强调人定胜天的草头王，在夺取政权后对治理选择了忽略，令生灵涂炭、国家衰败，这似乎也是他们最终失败的原因。

再看黄巢的一生，只留下两首诗或传说中的三首诗，科举则是数次落第。这或许是他人生中永远的痛，哪怕他当上了皇帝，也要在传奇故事中强调自己五岁便能作诗，以此来找回科举失败的场子。其实黄王不必过于挂怀，他考上进士的可能性确实不大。

从唐代科举考试制度来看，它并不是我们所想象的那样“英雄不问出处”。中唐后科考更是成了圈内人的天下，对于黄巢这样身份的人来说，每次“乘兴而来，败兴而归”实属常见，不仅是与他的能力和学识有关。

（3）唐代科举：进士不是你想考，想考就能考

唐代的进士科考并不像明清科举考试一样成熟且基础广泛，从选官制度而言，唐代科举考试只是入仕的途径之一，更重要的途径有干谒、恩荫，以及立战功，而科举这条路也只有进士科是含金量最高的考试，如果是明经及第，最后还是要考进士。可如果你想进士及第，那么你至少要克服以下几大困难：

首先是录取指标少的困难。少到什么程度，之前讲过杜牧进士及第，那是唐文宗大和二年，那一年的录取人数杜牧有诗记载，是“三十三人走马回”。在唐德宗贞元十九年录取人数更少，白居易登科后写下“慈恩塔下题名处，十七人中最少年”的诗句，这一年只有十七人登科，而最少年的白居易也已经过了三十岁。与宋代的一百多人录取和明清时三百多人录取相比，唐代的录取率简直是太低了。

杜牧和白居易其实还算幸运，至少抓住了这个机会，而杜甫就没有那么好运了。因为杜甫参加了大唐历史上录取率最低的一届科考，那次考试是根据玄宗之意选拔各州最为出类拔萃的人才，而宰相李林甫却把这次考试当作了向皇帝拍马屁的一次大秀。于是这一次轰轰烈烈的制科录取人数创了“前不见古人，后不见来者”的纪录——零。为什么连一个人都没有录取呢？李林甫的答案是“野无遗贤，天下咸宁”，这样一个理由唐玄宗居然相信了。由此可见，进士科的低录取率对于黄巢来说是一大阻碍。

第二个困难对于黄巢来说就更大了，这就是出身要好。

虽然科举制度对士族政治造成了冲击，让地主阶级中的庶族知识分子有机会当官，实现自己“修身齐家治国平天下”的理想，但是唐代是一个讲求出身的朝代。李世民曾钦定过《氏族志》，将皇族、外戚，及以山东崔氏为代表的大士族列为头三等。后来，虽然武则天通过唐高宗将《氏族志》改为《姓氏录》，借李义府和许敬宗之手打压士族勋贵，但是士人们以家族被收入此录中为耻。

在科举考试当中，世家大族和一般士子的机会也不均等。此时的考试还没有糊名制度，考官可以看到每个人的名字和出身，名望大、背景深的世家大族弟子，往往很容易受到考官的青睐，从而通过科举入仕。百代皆用秦制，“士农工商”的地位顺序也就延续到了唐朝。黄巢是盐商出身，而且是私盐贩子，属于末流的出身，从出身这一块来看，他很有可能一点儿考中进士的机会都没有。

如果以上是黄巢不被录取的间接原因，那最直接也是最重要的原因就是根本没有人举荐黄巢。等等，我们说的不是科举制吗，不是只有察举制才靠推荐吗？这就要说到科举制度早期的弊病了。在初唐和盛唐时期，士子为了在科举考试中获得好的名次往往会选择走捷径，这一捷径就是干谒。在考试之前，他们通过走皇家、执政高官或文坛盟主的门路获得被推荐的机会。比如，王维通过诗乐来干谒玉真公主，从而进士及第；再比如，孟浩然没有得到张九龄的推荐，最终不幸落榜。

到了中唐时期，科举更像是文人之间的衣钵传承，每次科考之前高官、文坛领袖或主动或被动的都会给考官施加一定的影响力，比如吴武陵为杜牧争前五名的席位，比如令狐绹推荐父亲令狐楚的入室弟子李商隐，而这已经成为科考的常态。在非常态的情况下，还可能涉及宦官干涉科考的情况。抛去宦官推荐来看，中唐文人之间的座师式传承有很多规矩，比如我是一名士子，在科考前我要向有可能推荐我的在朝的文坛前辈“行卷”。所谓“行卷”是将自己创作的得意诗文制作成卷轴，拿给文坛前辈点评，如果文章能入前辈的法眼，他就会在考前向主考官推荐。如果我的锦绣文章和待人接物的举止令前辈极其满意，那他就会不遗余力地去推荐我。我们可以来看一看杨敬之的《赠项斯》。

赠项斯

杨敬之

几度见诗诗总好，及观标格过于诗。

平生不解藏人善，到处逢人说项斯。

这首诗说的就是在科举考试之前，士子项斯向前辈杨敬之行卷，杨前辈看了他的诗文之后很是满意，于是见了这位后辈才俊的事情。见面之后更是一见倾心，作者大赞项斯其人更胜其文，于是逢人便推荐项斯。有了这样的前辈，这样的座师，项斯也就不用担心名落孙山了，这一段文坛佳话还为我们留下了一个四字成语——逢人说项。

有些前辈看了行卷文章后其实也很满意，但虽然心中有数却不会向晚辈明确表态。越临近考试，考生没有得到座师明确的推荐消息就会越焦急。前辈们虽然是文坛大佬，但是毕竟是在朝廷任职，甚至是在凤阁鸾台任职，考生可能会犯这样的嘀

咕："是不是老师太忙了，所以把我的事儿忘了。"

于是这时，考生会恭恭敬敬地把行卷内容略做修改，弄一个精编本，附上一份送到前辈那里去，这叫作"温卷"。温卷不但要送行卷中最好的诗文，有的还要附带文章或诗来询问和试探一下前辈的态度。中唐时期有一段佳话，诗人朱庆馀在科考前，向文坛前辈张籍行卷，久久没有得到回复。于是诗人在温卷投递时写下了一首《近试上张水部》，其中有句"妆罢低声问夫婿，画眉深浅入时无"，以闺意来询问前辈对学生的文章是否满意，由此也就明白了在这次科举考试中自己会不会得到他的推荐。张籍是中唐时期一位重要的诗人，他看到了朱庆馀的闺意诗之后，还是没有直接表态，也用了一首诗来巧妙地回答了这位青年才俊的问题。

酬朱庆馀

张籍

越女新妆出镜心，自知明艳更沉吟。

齐纨未足时人贵，一曲菱歌敌万金。

张籍先是以美人比才子，点出了朱庆馀自知才气过人，却仍担心自己不会得到考官的青睐的情况。之后，张籍表示对朱庆馀的那首温卷诗的含义心领神会。最后，张籍用"一曲菱歌敌万金"来给这位士子吃了一丸定心丹，而朱庆馀也不负张籍的推荐和期许，最终考中了进士。

看完上述诗人在科举之路上的成功经验，我们再来看看黄巢在数次科考前做了什么。很遗憾，我们没有看到有文坛领袖推荐他的史料记载，也没有看到有关他在考前行卷和温卷的记录。可能他在长安也没有士林的朋友，很有可能在来长安考试前的几个月里他还在做私盐生意。他到长安只是带着野路子的平生所学来参加一场考试而已，至于其中的规矩他似乎并不了解。其实他也没有必要去了解，因为他本就不是士子，他的出身便注定了没有人会去推荐他。但是在这样一场比拼学识的考试当中，有人推荐真的这么重要吗？

真的很重要。非京师考生为了考取进士，往往提前一年就会来京师结交文坛人物。即便如此，像孟浩然这样有高学识的人，假如提前一年结交了张九龄、王维等人，这些人也会对他的文墨大加赞赏，但是这也并不意味着他一定能考中。更何况是没有这个意识的黄巢呢。况且不在文坛士人的圈子里，对于文坛的流行风向和进士考试的内容都不熟悉，如此便来参加考试，不异于裸考。基于黄巢的学识、出身，加上他对大唐科举的认识不足，他的科举之路注定不顺畅，他的进士入仕这条路注定是走不通的。

（4）机会来了——满城尽带黄金甲

但是此刻落榜的黄巢却没有这么想，他认为考试不过是因为运气不佳，更拒绝承认自己才情有限，而是认为考官不识英雄汉，继而对科举制度由爱生恨，继而对大唐王朝由爱生恨。他决定再也不参加这种无聊的游戏了，在他出城之后，回头望向长安丹凤门的那一刻，他的眼中充满了能烧掉整座城市的怒火。

因为大唐的礼部进士科是在秋季，看着满地的黄叶，他似乎想不起“秋风生渭水，落叶满长安”这样的诗句。看到满城开遍的菊花，这位落榜考生便来了诗兴，写下一首流传千年并在千年之后为中国电影贡献了一个影片名的诗。

不第后赋菊

黄巢

待到秋来九月八，我花开后百花杀。

冲天香阵透长安，满城尽带黄金甲。

这是一首押仄韵的诗，而且押的还是入声韵，诗词的韵脚在使用中并非很随意，这与诗人追求的音律美感有关，也更能反映诗人的情感。我们以押平水韵来感受部分韵部所能反映的音律和情感。押三江韵和七阳韵是昂扬响亮的，如诗句“风吹柳花满店香，吴姬压酒唤客尝”。尤侯韵相对偏弱，声音舒展，音调平缓，比如“闺中少妇不知愁，春日凝妆上翠楼”。押删山韵则更具有慷慨激昂的表现，如“黄河远上白云间，一片孤城万仞山”。尤其在歌行体长诗中，诗人通过切换韵脚来变调，从而反映诗中感情的跌宕和变化。

那这首诗作者用入声韵表达的是什么样的感情呢？我们之前讲四声的时候说过入声的特点：声音直而短促。所以用入声作韵反映这首诗在音律上的沉郁顿挫。全押入声韵的诗用羸弱且急促的音律来渲染悲凉的气氛，比如杜甫《哀江头》中的诗句“少陵野老吞声哭，春日潜行曲江曲”，音律顿挫，初读哀痛悲凉之情便油然而生。

这首《不第后赋菊》也体现了黄巢满满的悲愤压抑的情感，全篇用入声黠韵——八、杀、甲。“待到秋来九月八”，为何不用九九重阳节呢？诗人显然是考虑首句入韵。从内容上来看，“待”字配上短促凌厉的入声韵，明显是一种“你给我等着”“放学别走”的腔调和气势。在“我花开后百花杀”中，他将自己比作深秋的菊花，此刻他正如“蕊寒香冷蝶难来”的菊花一样无人问津。看到这句诗，我就更加怀疑所谓五岁作成的《题菊花》就是这首《不第后赋菊》的姊妹篇，不过是后来被拿去编造传奇故事了而已。

“我花”是用菊花代指自己，“百花”就是长安城中披红袍挂紫衣的权贵们了。这句承接上句“放学别走”的腔调，强调在属于我的时令到来之时，如百花绽放的权贵们终将凋谢。这时候的长安城将是菊花的天下，整座城将开满披着黄金铠甲的菊花。

黄巢的这首诗气势磅礴，有翻天覆地的决心与思想，且有顺时而动和顺势而动的大智慧。这首诗起笔有奇想，内容别出心裁，境界广阔，赋予了菊花战斗之花的形象。后来明太祖朱元璋模仿这首诗作了《咏菊》，但是意境相比黄巢的这首诗还是差了不少的。

咏菊

朱元璋

百花发时我不发，我若发时都吓杀。

要与西风战一场，遍身穿就黄金甲。

这首诗虽然在用词上比黄巢还要狠上不少，但是充其量就是一首中等偏下水平的帝王体诗作，不论是从文辞来看还是从诗品意境来说，它都与黄巢的《不第后赋菊》有很大差距。不同点是一个写群体，一个描个体；一个应时而动取天下，一个重自我的逆时而动。黄巢强调顺秋风而为，朱元璋却写秋花因与秋风作战而穿就黄金甲，从诗意和词句的赏析入手，两首诗高下立判。

再来看落第后的黄巢。不满归不满，生气归生气，纵然他有“冲天香阵透长安”的豪气干云的想法，此刻他也只能回老家继续去做自己的本职工作，继续去做贩卖私盐的工作。

小的时候看过不少对这首诗的解读，从农民军角度入手，从黄巢反封建统治的角度入手，强调起义前的黄巢对晚唐时期腐朽统治的深刻认识，彰显了黄巢坚定果敢的精神风貌。对于这种解读，我持保留意见。这与当时的历史实际和黄巢的身份特点不是很符合。

纵然因科举考试失利而对朝廷心生不满，纵然通过这首诗来表现出反意，但是黄巢从落魄书生、私盐贩子到义军领袖是有一个思想变化的过程的，并且这个过程需要较长的时间。而此刻的黄巢还不具备这样的实力，也没有操作的可能。而且他从思想上也不会对腐朽统治有多么深刻的认识。作为一个有着末流出身的士子，他只是想通过做官来改变自己私盐贩子的身份。他想自他这一辈起，黄家走上士人之路，成为书香门第，从而光宗耀祖。当这个理想被现实无情地摧毁之后，他也只能将自己的不满放在心中，只能暂时回家，只能接受命运的安排。

将黄巢的这首诗对于农民起义的影响拔高，将黄巢在满是怒火和抱怨的情况下作出的诗篇视为黄巢理想抱负的体现，这也是一种过度解读。黄巢的落第距离唐末农民起义的爆发尚有十年左右的时间，即便是他想“满城尽带黄金甲”，也要再经历十多年的私盐贩子生涯。此刻他心中的那个支撑他努力前行的科举考试理想如参天大树轰然倒地一般，他要将“冲天香阵透长安”这种冲动不断沉淀，之后将其化为随时可以点燃的干柴，直到一颗看似偶然的火星出现。而后他将不辜负那颗火种，将烈火燃遍大唐，届时他此时凝望的长安，也将在他的马蹄下颤抖。

终于来了——政治史上的晚唐

（1）驶向风暴中心的破船

大中十三年八月，唐宣宗病逝，李温被立为太子，次年，李温即位，即唐懿宗。经过懿宗一朝十余年的昏庸统治，武宗和宣宗两朝的暂治成果付诸东流。在唐懿宗统治期间，大唐外有少数民族政权南诏的入侵，州府屡屡被攻陷，成都甚至都遭受威胁，内有藩镇徐州军和魏博军先后作乱，农民起义此起彼伏。

在这个内外交困的时期，天灾和人祸让大唐这艘已经千疮百孔的破船继续驶向风暴中心。懿宗晚年，关东水旱灾害频繁，民不聊生，百姓四处流亡，而懿宗沉溺于酒席歌筵中不理朝政，宦官陪着皇帝一起玩儿，朝臣们也无能为力。在天灾和人祸的共同作用下，活不下去的农民除了和后来的朱重八一样皈依佛门，就只能揭竿而起。“旧说王侯无世种，古尝富贵及耕佣”，压垮大唐的最后一根稻草即将出现，大唐晚年即将到来。

（2）走向舞台中心的掘墓人

唐懿宗咸通十四年，关东大旱，在几乎人与人相食的灾害背景下，唐懿宗正在耗费巨资来拯救他自己。当时懿宗已经病入膏肓，他根本不理会灾情，派遣使臣迎接佛骨以求长命。但苍天有眼，心诚则灵，耗费巨资迎接佛骨的懿宗受到佛祖的感召往生去了。大唐这艘破船的老船长懿宗驾崩后，宦官立普王为帝，比懿宗更会玩儿的唐僖宗走上了皇位。

此时，可能将大唐烧为废墟的第一捧火苗在河南点燃，王仙芝和尚君长发动了草军起义，这也揭开了唐末农民起义的序幕。

和反抗暴秦的陈胜、吴广一样，王仙芝和尚君长只是打响反抗暴政枪声的人物。虽然草军发展势头强劲，但最后的胜利似乎和他们没有太大关系。这或许可用唯物史观中的一句话来总结：小农阶级的局限性。

虽然草军的发展非常迅速，但此时距离政治史晚唐的到来尚有一年时间。历史似乎在选择和等待一位足以影响时代的人，这个人就是黄巢。

在关东大旱的那年，一些破产农民为避徭役和赋税走投无路，他们开始依附有钱的盐商黄巢，黄巢因此而与当地官府多次发生冲突。此时的黄巢并未起兵，所谓的反抗也只是出于自卫的目的。

在交通不便、信息不通的古代，王仙芝率领草军在河南起兵的消息在大半年后终于传到黄巢耳中，黄巢遂在山东起兵响应。此时是公元875年，这一年就是晚唐政治史的开端。后

来，王仙芝与黄巢分兵而战，黄巢领导了历史上著名的农民运动——黄巢起义。至此，一个所谓的神童，一个屡次落第的士子，一个不安分的盐商，一个堪堪可以成为诗人的乱军首领，终于走上了历史舞台的中央。

（3）黄巢的对手——诗人高骈

对雪

高骈

六出飞花入户时，坐看青竹变琼枝。

如今好上高楼望，盖尽人间恶路岐。

这是一首写雪的诗，更像一幅雪后的画，飞雪穿帘入户，诗人坐看门外青竹一夜变为琼枝，人间因飞花降临而变成了仙境。此是诗人目中所见。在第三句中，诗人忽然笔锋一转，将画笔荡至远景，来写想象中的雪后。如果在此时登临高楼去赏雪景，那么人间难走的坎坷之路一定都被这洁白无瑕的飞花掩盖了吧。诗中有画，画中有诗，看来并不一定是某位诗人的专利。晚唐的志士，凡心有感慨，心有不平，所吟景语皆为情语，所作诗句亦能入画。

上面这首诗的作者，就是黄巢在起义初期遇到的最强劲的对手。他也是一位武将诗人，他就是渤海王高骈，而这个对手，差一点儿就让黄巢的“满城尽带黄金甲”成为一句大话。

高骈出身禁军世家，少年熟读兵书，颇受朝廷器重。他历任安南都护、静海军节度使、右金吾卫大将军，曾率兵抵御吐蕃，征讨南诏，收复交趾，可谓战功赫赫。不仅如此，高骈还“雅有奇藻”，在文学方面有颇高的造诣。

山亭夏日

高骈

绿树阴浓夏日长，楼台倒影入池塘。

水晶帘动微风起，满架蔷薇一院香。

如果单看这首诗，不知道作者的话，我很难把它和唐朝的武将对应起来。毕竟文人带兵，那是宋代以后的事情。但是从这首诗的文学和艺术成就来看，高骈在唐末乱世的武将中绝对是一朵奇葩，这里的奇葩并没有贬低的意思。

顾名思义，《山亭夏日》是一首夏日风光诗。起句看似平淡，“绿树”和“夏日长”似乎是理所当然的夏日景象，但诗人在用笔时融入了一丝山水气息，这有点儿类似于孟浩然的“绿树村边合”，以及杨万里的“日长睡起无情思”。作为戎马倥偬的武将，高骈能写出闲散的感觉已经实属难得。

但首句的亮点不在树绿，而是在阴浓。作者没有写绿树的亭亭翠盖，没有从正面来写它的茂密，而是把视线投到了地面。其妙处有二，一是写景在于曲写，通过阳光投射在地上的树影之浓，来反映绿树之茂密，这也是晚唐诗的一个惯用手法——背面傅粉。当然前人也如此写过，如《送陈章甫》中的“枣花未落桐阴长”。妙处之二就是暗埋了太阳的炙烤，因为诗人的目光是投向地面的。我们有过同样的感受，在夏天，我们望向天空的时候少，低头避日头的时候多，这也充分反映了

这是烈日当空的一天。

第二句“楼台倒影入池塘”，诗人的视线还是在低处，他看到了池塘中楼台的倒影。池水清澈，加之正值炎夏的中午，池中楼台的倒影显得格外清楚。此句之妙，实妙在一个动词——入。如果换成“映”，或者换成“见”呢？好不好？不好。“入”字妙在它能反映出楼台的主动，池中倒影不是被动地被池水映出的倒影，而是主动进入池塘的倒影。加上此时正是这一年中最热的时候，楼台似乎也要跳入水中纳凉，这就增强了天气炎热的程度。

虽然前两句各有妙处，但是本诗的诗眼是第三句。“水晶帘动微风起”，这一句引出了一个禅意化的问题。禅宗大师六祖慧能出行时曾遇两禅师争辩，是风过而旗动，还是旗动而生风。两人为“风动”和“旗动”争辩不休，路过的慧能禅师上前说道：“不是风动，也不是旗动，而是你们的心在动。”在本句中，作者也为是“风动”还是“水动”而给出了答案。

夏日炎炎，池水如镜，一阵风拂过水面，水面便如水晶帘般舞动起来，形成粼粼碧波。诗人不说风动而说水动，一说是从视觉到感觉的描写，是为了承接前两句视觉的刻意描写。另一说则是作者感受的时间顺序的描写，他先看到了水面上的波纹，后感受到了夏日微风的凉爽，是感觉在笔尖上的自然流露。但不论如何，从看到帘起到感受到风动，这种含蓄蕴藉的表达，美妙至极，也真实至极。

夏日正午，一阵凉风吹来，已经会让在酷热中煎熬的人感到舒服，而诗人恐还不够完美，又让满园蔷薇花的香气来配合，那就更沁人心脾了。“满架蔷薇一院香”，鲜艳的色彩，醉人的芳香，与上一句的风起暗合。

夏日风光，用绘画手法来写，绿树阴浓、楼台倒影、水晶帘动、满架蔷薇，形成一幅美丽的画卷。虽然我们没有看到诗人和题目中的山亭，但这样一幅色彩鲜丽、情调清和的图画，让这些景物如此鲜活，让我们仿佛看到了作者及他所站立的山亭。作者高骈此时不像是一位武将，倒像是一位隐居的山人。

这首《山亭夏日》让我们感受到了高骈在夏日的恬淡和悠闲，而刚起兵的黄巢，可没有雅兴来作诗。起兵之后，他经历了因王仙芝欲被“招安”而引起的分裂，经历了合兵，又经历了因杨复光诱降而导致的再度分裂。虽然曲折不少，但总体来说黄巢的这一支义军还是在转战中不断发展壮大的，尤其是在乾符五年。这一年，王仙芝投降不成，反而被招讨使曾元裕击败。在这次败仗中，不但五万义军被斩杀，王仙芝这个第一个举起反抗大旗的民军领袖的首级也被送往朝廷报功。

王仙芝败亡，黄巢却因祸得福，他坐上了起义军的头一把交椅。此时的大唐不只要应付内乱，北方的沙陀族也为它添加了一把战火。沙陀首领李国昌及其儿子李克用斩杀朝廷节度使和督军，开始在北方搞割据。北方的战事吸引了朝廷的注意力，减轻了黄巢被官军追剿的压力。在屡破州县、节节胜利的情况下，黄巢获得了属下的拥戴。于是，占据了天时、地利、人和的黄巢自号冲天大将军，踌躇满志地准备给大唐这个风雨中的破茅草屋踹上最后一脚。

但此时老天给黄巢安排了一个对手，这个对手与他一样拥有诗人身份的高骈。两人可谓相杀相克，高骈也成了黄巢起义前期的主要对手，结束了黄巢起义初期以来的好日子，几乎让

他一夜回到过去，他只能试着让故事继续。在高骈从西川调任荆南节度使后，一战便将黄巢打到几乎破产，黄巢不再敢向大唐中心关中方向进攻，而是不得不开辟七百里山路，转进逃窜至浙闽一带。这时，高骈再次受命围剿黄巢，派遣部将张璘阻击黄巢，迫使其再度南逃。乾符六年，黄巢攻陷了防守相对薄弱的广州。

草军进京——成就天下第一长诗

（1）画的大饼居然能吃了

乾符六年，虽然黄巢的起义军攻下了广州，但此时的黄巢陷入了困境。他的士兵多为北方人，因岭南瘴气死伤十之三四，而他与朝廷的谈判也以失败告终，如果继续固守就是坐以待毙。于是在斩杀广州节度使后黄巢再次北上，此次他向属下宣布的终战目标就是长安的大明宫。

事实上，此时黄巢所定的最终目标也只是业余诗人给属下们画的大饼，并没有具体路线蓝图的支撑，只能走到哪儿算哪儿。他的部队此刻很有可能被官军击溃，最后即便散兵们逃到长安，他们的归宿也只能是沿街要饭。黄巢的运气还真是不好，在刚刚走到江南西道（今天的江西）时就遇上了老对手高骈的“部队”。

我在这里插入一个关于“江南”的小知识。在唐代及其以前，江南的概念范围要比如今的范围大上不少，至少还要加上湖北、湖南、江西和福建的大部分地区，甚至还包括四川和贵州的部分地区。所以在六朝诗和唐诗中出现的江南很可能不只是今天的江南地区，如薛道衡在《豫章行》中提到的“江南地

远接闽瓯”，豫章郡的治所就在今天的南昌，这里在当时也被认为属于江南。唐代贞观年间，大唐效仿西汉的刺史制度，将全国划分为十个监察区，也就是十道。上述的江南就是当时的江南道。到了开元年间，唐玄宗将全国划分为十六个监察区，江南道一分为三：江南东道、江南西道、黔中道。此后人们习惯将江南东道称为江南，将江南西道称为江西。

此时，高骈在江西给黄巢的北上带来了麻烦。黄巢从浙江窜往广州是高骈发的去程票，黄巢盘桓了一年终于鼓起勇气做了一张返程票，没想到在江西被拦截了。在唐僖宗广明元年春夏之际，黄巢遭受了他起义以来的最大危机。高骈部将张璘的阻击部队将他死死困在江西一带，无奈之下黄巢退到了饶州。没想到高骈的阻击部队还向他发起了进攻，黄巢再次躲到了岭南信州。

是年，岭南又爆发了瘟疫，黄巢的部卒殁于瘟疫者竟有十之三四。与此同时，北方与沙陀的战事稍定，在宰相卢携的协调下，诸道和各藩镇已经跨过淮河，即将对黄巢的草军形成包围之势。前有官军，后有瘟疫，纵横数年的草军面临着被聚而歼之的风险。

此时，黄巢的面前似乎只有两条路可以选择，不是死就是降。黄巢经过深思熟虑，选择了第三条路线，这也是被后代农民义军反复使用的一种求生兼逃命的方法——诈降。黄巢先向张璘乞降，然后用重金贿赂他（往往民军都是比官军有钱的）。张璘看到黄巢已降，又给自己行贿，于是充分发挥大唐武将讲信用、收钱办事的原则，向高骈报告了战场情况，并建议暂缓围剿，收降黄巢。

一般的将军管的是打与不打，决定的是一次战斗的胜利与否，要取胜，对战术水平要求较高。大将则要了解一城一地攻守的重要性，决定一场战役的获胜与否，要取胜，就需要战略头脑了。身为元帅，要从一盘棋的角度来考量，要用战略思维决定一场战争的走向。

大将张璘关心的是江西之战的胜利，无论是打还是不打，他都是赢家。元帅高骈在面对即将立下的不世之功时至少产生了两个私心——独贪天功和养寇自重，而这两个私心严重影响了他的战略判断。于是他犯下了这场战役的第一个错误，用一句诗来形容就是“身当恩遇恒轻敌”。从此，他的部队与黄巢的草军的战事关系发生了改变。

高骈先是同意了张璘提出的停止进攻的建议，泄了己方士兵一鼓作气的士气，之后向朝廷上表称“贼不日当平，不劳烦诸道兵”，使得各道援兵被遣散。这让他失去了外援和后手，也是这个行动最后要了他的命。最后，高骈命令唐军北渡，安置投降的草军。

然而，令高骈和张璘都没有想到的是，休整过后的草军立即变脸，连下江西和浙江各州，高骈的阻击部队一败涂地，大将张璘战死。在张璘死后，高骈没有调遣部队将功补过，而是与朝廷开始了激烈的辩论。结果是黄巢乘机强渡长江并且获得成功，而高骈却要起了脾气，躲进了扬州消极避战。拥有十几万大军的高骈不出兵救长安，反而开始修道，重用手下方士。在大唐朝廷最后的主力曹全晟部被击败后，黄巢开始对北方进行风卷残云的扫荡。

广明元年，黄巢率领草军攻破长安，建立大齐政权。对于

黄巢而言，此时实现了“冲天香阵透长安，满城尽带黄金甲”的梦想，而对于再次逃离长安的大唐皇帝和官员们而言，回首望长安他们看到的是“西京乱无象，豺虎方遘患”，关中地区乃至整个大唐北方陷入一场浩劫之中。

（2）晚唐诗人——韦庄的首次亮相

正当战火烧遍京都之时，一位中年诗人目睹了长安城沦陷又几经易手的情景，他借一名逃难女子之口将战乱时关中大地生灵涂炭的惨状写成一首长诗，名曰《秦妇吟》。他就是唐代著名诗人、五代著名词人——韦庄。

韦庄出身于名门京兆韦氏，韦氏一族也是“距天尺五”的大族。韦庄的四世祖就是中唐著名山水诗人韦应物。但早年的韦庄可不像年轻时的先祖韦应物那样潇洒，他在科举和仕途上都颇为不顺。直到近六十岁韦庄才考取进士，从考试失败的经验来讲，他可以与罗隐争锋。而后，应西川节度使王建的征召，韦庄入川，他这才得以重用。但是作为诗人，他可是不辱门楣，不但在《金陵图》中写下了“谁谓伤心画不成，画人心逐世人情”这样的警句，更有《台城》《忆昔》《送日本国僧敬龙归》等诗作名篇，他的作品被编为个人专辑《浣花集》，以传世。

当然在词作中，他还与温庭筠并称为“温韦”，是花间词派的代表人物之一。无论是诗还是词，在唐末、五代时期的文学史上，韦庄都是一位不可忽略的重量级人物。这里，我们主要讲述他的诗。入蜀之前，韦庄的主要作品是诗，他的词作多是在入蜀之后写成。我们先来看一看为他带来盛名，却被他隐藏起来，直到一千多年后才重新面世的历史名篇《秦妇吟》。

秦妇吟（节选）

韦庄

中和癸卯春三月，洛阳城外花如雪。
东西南北路人绝，绿杨悄悄香尘灭。
路旁忽见如花人，独向绿杨阴下歇。
……
适逢紫盖去蒙尘，已见白旗来匝地。
扶羸携幼竞相呼，上屋缘墙不知次。
南邻走入北邻藏，东邻走向西邻避。
……
紫气潜随帝座移，妖光暗射台星拆。
家家流血如泉沸，处处冤声声动地。
舞伎歌姬尽暗捐，婴儿稚女皆生弃。
……
柏台多半是狐精，兰省诸郎皆鼠魅。
还将短发戴华簪，不脱朝衣缠绣被。
翻持象笏作三公，倒佩金鱼为两史。
……
夜来探马入皇城，昨日官军收赤水。
赤水去城一百里，朝若来兮暮应至。
凶徒马上暗吞声，女伴闺中潜生喜。
皆言冤愤此时销，必谓妖徒今日死。
……

簸旗掉剑却来归，又道官军悉败绩。
四面从兹多厄束，一斗黄金一斗粟。
尚让厨中食木皮，黄巢机上刲人肉。
……
华轩绣毂皆销散，甲第朱门无一半。
含元殿上狐兔行，花萼楼前荆棘满。
昔时繁盛皆埋没，举目凄凉无故物。
内库烧为锦绣灰，天街踏尽公卿骨。
……
旋教魇鬼傍乡村，诛剥生灵过朝夕。
妾闻此语愁更愁，天遣时灾非自由。
神在山中犹避难，何须责望东诸侯！
……
陕州主帅忠且贞，不动干戈唯守城。
蒲津主帅能戢兵，千里晏然无犬声。
朝携宝货无人问，暮插金钗唯独行。
……
适闻有客金陵至，见说江南风景异。
自从大寇犯中原，戎马不曾生四鄙。
诛锄窃盗若神功，惠爱生灵如赤子。
……

之所以这首诗文本上用了节选，只因这首诗实在太长了，这首诗是唐朝负有盛名的诗中最长的一首了。很多诗词爱好者都以能背诵白居易的《琵琶行》和《长恨歌》为荣，而这两首诗似乎也成了《中国诗词大会》百人团选手的入门必备。下面我们就来看看这两首诗的长度。《琵琶行》，作者在诗序中已经标明“凡六百一十六言”，那就是616个字，相当于一篇小学高年级作文。《长恨歌》，没有序注，我简单数了一下，一共840个字，相当于一篇初中生的作文。但这两首诗加起来的字数都不能和《秦妇吟》的字数相比，《秦妇吟》共238句，1666个字。所以我只节选了名句与一定要讲的叙事脉络和大家分享。

《秦妇吟》在中国诗词史上的地位非常高，不但超过了韦庄其他诗作的水平，为晚唐歌行不二之作，而且在纪实叙事的角度上可以和乐府双璧媲美，它与《孔雀东南飞》《木兰辞》并称为“乐府三绝”。就算在群星璀璨的大唐，韦庄的《秦妇吟》也不遑多让，其与杜甫的“三吏”“三别”和白居易的《长恨歌》并称为唐代叙事诗的三座丰碑。与白居易因《长恨歌》而被称为“长恨歌主”一样，韦庄也因这首诗有了“秦妇吟秀才”的称呼。这对于韦庄来说也算是不辱世家门楣，毕竟韦庄是写下“春潮带雨晚来急，野渡无人舟自横”和“我有一瓢酒，可以慰风尘”的韦应物的后人。

这首诗以一位经历战乱的关中女子口述的形式，完整地描述了黄巢的草军攻入长安后，给京兆、关中甚至整个帝国北方带来的一场浩劫，通过女子讲述的亲身经历来展现乱世人民处在水深火热之中的现象。

在诗头几句，诗人先交代了时间、地点和人物。“中和癸卯”是唐僖宗中和三年，即公元883年，《秦妇吟》也创作于这一年。但此诗所叙述之事是从公元881年开始的。“洛阳城外花如雪”交代了这场对话发生的地点，这同时也是韦庄创作这首

诗的地点。洛阳对于诗人来说是个很重要的城市，老年时他曾在《菩萨蛮》中自称洛阳才子。诗中人物除了诗人，还有一位在柳荫下休息的女子，她就是这首长诗的线索、女主角，后面也记载了她因躲避战乱而从关中逃难到洛阳的事实。

时间、地点、人物交代清楚后，诗人开始通过女子之口来讲述黄巢攻入长安后城里发生的故事。此前介绍黄巢是在公元881年攻入长安，宦官田令孜带着僖宗和少数王室开始向西逃窜。《秦妇吟》中写到官军和草军尚在相持阶段时，宦官便带着皇帝逃出都城，抛弃了为他们守城的将士和城中的子民。长安市民得知这个消息后，扶老携幼地四处躲藏，贼军未至城中便已经发生混乱。此时正值立春，韦庄在《立春日作》一诗中讽刺了以僖宗为代表的大唐朝廷。

立春日作

韦庄

九重天子去蒙尘，御柳无情依旧春。

今日不关妃妾事，始知辜负马嵬人。

黄巢的部队进城之后，城内是什么景象呢？史书上有很多对农民起义的记载，往往把秋毫不犯和万民拥护作为标签，从而体现农民起义的正义性。但事实往往不全然如此。虽然入城前黄巢发布了不得扰民的要求，并称“黄王为生灵，不似李家不恤汝辈，但各安家”，但进入长安的草军一心想要像黄王称帝那样享受他们的造反成果。

正如李自成管不了刘宗敏肆意杀戮一样，黄巢也无力阻止草军将士劫掠百姓，整个长安陷入了草军进城后的第一场浩劫之中。正如诗中的记载：“家家流血如泉沸，处处冤声声动地。舞伎歌姬尽暗捐，婴儿稚女皆生弃。”也曾有人对韦庄的描写表示质疑，称其刻意夸大以污蔑草军。我却觉得这里是真实的描写，有资料为佐证，《新唐书》中有“贼酋择甲第以处，争取人妻女而乱之”这样的记载，一个“争”字，不但可以看出草军兵将的无耻，而且可以想象到当时有多少无辜的人殒命。

同时，诗人是这场战乱的亲历者。黄巢破京后，当时的韦庄的身份和曾经的黄王一样，正在准备参加进士科考试而滞留长安。作为整个事件的亲历者、目击者以及幸存者，诗中秦妇的所述应该有他的亲眼所见，且在这场浩劫中，他一度与家人走散，又身染疾病。韦庄在诗中描述的当时的惨状，还是有一定的客观性和现实性的。另外我们还可以从黄巢称帝时颁布的诏书来见端倪，其下诏禁止草军将士随意杀人。从“但各安家”到“禁妄杀人”，黄王对属下的要求已经降到了最低标准，可见城中之乱象已经到了肆意屠杀百姓的地步。

然而，这一切又与黄巢的大齐政权的授官制度有关系。黄巢的大齐政权用了哪些“人才”呢？“柏台多半是狐精”，柏台即为御史台，御史台是指摘政务之失的监察部门，如今都换上了狡诈的狐狸精。“兰省诸郎皆鼠魅”，兰省就是秘书省，原应是文才云集之处，如今却充斥着鼠辈。短发戴簪，朝衣绣被，原本应庄重的朝廷和诸省如今俨然一副滑天下之大稽的样子，三公和两史也都是不知朝礼之辈，朝入朝堂，暮入酒肆，一派山大王的做派。由此可见，草军将士进城之后把他们提出来的“天补平均”的口号忘得一干二净，倒是翻过身来做了大唐的主人，

其暴虐程度相较大唐官员有过之而无不及，同时多了几分滑稽。

也有人说，这是韦庄对农民起义军的敌视。对此，我表示理解。首先，对于草军的掠夺行为，作为书生的韦庄自然是看不惯的。有志诗人、书生不只是对草军的掠夺和杀戮看不惯，对官府对百姓的搜刮和欺侮也看不惯，比如白居易的《卖炭翁》，比如王建的《羽林郎》，比如韦庄的《忆昔》。

其次，农民起义和农民战争具有一定的破坏性。虽然起义对于反抗暴政有一定的积极意义，但是从生产经营、国家正常运转和百姓正常生活的角度来看，起义具有极大的破坏性。不少农民军建立的政权，是不稳定且暴虐的政权，比如黄巢的大齐，张献忠的大西和李自成的大顺。从破坏性这个角度来看，这不是韦庄对黄巢起义的敌视，而是当时长安人民对草军的所作所为的本能反馈。

我们继续来分析这首诗。“夜来探马入皇城，昨日官军收赤水”，描写的是官军节节胜利，包围长安后城中百姓窃喜的情况。这两句诗正如杜甫在《悲陈陶》中所写的“都人回面向北啼，日夜更望官军至”一般，可见百姓对于官军的期盼，由此亦可见草军在长安城中的杀戮和劫掠令长安市民无法忍受。

可是官军并没有想象中那样进展顺利，“簸旗掉剑却来归，又道官军悉败绩”。在长安被包围期间，草军和官军展开了拉锯战，城市的供给受到严重影响，斗米斗金，草军以百姓之肉充当军粮。这里可能是作者道听途说，以人肉充军粮，那是黄巢撤出长安之后的事儿。

那么经过官军和草军反复争夺的长安变成了什么样子呢？宫廷之外华美的亭台楼榭已经不复存在了，王公贵族的宅子半数遭到焚毁。这里的“甲第”需要训诂一下，甲是甲等，甲第就是长安城最好的宅院，李白在古风中曾讽刺宦官说“中贵多黄金，连云开甲宅”，甲宅和甲第都是指长安的富贵人家所居住的地方。

宫外已经这般田地，宫内也没有好到哪里去。作者选取大唐两座最有代表性的宫殿，一是大唐的象征——大明宫的含元殿，二是大唐兴庆宫西南的花萼相辉楼。我们在甘露之变中介绍过含元殿，此殿是大唐举办朝会的宫殿，是大唐政权的心脏，平日也是最为庄重的政治中心。然而草军进京之后，本来生活在野外的狐狸和兔子等野兽居然出现在殿上。那花萼相辉楼呢？楼上长满了荆棘，负责侍候的宫女和匠人也已经不知所踪了。

可能有人要问，草军进京后也建立了政权，为什么上朝的含元殿还有狐兔出现呢？也有人说，狐狸和兔子代表的就是草军将领。其实这种解释也有一定的道理，但是不能完全反映作者的意图。“含元殿上狐兔行，花萼楼前荆棘满”，这是一组对仗句，其中用了互文的手法，即含元殿和花萼楼都长满了荆棘，都有野兽出没。

我们先来看含元殿所要表达的意思。农民军建立了政权，也应该在这里举办朝会，而且黄巢就是在含元殿即位的。既然举办了朝会，就不应该出现“狐兔行”和“荆棘生”的境况。出现了这种境况，就说明含元殿没有大齐的皇帝和官员，那为什么黄巢不在含元殿举办朝会呢？只能说明皇帝没有去前殿理政，那么黄巢在哪里呢？

没有证据表明黄巢喜欢音乐和艺术，他不会像唐玄宗那样在梨园搞创作或者弹琵琶。也没有证据说明他身体有问题，

毕竟他偶尔还带队出去和官军打仗。既然他不在前殿，那他就只能在后宫。此时的黄王只记得实现“满城尽带黄金甲”的愿望，完全忘记了“天补平均”的口号。他不在前殿处理政事，只知在后宫享乐。以黄巢为标志，此时的草军政权彻底堕落为暴民政权。

花萼楼是盛唐时期最重要的宫殿之一，也是大唐繁华的标志。作者通过描写花萼楼的残破来表示大唐的衰败。花萼相辉楼和勤政务本楼是兴庆宫内相对的两座楼台，这里没有提到勤政楼，也讽刺了大唐皇帝只知道宴乐和马球，早已经不再勤政务本的行径。

这首诗的警句“内库烧为锦绣灰，天街踏尽公卿骨”描绘出城中最惨烈的一幕，草军在长安城中执行了“三光”政策，将皇帝的小金库抢光，抢不走的就一把火烧掉，没收富户财产，王室贵族沦落到赤足而行的地步。赤足苟活对于王室贵族来说还算幸运，在抢光和烧光之后，草军又在城中大开杀戒，宗室贵族成为刀斧利刃的重点照顾对象，史书记载为“杀人满街，巢不能禁”，一些家族几乎阖门而灭，尸平沟壑，骸骨盈街。

诗人走笔至此，从草军入城到沦为人间地狱的长安城内的景象就写完了。这位秦妇逃到了城外，城外宛如塞上，霸陵空无一人，曾经的百万人家之地，今日竟然无一户留存。

而后秦妇走到了一个神庙中，以人神问答的形式来继续讲述关中的惨状。

神说：“长安被贼寇攻陷之后，我是一点儿办法也没有。从前一直享受百姓的香火和祭祀，在此危难之时我居然一点儿忙都帮不上。此情此景只能令我徒增悲伤，所以我躲进了深山老林之中，这下不但听不到祭祀我的乐曲了，且再没有人给我供奉祭品了。我实在没有办法了，任凭妖魔鬼怪去乡村荼毒生灵以艰难度日。”秦妇听到此处叹息道：“神都来山中避难了，又何必怪东方的诸侯不来救援长安呢？”

这段话看似是人神问答，实则是对藩镇拥兵自重却不来救援长安的讽刺。

再看秦妇出逃时的场景：“朝携宝货无人问，暮插金钗唯独行。”单看这两句，你会不会和我一样想起了夜不闭户、路不拾遗等成语？其所描述的良好治安状况就像杜甫在《忆昔两首》中描述的“忆昔开元全盛日”的场景，可事实并非如此。开元盛世时，如果你带着金银却无人相问，那是真的没有坏人；晚上插着金钗独自行走，那是真的表明社会治安状况良好。此时的无人，是真正的无人，身处乱世，关中之地的人已经非死即逃了。

北方处在水深火热之中，江南的景象又如何呢？诗人用游客的见闻来讲述江南的现状：“见说江南风景异。自从大寇犯中原，戎马不曾生四鄙。”相比黄巢起义后北方的生灵涂炭，江南倒相对太平，鲜有战事。江南的军政长官们也在诛除盗贼，保境安民。但是这里有一个问题，为何江南的官军在草军攻陷长安之后作壁上观，没有勤王救驾呢？

这里又要请出高骈了，他在881年与朝廷进行激烈的争辩之后，不再挥师救驾，而是选择固守江南一带，他像隋炀帝一样躲入了扬州，过上了每日焚香修道的道士生活。说江南在他的领导下完全作壁上观也不尽然，毕竟他还收了草军的几位降将，也算是在保境安民中有所作为。但毕竟他与僖宗朝廷产生

了矛盾，朝中也没有人给他台阶下，他不出兵相救似乎也在意料之中。

（3）高骈之死

但是高骈的选择带来了三个他没有想到的结果，第一个是他的入京掌权之路被彻底堵死。高骈一直在等待僖宗朝廷给他台阶下，然后他便带着他的百战之师迅速西进收复长安，他成为僖宗一朝的郭子仪。他没想到的是，被他称为“亡国之君”的僖宗和宦官田令孜居然一直没有向他认错。一气之下，高骈不肯救援长安。

他同样没有想到的是，黄巢居然败得这么快。中和二年，宰相组织起诸道力量开始向黄巢的草军发起进攻，原来与大唐为敌的北方沙陀人李克用也出兵相助。同时草军内部发生分化，大将朱温接受大唐的招安，这相当于断了黄巢一臂。北方藩镇看到朝廷官军行将胜利，陕州主帅、蒲津主帅等将领为了扩大战后的势力范围，也积极地加入打击草军的队列当中来。

对于黄巢而言，战争形势急转直下。中和三年四月，李克用收复长安。中和四年，草军主力损失殆尽，黄巢战败而死，旷日持久的黄巢起义就此结束。作为前期抗击黄巢的草军功劳最大的高骈，再也没有了战后论功行赏的资格，于是他不再求进取，而是彻底堕入了仙道。

不止如此，高骈第二个没有想到的结果是他的性命不保。在固守扬州期间，高骈对草军将领进行招降，对降将秦彦、毕师铎加以重用。晚年时，高骈重用术士，对诸将进行打压，直接导致了降将的反叛。毕师铎和秦彦攻入扬州，将高骈一家及其侄子、心腹全部杀害。一代名臣、渤海郡王、著名诗人高骈就这样结束了生命。然而欧阳修在编撰《新唐书》时，把这位在国家危难之时作壁上观的将军纳入了《叛臣传》中，对于高骈来说，这样的落幕和盖棺定论无疑是一个悲剧。

第三个没想到的结果就是，他为杨行密留下了一个国家。高骈遇难后，杨行密令全军披麻戴孝痛哭三日，以为高骈报仇的名义攻打秦彦和毕师铎，并于当年十月攻破扬州。后来，孙儒斩杀了秦彦和毕师铎，与杨行密争夺势力范围。而后杨行密击败孙儒，任淮南节度使，后被封为吴王。

在唐末农民起义中，几乎没有受到兵火摧残的江淮一带成为全国最富庶的地区之一。这也为五代十国的杨吴建国，以及对抗中原地区的后梁的发展奠定了经济基础，同时也为江南地区的文化繁荣提供了稳定的政治环境和良好的人文环境，尤其是推动了词的这种文学形式的发展。

我们来看《秦妇吟》的最后："奈何四海尽滔滔，湛然一境平如砥。避难徒为阙下人，怀安却羡江南鬼。"战火中，江南的独善其身使得江南成为秦妇的向往之地。这也是当时北方人民为躲避战乱而向往江南的一个缩影。同样，就本诗作者韦庄来说，他在写完这首诗的当年，便前往江南投入镇海军，成了节度使的幕僚。

（4）最好的单曲却未收入专辑

之所以用如此长的篇幅来解读《秦妇吟》这首诗，实在是

因为它的历史地位太重要了。洋洋洒洒1666个字极致地展现了作者的才气，当时这首诗在民间广为流传，甚至被做成幛子来悬挂。这首诗可谓风行一时，诗人韦庄也因此而有了“秦妇吟秀才”的美誉。

可是就是这么一篇为他带来盛名的诗篇，他竟然拒绝收入到自己的文集《浣花集》当中，晚年也禁止子孙提起这篇长诗，导致这篇佳作长时间失传。到了近代，这篇长诗才在敦煌石窟中被发现，经过王国维先生和罗振玉先生的整理才面世。对于韦庄的这段历史一般有两种理解。

第一种理解是，这篇长诗屡次讽刺宦官，怕引来杀身之祸，这里主要是指当时的权宦田令孜。这个说法有点儿牵强，其实韦庄晚年时田令孜已经去世多年，而韦庄又随西川节度使王建入蜀，这个故事我们在后面还会提到，所以这个原因不是很成立。

第二种理解是，这首诗中的很多内容对于前蜀主王建来说是很敏感的词句，比如对皇帝以及身边宦官的讽刺。唐僖宗及杨复光对王建有提拔甚至是“知遇”之恩，如对唐僖宗及大唐朝廷讽刺太过，会为王建所不喜。另外，当时王建前往巴蜀迎驾时，行军途中一路劫掠来扩充实力，驱逐原山南西道节度使后，也曾逡巡观望，而类似这些的行径，诗人在《秦妇吟》中有所指控。一代国学大师陈寅恪先生称，韦庄之所以对《秦妇吟》讳莫如深，是因为“志希免祸”。

韦庄后来被重用，除了与他的才能和智慧有关，也与他在乱世中的隐忍之道密切相关。关于诗人韦庄，我们就先聊到这里，在五代十国中，他会以另一个身份出场。

銮舆再次幸蜀——玉辇何由过马嵬

（1）从陌生到熟悉的马嵬驿

黄巢攻陷长安，韦庄笔下的大唐中心关中平原变成了人间地狱，九庙不守乘舆西去的朝廷再次西逃幸蜀，而西逃则避不开一个大唐最出名的驿站。——马嵬驿。

马嵬驿——本是大唐王朝一个并不起眼的驿站，是关中的西京长安通向巴蜀锦官城的一个歇脚的驻点。其具体位置在当时的渭城，也就是今天的咸阳兴平。如果您不是一位人文地理的爱好者，似乎很难在地图上准确找到它的位置。但是在天宝十五载，一个改变发生了。因为一个女人的死，后世的诗人纷纷将目光集中到了这里。

他们或是以马嵬为题，或是以马嵬之事入诗，留下一首首传世之作。至此诗词中的马嵬带有了“帝国衰败、君王失国、爱情破碎、美人香消”的意义。以白居易的《长恨歌》中的“马嵬坡下泥土中，不见玉颜空死处”为开端，“马嵬”这一意象便成了咏史诗的常客。晚唐的马嵬诗更是在艺术水平和讽刺力度方面登峰造极，这不仅是讽玄宗杨贵妃之事，更是皇家玉辇过马嵬的故事的再次上演。

帝幸蜀

罗隐

马嵬山色翠依依，又见銮舆幸蜀归。

泉下阿蛮应有语，这回休更怨杨妃。

先从题目来看这首诗，题目用三个字便简明扼要地点出这首诗的内容，人物、事件、地点。“帝”就是唐僖宗，“蜀”就是西川成都，而“幸”字最为关键，“幸”这个字，以皇帝为主语则有两层含义，一是受到皇帝的宠爱，二是皇帝前往某个地方，一般为主动的祭祀或出游等活动。但是这一次皇帝是出游吗？这和我们前面讲到的历史事件相关，黄巢军攻破洛阳后，田令孜带着唐僖宗逃离长安，唐僖宗成了大唐第二位逃往四川避难的皇帝，并在四川待了整整四年。这明显是被人赶跑的，怎么还会用“幸”字呢？

（2）描写天子囧事的春秋笔法

这里就要说到文人写天子囧事的春秋回护笔法了。我们以诗来举例，比如天子春天带着皇室成员出去春游，那就不能单纯地讲天子去行乐玩耍了，那应该怎么说呢？王维提供了一个很好的模板：“为乘阳气行时令，不是宸游玩物华。”君权天授，天子是上天的代言人，自然就要代天治理天下。把春游说成是春天去为苍生百姓而行时令，把这个理由作为天子出行的初衷，又反过来否定了是出去玩耍这件事，这可谓对爱民如子的圣明天子形象的回护。

另一种是最常见的了，把人才不能用和社稷危亡的责任全部推到臣子身上，比如李白的《玉壶吟》。李白在《玉壶吟》中言“君王虽爱蛾眉好，无奈宫中妒杀人”，以此来说人才不得其用并不是因为皇帝不识人才，而是因为有小人妒忌，佞臣进谗。杜甫在《诸将五首其二》中言“独使至尊忧社稷，诸君何以答升平”，意思是说让皇帝一个人为江山社稷和黎民百姓而殚精竭虑，让将军们坐享太平，这又怎么对得起皇帝和国家呢。可能有人会问，把皇帝的责任推得一干二净，这样真的好吗？其实这是一种曲线的劝谏方式，通过对臣下的指摘来反映皇帝在治国理政中出现的问题，这是讽谏诗中常见的手法，也是诗人劝谏智慧的体现。

最后一种，就是对亡国之君或近乎亡国之君的回护了。这种回护是最为明显的，对于诗人来说也是最为无奈的。把丢人的事儿写得那么冠冕堂皇，实在是太难了，而最常出现的几个字就是“幸”“巡”“狩”。

“幸”和“巡”一般是指皇帝出逃，比如著名的《明皇幸蜀图》。唐代的诗僧贯休，宋代的刘克庄都有过题诗，李白也曾作“谁道君王行路难，六龙西幸万人欢”这种称颂的赞歌，把逃跑写成一场声势浩大的出行。“巡”同样是指代出逃，李白曾作《上皇西巡南京歌十首》来回护对他有过提携之恩的唐玄宗：“胡尘轻拂建章台，圣主西巡蜀道来。”“万国烟花随玉辇，西来添作锦江春。”如果对这段历史不了解，真以为九庙不守、銮驾西逃就和隋炀帝、乾隆南巡游玩一样是一种盛景了。

“狩”的意思就能区别于“幸”和“巡”了，“狩”一

般与一个方向词连用，就是“北狩”。所谓北狩，从字面上来看就是皇帝到北方打猎去了。不过在皇家园苑打猎不好吗，为什么皇上非要去北方打猎呢？北方可是游牧民族统治的蛮荒之地，去北方打猎并不是因为君王喜欢去那里打野味，也不是因为君王想要去寻找刺激，而是因为他们不得不去。“北狩”就是皇帝被抓走了，被作为俘虏押解到北方了。

“狩猎”这个词很有意思，有不少诗人曾在诗词中用过它。高适在《燕歌行》中写“校尉羽书飞瀚海，单于猎火照狼山”，其中“猎火”指代的是战火。曹操在发动赤壁之战前，在给孙权的书信中写道“今治水军八十万众，方与将军会猎于吴”。李清照在南渡时曾写下“南来尚怯吴江冷，北狩应悲易水寒”这样的句子，以此感慨自身的身世，同时悲叹被俘虏到敌国的两位天子的命运。

（3）回护是不可能回护的

不过，如果你把罗隐的《帝幸蜀》这个题目单纯地理解为回护唐僖宗和大唐朝廷，那你就太不了解罗隐了。作为晚唐诗人中的“头号键盘侠”，罗隐回护是绝对不可能回护的，讽刺倒有，不妨从全诗来看作者的嬉笑怒骂。

“马嵬山色翠依依”，作者先以景来起兴，马嵬驿附近的山色还是如当年一般秀美，这是对自然景观的静态描写，为后面的物是人非埋下了伏笔。“又见舆銮幸蜀归”，作者看到了皇帝的马车再次从蜀地返回长安，这是对动态事物的描写。两句一静一动，给予读者动静结合的画面感，而这里最重要的字是“又”字，“又”字说明这已经不是皇帝第一次逃往蜀地然后回归长安了。上一次是什么时候呢？当然是唐玄宗时期了，正如白居易在《长恨歌》中所写的“君臣相顾尽沾衣，东望都门信马归”。

此时的罗隐丝毫没有避讳君父的痛处，而是在三、四句中直接点出了大唐皇帝的名字，这也是大唐皇室的最痛之处。他编了一个段子，以唐玄宗的口吻说出如下之话：当初你们怪罪杨贵妃，非要朕杀死她，再逃往蜀地，如今的出逃你们可赖不到杨玉环身上了。

（4）厚道的讽刺是这样的

看似嬉笑怒骂，实则罗隐已经把失都乱国之事的责任人点了出来。除了专权跋扈的宦官、尸位素餐的官员，还有任用奸佞、沉溺玩乐的最高统治者——唐僖宗。在唐末的诗坛上，罗隐的诗可以看作与后世鲁迅的杂文一样，像一把锋利的投枪。同时期的大唐官员也用李三郎和杨太真的故事作讽，相比之下这样的讽刺厚道得多。比如黄巢起义被平定后，当时的权臣凤翔节度使郑畋作了一首《马嵬坡》。

马嵬坡

郑畋

玄宗回马杨妃死，云雨难忘日月新。

终是圣明天子事，景阳宫井又何人。

这就是典型的文人回护皇帝的诗句了，郑大人用安史之乱中的玄宗出奔的故事来回护唐僖宗。他截取的历史片段和罗隐截取的场景类似，本诗是说，玄宗从蜀地回到长安是因为牺牲了杨玉环，虽然过去了很久，但是皇帝还是重感情的。

即便皇帝重感情，在关键时刻仍然能够杀伐决断，比如从长安跑路，比如牺牲杨贵妃，比如将皇位传给肃宗，这些就是他的圣明之处。如果唐玄宗没有这么圣明，那会怎样呢？那就毁了，对于“景阳宫”这个典故，诗词爱好者颇为熟悉，诗人许浑曾以诗句“迷楼还似景阳楼”来说隋炀帝的腐败，景阳宫是陈后主陈叔宝的享乐之处。在韩擒虎攻入建康之时，陈叔宝和宠妃张丽华、孔贵嫔躲进了景阳宫的井中，被隋兵俘获。

郑大人的意思就是，如果玄宗没有这么“圣明”，那他就成了被俘亡国的陈后主了。我们接着进行推理，这种“圣明”同样适用于僖宗。在黄巢的草军进逼长安之际，他的逃跑路线和逃跑方式完全照抄的祖上的方案。郑畋看似是为玄宗在不得已中做出如此圣明的举动而感慨，实际上是为僖宗幸蜀来进行回护。其中固然有那么一点儿借用陈叔宝亡国的故事来进行讽谏的意思，但是归根结底诗人还是要为出逃归来的皇帝找回一点儿场子。

（5）读诗还是看脸——郑畋的女儿

说到郑畋和罗隐，还真有一段故事可以说说。罗隐虽然屡试不第，但是他的诗却在晚唐的文坛上很出名，不少人看了他的诗作最后都成了他的拥趸。当时，有一个女读者，对他相当迷恋。两人从未谋面，这个女子只是读了他的诗，就对他喜欢得不得了。她每天几乎都拿出罗隐的诗作阅读背诵，达到了手不释卷的地步。不止如此，作为一个未出阁的女孩子，她居然在闺中和父亲说出了非罗隐而不嫁这样的话。她是真的因为这位才子染上了相思病，这个女子就是曾担任宰相之职、《马嵬坡》的作者郑畋的宝贝女儿。

郑畋知道这件事之后，和女儿进行了一次谈话。他再三询问女儿是否要嫁给这位诗坛才子，这位大小姐也再三表态非罗诗人不嫁。

虽然没有安排相亲，可有一天郑畋邀请罗隐来家里。郑畋让这位大小姐在闺房里暗中观察罗隐，这似乎有点儿像司马相如和卓文君的爱情故事的前奏。但是，这段才子佳人的故事只有前奏，就在罗隐离开郑家后，这位大小姐的相思病一下就痊愈了。从此之后她不但不再声称非他不嫁，而且连他的诗都不读了。原来，她是嫌罗隐容貌不佳。罗隐的容貌在诗人当中可以说是以难看出名的，能与他媲美的可能只有“建安七子”中的王粲和西晋的左思，就连有“温鬼头”之称的温庭筠可能都要比他长相端正。

但罗隐并没有对这件事记挂在心，他反而在政治上对“女祸亡国”之说不是很感冒，在《帝幸蜀》中用“休怨杨妃”之句来为杨玉环正名。然而在另一首讽刺诗中，他为“四大美女”中的一位进行了翻案。

西施

罗隐

家国兴亡自有时，吴人何苦怨西施。

西施若解倾吴国，越国亡来又是谁？

“兴亡自有时”，比喻的就是行将就木的大唐，继而诗人用“何苦”这种劝说的态度来嘲讽朝廷的当权者。后一句用非常有说服力的事实逻辑来为西施翻案，这也更加明确地提出了“亡国非与女子相干”的观点。

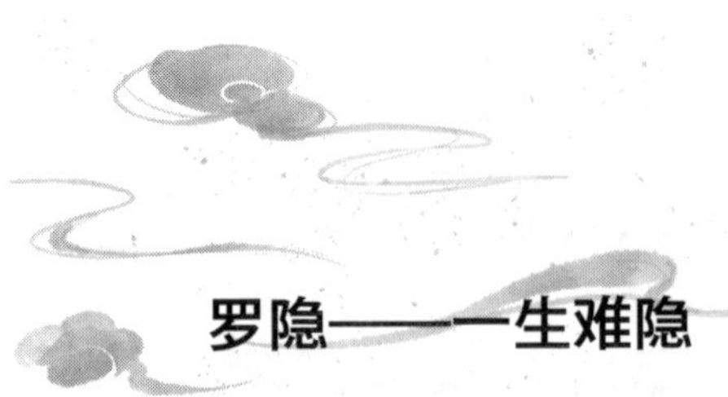

罗隐——一生难隐

（1）科举讽刺诗的创始人

我们已经讲了罗隐的几首诗，却还没有深入了解这位晚唐诗坛的重要诗人。罗隐是唐末和五代初的最为重要的诗人之一，他的作品主要集中在黄巢起义之后到入吴越钱王幕府前夕的这段时期。黄巢起义之后，叛乱虽被平定，但大唐中央政权进一步失灵，各节度使的权力和地位再上一个台阶，中央政权实际控制的州郡不过十几个。此外，宦官专权，宦官、士大夫、节度使之间矛盾重重，几方势力的斗争使得唐王朝乱象丛生，倾覆似乎已经不可避免。

往往在一个王朝的末期，讽刺时政的诗便会大量的出现。在唐末，最著名的讽刺诗人就是罗隐。前面我介绍了他把郑畋的女儿吓到了的长相，这里我们来展示他的另一面——最锋利，同时最有毒的嘴。

罗隐本名叫罗横，字昭谏，“隐”这个名字是他后改的，这个名字很符合道家学派的特点，“昭谏”这个字很符合他工于讽刺的特点。可他的诗词却与道家的不同，道家乱世尚隐，那么符合隐者身份的诗作是什么样的？是陶弘景的“山中何

所有，岭上多白云”，是陶渊明的“此中有真意，欲辨已忘言”，是孟浩然的“尝读远公传，永怀尘外踪”。

罗隐却是看什么都不爽。看见蜜蜂采蜜，他说“采得百花成蜜后，为谁辛苦为谁甜”；人家说“瑞雪兆丰年”，他却要说“长安有贫者，为瑞不宜多”；遇见十年未见的旧人，他说“我未成名卿未嫁，可能具是不如人”；日子过得不开心了，他就“得即高歌失即休”，“今朝有酒今朝醉”。总之在唐朝时期，屡考不第的罗隐就没有真正隐过，而屡次科举不第，让罗隐找到了一个可以评论的题材，并一不小心成为这一题材的创始人和一代宗师。这个题材的诗就是科举诗。

黄河

罗隐

莫把阿胶向此倾，此中天意固难明。

解通银汉应须曲，才出昆仑便不清。

高祖誓功衣带小，仙人占斗客槎轻。

三千年后知谁在，何必劳君报太平。

这是罗隐最有名的一首科举诗，有人可能要问了，这不是一首咏物诗吗？没错，历来为人崇拜的我们的母亲河黄河，在本诗中成了罗隐指桑骂槐的批判对象。

首联是本诗的总述，先用黄河水质来起兴，“莫把阿胶向此倾”，众所周知黄河的水是浑浊的。看过电视剧《大宅门》的朋友都知道，阿胶是用驴皮熬的中药制剂。为什么要把熬好的阿胶倒入黄河呢？阿胶产于山东东阿，用东阿的水熬制而成。黄河水可谓“壶浆半成土”，而同属黄河流域的东阿水却清澈无比。沈括在《梦溪笔谈》中这样介绍阿胶：“用搅浊水则清。”由此可见阿胶有清水的功效。本诗的首联，罗隐其实化用了庾信的《哀江南赋》中的“阿胶不能止黄河之浊”之句。此处的比兴是以阿胶制作烦琐、价格较高的特点，来代指诗人的才气，或者是整顿乾坤、济时扶颠的能力。

这种能力和才气为什么又不能向黄河中倾倒呢？原因在首联的第二句——“此中天意固难明”，阿胶不解黄河水之浊不是因为能力和功效不行，而是因为上天的意思不可捉摸。“天意”二字最为关键，诗词中出现“天”的比兴，往往和皇帝有关，比如《老将行》中的“卫青不败由天幸”，“天幸”除了是指卫青打仗运气好，还指皇帝对他的恩泽。其意为，因汉武帝的特别关照，他才能够百战百胜。本诗中的天意是指皇帝的旨意，用黄河来比喻科举考试及其背后污浊的官场，而考生倒阿胶则是指考生通过参加科举考试来步入官场，从而滤清其中的污浊。但是罗隐用了一个“莫”字，告诉读者这一切努力只能是徒劳。

“君不见，黄河之水天上来”，古代传说中黄河是从天而降的，“解通银汉”类似于李白曾写过的“耐可乘流直上天”，但罗隐在颔联中说黄河能上天的原因是“须曲”。“九曲十八弯”和“可通天”都是黄河的特点，刘禹锡在《浪淘沙》中也曾用过黄河的这两个特点：“九曲黄河万里沙，浪淘风簸自天涯。如今直上银河去，同到牵牛织女家。”

本诗中，作者借黄河来比喻科举制度，读书人可以通过科举考试来成为天子门生、公侯干城，这里借用了黄河可通天

的特点。要想通天，必须要通过这九曲，这里的“曲”不但是说要经过惊涛骇浪、礁石险滩等曲折的重重考验，更是一语双关地指出还需要靠曲意逢迎、曲媚权贵的手段和方式。只有这样，才能通过科举考试，至于士子的学识，已经没有那么重要，所以罗隐拥有这么大的才学还会十次落第。这种现象已经不是第一次发生了，在唐代，贾岛、温庭筠、张祜等颇具诗名的大诗人都一再落第，这种令人费解的现象，正是科举不再公平的标志。

那么科举不再公平的根源又在哪里呢？诗人说“才出昆仑便不清”，学过初中地理的都知道，黄河源于巴颜喀拉山脉，巴颜喀拉山正是昆仑山脉的东延部分，由这句诗可见唐代时中国人已经对黄河的源头有了一定的认识。黄河的源头之水是清澈的，黄河之所以变浑浊了，主要是因为黄河中游流经黄土高原，夹带了大量的泥沙。诗人用夸张的手法说“出昆仑便不清”，在语言上是化用了杜甫《佳人》中的句子，即“在山泉水清，出山泉水浊”。“在山”是指科举考试的初衷和政策是为国选才，是好的。“出山”则指科举考试制度在操作过程中，被官员把持利用，变得浑浊不堪。

虽然大唐的科举考试制度远不像宋明的科考制度那样体系化和规范化，但是也是由尚书省礼部组织会试，考中会试的，还要通过殿试才能正式成为天子门生。自武则天时期开始，殿试不再淘汰通过会试的士子，只是重新决定士子的排名。当然，除了学识，士子的出身和长相也影响了殿试的排名。所以，这里的“昆仑”是直指科举的主管部门——礼部，指责管理考试的官员不公正，并且控诉名义上的主考官——皇帝的不作为。

首次二联用黄河的发源、河道、水质等外在描写来作比兴，而颈联的两句则转向用典故进行内在剖析。罗隐选择了和黄河有关的两个典故，这两个典故可谓用得绝妙，我们先来介绍一下这两个典故。

“高祖誓功衣带小”，这句诗使用了汉高祖在刚平定天下时分封功臣的誓词：“使河如带，泰山若砺。”这个誓词的意思是，即便黄河像衣带这样狭窄，即便泰山像磨刀的石头那样平，你们的福禄依然存在。这确实反映了汉初的现实，当时虽然刘邦做了皇帝，但是军队和地盘多数还在功臣手中。刘邦在政治上开了历史的倒车，变秦代郡县制为郡县和封国制并存，而这也实属无奈之举。对功臣发誓则更是体现了汉朝在刚建立时的现实情况：割据风险依然存在，人心亟须稳定。

第二个典故是张骞探寻黄河源头的故事。张骞乘槎在黄河逆流而上，不知不觉看到了一个织布的女子和一个牵牛的男子，后来他把这件事告诉了严君平。严君平是一位道家宗师，善于占卜，据说能卜天地古今，后来的西汉大文学家扬雄曾拜其为师，至今成都还有君平街。严君平对他说，记得有一天有客星冲了牵牛和织女的星宿。张骞这才知道自己当时已经乘槎到了天上。

两个典故妙在何处？首先，两个典故均是汉朝的典故，作者用了唐诗中常用的以汉代唐的比兴手法，名曰指汉之黄河，实指唐之朝廷。

“高祖誓功”的典故也指出了唐代官场的现实：唐代重视门第出身，贵族们的爵位可以世袭罔替，贵族们还可以凭借先

祖的功劳恩荫为官，直到黄河干涸（代指王朝灭亡），这些特权才会终止。“仙人占斗”的典故，从训诂来看，“占”原为君平占卜之意，而这里又有“占据”这一引申义；“斗”原为星斗，这里可以特指北斗。北斗在诗词中多指朝廷，如“城上平临北斗悬”，又如“每依北斗望京华”，仙人占斗就是朝里有人的意思。

诗人又用乘坐客槎的人来比喻科考的士子，那么什么样的客槎才能让人如张骞一样登天呢？只有轻质的船才能浮上九天，谁才能获得可以入云的客槎呢？自然只有得到占斗仙人的帮助，才无须费力便可直上云霄。虽然荐举制度已经被科举制度取代了几百年了，可唐末的科举制度何尝不类似于“上品无寒门，下品无士族”的荐举制度呢？

针对科举制度的不公，诗人在尾联彻底道出晚唐假科考真交易的现实，用嬉笑怒骂的态度来对科举制度进行批评。诗人用“黄河千年一清为祥瑞”的典故，来说明官场的浑浊非一朝一夕能够改变的。如果官场真如黄河一般千年才澄清一次，人生百年谁又能管得了千年的事儿呢，更何况三千年呢？既然这种太平和公平遥不可及，那么诗人便不再对它抱有任何幻想了。

（2）罗道士的江南第二春

从此，经历了十次科考失败的罗隐不再前往长安参加进士考试，而是开始流落江湖。这时罗隐诗中的悲切达到了极致，江湖上开始流传他的传说。在决定不再科考之后，他先去了江南，在钟陵遇到了他的一位旧情人——云英。与旧情人已经十年未见，他先是询问了对方的近况，后又赠诗一首，于是就有了这首《赠妓云英》。

赠妓云英

罗隐

钟陵醉别十余春，重见云英掌上身。
我未成名卿未嫁，可能俱是不如人。

好一个放浪形骸的道家诗人，他又回到了当年出发的地方。在十余年前，他在这里与这位叫云英的女子有过一次邂逅，两人都风华正茂。云英或是“五陵年少争缠头”的行市，罗隐也是意气风发，对科考充满了希望，期待着“一举成名天下知”。十余年过去了，两人再度相逢，他未成名她未嫁。在这首诗中，罗隐在自嘲的同时也狠狠地嘲讽了情人云英。

罗隐常常不按照常理出牌，大抵是他认为自己嬉笑怒骂皆成文章的缘故。以这首诗来说，与故人，还是一位过去的情人重逢，主题词总应该是“欢聚”“饮酒”“忆旧”“赠别”之类的，即便不像晏几道那样深情地去照银釭，舞低杨柳和歌尽桃花也当是常规操作。

可他却换了一种方式与云英相处，重逢后，“重见云英掌上身”。如果说这里还是带着脉脉温情的话，那第三句就真的是在自嘲，并且用毒舌伤害身边的这位佳人。“我未成名卿未嫁，可能俱是不如人”，这两句诗的核心意思只有三个字——“不如人”。可是，他们怎么会不如人呢？罗隐才高，诗文纵

横当世，却是十年科考未中，仍然白身。云英貌美，却十年未能嫁人，仍然是单身。

此情此景，如果是老杜看到了一定会联系社会环境，然后一番悲天悯人。如果是东坡居士看到了必然是“事如春梦了无痕”的达观和豁然。可是罗隐在众多的表达方式中，偏偏选择了讽刺。这就有意思了，难道他真的认为云英不如人？按照知人论事，罗隐真有可能做得出来。可是他绝对不会认为自己不如人的，“得即高歌失即休”的自嘲完全是一种反语语境。诗作蜚声于世，江湖才名远播，不遗余力十度科考，他怎么会认为自己不如人呢？这句诗看似是自嘲，实则是在讽刺这个时代。在那个风雨飘摇的王朝末期，黄钟毁弃，瓦釜雷鸣，乱世多征战，男儿战死沙场，当嫁之年的女子独守空闺屡见不鲜。对于罗隐，无论把他看成一位儒者还是道人，这个时代无疑不属于他。

但和上一位屡考不第的人（黄巢）去造反了不同，罗隐在为民时在乱世间却什么事儿都看不惯，所以将讽刺归于文章，其实这更是一种无奈。道家的主题是与民休息，而唐末乱世正是法家和兵家大行其道的时代，罗隐的思想是不合时宜的。可时代还是给了他机会，让他到相对安定的江南去做吴越钱氏的幕僚，而后又为官主政。在这之后，罗隐的道家思想和富庶且少战的江南完美契合，虽然偶有“劝君不用分明语，语得分明出转难”这样的评论之作，但从此江湖上再也没有他的传说。或者这才是罗隐追求的大隐隐于朝的隐士生活。

松陵诗风——姑苏皮陆

说到唐末的诗人并称，就不能不提到晚唐最后一个诗人并称——“皮陆”。“皮陆”即皮日休和陆龟蒙，两人在苏州相识，这陆龟蒙本来就是苏州人，而皮日休在进士中第之后担任苏州刺史从事，后来又迁毗陵副使。两人在懿宗时期和僖宗前期如中唐的“元白”一样，经常以诗文酬唱相和，后人将两人诗文编纂在了一本合集中，称《松陵集》。这就是二人并称的由来之一。两人诗文风格承接中唐，并将新乐府和韩孟诗派的两种诗风一并继承杂糅，既有如新乐府针砭时事、关心民生之作，也有类似韩孟诗派的奇崛险怪、纤巧冷僻的作品，这些多集中在二人的唱和之作中。

虽然两人为并称，但是两人在诗作的优长上还是有着明显的不同的。皮日休和杜牧的一个长处类似，长于作“翻案诗”，也和罗隐有相似之处，善于反讽和戏谑。陆龟蒙则长于写景和咏物。下面我们通过两人的经历和诗作，来了解一下这两位诗人。

（1）皮日休：从隐士到进士

乱世出英雄，也出怪才。如果说黄巢、高骈是乱世中的英雄，那我们上一章节讲述的罗隐和本章节讲述的皮日休便是怪才，或者叫另类的传奇人物。

皮日休，字逸少，后改为袭美，襄阳人士，早年和盛唐时期的襄阳诗人孟浩然一样隐居在鹿门山。反正自己家离那里也不远。因隐居在鹿门山，他也因地制宜地给自己取了一个号——鹿门子。后来，他也和孟浩然一样，隐居了一段时间之后，从出世开始求入仕。皮日休所处的时代和孟浩然所处的时代完全不同，晚唐时期已经到了典型的乱世，每到乱世，文人能士前往山中隐居便成了一种流行风尚。或为避祸，或为自抬身价，总之这可以看作是一种低成本、高回报的待价而沽的耕读模式，成功案例参照东汉末年的诸葛亮。

到了懿宗年间，在鹿门山凭借隐居时的充分的科考准备，皮日休一战成名，被录取为懿宗朝的进士。虽然名次不大理想，但是在“五十少进士”的唐代，刚满三十岁且出身寒门的他还是幸运的，至少比绝大多数考生要幸运。

在皮日休进士及第时，与他同时参加考试的一位商人士子却屡屡落第。但是此时春风得意的皮日休没有想到，也根本不会去想的是，他在不久的将来与这位此刻躲在角落暗暗捏拳头的落第士子，会以怎样的一种特殊的方式见面。

虽然“春风得意马蹄疾”，但皮日休曾因长相（疑似一只眼盲）被主考官嫌弃。在主考官讥笑其相貌时，他出言反驳称“虽然我眼睛很难看，但是大人可不能在选人才的时候瞎了眼啊”，于是皮日休就受到考官大人的特别照顾，喜提那一届进士的最后一名。

既然成绩不理想，朝中又无人，皮日休就别想留京了，只能去任州县吏。于是经过分配，皮日休前往苏州，担任刺史参军从事。之前我们在讲杜牧时介绍过，吏部的春关考试决定了官员分配的好坏，表现优异的会留京，表现一般和较差的会去担任县尉，再差一点儿的就只能去担任幕僚官了。皮日休担任不了近州的县尉。或是因为晚唐时期朝廷已经不具备往边州节度使那里派官的能力，又或是因为他看不上“只言小邑无所为，公门百事皆有期”的小县尉职务，最终他去了政治安定、事少钱多的江南任苏州刺史的幕僚官。

在这期间他结识了与他并称的诗人陆龟蒙，两人的诗风未效晚唐“温李新声”，却承接了中唐诗人的诗风。

皮日休时而如“元白”，好作因时因事而歌之的新乐府，比如他的五言乐府代表作《橡媪叹》讲述了一名捡拾橡果而食的老妇人的悲惨经历，刻画了“拾之践晨霜”的可怜的老妇人的形象，描写了贪官污吏“如何一石余，只作五斗量”的压迫，也叹息乱世之中就连弑君的田成子这样的诈仁之人都已经无处可寻了。这与白居易的《卖炭翁》《买花》，以及元稹的《织妇词》《田家词》表现的内容几乎相同，表现形式也颇为类似。

但是在与诗友陆龟蒙唱和时，皮日休就好像改变了诗家门派一样。在《松陵集》中，皮日休的艺术表现手法与韩孟诗派追求奇崛险怪的手法类似，甚至作了千余字的冷僻作品，但唱和内容多为棋艺、品茶、山石等日常娱乐内容。这说明皮日休

在作诗之道上认可新乐府的“诗为时而作”的思路，但在笔法上则与后世所哂的“元轻白俗”不同，他能熟练使用韩孟诗派奇崛险怪的笔法。可以说，这是以“皮陆”为代表的晚唐诗人对中唐代表诗派的继承和发展。

（2）皮日休与翻案诗

新乐府也好，与陆龟蒙的唱酬也罢，都不如他的翻案诗有名。在讲到“小李杜”的时候我们讲到杜牧好作翻案诗，诚然翻案诗是从原典故中寻找反向或侧面的切口来说理，从而达到意想不到的效果，比如杜牧的《题乌江亭》和《赤壁》等。清代著名诗人袁枚也在《随园诗话》中称“诗贵翻案”，翻案诗容易出好作品，好的翻案诗也就成了千古流传的经典。

在唐宋时期，确实出现过几位以翻案著称的诗人，除了杜牧外，还有“唐宋八大家”中的王安石，王安石不但善作翻案诗，还能反翻案诗，杜牧的《题乌江亭》就被他用“江东子弟今虽在，肯与君王卷土来”给怼了回去。

晚唐另一位翻案诗达人就是皮日休，如果说杜牧只是好作翻案诗，那么皮日休可以说是善作翻案诗，比如他的《汴河怀古·其二》。这首诗在诗词研究中一次又一次的作为翻案诗的代表而出现在各类论文中，也被收入我们的普通高中历史教科书《中国古代史》之中，是从另一视角审视和评价隋炀帝所修建的京杭大运河的作品。

汴河怀古·其二

皮日休

尽道隋亡为此河，至今千里赖通波。

若无水殿龙舟事，共禹论功不较多。

这是一首为隋炀帝翻案的诗吗？确切地说是为杨广修建的京杭大运河翻案的诗。在杨广即位之后，隋朝开始了一系列重大国家工程和全国规模的动员战争，动用民力之多，修筑速度之快，以当时生产力的水平来看几乎难以想象。我们来看一下这些工程都有哪些。

首先是营建东都洛阳，并修建比明清故宫大四倍的隋洛阳宫，月征民力二百万，历时十个月完成，催工之急，累死了众多民夫。同时北修长城，征调一百二十万民力，死者过半。另一个国家级工程就是开凿以洛阳为中心的大运河。运河绵延千里，北至涿郡（今北京），南到余杭（今杭州），这是当时世界上工程量最大的人工运河。运河分为永济渠、通济渠、邗沟和江南河四段，沟通了海河、黄河、淮河、长江、钱塘江五大水系。

本诗所说的汴河就是大运河的通济渠部分，也是连接黄河和淮河的人工水道，隋炀帝的水殿龙舟从洛阳出发，经过这里，然后可以南巡江都。唐代诗人在这里怀古时，多将隋朝灭亡归罪于开通此河，将开通此运河归罪于隋炀帝。

比如许浑的《汴河亭》描述开通运河的原因是“广陵花盛帝东游，先劈昆仑一派流”，这里的“花盛”一语双关，一则是说隋炀帝耽于江南的美景，二则是说其迷恋江南的美人。李

商隐也有诗句描述隋炀帝龙舟出行的奢侈状况，即“春风举国裁宫锦，半作障泥半作帆”。故唐代诗人登上运河大堤看到传说中被隋炀帝赐姓的柳树时，发出了“行人莫上长堤望，风起杨花愁杀人”的慨叹。

就在大部分诗人将隋朝的亡国之罪归于此河之时，皮日休的这首翻案诗横空而出，一洗京杭大运河因皇帝的暴虐和奢靡所背上的千古骂名。这首《汴河怀古·其二》可从两个部分来看，从辩论的技巧而言，一、二句类似于辩论中的驳论，三、四句则类似于立论。

“尽道隋亡为此河”，意思是，人们都说隋朝的灭亡是因为修建了这么一条大运河。这一句也隐含了“尽道者”的“一颗钉子亡了一个国家”的逻辑：如果没有建成此河，杨广就不会巡游江都；如果杨广不巡游江都，就不会有水上宫殿的营建；如果不建水上宫殿，就不会有光耀水陆的奢靡；如果没有极度的奢靡，也就没有繁重的赋役；如果没有繁重的赋役，就不会有北方的叛乱；如果没有北方的叛乱，就不会有隋炀帝的江都自缢；如果隋炀帝没有死，隋朝就不会亡国。所以经过一系列的推导，这一逻辑的最后结论就是“隋朝亡于此河”。

那么隋亡之后，作为亡国之河的京杭大运河有没有被新朝废弃呢？显然没有，“至今千里赖通波”，是说到现在南北方向的客运物流和文化交流都在依靠这条运河，可以说这条运河已经成为唐代不可或缺的交通水道了。“至今”言其造福时间之长，“千里”言其影响范围之广，“赖”言其倚重程度之深。这三个层面击破了“尽道者”的论点，这一条有利于国家且造福百姓的运河怎么可能会是隋亡的原因呢？难道运河在大唐是为福，在隋代则为祸？这未免就有些强词夺理了。

三、四句给了我们答案，但是这两句要倒过来分析。先从第四句“共禹论功不较多”来看，这里是让谁与禹论功？当然是修建大运河的人，可修建大运河的人是隋炀帝。这句的震撼之处是禹的功劳之大，以及禹后来的身份。

尧舜之时华夏大地洪水滔天，黎民百姓流离失所，而写下诗句“南风之薰兮，可以解吾民之愠兮”的舜帝，因大禹的父亲有崇氏部落首领鲧九年治水不成而将其流放羽山，后来鲧死在羽山。之后，舜帝启用大禹治水。大禹改堵为疏，兢兢业业地治水，在治水期间留下了“三过家门而不入”的典故。李白曾写下“大禹理百川，儿啼不窥家”的诗句来称赞大禹。后来，大禹终于使这场旷日持久的灾难彻底结束。大禹也得到舜帝的认可和万民的拥戴，舜帝在“菁华已竭，褰裳去之”之后，将帝位禅让给了大禹。后来，禹的儿子启，建立了夏，成了第一个家天下的君主，而这不能不说与禹的治水之功有着密切的关系。

那么现在回到上面的问题，是谁来与禹论功呢？难道是隋炀帝吗？让一个暴虐的亡国之君和万古圣君来做比较？显然不是，这里诗人是用京杭大运河造福百姓数百年的事实来与大禹治水之事论功。对于这一句标点符号的使用，《唐诗鉴赏辞典》中采纳的是问号，其意是隋炀帝开凿大运河真的可以与大禹治水论功吗？如果只看“至今千里赖通波”这一句，那么这个问号也就没有必要了。

这时我们看第三句，第三句是与大禹论功的前提，这句提出了杨广建造运河的目的，就是“水殿龙舟事”。大禹治水为

的是天下苍生，“杀湍湮洪水，九州始蚕麻”。隋炀帝呢？他的目的是什么？

“水殿龙舟”代表的是杨广的穷奢极欲。杨广曾三次南巡江都，每次出行都带着数十万的官员、军队、民夫和美女，许浑诗云“百二禁兵辞象阙，三千宫女下龙舟”，几乎搬空了关陇一带。当然这其中有摆脱关陇集团的政治目的，但是隋炀帝南巡时奢侈暴虐的行为，却是历史上公认的有名的暴君做派。再看“若无”二字，“若无”便是有，没有杨广的穷奢极欲，这条河才能有与大禹治水论功的资格。

但历史是不能开倒车的，极尽享乐之能事的人不但不能与三代圣人论功，反而使得这条造福苍生、本可以与大禹治水之事论功的大运河，变得不能与治水之事相提并论。这更说明了隋炀帝不但不能与禹论功，还连累大运河因他而蒙羞，大运河的功用甚至也因他而变得黯淡许多，这都是隋炀帝“水殿龙舟”的过错。

这首诗后两句之妙，妙在进一步反对“尽道隋亡为此河”的论调，同时既为运河翻了案，又批判了隋炀帝。这首诗在批判和讽喻上虽然不像李商隐的“地下若逢陈后主，岂宜重问后庭花”那样意味深远，不像白居易的“二百年来汴河路，沙草和烟朝复暮”那样明白如话，不像李益的“自从一闭风光后，几度飞来不见人”那样含蓄蕴藉，但足够别出心裁。这首诗在为大运河正名之后，再对隋炀帝的暴君之名作出更深层次的确定，就此来看，皮日休可谓在晚唐翻案诗人中自成一派。

（3）从官员到叛军

严羽的《沧浪诗话》将中晚唐诗比作“小乘禅”和“声闻辟之果”，诚然晚唐诗在表现的气象，尤其是空间上的广度与诗人的境界气度上不及盛唐诗恢宏，情感表露上也不再出自自信。但晚唐诗的表现手法更为细腻和丰富，这一点在皮日休的诗作中表现明显，比如《汴河二首》的翻案，再比如《馆娃宫怀古五绝》中的反讽：“越王大有堪羞处，只把西施赚得吴。”这两句诗看似是在讽刺用女间谍来颠覆吴国的越王真的应当羞愧，实则是以指桑骂槐的曲笔来讽刺吴王荒淫无道、不纳忠言、养虎为患的行为。此处正照应了陆龟蒙在《吴宫怀古》中写的诗句：“吴王事事须亡国，未必西施胜六宫。”

一般来说，晚唐喜作讽刺诗的诗人官运都不算好，比如李商隐和罗隐，但其实皮日休的官运还算不错。皮日休先后入京担任秘书监的著作佐郎、太常博士，又被外放为毗陵副使，虽然他的官阶不算特别高，权势不算特别重，他不能和白居易、元稹相提并论，但是他的职位还是有条不紊地在升迁的。

但是谜一样的事儿，还是发生在这位有过隐士经历的官员身上。他以最特别的方式离开了大唐的官场，并在唐史上留下了不光彩的一笔。至迟到公元881年，甚至可能是878年，皮日休与极有可能与自己同年的科举考试失败者碰面，并弃官加入了他的部队。与皮日休见面的那位失败考生就是黄巢，皮日休曾加入黄巢的草军，并在黄巢入长安之后被封为有“内相”之称的翰林学士。这段历史在《新唐书·黄巢传》中有明确的记载。这也成了诗坛之谜，陆游曾为皮日休辩白，称其加入叛

军为误记。但通过多数的史料记载来看，这种辩诬似乎并不可信。

还有一种说法就更传奇了，说皮日休在官任上听说黄巢起义便弃官不做，自带干粮加入草军，只因那句“天补平均”。这一观点援引了皮日休的《正乐府十篇》作为佐证。持这一观点的人认为，皮日休通过《正乐府十篇》来抨击晚唐社会的黑暗，并表达自己的不满，其中包括揭露赋税繁重的《农父谣》，批判连年兵役的《卒妻怨》，以及叹息士子报国无门的《贱贡士》等，总之他用十篇诗歌总结了唐王朝的黑暗之后，封金挂印，千里走单骑般投奔了黄巢的起义军。

我只能说这种说法未免想象力过于丰富了，作为进士出身的朝廷命官，虽说皮日休曾见识到民生疾苦，但他顶多像老杜那样悲天悯人地发出“普天无吏横索钱”的愿望，却绝对不会主动加入叛军的。更何况皮日休在官场还算平稳，且江南是少数的战事不多、政局稳定之地，再加上他有过入山隐居的经历，总的来说他应该不会主动投靠叛军。最有可能的情况就是在黄巢从广州返回的路上，其为黄巢所裹挟，直至长安。不论是被裹挟还是主动投靠，皮日休的诗坛生涯就此结束了，此后的他再也没有诗文传世。

如果就这样销声匿迹，那皮日休的生命未免也太虎头蛇尾了，他的生命终结，也是一个谜团。这里至少有三种说法，第一种看起来是最为合理的，在黄巢起义失败之后，作为逆臣的皮日休被唐王朝所诛杀。第二种看起来可能性也很大，在黄巢战败后，皮日休流落江南，从吴到越，跑到了浙江一带，投靠到“满堂花醉三千客，一剑霜寒十四州”的军阀钱尚父的帐下。嗯，对，就是罗隐晚年充任幕僚的地方。这一说法比前一种更为可信，因《太平广记》中有皮日休“任钱鏐判官”的记载，另外宋初的《五代史补》中有皮日休和罗隐同时出席钱尚父的宴会的记载，这两个文献距离皮日休的生活年代不远，应有较高的可信度。

第三种说法就更为传奇了，这一记载是民间的传说，采信的是他主动投靠起义军的故事。据说黄巢虽为儒生，但笃信谶纬之学，想当皇帝的看来爱好都差不多，都想证明自己的政权是天命所归，比如光武帝刘秀登上帝位前的各种传奇故事，以及他对谶纬之学的信赖。这一招儿被后来差点儿颠覆了东汉王朝的黄巾军学了去，他们喊出“苍天已死，黄天当立”的口号，也自称有神相助。

黄巢也说试试自己的天命，于是令翰林学士皮日休作谶语以传唱天下。皮日休写下了一组拆字的谶语：“欲知圣人姓，田八二十一。欲知圣人名，果头三屈律。”这是一首典型的谶词，“田八二十一”为“黄”，“果头三屈律”为巢，“圣人”是唐代对皇帝的尊称，其意就是直言黄巢当为皇帝。但很不巧的是，黄巢的脑袋上长得比较抱歉，头发不多，他以为皮日休在嘲讽他，当即就让这位谶语作者人头落地了。

这个故事显然是不可信的，能写出《汴河怀古》这样经典传世作品的进士出身的诗人写出的谶词，竟然不如后来连秀才都考不上的洪秀全写出的“人坐一土，作尔民极”这样的谶语，那皮日休的书算是白读了。

也可能有人会说，谶语不就是要类于童谣才利于传唱吗？比如董卓被吕布刺杀前的谶语就是“千里草，何青青，十日

卜，不得生”——董卓不得生。陈涉起义，吴广学狐狸叫时的内容是“大楚兴，陈胜王”，而王莽在位时，光复汉朝的小伙伴们就在偷偷地传“黄牛白腹，五铢当复”。其中“黄牛”指代王莽，“白腹”指代割据蜀地称帝的公孙述。杜甫有“卧龙跃马终黄土”这样的诗句，其中“跃马”就是指公孙述。“五铢钱”是汉武帝通令发布的大汉货币，也因此成为汉代的象征。

皮日休写出有利于民军和儿童传唱的版本也是勉强说得过去的，但问题是，编造这个故事的人，显然对具有多年进士科目考试经验的大齐皇帝不是很了解。虽然黄巢有的都是失败经验，但是他毕竟能去京城参加进士科考试，说他看不懂或者是对这二十字的谶语产生误会而气到杀人，显然是过于低估了黄巢的文化素养。

同时谶语一般是以预言的形式出现，《新唐书》中记载，皮日休在黄巢称帝后任翰林学士。都已经是皇帝了，还需要预言吗？如果当上皇帝之后还有预言，那就是预言什么时候亡国了，比如北齐的亡国谶语“亡高者黑衣”，就是尚黑的北周政权最后灭掉了北齐。所以从黄巢的文学水平，以及谶语的写作时间两个方面来看，民间盛传的皮日休的死法是难以成立的。

皮日休最后的人生道路虽然如迷宫一样难以探寻和考证，但他留下的《皮子文薮》和《松陵集》等著作流传至今，对我们研究晚唐时代的文学具有非常重要的参考意义。对于皮日休本人留下的文字、诗篇和谜一样的人生，不少当代的专家和学者也在研究和考证，此处，我们用鲁迅先生对他的评价来为他盖棺定论——一塌糊涂的泥塘里的光彩和锋芒。

（4）陆龟蒙：田间亦是江湖

讲过皮日休，再来讲讲陆龟蒙。这位诗人是最不像隐士的才子隐者，《新唐书·隐逸传》和《唐才子传》中均有他的故事记载。他不像我们讲过的两位隐士孟浩然和罗隐那样出身低微，他的父亲曾在朝廷担任御史，虽然不是什么不得了的官职，但是毕竟是在京城任职。而且陆家在唐高宗和武周时期可是出过宰相的。陆龟蒙的七世祖陆元方，曾任武周的宰相。

出身名门的陆龟蒙起初是积极入仕的，他曾多次参加大唐进士科的考试，无奈考运实在不佳，多次应举却屡屡名落孙山。但他对于仕途并没有完全放弃，反正大唐又不是只有科举这一条当官之路，李商隐不也以白身任过节度使掌书记吗？于是陆龟蒙选择回老家苏州，随即被欣赏他的刺史征为刺史从事，算是正式进入了官场，虽然只是幕僚身份。

可进入官场之后的他并不开心，于是他又做了一个决定，回到老家吴江甫里开始自己的隐居生活。他还给自己取了两个很飘逸的名号——“江湖散人”与“天随子”，虽然他的隐居之处并不是江湖，他的隐居生活也并不随意。

虽然当官的时候一无所获，但他在短暂的幕府生涯里，结识了帐下另一位参军幕僚，这位幕僚就是和他成为一生朋友的皮日休。虽然同为幕僚，但皮日休可是经过礼部和吏部的两考出身的官员，而陆龟蒙却只是白身。但这并不妨碍他们交游及唱和。读过陆龟蒙的诗，我感觉他的诗风跨度还是很大的，时有气象开阔、风度不凡的诗作，如有名句“丈夫非无泪，不洒离别间”的《别离》，还有讽刺时事的咏物诗作，如以诗句

“素蔼多蒙别艳欺，此花端合在瑶池”来讽喻晚唐朝廷对人才的埋没的《白莲》。从诗作来看，陆龟蒙的确是一位非典型的隐士型诗人，这首讽刺晚唐税赋的《新沙》体现得最为明显。

新沙

陆龟蒙

渤澥声中涨小堤，官家知后海鸥知。
蓬莱有路教人到，应亦年年税紫芝。

这首赋税制度讽刺诗，对准的是晚唐官府对于百姓的压榨，与杜甫《昼梦》中的“普天无吏横索钱”的哀求不同，也与白居易《杜陵叟》中的“典桑卖地纳官租”对征税一事的直接描写不同。作者通过自然景物的变迁想到了官吏横征暴敛的现实，继而再向深处想象，达到一种意想不到的讽刺效果。

我们来一句一句地分析这首诗。“渤澥”指的就是渤海，第一句诗是说，渤海的岸边，经过年复一年的海水冲积逐渐形成了沙堤，最终形成了一小片荒地。岸边的沙地是海鸥栖息的地方，常在海边捕鱼的海鸥在空中自然会发现这一块新生的可供它们休息的滩涂。但是没有想到的是，有人比空中的海鸥更早地发现了这片滩涂，他们不是居住在海边的渔民，而是官家。

这句中的“官家”需要训诂一下，我们才能更深刻地理解作者的意图。“官家”在古诗文中有三种含义，第一个意思是指代当官的人。《太平御览》中有这样的记载：“桓温遇一老婢，乃刘琨之家妓，一见温入，潸然而泣，温问其故。云：

‘官家甚似刘司空也。’”这里老婢所言的官家是对桓温的尊称。

第二个意思，便是代指皇帝。这层意思源于西汉韩婴的《韩氏易传》中的“五帝官天下，三王家天下”，是说黄帝到大禹都是传位给贤人，而夏商周则传位给儿子。魏晋时期蒋济的《万机论》又换了一种讲法：“三皇官天下，五帝家天下。皇帝兼三五之德，故曰官家。”这个称呼在南北朝时期的北魏最先见到，而到了五代和两宋，官家就成了皇帝的代称。

第三个意思则是代指公门和官府。这种用法在诗词中很常见，比如白居易的《喜星郡》中的“自此光阴为己有，从前日月属官家”，苏轼的《初到黄州》中的“尚费官家压酒囊”。

那么在本诗中“江湖散人”陆龟蒙是在代指什么呢？首先，这是一首讽刺诗，对当官之人的尊称最先排除。其次，大唐习惯称呼皇帝为圣人或大家，称皇帝为官家于五代后才开始盛行，所以第二个意思也可以排除。最后，唐诗中多以官家来称官府，本诗或因格律诗平仄所限而以官家来代指，所以本诗中的官家应理解为官府和公家。

头两句以景和海鸥为线索，将本诗的主角官府引出，已经为后面的内容埋下了暗线，让读者的心中有了问号。官府知道了这片新的滩涂会怎么样呢？如果诗人在后面写到官府之人来这里准备收税，本诗就落入俗套之中，那也就再难出奇。于是诗人荡开一笔，将笔墨指向传说中大海中的蓬岛仙山。但这一笔荡开的却并不远，渤海既然能冲积出小滩涂，说不定就会有路通往蓬莱仙山。当官家遇到了仙家又会发生什么样的故事呢？

传说蓬莱仙岛盛产可以长生不老的紫芝，秦始皇曾派遣徐福寻仙问药，以求不死。蓬莱仙山云遮雾罩，唯有鸟道，一般的人是到不了的。一旦海边有路可以通达，怕是连到这仙山采紫芝都要纳税了。这看似夸张，利用神话故事来进行尖锐的讽刺，实际上揭露了“官家万税”的晚唐现实。这或许是归隐后的陆龟蒙的亲身所历和亲身所感。

（5）真隐士“天随子”

他归隐深山了怎么还会和官府打交道？还会写诗讽刺官府？莫非这位江湖散人是一位假隐士？

陆龟蒙确实归隐了，但他归隐的江湖不是孟浩然、王维归隐的深山，而是如陶渊明一样，归隐自家的田园，回家种田去了。这里或有一隐者之问，山林之隐和田园之隐孰高孰低呢？

《新唐书·隐逸传》中有这样一段关于隐士高低的论述，这是欧阳修的观点：“古之隐者，大抵有三概：上焉者，身藏而德不晦，故自放草野，而名往从之，虽万乘之贵，犹寻轨而委聘也；其次，挈治世具弗得伸，或持峭行不可屈于俗，虽有所应，其于爵禄也，泛然受，悠然辞，使人君常有所慕企，怊然如不足，其可贵也；末焉者，资槁薄，乐山林，内审其才，终不可当世取舍，故逃丘园而不返，使人常高其风而不敢加訾焉。且世未尝无隐，有之未尝不旌贲而先焉者，以孔子所谓‘举逸民，天下之人归焉’。”

“唐兴，贤人在位众多，其遁戢不出者，才班班可述，然皆下概者也。虽然，各保其素，非托默于语，足崖壑而志城阙也。然放利之徒，假隐自名，以诡禄仕，肩相摩于道，至号终南、嵩少为仕途捷径，高尚之节丧焉。故裒可喜慕者类于篇。”

这段话可以成为大唐隐士孰高孰低的定论了，有唐一代隐士众多，但被列入《隐逸传》者只有八位，除了陆龟蒙，另有王绩、孙思邈、贺知章、陆羽等人，这几位在欧阳文忠公心中的地位是高于或等于上述隐士“其可贵也”这一层面的。所以孟浩然、王维、皮日休都没有入《隐逸传》，而像孟浩然这样在盛世时期隐居鹿门山、欲求钟南捷径的人，正是欧阳文忠公所说的为末等隐士。

高级隐士陆龟蒙与《隐逸传》中其他两位高级隐士有着共同点，比如他与陆羽都爱好饮茶。唐代“茶圣”陆羽也是一位诗词爱好者，他曾作《六羡歌》。在对茶的研究方面，陆龟蒙一点儿都不比陆羽落后，他不但重视茶本身的好坏，还对制茶工艺、茶具的使用，以及煮茶技艺等方面进行了细致的研究。不同的是，陆羽将这些内容理论化，编纂成《茶经》以传后世。陆龟蒙却把它变成了传世的茶诗，比如咏煮茶之泉而作的《谢山泉》，再比如和皮日休唱和而作的《奉和袭美茶具十咏》。

说到皮日休，就要说到陆龟蒙的诗风，每当遇上皮日休之后，陆龟蒙的诗风便转向了闲适。看了他俩的诗，你会觉得他俩就像“元白”，或许是因为两人都有过隐士经历，他们二人的唱和之作多了几分隐逸生活中的别趣。

一天傍晚酒醒之后，两人闲来无事，便玩起了酬唱。皮日休即事为题写了一首《春夕酒醒》，其中有一句“夜半醒来

红蜡短，一枝寒泪作珊瑚”，这里“红蜡短”似喻人生过半，“一枝寒泪”是指正为自己半生蹭蹬而哀伤。这首诗可谓人醒而愁未醒，是叹流年，是伤晚景，更是闲坐自悲之绝句。陆龟蒙看出了好朋友的心事，于是便写了下面这首清新而又淡雅的诗。

和袭美春夕酒醒

陆龟蒙

几年无事傍江湖，醉倒黄公旧酒垆。

觉后不知明月上，满身花影倩人扶。

从诗题来看，这是一首和诗，关于读和诗，可有不少门道。一般的诗词爱好者，会先对照原诗的意思，再看和诗的水平。酬答类的唱和诗或者词以反馈对方的意思为主，从水平上来看，一般次韵和用韵之作不会超过原诗词。当然，苏东坡的和诗与和词，经常有超越之作，比如有着名句“人似秋鸿来有信，事如春梦了无痕”的《女王城和诗》，再比如被王国维在《人间词话》中赞为“和韵而似原唱”的《水龙吟·咏杨花》。

有创作经历的诗词爱好者面对和诗则有不同看法，他们会先看和诗的韵脚，这就是诗词创作者们口中的看门道。所谓和诗，一和其意，二和其韵，最初的和诗都是要求和韵而作。到了盛唐时期，只和其意，不和其韵的作品开始出现。贾至的《早朝大明宫呈两省僚友》以及王维、杜甫、岑参的和诗，就是典型的和诗意而不和诗韵的作品。

但是从一般情况来看，用原诗韵唱和是较为普遍的现象。其中一种和诗方式为“步韵和诗”，其对韵脚要求极为严格，即和诗用韵必须用原诗的所有韵字，而且韵字所在的位置也要一致，江西诗派宗师黄庭坚深谙此道。另一种就是我们要讲的陆龟蒙的这首和诗，即韵字只用原诗同一韵部的字即可。我们先来看一下皮日休的原诗《春夕酒醒》。

四弦才罢醉蛮奴，醽醁余香在翠炉。
夜半醒来红蜡短，一枝寒泪作珊瑚。

原诗用韵是“奴”“炉”“瑚”，和诗用韵是“湖”“垆”“扶”，两首诗的韵字虽然无一字相同，但从《平水韵》来看都是出自“七虞”部，这种用同部作韵的和诗方式被称为“依韵和诗”。讲罢唱和中用韵的知识，我们来看同一场景下的两首诗的表现意境和诗人境界，让我们从景入情地来对照分析这两首诗。

皮日休以不久之前欢宴中的事物来起笔，在公府豪门的酒宴之上，现场热闹喧嚣，诗人与达官显贵们觥筹交错。清音妙耳的乐曲，开怀畅饮的宾客，香气难散的美酒，价值连城的翠炉，诗人用秾艳笔法将酒宴中众人皆醉的乐景推向极致。然而醒来后的眼观酒醉蛮奴和鼻嗅醽醁余味，则体现了诗人对酒的痴迷。

陆龟蒙的和诗起笔景色与原诗完全不同，地点是江湖山间的旧酒垆，而气氛孤清又有几分恬淡，是诗人自献自酬的一人饮酒醉。虽然诗人因“几年无事”的不得意而产生凄凉之感，

但隐逸之下的闲适和悠然却从“江湖”和“黄公酒垆”两个意象中自然流淌出来。“江湖”是他其中一个号，也意味着诗人闲适无为的在野身份；“黄公酒垆”则典出竹林七贤饮酒之处。“醉倒酒垆”应和原诗对杯中之物的迷恋，表达出二人为诗酒同好。

述景之后，两首诗都转入了酒醒后的内心情感的释放。皮日休酒醒后，从宴饮乐景转向了哀情，在那场看似热闹的豪贵聚会上，并没有《古诗十九首·今日良宴会》中所描述的“令德唱高言”的高人雅论，只有落魄的他含意难伸。

“人生寄一世，奄忽若飙尘”，酒醒之后的他，望向燃烧得剩下一半的孤单的蜡烛，便联想起自己才华横溢却沦于幕府的状况。红蜡渐短，人已中年，仕途尚如此艰难，那残烛流下的红泪渐冷，像一枝孤单的珊瑚，不是正如自己多年泣血的心灵渐渐苍白而失去了温度吗？皮日休酒醒愁来，从酒醉的乐景迅速过渡至人生的悲哀，文笔上形象的选择和情景的切换达到了物我同一境界，本诗在晚唐“酒后感”的诗篇中属于佳作。但是这位“前隐士”营营求仕却求之不得，又意动心动的境界，与陆龟蒙在和诗中的境界相比可是低了几个层次。

再来看看甫里先生陆龟蒙酒醒之后的潇洒，是“觉后不知明月上”。李白饮酒尚是“我歌月徘徊，我舞影凌乱”，而陆龟蒙此时真是应了他那“天随子”的号，随意到连月上中天都不知不管了。把皮日休的凝视红烛和陆龟蒙的连月亮都不放在眼里进行对比，境界的高下，想必每一位读者心里都有了答案。

最后一句“满身花影倩人扶”为本诗至妙之句，此句至少有三美，一为其将花、月、影三种景物融合，美到可以将酒醉之人唤醒并扶起，此为本句景色之美。二为处江湖之远尚有如此情致，甫里先生独饮自酬且又酩酊大醉，如襄阳山公醉饮迷花，如步兵阮公襟怀风流，此为诗意之美。三为白日赏花和夜间赏月方合时宜，傍晚后月明中天光耀九州，诗写赏月应为适时常态之作，可偏偏“天随子”不愿去追逐清辉，却将目光投向晦暗的花丛，注意着满身的花影。诗人不愿抬头望月，却低头赏花影，这不正是不盲从世事，不屈从于时势的五柳遗风吗？这种美，是甫里先生的高士品格表现出的人格之美。

高士陆龟蒙终于还是学了陶渊明，回到了属于自己的南亩田。但与陶渊明“草盛豆苗稀”的种地态度不同，也与陶渊明拙劣的农业技术不同，他在归隐之后不但继承了陶渊明的诗风，还展现出自己极强的农业劳作天赋。在具体的农业劳作中，他不但动手能力极强，而且具有改造生产工具的能力，恰恰应了《劝学》中的“君子生非异也，善假于物也”这句名言。

他主动改造各种农具，并将仿制工艺、零部件制作方法和农具使用方法记录下来，编写为农政专著《耒耜经》。“耒耜”是犁的学名，是中国古代非常重要的耕作工具，《耒耜经》是江南人撰写的最早的论述农具的作品，明代的徐光启在编著《农政全书》时也对其内容加以引用。此外，陆龟蒙提出了“深耕疾耘”的原则，而这一原则也对江南水田的耕耘起到了指导作用。

不但如此，陆龟蒙还进行渔业研究，对江南捕鱼工具进行改造，并作渔具诗十五首，以韵文记载和传唱的方式传授给

当地的渔民，就连皮日休也对他热心于渔业研究而大加赞赏："凡有渔以来，术之以器，莫不尽于是也。"

由此可见，这位江湖散人处江湖之远时，在农事上的作为足以使他获得"白衣卿相"的称号。如今陆龟蒙隐居的家乡甫里，成了名列江南十大古镇之一的角直，吴江因人杰而地灵，无论是文学上还是农学上，陆龟蒙对家乡的贡献，以及其在吴江县志的地位，丝毫不逊色于出将入相的豪贵们。

在陆龟蒙已作古百年之时，在北宋熙宁年间，吴江知县王辟在垂虹桥处建亭台，将甫里先生陆龟蒙、陶朱公范蠡、借莼鲈之思隐退的张翰的像绘于其中，这就是吴江"三高祠"的由来。北宋末年，新任知县又为这三位塑像纪念。

南宋年间，著名词人姜夔曾为三高祠题诗："越国霸来头已白，洛京归后梦犹惊。沉思只羡天随子，蓑笠寒江过一生。"短短四句总结了吴江三高士一生的经历，在无心官场、漂泊不羁的姜白石眼中，曾助越王破吴称霸的范蠡与为齐王夺权立下大功的张翰，都不如"天随子"陆龟蒙淡然。在晚唐乱世中，他独自居于斜风细雨的吴江，随心随缘随喜地度过了一生。

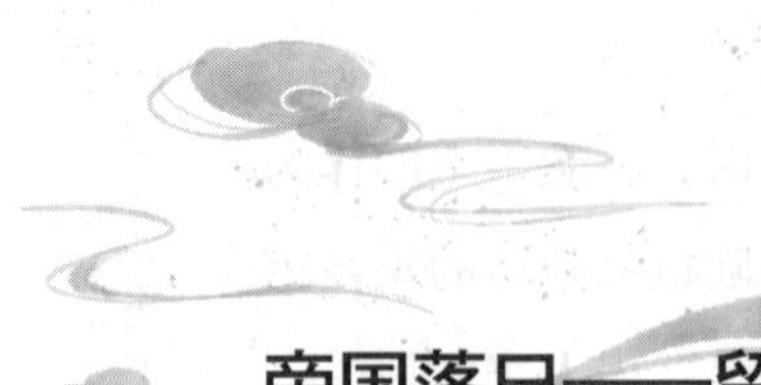

帝国落日——留取丹心照汗青

（1）边军入京——压垮帝国的最后一根稻草

公元907年，朱温篡唐建梁，先杀昭宗立哀帝，而后以“禅让”的方式结束唐朝，登上帝位。在我国古代一个王朝的灭亡有时就开始于一次农民起义。如秦朝的大泽乡起义，唐朝的黄巢起义等。

但是，有朋友会问，黄巾起义也好，黄巢起义也罢，都没有直接灭亡王朝啊？这个就是要特别讲的一点，我们常讲汉唐是中国历史上最强盛的两个王朝，它们灭亡的原因也很相像。

第一个相像的方面就是，在繁荣时期因一个事件急转直下，汉朝是王莽篡汉，唐代是安史之乱。这两个事件几乎葬送了两个王朝的盛世，使王朝换了皇帝，汉朝甚至迁了都。

二是中央宦官专权。东汉和帝之后主弱而外戚强，桓帝上台后开始重用宦官，灭掉梁氏外戚的势力，而后宦官在桓灵两朝把持朝政。到了唐代就更厉害了，唐代的宦官可以决定皇帝的废立，手里掌握着宫里全部的武装力量，宪宗和敬宗先后被宦官直接杀害，甘露之变后的唐文宗形同囚徒，武宗和宣宗也都是宦官所立。

三是地方尾大不掉，朝廷外强中干。这一点在两朝末期很典型，汉朝的事件是汉灵帝时期州刺史变成了州牧，此处讲一讲刺史制度。汉武帝把全国的郡和封国分为十三个监察区，每个监察区设一名刺史，秩六百石，他们负责监察郡国长官执行朝廷命令的情况，只收集上报，不办案、不干涉郡国的日常管理。当时太守和国相的待遇是秩两千石，刺史属于职低而权大。东汉时期，刺史逐渐有了军权，而后又有了民治和行政权力，同时待遇提升到了秩两千石，此前的监察区变成了事实上的行政区。在灵帝时期，刘焉的上奏被批准，州正式成为一级行政区。在汉代交通不便的情况下，这种行政区的设置让地方可以和朝廷分庭抗礼，州牧成了最热门的官职，地方和朝廷的关系发生了变化。

唐代羁縻州和节度使的制度也是如此。高宗和玄宗时期，唐代的版图太大，除了直属州之外，还设置了羁縻州，且羁縻州的数量甚至比直属州还多。到了唐玄宗时期，军政合一的节度使制度产生，第一批次的十个藩镇率先建立。到了玄宗后期，有的节度使跨两镇甚至是三镇，藩镇的权力空前扩大。

外有藩镇尾大不掉，内有宦官专权，这就是汉唐末期的共性。那么压倒王朝的最后一根稻草是什么？是边将进京。

黄巢起义爆发后，僖宗幸蜀，将朝廷权力交付参与镇压的节度使，而藩镇通过镇压农民起义再次发展壮大。农民战争——朝廷放权——地方坐大——起义失败——朝廷削弱。随着朝廷直属管理的州县越来越少，把握朝廷政权的宦官和藩镇节度使的矛盾日益加深。尽管如此，但朝廷也不得不以部分藩镇为外援。同时朝廷内部的士大夫和宦官之间的矛盾也很严重，一部分士大夫想要通过藩镇来消灭宦官势力。

于是在汉末，何进听取了袁绍的建议，请董卓进京。在唐末，先是李茂贞，而后是朱全忠进京。可见边师入京，是压垮两大王朝的最后一根稻草。

介绍过这行将就木的大唐的背景，就不得不提到两位与大唐同患难甚至是共生死的诗人，他们就是韩偓和司空图，在我看来这两位是唐朝最后的诗人。

（2）绝食殉唐，美诗之宗——司空图

曾有诗友称：司空图或是晚唐最后一位诗人，但不能说是一位跨时代的诗人。这个论断是靠谱的，是准确的，从唐朝显露亡相开始，司空图就开始隐居。朱温篡唐后，曾召司空图入京为礼部尚书，但司空图坚决不赴任。在唐哀帝被朱温杀死的消息传来后，他开始拒绝进食，直至绝食而亡。

司空图晚年自号“知非子”和“耐辱居士”，虽为隐士名号，但对大唐的忠心的确日月昭昭。司空图在诗作中推崇王维和韦应物的诗风，反对元白诗风。司空图自己的诗也是偏于静美的，虽有些晚唐时代的伤感，但更像是承平时代的作品，有的诗句有南北朝民歌的感觉。

中秋

司空图

闲吟秋景外，万事觉悠悠。

此夜若无月，一年虚过秋。

春山

司空图

可是武陵溪，春芳著路迷。
花明催曙早，云腻惹空低。

诗人几乎没有去作过深的解读，完全用景物造境的手法，既有韦应物静美的诗风，又有五言近体诗的风格。同样是音律协和，同样是吟咏山水风景，同样是不得志。缺点也是一样的，题材单调，色彩单一，诗风平弱。司空图的诗作风格被宋初诗人效仿，并被称为晚唐体。

相对于诗人这个身份，司空图更重要的身份是诗评家和美学家。他曾有诗云“侬家自有麒麟阁，第一功名只赏诗”，他将对诗的美学认识加以总结，以道家思想为主，以自然单元为审美基础，将诗的风格分为二十四类，写就了诗歌史上最著名的文学批评类和文艺品评类专著《二十四诗品》。这是继钟嵘的《诗品》后，又一篇诗词批评品鉴的旷世巨著。当代国学大师启功先生这样评价这部作品：“表圣诗品，妙言兴象，可赅众艺，宁止于诗？”他认为《二十四诗品》的审美理念是一条准绳，可对任何一种艺术的风格进行评判。

司空图在《二十四诗品》中的总结提炼，是建立在前人文学批评作品的基础之上的。在诗词史上，“诗品”的提出源于六朝时期，当时清谈盛行，对文学文艺类作品和作者品评成风。到了齐梁时期，钟嵘的《诗品》、谢赫的《画品》，以及庾肩吾的《书品》等品评类专著集中出现。

为什么六朝时期会集中出现这些作品呢？因为文学评价

是有历史性的。这个时期是门阀士族政治的鼎盛时期，在政治制度上，魏晋的九品中正制成为人才察举和官员入仕的重要制度。以出身和才德定品，再以品取材，定何种品级便决定了入仕的起点和做官所能达到的高度，“上品无寒门”的说法正是由此得来。

中国古代大多是文人政治，即便是在尚武的时代，文人也会在政治领域扮演非常重要的角色，所以政治上的评价标准自然会影响和延伸至文学和艺术领域。官人之法外延到文学界，对人的评价也就延伸到对文艺作品的评价，而对文艺作品的评价反过来又会影响对文人才学德行的认定。其实这从东汉末年就开始了。在稍晚的时代，文艺品评成为六朝士大夫之间清谈活动的重要内容。

对诗歌的评价也大抵如此：主要从品类、品第、品评和品味四个维度来判定。钟嵘的《诗品》是将诗分等次，评定维度选择上是以品第高下为主。其以五言诗的成就为主，综合诗人的诗作，将诗人的风格高度概括，继而将诗人分为上、中、下三品，名曰品论诗，实则是在品论诗人。这虽然能令后人一目了然地看出诗人的高下，但也为《诗品》带来了很大争议。对于有些诗人的定品，如今的人们根本没有办法接受，毕竟每个诗人都是有读者的。

比如对于我而言，我偏不能理解为什么我喜欢的张华被定为中品，而张协却被定为上品。这里争议最大的是对于三曹的定品，曹植被定为上品也就罢了，写下《短歌行》和《步出夏门行》的曹操居然被定为下品，还不如他的继任者曹丕（被定为中品的）。这让后来的诗词爱好者们不能接受，继而怀疑

《诗品》的客观性。

一是质疑钟嵘的审美能力和总结概括能力。比如他坚决反对四声八病的雕琢艺术，比如他对汉代至南朝民歌艺术的偏见，比如他将对后世山水田园诗影响巨大的陶渊明诗列为中品。二是对上品选择中厚古薄今的质疑。只有一首诗传世的汉代班婕妤被列入上品，而在南朝诗人中唯有谢灵运入选上品，齐梁两代的谢朓、沈约、王融、江淹等人均未入选。

《诗品》的争议不可谓不大，这与当时的人才和门第非要评出个你高我低的评价习惯有关，而文学往往是带有主观色彩的，每个诗人都有自己的拥趸。而且在后世的理解和认知中，往往会因忽略或主动的取舍造成一些误会。比如《诗品》将曹操列为下品，这主要是基于其五言诗的水平做出的评价。当然我不是说曹操的五言诗水平不高，但是曹操最著名的诗、成就最高的诗是四言诗，他的四言诗可以称为诗经体最后的高峰，甚至是顶峰。但是《诗品》是以东汉《古诗十九首》以来盛行的文人五言诗为衡量标准的，所以曹操在定品时沦为下品或许是吃了体裁的亏。

司空图的《二十四诗品》的总结与《诗品》重品第不同，作者从品类出发，将诗的意境分成了二十四类，也就是二十四种风格，再用四言诗的形式以诗论诗，不去评判诗歌品第的高下，让读者感受到二十四种风格的诗所带来的不同魅力。作者秉承道家的哲学理念，从天人合一的圣人境界出发，对诗的审美境界和创作风格进行揭示，以四言诗高古的体裁和优美的文辞来展现诗歌的美感。

在阅读司空图的文字时，我有时觉得他像是个穿越者，无论是他傲然的风骨还是他对于美学的追求，都有六朝文人的遗风。《二十四诗品》从品类和品位角度将诗歌细分为二十四种境界，并将每一种境界用四字诗句的韵文、意象和形象的组合展示出来。比如用“落花无言，人淡如菊”来揭示典雅，用“素处以默，妙机其微”来表现冲淡，用“畸人乘真，手把芙蓉”来形容高古，用“如有佳语，大河前横”来诠释沉着。

《二十四诗品》是一部诗词美学理论作品，但与我们熟悉的传统诗词理论作品不同。它并不是对诗词格律、字句、典故以及鉴赏和创作方法的剖析和总结，而是一本文字美学著作。相对于训诂来讲，它更重视诗的意境，尤其是对意境的理解，以及对不同风格的造境方式的解析。它时而讲述诗词鉴赏中的情景交融，时而介绍诗意和诗境的营造方式。

如果诗歌是一间房子，那么格律是它的结构框架，文字是它的土木材料，而诗品中蕴含的美学则是它的整体装修。对诗来讲，这个其实是最重要的。通过房子的装修风格，人们不但能看出这个房子的品类，看出房子主人的品第，看出设计师的品位，还能得出对这间房子的评价。

《二十四诗品》正如装修风格总汇，使读者从对意境的感悟中体会到诗歌多样化的风格特征和审美特质，并从中领会到各种风格的创作技巧。这是司空图从美学角度对诗意进行的理论化分析，而《二十四诗品》成了诗歌批评类著作中评价最高、流传最广的著作。

（3）义山衣钵，一类诗宗——韩偓

韩偓，小名冬郎，从小便诗名在外。他十岁那年，曾在席间送给李商隐一首诗，那首诗全文现已无迹可考，唯存一句“连宵侍坐徘徊久”，令李商隐反复品读，并赞其有老成之风。

后来因为这一句诗，李商隐赠诗两首给韩偓，其中有两联名句，其一是“桐花万里丹山路，雏凤清于老凤声”，其二是“为凭何逊休联句，瘦尽东阳姓沈人”。前者用事物典故作比，后者用人物故事作比，来夸赞韩偓必将青出于蓝而胜于蓝。韩偓也不负众望，虽然在诗作上未及李商隐那样对后世影响重大，但他开创的香奁体，也多为后世所继承和模仿。

韩偓的诗继承了李商隐的诗精严工整的风格，以及细腻的表现手法，同时他受李商隐影响，早年也写了不少辞藻华丽的艳情诗。比如《寒食夜》中描写闺房女子的诗句“夜深斜搭秋千索，楼阁朦胧烟雨中”和《已凉》中的“八尺龙须方锦褥，已凉天气未寒时”，这些诗句都是反映男女情爱的典型的香奁体诗句。

在入朝之后，这位看似风格柔弱、笔触浓艳的香奁体诗人，却很快成了唐朝最后一位皇帝唐昭宗最信赖的臣子。韩偓先后任中书舍人和翰林学士等要职，这不单是因为他文采出众，和唐昭宗是诗友，更因为每次昭宗处于最危难之时他都能挺身而出。当昭宗出奔凤翔时，他连夜赶来保护皇帝的安全。

如果认为韩冬郎只是一个有风骨的文人，那是低估了他。沉稳持重的他，堪为相才，相比之下，当时的宰相崔胤都不如他。崔胤可谓昏招频出，为铲除宦官引藩镇李茂贞入京。在李茂贞入京后专横跋扈且与宦官韩全诲穿一条裤子的时候，他又想引朱温入京。这时韩偓劝谏崔胤道：“两镇兵斗于阙下，朝廷危矣。”然后，韩偓向宰相献计，建议先驱逐李茂贞再除掉宦官，未被采纳。

崔胤引朱温入京，大唐最后的灾难行将到来。汴州军先逐李茂贞，而后朱温通过杀光所有的宦官，一次性解决了困扰大唐百年的宦官专权问题。但事后，朱温更加跋扈，而韩偓仍坚持士大夫风骨，忠于李唐皇室，不卑不亢地与权臣斗争。他在朝多次面临险境，后被贬谪外放。韩偓离开朝廷后不久，唐昭宗被迫迁都，旋即被朱温杀害。

大唐灭亡后，韩偓拒绝朱温的召复，不愿为新朝工作而远行入闽。在藩镇期间，韩偓无时不惦念朝廷安危，这一阶段他的诗风突变，创作内容也转向了感时伤乱。《故都》正是他听闻朱温强令大唐朝廷迁都洛阳之后所作，这次迁都使得中国历史上最为恢宏的宫殿建筑群——大明宫被一把火烧成了废墟，永远地成了遗迹。

故都

韩偓

故都遥想草萋萋，上帝深疑亦自迷。

塞雁已侵池籞宿，宫鸦犹恋女墙啼。

天涯烈士空垂涕，地下强魂必噬脐。

掩鼻计成终不觉，冯驩无路学鸣鸡。

这首诗作于公元904年前后，此时大唐的阳寿还有三年，而唐昭宗的寿命已经进入了以月为单位的倒计时。在这之前，引狼入室的宰相崔胤已被杀，并且六朝以来的豪门世家清河崔氏阖族被灭。崔胤死后也没有落下好名声，他被长安、洛阳的百姓视为国贼。当大唐皇室成员向东迁徙时，他们的背后是权臣点燃大明宫而生起的熊熊烈火，就连黄巢都没有做出来的焚宫隳都之事，却被名叫“全忠”的将军完成了。

韩偓在得知迁都的消息后，虽非亲眼所见，但忠义之心却顿生黍离麦秀之悲。遥想自己曾上朝入省的故都，如今已经是一片芳草萋萋的荒凉之地了吧。可能就连天帝也看不懂这人间发生了怎样的变化。这一系列的想象和上帝视角的俯视，为本诗奠定了凄悲的基调，这也体现了诗人对故都长安的怀念和对大唐未来的不安。这首亡国前夜的诗作，与韩偓早期的香奁体作品有着明显的区别。

颔联循着天空视角，对故都宫城进行描写。塞外飞来的大雁占据了宫中的池苑，或暗指边军入京带来的破坏性的后果；而本来就住在宫苑中的乌鸦却同从前一样，喜欢在宫中的矮城墙处啼叫，这或是诗人暗讽朝臣们在国家危亡之际仍内斗不休。

颈联从状物转向了述人，“天涯烈士”指的正是诗人自己，“天涯”说明自己的处境是在野不在朝，“烈士”与曹操的“烈士暮年”和李白的“烈士击玉壶”的用法一样，表达的是忠义能士。像自己这样忠君爱国的能人志士身在天涯，纵有心救国此刻又能如何呢？只能为山河破碎、宫室倾颓感到无能为力，从而落下眼泪。那死去的志士呢？这里的“强魂”似乎指的就是他曾经的上级、为消灭宦官而请藩镇入京的崔胤。已经被杀害的他，一定为当时请藩镇入京的决定而悔恨万分吧。

最后一联诗人用了两个典故，第一个典故“掩鼻计”是一场宫斗剧。是说楚怀王曾得一新宠，夫人郑袖不但没有排斥打压这个新入宫的女子，反而对她主动亲近，重点关注和照料，时间不长两人就发展成了无话不谈的姐妹。一天郑袖对美人说：“妹妹哪里长得都好看，就是大王不喜欢你的鼻子，你在见大王时要把鼻子捂住，这样大王就更喜欢你了。”之后这个新进宫的女子就听了郑袖的话，每次见到楚王都把鼻子捂起来。楚王对美人的行为感到不解，郑袖就对楚王说：“大王，她是嫌弃您身上的味道。”楚王大怒，随即命人割下美人的鼻子，郑袖复得恩宠。

诗人运用这个典故就是把朱温比作了郑袖，是说朱温装作维护皇帝安全的样子，用计杀害忠良，继而实现改朝换代的目的。虽然此时距离大唐灭亡还有几年，但韩偓已经非常清醒地认识到大唐将亡的现实。

另一个典故是孟尝君出逃的故事。孟尝君入秦被困，夜奔出逃，行至函谷关时天还未亮。在这前有雄关、后有追兵的千钧一发之际，其门客在函谷关下学鸡叫，使得关门被打开，孟尝君这才顺利脱险回到了齐国。这里诗人是以冯驩自比，指自己虽有一身本事，却没有办法帮助受困的昭宗皇帝脱离险境。

这两个典故使用绝佳，不但有着明显的褒贬忠奸的感情色彩，还可以使我们透过词句看到诗人那坚贞而又倔强的灵魂。这首《故都》是反映韩偓“处江湖之远而忧其君”的作品，而他还有一个“处江湖之远亦忧其民”的作品。在这个作品中，

他写下了“千村万落如寒食，不见人烟空见花”的句子，描写战乱对黎民百姓造成的灾难。

韩冬郎处于末世时代，又曾在唐末政治旋涡的中心，却在皇帝最危难时无能为力，所以他只能通过作感时诗来抒怀。这些诗不仅有杜甫诗沉郁顿挫的特点，还有商隐诗婉约深挚的特点。下面这首《惜花》就很有商隐之风。

惜花

韩偓

皱白离情高处切，腻香愁态静中深。

眼随片片沿流去，恨满枝枝被雨淋。

总得苔遮犹慰意，若教泥污更伤心。

临轩一盏悲春酒，明日池塘是绿阴。

《惜花》的尾联，写到悲春又无计留住春，只剩下临轩凭吊，借酒浇愁，倘若明日花褪残红，就只剩下绿荫倒影在水中，没有一句话一个字说到花残花尽，整体却都在表现这一切。这种“欲说还休，欲休还说”的风格像极了李商隐。残红悲春对于韩偓来说只是指眼前的落花吗？当然不是，还有他心中忠于的大唐，风雨飘摇的大唐。

几年后，在闽国的韩偓收到了朱温灭唐的消息，虽然韩偓没有如司空图一般绝食殉唐，但是我们仍不能不把他看作大唐最后一位忠臣。无论是李茂贞把控朝廷时还是朱温控制朝廷时，他都能坚守气节，风骨傲然。他是唐昭宗身边最后一位股肱之臣。昭宗多次授相，他一次一次地辞去，但他在所有的危难时刻都用自己的文士之躯、义士傲骨、勇士豪气保护着皇帝和大唐。在一次宴席中，朱温带兵赴宴，皇帝立迎，百官拱手，只有他坚守礼制端坐不迎，不惧兵刃相逼，维护朝廷尊严。

朱温大怒，他当时对韩偓是欲杀而不能杀，只得将他贬出长安。就在韩偓离开不久，昭宗便被朱温所杀。后来朱温欲招韩偓到汴州来辅佐新朝，韩偓严词拒绝。之后，威武军节度使王审知，以侍奉大唐属国的名义邀请韩偓主政闽国，而在唐朝灭亡后，王审知所建的闽国，向朱温纳表称臣，韩偓坚持不事伪朝，毅然去闽还乡，用行动证明了自己身为唐臣的骄傲和气节。

韩偓和司空图，虽一生一死，但他们都维护了自己身为大唐臣子的气节。他们绝不应该被称为晚唐及五代诗人，他们应该是且必须是有唐一代最后的诗人。

第三章 外篇——晚唐的皇帝诗人

圣人都爱诗

大唐落幕，唐诗的历史也就终结了，但是讲了诗人中的官人、士人（特指处士）、商人，甚至还有贼人，唯独少了一类人，那就是大唐的圣人。我们在前面讲过大唐称皇帝为圣人，虽然产量不高，但其中也出了不少诗人。

对于初唐和盛唐（包括武周）皇帝的诗作，诗词爱好者还是有所了解的，甚至有些还算脍炙人口，比如唐太宗写给宰相萧瑀的“疾风知劲草，板荡识诚臣”，李隆基入选《唐诗三百首》的《经邹鲁祭孔子而叹之》，以及武后感人肺腑的情诗“不信比来长下泪，开箱验取石榴裙”。不过到了中晚唐以后，好像圣人们的诗作传播度普遍不高，是他们水平不行吗？不是。是他们懒得作诗或没时间作诗吗？也不是。

唐代的皇帝对诗的热情是相当高的，不论是明君还是昏君，几乎每一位皇帝都有诗作传世，而且很重视诗和诗人。这从皇帝亲自抓考试的制度——科举制度就能看出。

在进士科考试绝大部分时间里都要试诗，中唐时期省试时如果应试者写不出来文章，或者写得不太好，考官甚至会通过试诗来放过对方。在正式考试中诗都如此重要，更何况是在行卷中了。在行卷中，举子们将自己擅长写的古诗、近体诗整

理成卷投，然后献给文坛盟主，一般的文坛领袖也是以看诗为主。比如中唐的杨敬之评价项斯“几度观诗诗总好”，便是说他的诗好。白居易选拔人才时，更看重徐凝的诗作，所以才埋没了张祜。

唐代皇帝爱诗还能从君臣关系中找到证据。君臣之间的唱和在唐代也是寻常之事，比如唐中宗仿效“柏梁体”的联句，王维奉命和唐玄宗的诗作，这不但是皇帝与士人进行文化交流的方式，也是臣子歌颂圣朝圣人从而获得青睐的一种路径。

但是如果真的把《诗经》以来“以诗言志”的政治要求完全套在唐诗上，那么圣人们恐怕会兴趣大减。在初唐和盛唐，皇帝们大多把作诗当成一项文雅的文艺活动或娱乐活动。

对于梨园教坊曲的唱词，宫里专门豢养了一批文人来创作。这些人类似于文学侍从，在翰林院做供奉，陪皇帝作诗，为宫廷写诗，“诗仙”李太白就担任过此职。

到了晚唐，皇帝的爱诗程度丝毫不减。唐文宗善作五言古诗，唐宣宗因诗追星，唐昭宗诗词皆能，因黄巢破京而颠沛流离的僖宗亦有诗作传世。本篇要讲述的两位皇帝诗人就是其中的佼佼者，不但有诗文传世，且诗词达到了新水平、新高度。

唐宣宗：“傻子光叔”与唐代诗仙

甘露之变后，文宗的年号由大和改为开成，改元后的文宗身体和精神状态一年不如一年。宫里还祸不单行，受制于家奴的他已不如周赧王和汉献帝，在开成三年他最中意的继承人太子李永，在不可说的原因里忽然去世。不久，无可奈何的唐文宗在郁闷中撒手人寰。

而后，在甘露之变的赢家宦官仇士良的拥立下，唐武宗李炎即位。唐武宗登基后重用李德裕，外平藩镇，内制宦官，迎来了短暂的会昌中兴。但不知是李唐皇族的家族病史，还是中唐以后的皇帝滥用丹药的缘故，宪宗之后的皇帝几乎都是正值壮年时而崩。武宗病重，皇室无太子且诸皇子年幼，成为惯例的内侍拥立皇帝的戏码再次上演。

会昌六年正月，李德裕与南衙诸臣请求觐见武宗，被禁城宦官拒绝。两个多月之后，宫中传诏：皇子年幼，国需长君，立光王李怡为皇太叔。同时他不忘先改个名字，从此光王李怡变成储君李忱，此时这位等待即位的宪宗之子、穆宗之弟，敬宗、文宗和武宗之叔已经三十七岁“高龄”了。

为什么是他？这就要从甘露之变的赢家仇士良说起了。会昌三年，仇士良在武宗和李德裕的高压下被迫致仕。从元和年

间到会昌年间，这位权监经历了甘露之变的洗礼后，在控制朝政、为非作歹、打压皇帝和士大夫方面经验丰富且沉着老道。最关键的是，他具有超强的理论总结能力，在致仕回家前夕，向仍留在朝中发挥余热的宦官们系统地传授了控制皇帝的理论经验。

第一条是要让皇帝奢靡起来。第二条是安排各种宴乐和娱乐活动，不能让皇帝闲着。第三条是不要让皇帝过多接触读书人，不能让皇帝爱上学习。只有这样，宦官集团才会得到重用。这套理论对宦官专权影响极为深远，晚唐的历任权监如获至宝，甚至明代的王振、刘瑾和魏进忠公公对于皇帝的控制都是如法炮制。就在仇士良传授经验之时，一位同姓宦官用心记录，将前辈的经验吃透并在未来娴熟地予以应用——他就是仇公武。

在武宗即将晏驾之际，仇公武与马元贽不谋而合，跳过后宫、朝臣，放弃所有皇子，选择立持重的中年储君。看到这里，你可能会觉得这两位宦官疯了。通过东汉历史可知，一个接着一个的小皇帝才是最好控制的，为什么要选一个皇太叔呢？这是因为这位光王在他们眼里，连孩子都不如，他是一个智障人士。少年毕竟还有长大后夺权的风险，谁也说不准少年皇帝长大后会不会像文宗一样打算设个埋伏消灭宦官，相比之下还是皇太叔更保险。

但仇公武与马元贽的如意算盘并没有那么顺利，他们只想到了孩子会长大，却没有想到傻子还会变聪明。当李怡成为李忱，光王成为皇帝，傻子坐上龙椅，他们发现他那凝固的眼神原来是深邃的寒光，呆滞的表情是喜怒不形于色的沉稳，语讷口拙竟是为了厚积而薄发。这时马元贽和仇公武才意识到，他们费了九牛二虎之力拥立的傀儡傻子，居然是假的。装的，全都是装的，这一装就是三十多年。

甫一即位，宣宗皇帝就令人刮目相看。他不但没有让马元贽和仇公武成为新朝的祸害，且内制宦官颇有成效，终他一朝几无宦官乱政。同时他驱逐权相，上任第二天就赶走了李德裕，从此可以乾纲独断。他勤勉朝政，用术驾驭群臣，臣僚不敢因私而废公。对外他抑制藩镇，在大中年间彻底收复了河湟地区，大唐最后一个所谓的治世“大中之治”到来，而他本人也被誉为“小太宗”。

隐忍的唐宣宗，文治武功皆不在话下，堪称晚唐最出色的皇帝。他不但是在《全唐诗》存诗六首的诗人，还是因为爱诗而“追星”的普通人，他不但对偶像非常敬重，还要让他当大官。宣宗即位伊始，便对近臣说：“朕最喜欢白居易的诗，他现在官任何职，人在何处，我要让他当新朝的宰相。”

可等到宣宗令中书省草拟诏书之时，白居易已经撒手人寰。得知偶像去世的他不禁追思长叹，遂令手下笔墨伺候，写了下面这首凭吊诗。

吊白居易

李忱

缀玉联珠六十年，谁教冥路做诗仙。

浮云不系名居易，造化无为字乐天。

童子解吟长恨曲，胡儿能唱琵琶篇。

文章已满行人耳，一度思卿一怆然。

说实话，这首诗虽然通俗易懂、情深义重，但是从词采、意境和表现力上来看并不算佳作。如果不是因为两个特点，它并不能成为宣宗皇帝的代表作。毕竟李忱在光王时代与香严闲禅师的联句，不但取境高远，气势凌云，而且很有传奇色彩。

在武宗年间，光王为避祸而出家，云游四海来到庐山时忽见香严闲法师，两人既为道友便相偕同游。当两人望向为历代诗人歌咏的瀑布时，法师决定吟诗一首，并邀请道友光王联句。法师先吟得“千岩万壑不辞劳，远看方知出处高”。法师虽起承句平平，但实则是在说李忱。法师用瀑布位于高处的源头来比喻光王的皇室出身，用目前在山峰中奔流的状态比喻光王如今正遭受磨难的处境。

既然是联作绝句，那么第三句需要符合事物的特性，与前句无违和感，是诗作的基本要求。如果能托物言志，借景抒情，那么这句诗就高端了不少。我们且看被迫为僧的亲王，被欺负、被戏弄、被叫了半辈子傻子的光王的诗句：“溪涧岂能留得住，终归大海作波涛。”这两句不仅显得高端，而且转句奇崛，让人产生“山从人面起”之感，王者志向全出。

这两句读来有白居易句“更添波浪向人间”之感，四句连读似徐凝“虚空落泉千仞直，雷奔入江不暂息”之句，更回应了法师所述的现实处境：虽然今日如瀑布一样从高处一落千丈，但此深涧并非我的归宿，历经千岩万壑的磨炼，它必将冲破一切阻碍，回归大海，成为巨涛骇浪。

但因为两个特点，在被《全唐诗》收录的唐宣宗的六首作品中，《吊白居易》是他最被人熟知的。特点之一是，这首诗是凭吊中唐最伟大的诗人白居易的作品；特点之二是，这是皇帝凭吊已故臣子的作品。这两个特点缺一不可。诗人凭吊诗人的作品很常见，就拿晚唐诗坛来说，就有李商隐的《哭刘蕡》、崔珏的《哭李商隐二首》等作品。当然，皇帝作诗凭吊功臣的亦有之，但与官位无关、与功勋无关、与亲疏无关，皇帝只因他是诗人而作诗凭吊的，终唐一世，仅此一例。

首联宣宗皇帝用比不俗，将白居易六十多年的诗词创作时间比作“缀玉联珠”的生涯。以珠玉比诗是高度的赞誉，北宋词坛晏殊的词集就叫《珠玉词》。首句论诗，而次句转向对人的评价，直译下来此句是悲叹之问：“是谁让人间的诗仙走向了黄泉路呢？”这句看似平淡的问句，却将白居易与三界连接起来：本是诗仙，应在仙家所居的天堂；挥动彩笔，留数十卷诗篇于人间；诗仙在人间已属谪降，为什么又让他走向了通往黄泉的冥路呢？这既是对白居易的赞赏，又是对生命“最是人间留不住”的悲哀的慨叹。

这一句评价中的关键词是“诗仙”，虽然这并不是第一次将诗人称为“诗仙”，比如在此之前姚合曾在《别贾岛》中写下“野客狂无过，诗仙瘦始真”之句，赞贾岛为“诗仙”，白居易也曾称元稹为“诗仙”，但这不过是诗人间的互相唱酬罢了。因为此句白居易除了后世所知的“诗魔”的称号，和当时诗坛公认的“诗王”的称号，又多了“诗仙”的称号，且是皇帝亲传的称号。

那“诗仙”李白呢？得名岂不是更早？还真的不是。李白在大唐时代并没有“诗仙”的名号。李白自己是这样说的：“长安一相见，呼我谪仙人。”贺知章称他为“谪仙”，并不是“诗仙”。杜甫也称他为仙：“天子呼来不上船，自称臣是

酒中仙。”这是“酒仙”，而李白“诗仙”名号的获得则是在宋代，目前留存最早的称其为“诗仙”的诗句是“至于开元间，忽生李诗仙”。李白的“诗仙”名号是宋人追封的，相比白居易便缺乏了皇帝的认证。

颔联表现了作者对白居易离去的深深追思和无可奈何：白乐天的生命如天上的浮云一样难以留住，天地造化对他的生命挽留也没有做些有意义的事情。颔联用了互文的手法表达思念，好似一句居易、一句乐天的情深呼唤，情韵悠远且意味深长。

颈联回到对白居易作品的回顾，如今被视为白居易代表作的《长恨歌》和《琵琶行》在当时就已经风靡大唐。风靡到什么程度呢？“童子解吟”且“胡儿能唱”。不但汉家的小孩儿能吟诵《长恨歌》，就连胡人都能唱他的《琵琶行》，这说明白居易的作品通俗易懂、朗朗上口、影响深远且广为流传。

尾联承接上一联白居易的作品颇受欢迎之意，指出不仅孩童与胡儿善吟能唱，无论走到哪里都能听到人们传诵白居易的诗篇。诗中的“行人”既指天下人，又指宣宗自己，每当听到有人吟诵白居易的诗句时，宣宗都会追忆逝人，怆然心伤。

首联的“谁教”和尾联的“怆然”，通过这两个词就能看到作者流露的真情，对于君王来说这是非常难得的情感表达。我们还可以注意到，尾句用“卿”而没有用“君”，这说明宣宗始终将白居易视为本朝的爱卿、李唐的人才，对其没当成宰相耿耿于怀，这也体现了宣宗对白居易这位旧臣、贤臣的器重。

作为晚唐时期的一位皇帝，宣宗是最优秀的；作为一位诗人，他无疑也是合格的；但从他的继位者的表现来看，他并不是一个好父亲。他的两个儿子懿宗与僖宗在位时，他中兴努力的成果被挥霍一空，同时他们点燃了毁灭大唐的三大火药桶的导火索，让大唐彻底走上崩溃之路。当另一位可以被称作诗人的皇子继位时，他面对的大唐已经在狂风暴雨之中摇摇欲坠。

唐昭宗："安得有英雄，迎归大内中"

时间：乾宁三年（公元896年）。

地点：华州齐云楼。

人物：唐昭宗李晔。

这是唐昭宗"移驾"，实际是被扣留在华州以来的寻常一日，在云雾弥漫中皇帝登上了城西的齐云楼，他不禁望向离开许久的长安。这已经是他第二次出奔了，身边的华州节度使韩建的士兵名为护驾，实为看守，他们刚刚在韩建的命令下杀害了十一位皇室成员和多位随驾忠臣。充满恐惧又无可奈何的昭宗只能登高作词以遣怀，此时距离大唐灭亡还有十年的时间。

他是我们要讲的唐代的最后一位圣人诗人。因为继任的唐哀帝是朱温篡位前的傀儡，"时政出贼臣，哀帝不能制"，所以他是大唐实际上的最后一位圣人。作为末代皇帝，即便他不似昏庸的桓灵，也会如刘禅一般无能吧。从他治国理政的结果，以及一些关于他的小故事来看，他确实有些荒唐。

唐昭宗喜欢看猴戏，在宫中豢养了一个耍猴人。出奔华州期间，这个耍猴的艺人也随驾逃难，其训练猴子别有一套技艺，不但使猴子会今天马戏团演出必备的翻跟头、爬竹竿、向人讨零食等技能，还使猴子能侍候皇上起居，甚至能让猴子跟着皇帝上朝站班。对于这样的忠人，昭宗皇帝也不含糊，赏赐了刺史才能穿的五品官服朱袍，并御赐名号“孙供奉”。那么这件荒唐的事是怎么传开的呢？我们此前讲到的诗人——罗隐，他知道了这件事，果断结合自己十多年进士不第、求微官不得的经历，愤然挥笔写下了下面这首嘲讽名作。

感弄猴人赐朱绂

罗隐

十二三年就试期，五湖烟月奈相违。
何如学取孙供奉，一笑君王便著绯。

罗隐这位屡败屡战的战士，这首诗写的与黄巢的“满城尽带黄金甲”一样露骨，指名道姓地讽刺当朝皇帝。我读书大半生，想通过科举求一件青袍来为国效力。我甚至放下了道家归隐五湖的境界，只为积极地求取功名，考了十二三年如今依然不能获得官身。

现在我有了新的努力方向，还不如就学学这个要猴的宫人，我也买个猴子好好培训一下，让它给皇帝演上一出，说不定皇帝一高兴我也就成了高级官员了。罗隐此诗传遍后世，由于这个故事，民间已把昭宗钉在了昏君耻辱柱上。

但从正史来看，实际上不然，《旧唐书》称其“攻书好文，尤重儒术，神气雄俊，有会昌之遗风”，《新唐书》称其“为人明隽，有志于兴复”。从后人的盖棺定论来看，他至少是个小唐武宗式的人物。虽然他是被权宦拥立为帝，但他的即

位使得满朝文武都为之一振，并将他视为武宗、宣宗，燃起了再次复兴的希望之火。

李晔登基后的一系列雷霆措施，确实都指向了大唐的顽症。针对地方藩镇时有不臣之心，李晔下诏讨伐最强悍的李克用部以杀鸡儆猴，同时对盘踞在西川的前任宦官田令孜开战。针对宦官专权的内患，李晔屈尊降贵地分化权宦杨复恭集团，利诱其义子从而除掉了杨复恭。面对禁军掌握在宦官手中的现状，李晔组建新军，这支军队只听从天子的号令，算是有了掌握在自己手中的武装力量。

有了平敌方略、股肱之臣和军队，踌躇满志的天子开始四面出击，但结果却不如人意。宰相张濬统军十万联合朱全忠、李匡威、赫连铎等人攻击李克用却屡战屡败，新组建的朝廷军队折损了大半。派遣王建讨伐田令孜，王建攻下成都后切断了与朝廷的联系，蜀中成了独立王国。消灭宦官杨复恭集团起初还算顺利，可令人哭笑不得的是，杨复恭的出逃却引来了李茂贞的入朝，驱走了一只狐狸，却来了一头恶狼。刚刚重新组建殿前四军的昭宗，面对再次驱兵逼宫的李茂贞无力抵抗，只得向太原方向移驾，行至华州时被韩建扣留软禁。韩建是李茂贞的盟友，扣留昭宗后立刻解散天子军队，杀害李唐王室成员和重臣，于是就有了本章开始的一幕，李晔登华州齐云楼遣怀，西望长安大明宫，并写下一首《菩萨蛮·登楼遥望秦宫殿》令乐工奏唱，在场忠臣无不掩面而泣。

菩萨蛮·登楼遥望秦宫殿

李晔

登楼遥望秦宫殿，茫茫只见双飞燕。

渭水一条流，千山与万丘。

野烟笼碧树，陌上行人去。

安得有英雄，迎归大内中。

首句描写了天子登楼极目的场景，寻常年景天子登楼，不是“大风起兮云飞扬”的豪迈，就是柏梁台宴饮的欢愉，或是“雨中春树万人家”向民间播洒春晖雨露的畅快。可如今在华州的逃难天子，可谓“失势一落千丈强”。此刻的登楼，应是诗词中文人常用的意象，代表无尽的忧愁。这种意象源自王粲的《登楼赋》，晚唐诗人常用这一意象，比如许浑有“一上高楼万里愁”之句，李商隐有“花明柳暗绕天愁，上尽重城更上楼”之句。

那贵为天子的昭宗此刻借登楼表达的忧愁是什么呢？用一句唐诗来形容，就是“西望长安不见家”。从路程来看，华州虽距离长安不远，齐云楼虽然“上与浮云齐”，但用“秦宫殿”代指的大明宫也非登高之人目力之能见。天子的“登楼遥望”是在表达他想要回到长安的急切愿望。

第二句的重点是“只见”二字，在这茫茫的八百里秦川之上，看不到长安的宫殿，只能看见双飞燕在辽阔的天地之间徘徊。“只见双飞燕”，说明“不见秦宫殿”，而不见又暗指当时长安为李茂贞所占而不能返回的情况。在真龙天子的眼中，不见凤凰、青鸟也就罢了，看到的至少应是鸿鹄、海鸥，怎么

会留意燕雀这样的凡鸟呢？除了压抑，那应该就是闲的。

昭宗在华州期间，韩建与占据长安的李茂贞勾结，韩建在李茂贞的授意下杀害多名有功之臣，昭宗不能制止，人主之威尽失，岂能不压抑。同时，从长安出走意味着登基以来力求恢复的一系列努力宣告失败，在华州，昭宗的行动均在韩建的控制下，虽身为天子却政令不能出行宫，每天只能看人耍猴和登楼，岂能不闲。另外只见燕而不见雁，也在委婉地说明身边都是小人。

上片的后两句仍是在写景，“渭水一条流，千山与万丘”。我们先来看“千山与万丘”，这似乎是看不见秦宫殿的原因所在，茫茫的秦川原野中却有如此多的山丘，遮挡了我望向长安的视线。这千山万丘就像这藩将、叛臣、权宦、小人一样阻挡着我恢复大唐的基业，所见所感令作者悲从中来。

再来看“渭水一条流”，这流经秦川大地的渭水，从长安流到受困的华州，原本平常的水流此时却承载了李晔和大唐的无尽哀愁。在我看来，李晔此刻眼中的渭水，与后来李后主脑海中的长江一样，问君能有几多愁，且看渭水一条流。

下片的头两句，一比一赋，一虚一实地在描写这位末代皇帝的处境，野烟笼罩在碧树之上，使树受烟所困，这对于树来说是没有办法的，只能靠外力，比如靠风来吹散这野烟。用这样的意象来比喻昭宗被韩建和李茂贞这些乱臣贼子们困在华州的现实场景，野烟也有兵戈战火之意，此时皇帝正在面对的是武臣刀剑的胁迫。而此时有没有解除这种外力的人呢？通过“陌上行人去”我们可以看到，面对乱臣贼子的所做所为，来往华州或朝廷附近的力量忌惮李茂贞的军事力量而只能选择自保，对于皇帝的遭遇选择视而不见。这位贵为圣人，名义上的天下之主，此时又当如何呢？是靠身边的那些手无寸铁的文官，还是远在天边曾被他赶走的李克用，还是后来被他赐名全忠又亲手葬送了大唐的朱温。此刻无力的他只能向天去发问，统治天下已近三百年的大唐，此刻到哪里去找像陶侃、郭子仪、李晟这样护驾还都的盖世英雄？身拘华州的自己何日才能回到属于天子所居的大明宫。人非亡国之君，词却倍哀于亡国之音。

第四章 花间一壶酒——《花间集》

词时代的开始——《花间集》

唐朝灭亡对于中国政治地理来说是一个重大变化，有自古帝王州之称的关中，政治地位开始下降，故都长安也不再是新的中央政权首都的选择。北方契丹民族崛起，开始南侵，让本就混乱的中原战争不止。

相对北方的战乱频繁，西蜀和江南的地方政权则相对稳定，经济相对富庶，文化相对繁荣。诗词文艺在两地发展迅速，尤其是新生的词，进入非常重要的发展阶段。西蜀地区先后出现了韦庄、欧阳炯、牛希济等花间派词人，而江南地区南唐的冯延巳、李璟、李煜更是让词得到了长足的发展。

这个阶段的词作，总体上承袭晚唐风格，具有柔靡、境界狭隘和题材庸俗等特点，而这是由当时词的功能决定的。直到李煜亡国之后，词才从专歌风花雪月、男女私情向感慨身世、追忆往昔等家国情怀方向转变，且文字风格和形象更为鲜明，在内容和意境上有所创新。那么我们就从西蜀的《花间集》开始，了解那个时代的诗词发展。

洛阳才子他乡老——入蜀后的韦庄

(1)回不去的故乡

菩萨蛮·其五

韦庄

洛阳城里春光好，洛阳才子他乡老。

柳暗魏王堤，此时心转迷。

桃花春水渌，水上鸳鸯浴。

凝恨对残晖，忆君君不知。

这是韦庄在本书中的第二次出场，之前在《秦妇吟》中我们曾了解过这位晚唐诗人，而此时的韦庄将以五代词人的身份出场。《菩萨蛮五首》是韦庄晚年的一组作品，怀念的是他在洛阳和江南时期的生活。

这一首写的是他的故乡洛阳，在蜀地想象着中原的春天。春天到了，洛阳的牡丹花该开了吧，那里景色一定很好。遗憾的是，我这个洛阳才子却可能到死也回不去了。

“洛阳才子”，指汉代的洛阳人贾谊，此处作者是用贾谊才大难用的遭遇来代指自己的境遇。韦庄早年曾在洛阳寓居，洛阳可以说是他的第二故乡。

“柳暗”，是说柳色开始变得深了，时间也已经到了晚春，想象“东风无力百花残”的季节更是伤心。“魏王堤”是唐代的名胜，曾被唐太宗赐给魏王李泰，由于大唐灭亡，在外漂泊的作者一想起前朝王室的苑囿，便心生春光易逝、世事兴亡之感，心里也不由得感伤起来。

下阕的头两句，桃花水绿，鸳鸯双栖，似乎是他对甜蜜往事的回忆。“桃花”和“鸳鸯”都是爱情的象征，看到盛开的桃花和在水里游来游去的鸳鸯，多情的词人想到了心中的爱人，便对着夕照残阳，思念远方的她。回忆和景色形成一个对比，一面是想象中的“桃花”和“鸳鸯”，一面是自己眼前的“凝恨残晖”。

韦庄如此思念故国，那么他此刻在想什么呢？这也和他晚年的选择有关。唐末，西川节度使王建被封为蜀王，前蜀建国。朱温灭唐后，韦庄力劝王建称帝以对抗后梁，而称帝前，王建自诩忠于唐朝，与朱温为敌。久在蜀地的韦庄，成为王建的宰相。自此，韦庄再也没能离开蜀国，没能回到他的故乡和梦中的江南。

作为羁留蜀国的官员，他的故乡也好，江南也罢，都已成为敌国，想回是肯定回不去了。于是词人怅然东望，写下了《菩萨蛮五首》。这五首中的前三首写江南，后两首写洛阳，读过洛阳的春景，我们再看一看词人写江南的作品。

（2）还乡须断肠

菩萨蛮·其二

韦庄

人人尽说江南好，游人只合江南老。

春水碧于天，画船听雨眠。

垆边人似月，皓腕凝霜雪。

未老莫还乡，还乡须断肠。

读过这首词，白居易《望江南》中的“江南好，风景旧曾谙”便随口吟出。可这江南好在什么地方呢？是“十里长街市井连”，还是“禅智山光好墓田”？作者并未开门见山地说哪里好，而是用“游人啊都应在江南生活到老”来讲述江南的好。

在上阕的后两句和下阕的前两句，作者给出了让游人在江南生活到老的理由。“春水碧于天，画船听雨眠”，留人的正是江南的美景。作者直接截取了一个江南春景的片段，画面中不但有江南景，还有景中人。景是春水，就像天一样碧绿，画船外的烟雨不但不会惊醒游人的睡梦，反而可以让游人听雨而眠。

下阕的“垆边人似月，皓腕凝霜雪”指出，留人的还有江南的美人。江南的美女自然娴静优雅，她们美到什么程度呢？作者没有用群像表现，而是用了一个人的剪影。画面切换到了江南当垆卖酒的一位女子。卖酒的女子就如皎洁的明月一样漂亮，她手腕洁白得就像凝结的霜雪。这里暗用了“卓文君当垆卖酒”的典故，把她比作了一代才女卓文君。《史记·司马相如列传》中记载，在司马相如和卓文君从临邛私奔回成都之后，卓文君看到夫君家家徒四壁，立刻放下了大小姐的架子，与夫君回到临邛当垆卖酒。

韦庄心中江南女子的形象都是肤白貌美的，既然江南景美人美，那游人也不必还乡了，在胜景和美人的陪伴下终老江南才是最理想的选择。即便你不珍惜此情此景，那也一定要在落叶归根时还乡，否则你一定会后悔的。末两句在结构上是对首句的呼应，而事实上也反映出唐末五代乱世的政局。

在当时只有江南和西蜀相对安定，北方中原和关中终日兵戈不断，可谓“野哭千家闻战伐”“万国城头吹画角”，让黎民百姓无处觅渔樵。宁为治世犬，不为乱世人。江南没有战争的侵扰，选择留在这里，不是比回到战火纷飞的故乡要好得多吗？

这两首《菩萨蛮》都和韦庄自身的经历有关，他早年居于洛阳，而后经离乱到了江南，而此时的江南和洛阳都是韦庄再也不能回去的地方，想到洛阳和“当时年少春衫薄，骑马倚斜桥，满楼红袖招”的江南，不知此时的他会有几许惆怅。

（3）大器晚成的韦相爷

韦庄和祖先韦应物少年得志不同，他大器晚成，早年屡次进士不第，在六十岁时才考上进士，从而得以留京。

但大厦将倾的朝廷，已经无力重用他这样的人才。而后韦庄通过入蜀宣谕认识节度使王建。再后来唐昭宗被宦官囚禁，

韦庄对唐朝的未来深感绝望，写下“已闻陈胜心降汉，谁为田横国号齐”来向当时的西川节度使王建表达欲在其帐下效力的心意。王建立即对这位前进士予以重用。王建先是任命他为节度掌书记，在称帝后又授予他三品散骑常侍、判中书门下事等官职。韦庄成为实际上的前蜀首任宰相，次年直接被任命为首相。死后韦庄也极尽哀荣，谥号“文靖”，在《花间集》中被编者称为韦相。

虽说大器晚成，但韦庄的政治智商相当高，理政能力也很强。他对内劝行农桑，整顿吏治，使得国富兵强；对外虽然偏安一隅，但他对唐末和五代初诸侯纷争的政局把握得很准，阻止进兵北上，为蜀延揽外地人才，力劝王建称帝，为前蜀政权在乱世赢得了生存空间。王建也重用他，并将其引为股肱之臣。

虽然士大夫出身的韦庄在蜀期间功成名就，政治才能和抱负得以施展，但是他过得并不是那么开心。除了悲大唐亡国，叹自己不能落叶归根外，他对于王建的某些行为也不满。

（4）国王也会耍流氓

从政治上看，王建无疑对韦庄有知遇之恩，不只如此，他在用人时不拘一格，尤其是对文人，他不问出身，只看能力。比如写下“满堂花醉三千客，一剑霜寒十四州”的诗僧贯休，因改诗事件不满而入蜀，被王建任命为国师。

但王建在骨子里还是轻视这些文人的，这也和晚唐军阀们的流氓习气非常重有关。王建在少年时便享有“贼王八”的雅号，在唐朝曾因犯罪入狱，后被妖道点拨，参加官军，征讨王仙芝和黄巢的草军起义而发迹。他在战斗中立下了不少战功，但劫掠百姓的事儿一点而也没少干。在任节度使和称帝后，他还是不能改变当年为盗为寇时的流氓习气。即便是强夺臣下的爱妾美姬这种最令人不齿的缺德事儿，他也绝对没有少做。

浣溪沙·夜夜相思更漏残

韦庄

夜夜相思更漏残，伤心明月凭阑干，想君思我锦衾寒。

咫尺画堂深似海，忆来惟把锦书看，几时携手入长安？

这首词是韦庄晚年词风的一个缩影，与当年年轻时写下的《台城》《金陵图》等咏史诗以及《忆昔》等纪实讽刺诗风格完全不同。

不同的原因有二。一是从诗与词的文学长处来看，诗长于言志，而词长于抒情。具体来说就是，歌行体强调叙事完整性，格律诗强调严谨的结构，从《诗经》以来，诗歌始终把言志放在首位；而词长于抒情，则是因为词以长短句为主，且格律与押韵要求相对诗较为自由，可有一唱三叹的咏吟。二是在当时诗与词的功能不同。唐末五代时期，诗是代表文人士大夫最高水平的文学体裁之一，作诗对于文人来说是雅事，哪怕是看似戏谑的讽刺诗；而词在当时的功能是供宴饮娱乐使用，词人作罢之后，依词牌令教坊歌楼的女子吟唱，这就是王静安先生说的“伶工之词”的时代。

到了中唐时代，虽然白居易等文人开始改编民间曲目，利

用七言绝句体的形式翻作民歌《竹枝词》《杨柳枝》等，文人词开始规模化出现，而且除了诗体词外，刘禹锡、韦应物也作有《抛球乐》《调笑令》等五言、长短句形式的词作。但这些作品总体来看，都不能登大雅之堂，只能成为士大夫酒宴、游戏时的专用文学。像“苏辛”那种以文为词的风格至少百年后才会出现。在韦庄的时代，普遍观点是把诗看作今天的美声、民族、歌剧等专业唱法，把词看作现在的说唱甚至是部分网络歌曲，而韦庄的这首词更像是一首洗脑的网络苦情歌。

言归正传，我们回到这首《浣溪沙》，这显然是一首情词。晚年的韦庄倒像是一个青春期的风流才子，大多数的小令都难脱一个情字，这首词便写于他为情所困的某个夜晚。“更漏”是词中最常见的表现寂寥的意象，在每个因想你而孤枕难眠的夜里，就只能听到更漏声，此时更漏的声音陪了不眠人一整晚。作者的心情和状态如“烛残漏断频欹枕，起坐不能平”，起来凭栏望向楼外的明月，它也和我一样因思念而伤心。

“想君思我锦衾寒”，是不是此刻的你也和我一样感受到了锦被的寒冷呢？“想君”二字，表示作者转换了角度，将心比心地揣度了心中人的想法。也就是我在思念她的时候，她也一定在记挂着我，这就是我们常说的共情。锦衾就是锦缎做的被子，在古代最贵的衣料是丝绸，丝绸中价格最高的就是锦，锦衾是大户人家才能用的被子，贵为宰相的韦庄会让自己冻着吗？这里的寒并不是来自感官上的冷，而是来自内心的孤独。

为什么孤独？进入下片之后，我们隐约可以看出一些端倪。看到“咫尺画堂深似海”，你会不会想起一句很熟悉的唐诗？正是崔郊的“侯门一入深如海”。韦庄已经是宰相了，对于他来说，深似海的地方就只有皇宫了。他所思念的人可是在皇宫之中？难道他爱上了王建的某位嫔妃吗？我们刚才说了，王建毕竟是军阀出身，流氓习气很重，“贼王八”的称号并非浪得虚名。

王建看上了相府最得韦庄宠爱的姬妾，于是以教宫女学乐器之名，把此女请入宫中，并将她据为己有。这还真是应了崔郊诗的尾句：“从此萧郎是路人。”可王建还不如那位于侯爷，于侯爷好歹把花重金买来的婢女还给了崔郊，而去了“贼王八”宫里的女子，可是一去再难返回。韦庄只能空念此女，回忆过去，嗟叹已经失去且无法回来的爱情。

我们再来看后两句，想到爱人，翻看从前的信件，叹几时能够回到长安。那么，作者为什么要和她入长安呢？除了对大唐故土的思念之外，很有可能这位女子是韦庄在唐两都时认识的，不是在长安相识，就是这位姬妾是长安人。

由此我联想到心中的疑问，晚年的韦庄为什么不将成名之作《秦妇吟》收入《浣花集》，并严禁家人提起这首诗呢？此前我们在讲《秦妇吟》时提到过是为了避祸。此刻，我们试着猜想他与《秦妇吟》中的女主人公的关系，她是不是就是这位他想要“携手入长安”的女子？这位被王建所夺走的爱妾，会不会就是《秦妇吟》中的女主人公？她是不是陪伴着韦庄出奔洛阳、流落江南、金榜题名、安居蜀中？这一切我们不得而知，只能想象一下，但尾句“携手入长安”的确给予我们无限想象空间。

（5）过了一年我还是没有忘记你

在当时那个年代，普通姬妾无异于一件商品，友人之间互相赠予，与商贾相互买卖，即便是拿来换匹骏马也是常有的事儿。但这一位宠姬，对于诗人来说，不只是宴饮娱乐的玩伴，二人或许是如苏东坡和王朝云那样的知音，又或许是如王定国与寓娘那样有过同生死、共患难的经历。否则，过了一年，这位洛阳才子怎么还是对这位宠姬念兹在兹呢？

女冠子·四月十七

韦庄

四月十七，正是去年今日，别君时。

忍泪佯低面，含羞半敛眉。

不知魂已断，空有梦相随。除却天边月，没人知。

这首词又被题为《女冠子·闺情》，讲述的是闺中女子对离别爱人的思念，上片回忆去年与爱人离别时的场景，下片写的是离别后此时的心境。这首词起笔便是罕见的笔法，直道分别的日期——“四月十七，正是去年今日，别君时”，这句看似全无诗意，却是女子心底最深的记忆。从分别起，每天都数着日子过，每天都在回忆分别时的那个夜晚，记得分别时忍住的眼泪，以及因娇羞而深蹙的蛾眉。

“黯然销魂者，唯别而已矣。”自从分别后，我夜夜销魂，君夜夜入梦；夜太长，在不知不觉中我已经魂断，身不能至心向往之地，唯有每夜在梦中跟随着你。然而，这些心事又有谁能知道呢？除却自己，除却去年四月十七日，洒在我们身上的，刚刚减去清晖的天边月。

“明月何曾是两乡”，多么渴望这知我的月，能给你带去我思念的消息。如果不能“愿逐月华流照君”，就让我的心跟随着月光照亮你的夜空，远方的你是否也在想着我，是否也和我一样夜夜对月销魂呢？

这首词的意境讲完了，这写的不是一位女子的闺情吗？这和失去爱妾的诗人有什么关系呢？当然有关系，如果这只是诗人编的一个小故事，那么他怎么会把一周年日期记得这么清楚呢？刘永济在《唐五代两宋词简析》中写道：“乃追念其宠姬之词……明言四月十七者，姬人被夺之日，不能忘也。”这是说韦庄用闺情闺意来言自家之事，明明自己想念爱妾，却从女子思念男子的角度出发，通过悬想的手法来表达与爱妾分别后对爱妾的思念之情。

《女冠子》为组诗，本有两首，“四月十七”是写与爱人分别后对爱人的回忆的，而另一首则是讲梦中情事的。

女冠子·昨夜夜半

韦庄

昨夜夜半，枕上分明梦见。语多时。依旧桃花面，频低柳叶眉。

半羞还半喜，欲去又依依。觉来知是梦。不胜悲。

这首词承接了《女冠子·四月十七》中女子的“空有梦相随”，从男子晨起后对梦中事和梦中情的回忆下笔，写到梦醒后梦中人远去不可追回的悲伤。这体现了韦庄词“词直意婉”

的特点，昨夜因多思而做梦，梦往往是醒来就马上忘却，可作者却用了“分明”二字，体现出对昨夜梦境的难忘难舍，以至醒来之后便立刻开始回忆梦境。他最先记起的就是说了很多的话，两人表达了绵绵爱意，恨不能把别离这段日子里想说的话都说完。

而后作者开始描述分开一年的爱人，词的焦点转到女子身上。他望向爱人的面颊，与去年一样，还是“人面桃花相映红”，而“频低柳叶眉”也暗合前一首分别时的“含羞半敛眉”，离别一载的你，在我心中还是那么美。

梦中女子半羞半喜的形象，楚楚动人，将少女的娇羞之态淋漓尽致地表现了出来，但是这个形象却是飘忽和游离的，一会儿欲离开我，一会儿又恋恋不舍，让我觉得她就是捞不到的水中月，握不住的手中沙。当醒来的那一刻到来，当知道这是梦，这似真似幻的一切便消失得无影无踪，这或许就给作者带来了梦境泡沫破碎后的悲哀之感。

这两首《女冠子》之所以被认为是一组，除了因为这首词与“四月十七”的意思相合，情感暗合，还因为两首词使用了同一部韵，我们甚至可以认为这两首词是作者在同一个夜晚写下的。在那个与爱人离别一周年的夜晚，诗人想到宫中的爱人正牵挂着自己，便迟迟不能入睡，直到感受到一夜相思梦醒的惆怅，心中了然此生恐怕不能再见，这是一桩无端消失的爱情，也是一生无可弥补的遗憾。

综合韦庄的经历与创作来看，入蜀前他的作品多为诗，被收入在《浣花集》当中；入蜀后他的作品多为词，多被选入《花间集》。在《花间集》的目录中，韦庄排在第三位，被称为韦相公。韦庄创作体裁的变化也体现了在晚唐和五代时期，作为唱词的诗在当时的文坛已经开始走下坡路了，而有长短句变化的词作成为了流行趋势。

韦庄的词可谓是这一时期词作的代表。有人说在词坛上他可与温庭筠齐名，他的词作熏香掬艳，炫目醉心。也有人说他的诗词典雅绮丽，风致嫣然。总之，韦庄的词，既有五代文风的绮丽，又不落于俗艳，虽多写离情别绪，但词风清丽，情致深婉，故韦庄的词也被称为“骨秀之词”。

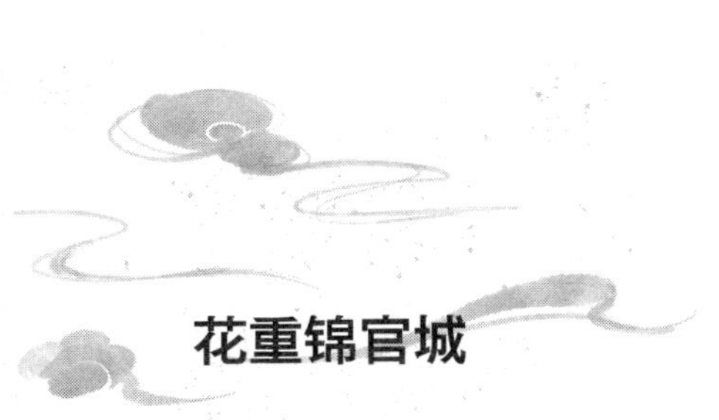

花重锦官城

《花间集》是中国历史上第一部文人词集，为后蜀人赵崇祚所编，他收集了晚唐到五代十八位词人的作品，除温庭筠、皇甫松、和凝与蜀无关，其余十五人均与蜀有着或多或少的关系，韦庄、牛峤、牛希济、李珣等人均为前蜀或后蜀的文人。《花间集》的出现，也诞生了中国历史上第一个词派——花间派。《花间集》确立了词的文学地位，标志着独立于诗而存在的词正式登上了中华文学史的舞台，并对后世的词作产生了深远的影响。

但编者在近百年的历史中，选出十八人的五百首词，秉承固定标准，把不同词人的作品组成统一风格的合集，这对编者的能力和学风是一种考验。《花间集》的编者赵崇祚是一位优秀的编辑，他的伟大之处之一是，对于这样一本流传千古的词集，出身书香门第的他没有将自己的任何一首作品选入其中。即便是为《花间集》作序的后蜀同平章事、以艳词著称的欧阳炯，作品也只被选入了十七首。不但不能和温庭筠的六十六首、韦庄的四十七首相提并论，甚至少于不在蜀地任职的孙光宪等人。

《花间集》的出现，标志着词正式以一种独立的文体写入文学史，编者的高风亮节让《花间集》大获成功。词这种文体在登上文学舞台后不但让后人感受到了词人婉媚的情调，还让后人感受到了词人刻画形象的细腻，文学上婉约的情致。在建立吟风弄月、拨花抚弦印象的同时，词人之间略有参差的情感表现手法，让《花间集》在整体馥郁的同时，修短合度，有如紫牡丹之妖姬，亦有如水芙蓉之碧玉。

（1）《更漏子》苦情人的一夜相思

提到《花间集》，就不得不提到“温韦”，对比来看，温词浓艳华美，韦词疏淡明秀。上一章我们已经重点讲述了骨秀的韦词，本章将通过分享不同风格的温词，来对比感受“飞卿如金，端己如玉”。我们先看看花间鼻祖温庭筠的《更漏子》。

更漏子·玉炉香

温庭筠

玉炉香，红蜡泪，偏照画堂秋思。眉翠薄，鬓云残，夜长衾枕寒。

梧桐树，三更雨，不道离情正苦。一叶叶，一声声，空阶滴到明。

作者前三句用香炉、红烛和画堂布景，实则是表达一种情思，玉炉的香烟代表的不只是烟，而是一种愁思，相同的用法如李清照的“薄雾浓云愁永昼，瑞脑销金兽”。红烛本用来照明，多了一个泪，它便有了感情。玉炉和红蜡都是华美之物，用来映衬画堂的绮丽。但秋思是感情，能被蜡烛直接照到吗？

显然不能，所以用了“偏照”，这份执拗便有了感情。玉炉的香，红烛的泪，正是闺房中人的愁与泪。

下一组的事物，作者先用了两个对比，眉翠是翠黛描的眉，而鬓云是指乌黑的鬓发如云。这位女子有着像云一样漂亮的头发。温飞卿很喜欢用鬓云来写女子的头发，比如“小山重叠金明灭，鬓云欲度香腮雪”，这两句也是写女子妆残后的情景。在本词中，原本漂亮的眉毛却用了薄来修饰，美丽的头发却用了残来修饰，写出了本来应当很美的外貌变成了如此不堪的样子。后面一句给出了妆残的原因，这位女子心有期盼地带妆等人归来。久等不至，只好带妆睡去。但心有思念，所以辗转难眠，为什么会辗转难眠？因为独宿空房觉得衾枕寒，这一下就把孤妇深夜独处的景象写了出来，同时带妆而眠也照应了前句的秋思。

上阕词人写了室内景象，下阕词人将视角转向了室外。秋夜的三更冷雨打在梧桐树上，无情的雨不管深夜孤人的忧伤。这里用冷雨仍然自顾自地滴下，照应上句的偏照秋思，用雨的无情，映衬出女子的苦情。一个不该来却来了——红烛偏照，一个该管的却没有管——不道离情正苦。那冷雨无情到什么地步呢？它洒在梧桐叶上，再空滴到地上，一叶叶，一声声，从深夜滴到天明。难道滴到天明的只有这三更冷雨吗？还有这彻夜不眠的相思之人的眼泪吧。

（2）写出琼词丽句的居然是个“鬼头”

温庭筠的诗词鲜艳浓烈，与李商隐的一部分艳情诗风格很像，在诗家有“温李新声”之称。温氏在晚唐词名最盛，他在词的创作上的艺术成就是远远高于其他晚唐词人的，能与他相提并论的似乎只有韦庄。如此华丽的辞藻，如此细腻的感情，你会觉得温庭筠即便不是个帅哥，相貌也不会很丑吧，其实不然，温庭筠就是很丑，他有个名号，那就是“温鬼头”。

能叫“鬼头”这个外号，他的颜值就可想而知了。在晚唐一代的读书人里，在相貌上能和温庭筠不分伯仲的除了罗隐似乎也没有谁了。自古颜值对官运的影响还是很大的，这让罗隐晚年才入仕，而温飞卿的仕途更是不顺利，一路坎坷，晚年在官场被辱，抑郁而死，就连多年之后他的孙子入蜀求官都因为长得和他太像而碰壁。

颜值低也就罢了，温飞卿在政治方面的情商还几乎为零。有“小太宗”之称的唐宣宗李忱是一名痴狂的诗词爱好者，当时的宰相令狐绹投其所好，欲创作一些诗词呈送给他，以求青眼相待。但令狐绹就和靠青词上位的严嵩一样，自己心有余而才情不足。孟郊诗云“万事须己运，他得非我贤”，即便你令狐绹当年最好的朋友是晚唐第一诗人李商隐，你还是写不出来啊。

于是令狐宰相就想了一招，写不出来就花钱买吧。还不能找官场里太有名的，官当得太大的，而且还得找能保证守口如瓶的，于是他选择了温庭筠。温庭筠和令狐宰相的儿子在年轻的时候还是有一定交情的，曾经是一起出没烟花柳巷的好玩伴儿。令狐宰相心想有了这层关系，再拿出来一大笔钱，让他替自己当一回枪手，应该没什么问题。令狐宰相千叮咛万嘱咐温庭筠，千万不能把这件事说出去。

在给士子当枪手时，温才子在考场八叉手便能成韵文。这一次给宰相当枪手，还拿了那么多钱，自然更不能含糊了。他选择了时下最时尚的曲子——外来融合曲《菩萨蛮》，而且一写就是十几首，这些作品浓艳至极，每一篇都流传至今。

（3）《菩萨蛮》香艳到极致的商品词

菩萨蛮·水精帘里颇黎枕

温庭筠

水精帘里颇黎枕，暖香惹梦鸳鸯锦。江上柳如烟，雁飞残月天。

藕丝秋色浅，人胜参差剪。双鬓隔香红，玉钗头上风。

这首词上片在铺陈室内室外的生活环境，下片通过对主人公的衣着饰品和动作细节进行刻画，使词中人物形象和所要表现的情感充实而又饱满。单看前两句就不得不佩服温庭筠的环境描写功底，“水精帘”即水晶帘，“颇黎枕”就是玻璃枕，而“暖香”或是一种香薰，让整个房间充满香气，“鸳鸯锦”则是男女欢会的意象，以上物品将女主人公精致讲究的居室环境描绘出来。

同时，词中的视线顺序，也是一组巧妙的构图。从“水精帘”到“颇黎枕”是视线从屋外向屋内转移，而从“暖香”到“鸳鸯锦”是从为寻找动态的香气而环视房间四周，到对着“鸳鸯锦”这一静物的凝视。虽然温庭筠善写奢侈品，比如本词中的“水精帘”“颇黎枕”“鸳鸯锦”“藕丝衣”和“玉钗”，使得《金荃集》如一本秦楼花谱，每首词都如浓妆金饰下最香艳的歌姬。

但是在这两句中词眼却不是奢侈品，而是一个动词——“惹”。这是花间词派的高频动词，韦庄有词句“玉容憔悴惹微红”，顾太尉有“轻惹春烟残雨”，牛峤有“惹烟无力被风欹”。飞卿尤爱与香气连用，营造出撩人的香艳场景，在《酒泉子》中就曾写下“罗带惹香，犹系别时红豆”之句，从物品上来看，香不像红豆那样更能代表相思的情感，但一个“惹”字增加了感情上欲拒还迎式的被动，让染香罗带增添了缠绵，不再逊于后句别系红豆的场景。

本词中的香气，调动了独眠人的通感，撩起了她的梦。这个梦的内容是什么呢？词人用另一件物品暗示了读者，它就是鸳鸯锦。此物一出我们便可知女主人公做的梦是欢会和团圆之梦。诗人和词人在创作中也会故意埋线，让你掉入他们设计好的误会当中，而增加这种误会又是提升诗词境界和美感的利器。还是这句“暖香惹梦鸳鸯锦”，从文字视觉上来看，非专业读者会把鸳鸯或者鸳鸯锦误以为是暖香惹梦后闺中少妇梦里的内容，这种误会的营造是作者水平的体现，鸳鸯锦在房间和梦里的交映，让梦境变得真实。且暖字于香、于梦、于鸳鸯锦被，都可以做修饰，这短短七个字让整个房间的气息温暖，色调温暖，就连我们看不见的梦，用直觉感受也是温暖的。

对于下一句，人们略有争议，一说是女子所居窗外实景，另一说是承接上一句，描写的是女子的梦境。笔者认为两种说法各有道理，前一种是词中常用的如电影艺术蒙太奇和移镜的手法，同《菩萨蛮·杏花含露团香雪》一样，而且和温词《望江南》中“梳洗罢，独倚望江楼”的思妇形象相合。

后一种则是延续上句中提到的香梦，继续描写闺妇梦中的景物。但无论是实景还是梦境，这里用的“柳”“雁”“月”三个远景事物意象将孤独离别后的寂寥进一步突出。“上马不捉鞭，反折杨柳枝”，“柳”的别离之意人尽皆知，将远处江上柳看成朦胧的轻烟，不但是说相隔遥远，用以表示离别之久，而且是说视线模糊不清，或道临窗远眺时闺人眼中含泪。

“残月”表达的是孤单和团圆难期之意。这里有最多层次意思的就是“大雁”这一意象。首先鸿雁是候鸟，女子临窗见雁便思念远方荡子，因荡子不返而心生“空床难独守”之幽怨。而且鸿雁还有传信的作用，闺中女子见到飞来的鸿雁暗自寻思它是否会带来远方夫婿的音讯。此外大雁也是忠贞爱情的象征，见到一夫一妻无妾制的大雁，不知长久不见的夫婿是不是还和分别时一样，钟情于我，心无他意。

下片从环境过渡到人物形象的刻画，这是一组从下到上的镜头。“藕丝秋色浅，人胜参差剪”是从衣着到动作，从静态到动态的描写。藕成熟于秋季，故将藕荷色称作秋色。女子身着藕荷色的衣服，这里用藕丝代藕，这种部分代指整体的用法，实则是用丝字的“谐音梗”，来突出相思。“人胜参差剪”是倒装句，应为“参差剪人胜”，“人胜”又称为花胜，是古代人日（正月初七）时，女子制作佩戴的迎春求吉头饰。通过对“人胜”的解读，我们可以知道这首词所写的季节，从而更好地理解词要表达的意境。

我们再来鉴赏上一句，在渐暖的春日着代表初秋颜色的衣服，无异于不应时令，闺中女子如秋日般寂寥的心情通过外在衣着体现了出来，此处或暗示她与夫婿已离别半年。将藕丝色的衣服穿在身上，也在暗示我们闺中女子将这不合时宜的相思色披于身上，竟不舍得为迎春而脱去。

最后两句是对女子面妆和头饰的描写，虽然句句都在写容貌，却又始终不脱离情绪。“双鬓隔香红”，没读懂的人会觉得这句很高雅，读懂字面意思的人会觉得这是句废话。确实如此，此处的关键在于对“香红”的训诂，香为香粉，红为红胭脂，和前句用颜色代衣物一样，这里是用化妆品代替精心打扮后的朱颜。这句词直译的意思就是两鬓在脸两侧，你说它算不算一句废话？但是从伤感离别的词的角度来看，这句“废话”又有其他意思。

首先是美感的营造，女子的鬓发又被称作绿云，比如“绿云扰扰”和“绿云堆枕”，绿云配香红，这是词中色彩美感的搭配。更重要的是一个“隔”字，双鬓因隔香面而难以相见，是再做离愁含义的强调。再向上看就是女子的头饰，玉钗随着春风而轻轻摇动，我们终于看到了这位思妇的整体形象。作者从衣着、动作、面妆和头饰的角度来进行描写，将女子美好的形貌衬托出来。虽然与郎君分别良久，但这位女子并没有如“小山重叠金明灭”中的女子“懒起画蛾眉”般心如死灰，而是在初春又逢节日时精心打扮一番，迎春，也等待良人归来。全文没有一个字对女子内心的愁思和伤感进行描写，而是通过一个又一个的意象，让读者对这位思妇的处境而动容。

（4）是友情还是爱情

如这样委婉香艳的《菩萨蛮》有十四首，宰相大人看过之

后非常满意，觉得这些词作除了能令喜欢诗词的宣宗皇帝高兴之外，还能让自己闻名于世。他拿到这一套词的冠名权后，还给飞卿加了赏钱。拿了钱的飞卿便去往章台柳了。

但在酒过三巡、月斜五更时，沉醉于美色和美酒中的飞卿便不由得拿出了这些曲子令歌女演唱。当众人都在纳闷飞卿为何会听令狐宰相的歌词时，他道破了这一不能说的秘密。

京城的烟花之处多达官和才子，不消多久，这一消息就传入了令狐宰相的耳中。令狐宰相因此恼羞成怒，此事也令温庭筠数次考试不第。如果酒后失言还不能算他情商过低，那他在此事之后还再三向令狐绹求举荐，而且在一次被高官家臣侮辱和殴打后，居然还请令狐绹帮他主持公道，这就是他靠实力来证明自己的情商为负数了。

但是才子毕竟是才子，即便他长得丑，情商低，身边仍会有美人，而且是历史上一位以美艳著称的女子。不仅如此，她还是中国古代历史中最为稀缺的一类女子——才女，还是一位女诗人。她就是与李冶、薛涛、刘采春并称为唐代四大女诗人的鱼玄机，而此时的她还没有遁入空门，她的俗名还叫鱼幼微。

鱼幼微五岁求学，十岁与温庭筠相识，两人结为忘年之交，但在历史记载中，她和她的老师，也是她生命中最重要的男人温飞卿并没有发生过恋爱关系。但从两人投诗相赠来看，两人的情感除了师生之情和朋友之情，未必没有爱情。鱼幼微在收到温飞卿的赠诗后曾写下《和友人次韵》，其中有一句“欲将香匣收藏却，且喜吟诗在手头”，意思是本来想把你寄的诗珍藏在我的香木所制的盒子中，但是却因为爱不释手而看了又看。

如果你觉得，这只能说明她太过喜欢温老师的诗作，通过诗来表达对诗作中清词丽句的极度赞赏，并不能说明他们之间存在爱情。那我们再来看几首鱼幼微寄给温庭筠的诗，这些诗可能会让我们重新审视他们的关系。

十四岁那年，情窦初开的少女在《冬夜寄温飞卿》中写下诗句“不眠长夜怕寒衾”和“幽栖莫定梧桐处”，来向他怨诉自己情感上孤单无依。这诗就有点儿像写给男闺密的感觉了。

十五岁，在给李亿做妾满一年的时候，她在寄给温庭筠的诗里说“恨寄朱弦上，含情意不任。早知云雨会，未起蕙兰心。灼灼桃兼李，无妨国士寻”。女诗人的婚后生活不幸福，投诗向友人“寄恨”，诗中多处出现艳情意象词语。“早知云雨会”是表示李亿很宠爱她，但是“未起蕙兰心”，蕙兰除了指香草，还是表示女子生育的意象，说的是自己因为获得不了正常的爱情而怨恨。心生不满后，她和温庭筠说自己的容姿姣好，可以找到更好的人，虽然嫁人为妾，但她还在等着她喜欢的人来爱她。在赠给男子的诗中，作者能如此直白地说这些话，这就是和男性诗友评论现男友的表现了。

十六岁，鱼幼微在初秋庭院的烟露之中写下《寄飞卿》，其中有一句“嵇君懒书札，底物慰秋情”，意思是已经好久没有收到你的信，好久没有人陪我谈心，我将如何度过萧瑟的秋天，我将用什么来安慰悲秋的心情。温庭筠在收到赠诗后，两人相约重阳节在荆州见面，因为下雨温先生迟到了几天，焦急的女诗人又写了两首诗来遣怀，它们是《重阳阻雨》和《期友人阻雨不至》。

十七岁，她在被迫离婚后，其实也算不上离婚，在暮春时节寄给温庭筠这位“友人”的诗中感慨“独怜无限思，吟罢亚枝松”。在这一年秋天，她即将离开长安东游，温庭筠在送行诗中的最后一联感慨道：“何当重相见，樽酒慰离颜。”她在临行前也回赠温庭筠一首《送别》，头两句写道：“秦楼几夜惬心期，不料仙郎有别离。”读罢鱼玄机这几年的诗，我们大抵能体会到她对温飞卿的情意吧。

或许因温飞卿对自己年龄过大和相貌太丑等有自知之明，觉得自己配不上这位姿容绝美又才华出众的女学生，或许因两人虽为忘年交，但他们也和师生一样有着前后辈的关系，温飞卿不愿鱼幼微为世人所非议，总之，温飞卿没有接受这段爱情。

他不但没有接受，还为她找了一户好人家，寻了一位才子，也就是后来被称为负心汉的李亿。由于鱼幼微出身寒微（看姓氏就知道，甘露之变时期郑注原姓鱼，被同僚戏称为水族），在讲求出身的唐代，即便她才高，即便她貌美，即便被状元娶回了家，她在李家也只能做妾。相对于夫人，她的身份几乎与侍婢无异。而且李亿之妻既妒且悍，李亿尚且畏惧三分，不到三年，鱼幼微便被李妻赶出了家门。这段失败的爱情也让她从此走上一条不归之路。同时慨叹有着窥宋之貌、咏絮之才的自己，只落得遁向无生空门的境地。虽说“自能窥宋玉，何必恨王昌”，现实中却“易求无价宝，难得有心郎”。

（5）伤心何如换心人

这位词人我们接触得不多，他就是五代词人顾敻，他也是西蜀人，这首词是不少诗词爱好者非常熟悉的一首词。

诉衷情

顾敻

永夜抛人何处去？绝来音。香阁掩，眉敛，月将沉。

争忍不相寻，怨孤衾。换我心，为你心，始知相忆深。

这是一首闺怨词，闺怨是花间词派很常见也很重要的一个主题。在这首词中，作者以弃妇第一人称的口吻展开描写，用被抛弃的哀怨来诉说男子的薄情寡恩，在怨恨的同时，又不愿、不忍且不能割舍对他的爱。

“永夜抛人何处去？”上来便是个问句，又用一个“抛”字把男子的无情体现得淋漓尽致。“抛”，那就是不要了，不管深闺之中的爱人了。而且还是在孤独的深夜里，古代没有电灯，光照条件不好，也没有太多的娱乐活动，黑夜很容易就给人带来无限的感伤。“绝来音”，是指断了消息，断了音讯，这让孤独的夜更孤独，让可怜的人更可怜。

被抛弃，绝来音，她该怎么办呢？闺中人有答案了吗？没有，她只是做了三个动作，上阕的最后三句像是蒙太奇的手法。镜头先是对准了闺房，看着房门被缓缓地关上。而后对准室内女子的面庞，给紧缩的眉头一个特写。而后镜头在房间内游走到琐窗下，对向窗外的天空，而此时天上月亮也将要落

下，这已经到后半夜了甚至是天快要亮了，而这位女子在深夜里正一个人枯坐着。她或是恨，或是爱，或是不相信自己的境遇，或是觉得还有挽回的希望，幽怨地彻夜坐候那个凉薄之人。

正如爱情是爱与恨交织的感情，两个方面都不能少，没有爱又哪能生恨呢？上片写了怨恨，下片由写恨回到写爱。这个从怨到爱的转变就体现在下阕的第一句——“争忍不相寻”，怎么能叫我不爱他，怎么能叫我不去苦苦追寻他？本在凄凉处境下，心中的波澜似乎又要将她吞噬，当她正要再度坠入情思之网，坠入爱河之际，“怨孤衾”这一句将她拉回了现实。看着一个人的闺房，独自睡眠的空床，刚刚抓牢的一点点爱意，又立刻转为了怨恨。

清代评论家王士祯在《花草蒙拾》中说：“顾太尉的词自是透骨情语。最后一句是最有透骨力道的词句，又是最深情，也是最伤情的一句了。”抛却具体描写的内容不提，它不像其他诗词那样用一个又一个日常生活的表现来诠释失望，而是进行了人与人最深层次的换位思考：难道非要到了用我的心来换你的心的时候，你才能知道我爱你有多深？这一句情语似一念痴想，看似全无可能却情思满溢。“换”字让压抑的感情喷薄而出，却又漫无目的地流淌，多么用力又多么无力，看着用尽全力释放的感情，却随风而去，剩下的只能是无奈。如此用情又是何必呢？真情所托非人本来就是一场悲剧，正如汤显祖在《花间集》评本中所写的：“若到换心田地，换与他也未必好。”

（6）《花间集》的花圃——前蜀的政局

上面选择的几首极具代表性的花间词，拥有纤秾绮丽的词风，多是描写男女私情的内容，多用于宫廷宴乐当中，那么《花间集》为何出现在西蜀地区呢？这和当时的政治军事环境密切相关。在大唐亡国后，中原地区后梁建国汴州，梁主朱温曾经多次要求王建归附新朝，却被称帝的王建拒绝。

朱温此时也无力南下，因为他也遇到了麻烦。朱温的世仇——晋王李克用，依然打着大唐的旗号，拒不承认新朝，双方在中原和山东一带交战不止，这场旷日持久的战争从唐末一直打到了梁亡。然而北方其他地区的战争也从未停歇。

相比中原，西蜀地区长时间处于和平状态，劳民伤财的重大军事行动较少。除了在公元915年王建出兵东扩，攻取秦、凤、成、阶四州外，几乎没有大的军事对抗行动。经过这次扩境，不但蜀中的实力没有消减，而且前蜀的势力范围有所扩大，为成都赢得了可以安心发展的更多的战略缓冲空间。

“仓廪实而知礼节”，有“天府之国”美称的西蜀，在没有战争破坏的前提下迅速恢复农业生产，而这也为文学的兴起奠定了经济基础。处于乱世的文学活动，尤其是宫廷文艺活动，想要兴盛，至少要满足两个条件，其一是政治经济情况相对稳定，其二是有一位喜欢文艺的皇帝，毕竟“上有好焉，下必从之”。

前蜀和后蜀一王一孟两位后主的出现成为花间词派走上文学舞台，花间词人走上政治舞台的重要推动力量。前蜀时期就涌现了数位优秀的花间词人，除了韦庄韦相公，还有作有“人

不见，梦难凭，红纱一点灯”的毛司徒毛文锡，作有“永夜抛人何处去”的顾夐顾太尉，作有“枕上梦方残，月光铺水寒”的尹鹗尹参卿等人。

（7）《妆边词》——前蜀的《玉树后庭花》

夺人所爱的先主王建死后，其子继任，从这位前蜀国继任国主的作风来看，前蜀国的亡国实属必然。如果说王建是个好夺人妻女的带有流氓习气的君主，那么他的继任者王衍就是一个当了君主的流氓。

前蜀后主原名为王宗衍，是王建最小的儿子，其母亲是初代花蕊夫人小徐妃，当年川蜀地区长得好看的女子都可以被称作花蕊夫人。他在被立为太子后改名为王衍，其实这一改名很有时代特点，中国古代讲究避讳，避讳君王、父亲、恩师的名讳。唐代也很讲究这一点，比如李贺就因父亲叫李晋肃而终身不能参加进士科考试，只能学习唐太宗时代的马周，走干谒之路。

在避讳中，以避君主之名讳为最大，就连皇室的其他成员也不例外。通常而言，在君主即位后，其皇室兄弟的名字如果与他有同字就要改名。比如雍正帝名为爱新觉罗·胤禛，在康熙帝活着的时候，老二叫胤礽，老三叫胤祉，十三爷叫胤祥，十四爷叫胤禵，胤禛的兄弟都是胤加一礻补旁的字，这是和明朝学的。胤禛登基后，他的兄弟们就要改名了，就是在宗人府的指导下将中间的“胤”字换成了“允”，比如允祥、允禵。

但是在中晚唐和五代时期，君主登基后不是皇室的小伙伴们改名，而是皇帝自己给自己改名。比如策划甘露之变的唐文宗李昂，在当王爷（江王）的时候叫李涵；唐武宗李炎，即位前叫李瀍。晚唐的皇帝继位改名几乎成为惯例。到了五代十国时期，除了前蜀的这位王宗衍改名为王衍，后面要讲到的一位更为著名的词人也在继位后改名，他的本名叫李从嘉。

历史上不少被称为后主的国君在唱曲填词方面颇有造诣，无论是王衍，还是陈后主陈叔宝（可怜了卫玠公子的字）。他们的手下也有不少人才，但也都是像江总这样的文人狎客，自己也有文才天赋，没有为治国理政做出贡献，反倒都用在了创作宫体宴饮词上。比如陈代亡国之曲《玉树后庭花》，“妖姬脸似花含露，玉树流光照后庭”，而王衍这个当了君主的流氓也曾作小词来反映他的日常生活。

醉妆词

王衍

者边走，那边走，只是寻花柳。

那边走，者边走，莫厌金杯酒。

如果不注明作者，大家肯定会以为这是四大名著之一的《水浒传》里高衙内登场的定场诗，尤其符合他认高俅当爹之后的出场状态，是用来烘托他的出场形象的词作。

那我们就来解读这首小令。《醉妆词》是一个比较陌生的词牌，这个词牌就是王衍本人所创的，曲子是他自度或是和乐工联合创作的，全词为单调二十二字，三仄韵。这个词牌不像《蝶恋花》和《贺新郎》那样有不少的变体，本词可参考的格

律只此一家，绝无变体。或是因为本词创始作品就极为轻佻，透过本词文字我就能感受到作者的无耻嘴脸。或者是因为曲子如郑卫淫声，后世文人不屑于依此调作词。那么既然是没有生命力的作品，为什么会被留下来呢？笔者认为这可能是文人士大夫们特地留下来的，从而作为后代君主教育皇家子弟的反面典型。通过这首词，让后世皇族看到一个鲜活的荒淫昏庸的亡国之君形象。

这首词的赏析其实很简单，描写的内容无外乎词作者的两个不良嗜好——好色和贪酒。这边走走，那边走走，就是为了游览中寻花问柳。一个“只是”说明在好色方面的专注精神。这边走走，那边走走，沉醉宴饮，放不下这杯中酒。“金杯”的出现，一下让人看出了词中主人公的身份。原来这写的就是皇帝的生活状态。本词使用了类似于《诗经》的复沓章法，在音韵上具有节奏美感，同时将词人嘚瑟的状态和轻浮的形象展现了出来，让人通过听觉而产生了通感。

说回词牌本身，关于《醉妆词》的得名，我们可以从花间派词人孙光宪的《北梦琐言》中找到答案：“蜀主衍，尝裹小巾，其尖如锥。宫妓多衣道服，簪莲花冠，施胭脂夹脸，号‘醉妆’，衍作《醉妆词》。”在这段记述中，我们可以通过蜀主的一些表现看出前蜀的亡国之兆。蜀主喜欢奇怪的打扮，其行为已经不似人君。宫妓穿着道衣，当时的前蜀笃信道教，已经到了痴迷的地步。从另一个角度来看，从唐代开始，女道士（女冠子）的风流韵事俯仰皆是，有紫府仙台之称的道观并不是什么清修之地，甚至不逊色于当时的秦楼楚馆。

另外就是王衍没有唐玄宗的命还生了他的病。唱词是宫中宴乐的标志，王衍不但沉迷于宫中宴乐，还在危机四伏的乱世走上了文艺创作这条路。即便是身处太平盛世的唐玄宗最终还是迎来了北方的渔阳鼙鼓，那于乱世苟安的蜀主王衍又等来了什么呢？

芙蓉花谢了又开

（1）洛阳没有中山寨

王衍沉溺于声色，在身处乱世生存困难的情况下，轻视军事和外交建设。蜀地多年无战事，蜀中从文臣到武将甘愿做鸵鸟。然而不久之后，前蜀就迎来了灭顶之灾。后唐皇帝李存勖为统一全国，令大将郭崇韬将兵十余万进攻蜀国。此时的后主王衍仍不思出兵前线，反而逃回成都宫中躲了起来。在后唐大军入境后，久疏战阵的前蜀各州县望风而降。在后唐兵锋直指成都后，昏君王衍不得不向后唐庄宗上表并自缚抬棺乞降。

起初的投降还算顺利，后唐庄宗也表示一定会厚待于这位降主，并且会把土地分封给他。正如张唐英所言："以鄙吝召祸，不免面缚，及拜裂土之诏，忻然自得，以不失为刘禅。"于是他怀揣着寄人篱下也能如刘禅般乐不思蜀的春秋美梦，带着阖族老小和王公大臣们走上了北上之路。

但是他的好梦做得有点儿早了，因为刚刚破蜀的李存勖也开始做梦了，这就意味着之前答应的事儿很有可能就不算数了。此时的后唐庄宗和唐玄宗一样沉溺于音乐艺术当中，不但自己喜欢打扮成伶人，在军国大事上还重用伶人，对身边的伶人更是言听计从。此时，光禄大夫景进就是李存勖眼中的头牌伶人。

伶人身上的艺术气息很浓，李存勖本人的艺术造诣就不低，能被他另眼相看的景进大夫一定更是其中的佼佼者。李存勖就曾入戏到出不来的地步，而这位景光禄可能一直生活在戏里。有一天，不知他是没头脑还是不高兴了，向皇帝进言将前蜀王室灭族。笑话，对外战争、外交事宜可不归你光禄大夫管。再说了，后唐可自诩为大唐继承人，这种背信弃义、出尔反尔、伤害国体的事儿，皇帝能同意吗？皇帝……还真就同意了。

在王衍投降的四个月后，王衍及其兄弟儿子、母亲、后妃全部被后唐杀害。虽然王氏被灭族，但蜀地战事未进一步扩大，此战也未对蜀中经济造成严重破坏。相反灭掉前蜀的后唐，却在极盛时一落千丈，甚至几乎走向灭亡。相传这和徐太后的诅咒有关。王衍的母亲徐太后在被行刑之前大呼："儿子蜀王以国家来请降，却被杀害。这样违背信义的行为是要遭受报应的，你们的祸患也快要来了。"

没过多久，徐太后的诅咒竟一语成谶。在灭蜀当年，李嗣源被庄宗派往邺城平定叛乱，后来他被石敬瑭设计拥立为帝，并与叛军一道发兵京师洛阳。此时后唐伶人郭从谦在宫城发动了兴教门之变，庄宗李存勖在平叛的战斗中被乱箭射中而身亡，伶人将乐器覆盖于其身上，点火焚尸而去。"有五代领域，无盛于此者"的后唐就此颓败，而初显稳定的中原再次陷入混乱。

（2）李存勖与《如梦令》

被焚烧成灰的后唐庄宗李存勖，他的人生模板复制的就是唐玄宗李隆基的。前半生英明一世，后半生沉迷艺术，最终走向人生的失败和国家的崩溃。虽然李存勖生长于北方中原，但他的艺术天赋不逊于许多南方词人，他也为后世留下一个熟悉的词牌名，在词史上留下了一段佳话。

忆仙姿

李存勖

曾宴桃源深洞，一曲舞鸾歌凤。长记欲别时，和泪出门相送。如梦，如梦，残月落花烟重。

熟悉宋词的朋友会觉得，这个词牌名不对吧，这不就是《如梦令》吗？最典型的就是叠韵的使用，比如李易安的“争渡争渡”和“知否知否”，纳兰公子的“谁省谁省”。没错，但这首词的曲子的作者就给它取了这个词牌名。李存勖不仅是填词人，还是《如梦令》原曲的作者。在自度曲之初词牌叫《忆仙姿》，而到了北宋，大文学家苏东坡觉得此名不雅，于是取了创调时的词句中的叠韵“如梦如梦”，加上文体为小令的体裁，改词牌名为《如梦令》。

这首单调三十三字的小令选自《尊前集》，此书在宋代又被称作《唐尊前集》，但从选词文本来看应为宋初成书。其原因有二：一是君王的选择，其选择了唐玄宗、唐昭宗、后唐庄宗，以及南唐后主李煜。但其中称李煜为李王，或许因为李煜死后被追封为吴王，所以成书时间应不早于宋太宗太平兴国年间。被称为《唐尊前集》，可以看出宋人对后唐、南唐的认可。二是与《花间集》的对比。《花间集》未选冯延巳和李煜的作品，可见其成书早于冯延巳的《阳春集》。《尊前集》选择了十二位花间词人的作品，但没有一首与《花间集》重复，可见成书者在摘选时有所参照、取舍。

本词是《尊前集》选择的四位君王的词中对后世影响最大的一首。且不论《如梦令》词牌在北宋的风靡，单单一句“残月落花烟重”便为后代的婉约词派打开了一扇门。这是一首别出机杼的词，通过对典故的应用，来描写内心蕴含的旧情和怀抱。本词的头两句交代了与佳人相遇的场景，在桃源深洞，仙女一曲清歌，如凤凰般起舞，这是描述刘郎、阮郎进入仙境后的场景。这一典故说的是东汉明帝时，刘晨、阮肇入山遇到仙女，并与仙女结为夫妻的故事。本词作者不交代缘何相遇，如何相遇，只回忆相遇后最欢乐的一个场景。或许作者与佳人会面于一次欢宴之中，当日的美酒歌舞和刘晨、阮肇在仙境中遇到的一样。

紧跟着的两句，不说相遇后的缠绵，却落笔在分开的那一刻。其比首句的“曾”更进一步，“长忆”，即“长相思兮长相忆”，此为刘阮典故之附加演绎。在刘阮遇仙的典故中，二人主动要求回家，虽然有仙女挽留的情节描写，但并未具体记载二人对仙界生活的回忆。在本词中，作者通过想象来续写这一典故。分别之时，佳人和泪相送的情境一直在词人脑海里盘旋，至今挥散不去。“乐莫乐兮新相知，悲莫悲兮生别离”，一乐景，一悲情，这样的描写将男子回忆旧情时的复杂心情刻

画得宛如目前。

再看“如梦”，同样意味悠长。梦是美好的幻境，而如梦说的是实境，这“亦幻亦真，亦虚亦实”的描写使情感表现更加曲折婉转。“如梦，如梦”的连用，使得诵读的人产生一歌再叹的感觉。这种感觉更像是面对烟雾朦胧中的落花残月、酒醒客散、人去楼空的场景，发出的“也罢，也罢”的无奈感慨。

在新梨园的伶人环绕下，在宴乐新曲《忆仙姿》一声声的“如梦”中，这位有“小玄宗”之称的皇帝建立的后唐开始如天宝末年一样危机四伏。他不再是几乎凭借一己之力报三箭之仇，灭梁驱辽的李亚子，也不再是以主家身份征藩灭国的有为之君。他成了沉迷于艺术创作，与梨园伶人为伍的“李天下”。他把自己也当作伶人，即便被伶人掌掴也一笑了之，这让他很快走上了唐玄宗晚年的道路。不同的是玄宗“南京还有散花楼”，而后唐庄宗虽已破蜀，但兴教门之变的叛乱者们并没有给他“千乘万骑西南行”的机会，如项羽一样勇武，如玄宗一样果敢的一代英主与他心爱的音乐一起化为了灰烬。

庄宗死后，后唐地位一落千丈，继任者任权臣摆布，随时可能被取而代之，藩镇割据的中原再次陷入了混乱，而灭前蜀的大将郭崇韬也在蜀中被冤杀。那自王衍投降后避免了生灵涂炭的蜀中的命运又将如何呢？它的政局又会对五代十国后期的文学带来哪些影响呢？

（3）二度芙蓉——后蜀的建立

在后唐庄宗同光三年，征蜀大将郭崇韬在出发前，向李存勖推荐了一位随征人选——孟知祥。郭崇韬不但保举他为招讨副使，还推荐他为平定前蜀之后所建藩镇的节度使。前蜀灭亡后，孟知祥遂入洛阳向皇帝辞行，任成都尹与剑南、西川节度使，而就在此时孟节度使的主家——后唐的政局发生了剧变。

就在招讨副使春风得意地走马上任的同时，征蜀功臣、五代杰出的军事家、孟知祥的恩公郭崇韬，在皇后和宦官的联名构陷下，与五个儿子一起被乱棍打死。孟知祥入蜀的同年四月，重用他的皇帝李存勖在兴教门之变中被杀，同时与他一同出征蜀国的魏王李继岌也在事变中遇难。

而后后唐明宗即位，朝廷为控制西川，加强了对西川的管理，比如讨要剩余军费，控制两川赋税，加强对西蜀的军事监督，采用设置宦官监军等方式来防止西川的再次割据等。

但此时的孟知祥依仗着西川的富庶，和手握后唐灭蜀的精锐，已经有了与朝廷叫板和割据称王的实力。同时他对后唐的感情也已经淡漠，有知遇之恩的皇帝和恩公，甚至是前任直属领导都已经被朝廷杀害，已经没有人可以威慑他。同时，在枢密使安重诲的咄咄逼人的态度和不间断的小动作下，孟知祥割据蜀中几乎已成定局。

孟知祥在朝廷大举进攻两川中渔翁得利，不但逆风击退了攻破剑门的石敬瑭，在遂州斩杀副使夏鲁奇，同时吞并了东川地区。后唐明宗为完成形式上的统一，不得不封其为蜀王。然而孟知祥的好运气还没有结束，同年明宗驾崩，后唐再次发生

内乱，靠近两川的诸州纷纷易帜归蜀。得天独厚的地理环境，再加上成熟的政治条件，孟知祥的建国称帝已经从“能不能”变成了“想不想”。公元934年，蜀王孟知祥称帝，建元应顺，同年改元明德，称帝不足七个月便病亡，史称后蜀高祖。

而后，太子孟昶即位，后蜀两代君主统治蜀地达三十余年，川中几无战事。这也使得两川地区再次成为五代十国时期最太平的区域。但后蜀也没有能力去统一全国，所以蜀中文人也继承了前蜀文人的特点，词作题材从拯危济时转向自我窥视，以花间派为代表的词人作品多绮思艳情，从审美角度来看，从自然风光和社会人生的描写转向了歌舞宴乐的描写，以深婉的笔法和浓艳的色调为手法，重视官能体验和享乐的内心感受。宫廷以及权贵士大夫的府内对歌舞宴乐的需求，也为花间派的词作提供了广阔的市场和充分的发展机会。

水殿风来暗香满——后蜀花蕊夫人

讲完后蜀的政局，按照逻辑该写后蜀的花间词人毛文锡、欧阳炯等人，但这几位花间词人的风格与前面讲过的温助教、顾太尉的风格非常相似。如果把每一位花间词人都做详细的介绍，在诗史的结构布局上未免显得臃肿。于是我另辟蹊径，沿着后蜀政局的线索来研究诗词史，讲一位可以称为诗人的倾城倾国的女性，她就是孟昶的妃子——花蕊夫人。

为什么要写花蕊夫人呢？并不是因为对她的美貌和风流韵事感兴趣，也不是因为她有许多诗作传下来，更不是因为她的词句立意有多优秀，而是为了反映蜀地的文风之盛。花蕊夫人能留下传世诗篇，是五代十国时期蜀地诗词大发展的一个缩影，尤其是宫廷诗词文学的发展。

花蕊夫人能被称为诗人，说明后蜀诗词创作的流行和普及程度，蔓延到中国古代处于文学边缘地位的女性，而且还是一位宫廷女性。后人对花蕊夫人的评价是："幼能文，尤长于宫词。"另外，花蕊夫人的诗对于正确认识女性的地位做出了贡献。她用一首口占之诗直接推翻了女性"红颜祸水"甚至能亡国的说法。

在讲解她的身世之前，我们先来看这位花蕊夫人姓甚名

谁。这个还会有异议吗？当然，我之前看过一段记载，说花蕊夫人比孟昶大三十六岁，这种说法显然是错误的。我们在介绍王衍时曾提到过一位“初代花蕊夫人”，这个称呼是我为了区别后蜀花蕊夫人的戏言。前蜀王建的小徐妃也被称作花蕊夫人，她是前蜀后主王衍的母亲，前蜀被灭之后她与王衍被后唐杀害。

为什么相隔不久两位后妃会出现同样的花名雅号？原因是当时的蜀地，尤其是锦官城中，身材婀娜、面容姣好、仪态可人的女子都被称为花蕊夫人。这位后蜀的花蕊夫人应为费姓，虽然出生年份不详，但年龄应该小于后主孟昶。如果按照徐妃的生年来计算，那么花蕊夫人在侍奉孟昶时可就有八十多岁的高龄了，显然这种说法缺乏考证。

（1）冰肌玉骨自清凉无汗

关于花蕊夫人的美貌，我们可以从一首词中找到一些端倪。

玉楼春·避暑摩诃池上作

孟昶

冰肌玉骨清无汗，水殿风来暗香暖。

帘开明月独窥人，欹枕钗横云鬓乱。

起来琼户寂无声，时见疏星渡河汉。

屈指西风几时来，只恐流年暗中换。

这是孟昶写给花蕊夫人的一首词，描写了花蕊夫人的美貌，也展示了后蜀宫廷奢靡的日常生活。这首词的首句后来被苏东坡在《洞仙歌》中引用过，就是那句“冰肌玉骨，自清凉无汗。水殿风来暗香满”。同为蜀国后主，单从这首词上来看，后蜀后主孟昶的词要比前蜀后主王衍的词文学性高得多。这首词中同样有轻艳之语，这倒不是在指责他这首词写得不好，而是让我想起了他对王衍的人和作品做过的评价：“王衍浮薄，而好轻艳之辞。”评价到这里，应该算是客观且真实的。但他不该在后面把自己带上：“朕不为也。”这就有点儿画蛇添足了，难道“冰肌玉骨清无汗”和“欹枕钗横云鬓乱”不够轻艳吗？对王衍的词所做的评价，他自己也未能免也。

这首词的创作源于某个夏日夜里的一次对话。后主孟昶怕热，每到夏天都会热得睡不着，于是就在摩诃池边建造了一座水晶宫殿，用来避暑。这座宫殿建造和装修得极其奢侈，在土木工程建筑这一块，墙面屋顶全都不用砖土。那盖宫殿时是怎么用料的呢？先看一下他都用了哪些木料：楠木为柱，沉香木为栋。楠木就是金丝楠木，那么它昂贵到什么程度呢？之前看过新闻，一根金丝楠木的民宅房梁，出价百万收购被拒绝，而沉香木就更不得了了，其木质可制成香料，而且一般的木头都是浮于水面之上，沉香木则是投水即沉。这两种木头现在拿来做成文玩手串都价格不菲，而孟昶却把它们拿来用作宫殿的四梁八柱，由此可见他有多败家，同时我们也能看出当时蜀地的富庶程度。

话说盖房子不用砖砌墙，难道他还能用玻璃幕墙吗？是的，他就是铺的幕墙。而且这个幕墙比今天的钢化玻璃昂贵多

了，孟昶在四周墙壁上安装的都是琉璃幕墙，再用珊瑚做成窗子，用白玉来做成门，从外面看上去整个就是一个水晶宫，就是广寒宫来和它比较都相形见绌。

硬装已经如此奢侈，软装也绝对差不了。四殿内部，有青玉枕，鲛绡帐，冰簟罗衾，再配上一个随时待命的后蜀皇家歌舞乐团，保证孟昶和花蕊夫人在避暑时能夜夜笙歌。

就在某个夏日将近的夜晚，孟昶酒醉后伏在花蕊夫人的香肩上，两人回到水晶殿里，天上月驻星回，殿内凉风习习，池上波光柳影。花蕊夫人与蜀主并坐，宠妃与皇帝并坐自汉代起就是昏君才允许的行为。这时花蕊夫人含笑说道："如此良夜，陛下何不作词一首，以颂美景？"作为君主的孟昶，在西蜀这个文化极发达地区的熏染下，已然被熏陶成一位艺术家。

美景佳人在侧，他不答应那就扫兴了，答应得太早便没有传奇性了。于是他对花蕊夫人戏言称："是不是不管朕填什么词牌的词，你都能按照原曲唱出来？那朕现场就填。"这个难度不算低，到了五代后期，虽然北宋新声的曲子还没有出现，但源于唐教坊曲改变的五代新声的词牌也有不少。

不过花蕊夫人还是答应得很痛快，她说："陛下有此清兴，妾身安敢有违。"一则她本就是歌姬出身，歌唱各类词牌的曲子是她入宫前的本职工作。二则她天天和皇帝在一起，也知道孟昶最喜欢什么曲子，最擅长填哪个词牌。于是就有了这首后主当即填的《玉楼春》，而后夫人便捧起词笺低吟浅唱起来。

这首词最著名的就是头两句，它妙在使用了通感的描写手法。"冰肌玉骨清无汗"，这不单单是视觉上美得白皙透亮，还包含了触感上的冰凉柔嫩。而后次句转向景物的描写，水殿在池边，池中有荷花，暗香由风吹送而来，这又调动起读者的嗅觉。可是这花香和冰肌玉骨只是简单的并叙吗？不是，这暗香既指花香，又指花蕊夫人的幽香，可能对于孟昶而言幽香要胜于花香，毕竟晚上的荷花香气是有所收敛的，它的叶子是卷起来的。

如果说头两句词还有些含蓄，三、四句的描写在视觉上就显得更加露骨了。“帘开明月独窥人，攲枕钗横云鬓乱”，美人引来明月相窥，这里将月进行了拟人化处理，结合上两句很容易让我们想起李商隐《北齐二首》中的“小怜玉体横陈夜”；而歪着的枕头，横着的金钗，以及夫人乱掉的头发，是对男女欢情的直接描写。

“起来琼户寂无声，时见疏星渡河汉”，欢情过后，后主坐了起来，然后轻轻拉开殿门，走了出来，此时外面已经寂静无声。深夜落寞的后主将目光投向夜空，他看到一颗又一颗寥乱的星星不时地在银河间穿梭。从欢情时的愉悦到起来后的空虚，接下来后主就开始遁入思考之中，而后得到思考过后的感慨。在天气最热的时候，人往往会向往清凉，盼望着凉爽的秋天早点来到，驱散暑气。今天西风才起，也就是初秋将至，天气变得凉爽不正是怕热的孟昶期盼的吗，否则他为什么要在夏天建水殿呢？

可也因有了这水殿，有了冰肌玉骨的花蕊夫人，有了这样神仙般的日子，他开始有意识地拒绝秋天的到来。入秋之后，清凉的水殿便要暂时歇业，美人冰肌玉骨的触感也不再如夏日那样销魂。再过渡到更深一层的人生思考。夏逐年销，人随秋

老，西风起后的秋天代表的便是人生的中年。无论是皇帝还是诗人，随着时光的流逝，韶华皆会逝去，而眼前的花样美人也会终究迟暮，容颜不再。一想到这里，如何能够教人不会忧从中来，而不可逆的失望，是不是也让孟昶的忧愁不可断绝也无法断绝呢？除了季节的西风与人生的西风，这位偏安一隅的皇帝还预感到另一场来自中原正朔朝廷的西风即将吹向蜀中，这或许也是他此夜无眠的另一个原因，这场西风不但吹醒了他的偏安之梦，也吹走了他此刻身边的美人。

（2）梦断芙蓉国

花蕊夫人和孟昶之间的爱情在蜀中可谓家喻户晓，成都除了“锦官城”这个雅称还有一个雅称，那就是“蓉城”。这个称呼是怎么来的呢？据说花蕊夫人喜欢芙蓉花，孟昶便下令在成都的大街小巷种上木芙蓉花树，于是成都便得了芙蓉城的美名。如今的成都金牛区，尤其是在蜀都大道和金牛大道的两侧，在每年秋天，木芙蓉在秋阳之下盛开，装点着这座城市，使这座城市显得格外美丽。

但是想要治理好一个国家，光有爱情是行不通的。杜甫曾说“西蜀地形天下险，安危须仗出群材”，是指一个国家处于乱世之中，虽可凭借地险路难、经济繁荣在苟延残喘中夜夜笙歌，但遇到强敌时，没有强大的军事实力和优秀的人才作为支撑，国家很难撑下去。从蜀汉的阴平小道，到前蜀被后唐灭亡的故事，都能说明问题。此时的后蜀在孟昶骄奢淫逸、不修甲兵的统治下，最后的结果是显而易见的。

在后周世宗柴荣四面出击的军事策略下，政权的统一已然吹响了号角。赵匡胤在效法郭威黄袍加身后，按照先南后北、先易后难的统一策略，开始踏上统一之路，此时的后蜀离亡国已经不远了。北宋乾德二年，赵匡胤在平定荆楚和湖南之后，便将兵锋指向后蜀。

那么后蜀数十年来不修甲兵的后果是什么呢？在赵匡胤兵分两路的攻势下，六万宋军以少击多，宋军将领忠武军节度使王全斌带领手下士兵一路攻城拔寨，兵锋直指成都。

在伐蜀的同时，赵匡胤在汴京为孟昶盖起了房子，他还特地嘱咐手下多建一些房子，因为孟昶家人口多。面对数倍于己的蜀军，大宋皇帝依然胸有成竹。北宋乾德三年，战事还不消一年，宋军包围了蜀国都城，镇守成都的十四万蜀军不战自溃。作为皇帝的孟昶不思多年怠兵懒政，反而向花蕊夫人抱怨道："我父子以丰衣足食养士四十年（同南唐一样，后蜀立国近四十载），一旦遇敌竟然不能向东射一箭，居然不战而降了。"

宋太祖还算仁义，让孟昶和花蕊夫人在成都过了最后一个新年，那年的元宵节刚过，孟昶便自缚出城请降。蜀国司空同平章事李昊奉命为国家修降表。这个李昊啊，要特别说说。

在乱世，政权的更迭有时会特别快，有些人为了和平而生，比如吴越国的钱王，他对吴越地区的统治从唐末一直延续到北宋太宗时期，采取保境安民的政策，不轻易动兵，五代时的浙江地区基本没有遭到重大破坏。有的人为了当官而生，比如冯道，五代时期在宰相位置上待了数十年，被称为"不倒翁"和"四朝元老"，这个四朝可不是经历四个皇帝，而是实

实在在经历了梁、唐、晋、汉四个朝代。要不是冯道在官场和民间评价甚好，这“四朝元老”怕是要成“四姓家奴”了。

李昊一门，就是为投降而生。李昊的父亲曾在前蜀任职，具体有过什么政绩就不得而知了，最出名的事儿是为前蜀王衍修过降表，向后唐请降。三十多年之后，李昊子承父业，为孟昶修降表，向宋主请降。真是“欲知世掌丝纶美”啊。因此成都当晚有好事者，跑到了李府，在他们家大门上写了六个字——世修降表李家，以示“光宗耀祖”。

王建死后，从未遭受重大战事破坏的蜀地的皇帝、大臣、士兵以及民众就像一群脑袋埋在沙子里的鸵鸟，以为看不见危险自己就是安全的。当他们抬起头来的时候，已然沧海桑田，中原王朝已历四代。放在原来，这似乎与他们无关。事实上，这确实与他们无关，因为从孟昶出降的这一刻起，一切就真的和他们无关了。

（3）更无一个是男儿

在“绿柳才黄半未匀”之时，孟昶与花蕊夫人一行入宋，一路走得很慢，过了几个月才抵达北宋都城汴梁。入城后，在东京汴梁的皇宫中，将要上演一段足以影响对中国女性的历史评价的对话。此时的孟昶以降主的身份，带着全家老小入宫朝见天子，而武人出身的宋太祖赵匡胤久知花蕊夫人貌美且有诗名，遂令其赋诗一首。花蕊夫人当场口占而诵。

述亡国诗

花蕊夫人

君王城上竖降旗，妾在深宫那得知？

十四万人齐解甲，更无一个是男儿。

作为一个男儿，我每次读罢这首诗总会面露惭色，心生怒火，后蜀的十四万降将算是把男人们都钉在耻辱柱上了。

这首诗的意义非凡，可谓是对于《诗经》时代以来的“哲夫成城，哲妇倾城”的女祸乱国说法的终结。全诗用回答皇帝问话的方式，直接对“后蜀亡国是源于自己红颜祸水”的观点进行了驳斥。本诗的意义不但在于为作者本人撕掉了媚主亡国的标签，而且在于对妹喜、妲己、褒姒、西施、貂蝉、杨玉环等女祸乱国之事进行了否定。从此在后世王朝中因后妃干政而乱国者有之，因君王沉迷美色而怨恨美人的女祸亡国提法几乎不再出现。

本诗开篇直讲，君王投降导致国家败亡。但她只用了“竖立降旗”这一个场面来形容，这不但是行为的意象化使用，更是一种委婉表达。虽然孟昶三十余年的执政行为，换来今天的下场实属必然，可他毕竟是她的夫君，她也不能说“夫差事事皆亡国”啊，一定要回护一下，为他找回点面子。但是粉饰投降的事儿就比较难了，再冠冕堂皇的言辞对于君王而言都是一种耻辱，可能还会被理解为反讽。所以不必有过多的讽刺，也不必有过多的粉饰，用一个城头竖降旗的行为带过，这已经是对孟昶这位不称职的君主最好的回护。

第二句，说的是女性的无奈。自古以来，除了殷商的妇好

之外，还有哪位后妃有陷阵沙场、攻城拔寨的将才呢？在敌人兵临城下之时，后蜀的君王、卿相、将帅都对击退敌人、保卫国家没有办法，为了苟全性命，只能衔璧牵羊，称臣投降。男人们尚且“不能向东发一矢”，那她这样深居后宫的弱女子又能如何呢？

自古以来，史家多有“女祸乱国”和“女祸亡国”的论调，而女性便成了被鞭挞的对象：夏亡归于妹喜，商亡归于妲己，周亡归于褒姒，北齐亡归于冯妃，安史之乱归于杨贵妃。而在当时，貌美的花蕊夫人和这些古代美人们一样，也要被归于这一类。

其实这些女人有什么错呢？承担着国家治理和保卫职责的人是君王，君王不修政事，不修文物，不修甲兵，就是因为爱情吗？历朝历代，哪位君王没有宠妃，为何只有这几位出了问题？这是史官为昏君开脱的借口，他们将口诛笔伐引向这些获得宠爱的女子。这实在是过分，如果女子的受宠爱为罪，那么世间美好的爱情便会少了一半。在古代国与国的较量中，在烽烟长河和金戈铁马的战争中，这些女子能有什么回天之力。

花蕊夫人的“妾在深宫那得知”说明了两个观点：一是她从不干涉朝政，后蜀的乱政和懒政与她无关；二是政治和战争在中国古代从来都不是女子的分内之事，对于她本人来说，亡国也好，战败也罢，这一切她都无能为力。正是不在其位却要负其责，甚至要背上千古骂名，为后两句的愤恨表达埋下了伏笔。

单看诗的前两句，我们觉得花蕊夫人不过是一位久居深宫、颜值极高、才学尚可、气格卑弱的娇柔女子。当亡国之日来临，茫然四顾、垂泪涟涟、惊慌失措等行为，应该是她会做出来的行为。可读了本诗的后两句，我们感受到了花蕊夫人真正的魅力和女性的力量。

“十四万人齐解甲，更无一个是男儿”，作者将亡国问题的本质直接指向无能的男人们。在数量上，蜀军有十四万人，宋军只有数万人；战争地点在蜀国境内；另外，蜀国将士背靠朝廷和蜀地人民。综合来看，蜀国可谓占尽了天时地利人和的优势，完全有能力也有实力与宋军一战。即便战败，即便亡国，君王、诸臣、诸将士们也堪称顶天立地的男人。可现实呢，后蜀国从君到臣，从将到兵，全无斗志，上演了“十四万人齐解甲”这等以众降寡的不堪戏码。那么花蕊夫人凭什么要以一女子之身，替这十四万男人回答敌国君主的问题?

这十四万人枉为男子，“十四万”和“无一人”的鲜明对比体现了花蕊夫人对误国者和怯战者的愤慨。这怒火不但将自己女祸误国的污名毁之一炬，而且成就了自己这篇讽刺之诗。诗中之“妾”不但比孟昶以及这十四万懦夫有廉耻，而且比他们有胆识。

为女人正名的诗人，在花蕊夫人之前亦有之，如罗隐。他曾写下为女祸亡国正名的诗句，比如“泉下阿蛮应有语，这回休更怨杨妃”和“西施若解倾吴国，越国亡来又是谁”。但这些诗的作用都没办法和花蕊夫人的这首诗相比。

首先从性别视角来看，罗隐以男性视角，为西施和杨贵妃两个女祸代表人物翻案，实际上委婉地体现了女人在家国兴亡中的地位并没有那么重要，所以不应该成为替死鬼、替罪羊。花蕊夫人直接从女性视角来呐喊：这件事情我不知道，即便知

道了我一个弱女子又能怎么样呢？我能做到的不过就是一死以谢君王。此外第一人称视角的表达比罗隐第三人称视角的表达更为直接，更为有力，更能直触人心。

其次则是花蕊夫人的这首诗有驳论兼有立论。罗隐的翻案过于朦胧，指出了这个事儿不怪两位女子，那么罪魁祸首是谁呢？他没有说，诗里也没有体现。花蕊夫人直接揭示了问题的答案，直言导致亡国的不是女人，更不是我，而是你们这些男人，是你们这些有着保家卫国责任的男人。这近乎泼辣的语言怎能不让那些亲历亡国的蜀国将士感到羞耻，怎能不让看过这首诗的读者对蜀国君臣们感到愤怒呢？

这首诗成功就成功在，在那个男权社会的时代，它成为为女子的地位和价值呐喊的先声，并且对后世产生了重大影响。从此之后，“女祸乱国”以及“女祸亡国”的论调，很少再被提及。一代文豪鲁迅先生在《女人未必多说谎》中引用过这首诗，读后连说“快哉快哉”。所以今天，每个女孩子都要因为这首诗而为花蕊夫人点赞！

关于花蕊夫人的落幕，最流行的说法是被赵光义所害。入宋后七日，她的丈夫孟昶便被“寿终正寝”，而貌美的花蕊夫人则成为胜利者的战利品，进入了宋太祖的后宫，并深受皇帝宠爱。虽然花蕊夫人将美女亡国的说法终结，但她马上陷入了另一个魔咒——后宫干政。这也要了她的性命，传说深受宠爱的花蕊夫人在皇位继承人的问题上，对当时处于皇位继承第一顺位的皇太弟赵光义不利。

后来，心狠手辣的赵光义担心枕边风会影响他继承皇位，于是他在跟随太祖在猎场狩猎时，策划了一场蓄意谋杀行动。

王巩在《闻见近录》中记载：太祖向二弟敬酒，光义不喝，要求金城夫人（花蕊夫人）折花与他。太祖同意后，在花蕊折花之时，光义引弓将其射杀。而后光义跪在太祖面前泣而请罪，口称陛下当以社稷为重，远离酒色。

另一种说法是，在狩猎时赵光义佯装射兽，忽然调箭向花蕊将其射杀。无论何种说法，卷入北宋初年的政治斗争的花蕊夫人，最终以悲剧落幕。正如有的学者所言，才子也好，才女也罢，要离政治远一点儿，否则即便是花蕊夫人这样美貌和才名俱佳的女子，也逃不过这乱世政治车轮的残酷碾压。

第五章　如今却忆江南乐——南唐

更名换姓复大唐

大唐，中国古代的巅峰。在五代乱世，从士大夫到市民、农民、商人，每个人都想重回大唐。与此同时，有一些人通过各种实际行动，为回到大唐进行了实实在在的努力。

为了重回大唐，他们不惜通过刀光剑影的战场攻城略地。为了回到大唐，他们不惜背弃祖宗而更名换姓。他们超越了家族的界限，也抛却了民族和血统的成见，在骨子里认为自己就是大唐的人，甚至他们还把自己视作李唐皇室的继承人。于是，在五代十国时期，诞生了两个国号为唐的政权，一个是沙陀族建立的后唐，另一个就是我们这一章的主角——南唐。

南唐政权的草创，要上溯到大唐尚在苟延残喘的黄巢起义时期了。在修道的渤海郡王高骈被招降的草军叛将杀死后，他的属下部将兼干儿子杨行密出兵为他报仇。而后杨行密任淮南节度使，与干爹高骈不同，杨行密一直忠于朝廷，其原因可能是与朱温为敌的政治需要。公元902年，朝廷晋封淮南节度使杨行密为吴王，十国之中的吴国正式建国，史称杨吴。

吴国主要割据江淮一带，这是五代十国中第一个建国的国家，早于篡唐的后梁，也早于王建的前蜀。杨吴不但军事和经济实力雄厚，其领导人杨行密的指挥能力也很突出。所以江

淮同西蜀一样，与后梁为敌，而朱温也畏惧杨行密三分。杨吴存在的意义就是使得朱温的梁军不能南下，成功地避免了五代十国时期造成更大范围的动乱，为江南地区的和平发展奠定了基础。

在杨行密死后，继承人杨渥被权臣徐温杀害，自此杨吴大权旁落。公元937年，他的养子，杨吴大将徐知诰篡位建国，改国号为齐。公元939年，徐知诰改回自己的本姓——李，他这是要干什么呢？这次他不光是改姓，而是连名带姓一起改了，从此他有了一个新名字，即李昪。但如果姓李就是大唐传人了，那李白早就当王爷了。

本着做戏做全套的原则，他又在历史上给自己找了一个有身份的祖宗，那就是唐宪宗的第八子建王李恪。他自称是李恪的四世孙。既然已经找了李唐皇室来当祖宗了，那李昪又怎么会满足于国家只是一个叫齐国的割据政权呢。于是，李昪把国号改为唐，史称南唐。

王安石眼中的五代第一词——《摊破浣溪沙》

在改国号为唐的三年后，史称南唐烈祖的李昪去世。执政数年来，南唐的息兵安民政策让本就是鱼米之乡的江南军事和经济实力胜过了西蜀，甚至可以与朝廷抗衡，唐、晋、汉都未曾敢对南唐贸然开战，而南唐周边的荆楚、吴越、南汉国都要仰南唐的鼻息，看南唐的脸色。此时的南唐俨然是五代时期的南方霸主。

烈祖去世后，继位的李璟接手了一个安定富庶的江南。此时的南唐也成为北方中原士人学者最佳的留学和栖身的地区。在当时人们皆称“儒衣书服盛于南唐”“文物有元和之风”，该时期的南唐文化之盛已经超过了五代十国任何一个王朝以及国家。南唐也成了西蜀之外的第二个诗词文化中心。南唐时期最著名的三位词人，就是“两主一臣”，两主是中主李璟和后主李煜，而一臣就是被称为“五鬼之首”的翰林学士冯延巳。对于他们词作的分享，我们按照时间线索来说，让我们先看一首中主李璟的词。

摊破浣溪沙·菡萏香销翠叶残

李璟

菡萏香销翠叶残，西风愁起绿波间。还与韶光共憔悴，不堪看。
细雨梦回鸡塞远，小楼吹彻玉笙寒。多少泪珠无限恨，倚阑干。

李璟传世的作品不多，于今留存不到十首，这首词是李璟非常脍炙人口的一首。首先要解释这首词的词牌名，《浣溪沙》大家都读过，正格是双调四十二字，比如晏殊的“一曲新词酒一杯，去年天气旧亭台。夕阳西下几时回？无可奈何花落去，似曾相识燕归来。小园香径独徘徊”。那么《摊破浣溪沙》从名字上来看肯定是与《浣溪沙》有关了，相比《浣溪沙》其在上下片各增加三字，移韵脚句作为结句。另外它还有一个别称，就是《山花子》。“摊破”的本身与唱法有关，是因乐曲节拍的变动引起句法的变化，就是突破原有曲调的格式。“摊”就是摊开，指的是在词中添字，“破”是指破句，就是将原有一句破成了两句。

了解完词牌，我们对这首词进行整体赏析。这首词的上阕主要是在写景，是对秋景的描写。先从视觉感官入手，这菡萏就是荷花，李商隐在写荷花的时候写到“唯有绿荷红菡萏，卷舒开合任天真”。菡萏的本意是还没有完全盛开的小荷花，但是到了唐代诗词中菡萏的意思已经扩大为指代所有的荷花了。

“菡萏香销翠叶残”，“香”是花香，突出了味；“翠”是叶翠，突出了色。味销色残，作者只用七字就把秋季的败落景象写了出来。第二句“西风愁起绿波间”，看似还是在写景，写了西风和绿水，“西风”就是秋风，“绿波”就是秋池中盈盈的绿水。香销叶残会让人感到惆怅，怎么西风也会愁起来呢？这里使用了拟人的手法，首句的秋容和次句的秋愁营造了一幅萧瑟景象的画面。

三、四句从写景转向描写情感，李璟叹息韶华易逝，人生中的美好年华很快就过去了，而人也变得憔悴了。第四句指出对一、二句描述的景象不忍去看，先布景而后生思，这是诗词里常见的写法。

词的上片情景交融，而词的下片就着重抒情了。托梦境抒发悲情，“细雨梦回鸡塞远，小楼吹彻玉笙寒”，在潺潺细雨中，梦里回到所梦之人所在的边塞，梦醒之后怅然若失，可望而不可即，梦中内容和梦醒之后的现实形成了鲜明的对比。这里的“鸡塞”是指边塞的鸡鹿塞，是汉与匈奴的边境，在今天内蒙古西部，南唐偏安江南，这里显然不是实指汉匈边境，而是泛指南唐的北方边界上的要塞。楼中的“玉笙”在这细雨中吹了整整一曲，呜咽的声音在这小楼中回荡。这样的意象与古诗十九首《西北有高楼》中的“上有弦歌声，音响一何悲。谁能为此曲，无乃杞梁妻。清商随风发，中曲正徘徊”相接。音乐的悲怆感又为这秋色和人心增添了几分寒意。

这两句是这首词中的名句，甚至是李璟词中最著名的两句。这两句的对仗特别工巧，不次于李商隐诗作的对句。这两句词的意境非常令人喜欢，尤其是“吹彻玉笙寒”，“彻”的含义是大曲的最后一遍，“吹彻”是指将一首大曲的最后一段吹完。李煜曾在《玉楼春》中写下“重按霓裳歌遍彻”之句，元稹曾写下“逡巡大遍凉州彻”之句。玉笙为什么会被吹寒呢？玉笙是用铜片发声，吹久了口水便会冷凝，因而会出现声

音不畅的情况，故称之为寒。这个时候就需要加热，这就是暖笙。这句词描写了在小楼里的女子寂寞地吹着一首长曲，直到把乐器吹寒，女子寂寞孤清的形象跃然纸间。这两句虚实结合，远近结合，声情并茂，梦回是虚，吹彻是实，鸡塞是远景，而小楼吹笙是近景。

最后两句一改前面的含蓄，直抒胸臆。面对着秋景的凄凉，思念的人远在边疆，脸上的泪珠和心中的情恨皆是无限，只能含泪怀恨幽怨地独倚栏杆，语已尽，情未已。

回首绿波三楚暮——南唐中主的下坡路

说到中主词，了解李璟的诗词爱好者们，会想起他的另一首《摊破浣溪沙》，词中的名句“青鸟不传云外信，丁香空结雨中愁”同样脍炙人口。相比《摊破浣溪沙·菡萏香销翠叶残》，它也是借景抒情，描写女子的怅恨，却将季节切换为暮春的落花时节。赏罢秋景，让我们跟随中主词走入南唐金陵的暮春。

摊破浣溪沙·手卷真珠上玉钩

李璟

手卷真珠上玉钩，依前春恨锁重楼。风里落花谁是主，思悠悠。
青鸟不传云外信，丁香空结雨中愁。回首绿波三楚暮，接天流。

与上一首词一样，本词也是代闺中少妇来写思念良人而生愁绪的作品。上一首叹的是秋思，本词反映的是春愁。在描写四季的诗词中，写春和秋的占了四分之三以上，景物有春花秋月，情感则有悲秋伤春。这两首词中的内容就有着春秋季节诗词创作的影子。悲秋，主要是悲秋风刚来时的初秋。比如上首词中的“菡萏香销翠叶残，西风愁起绿波间”，荷花香销是夏

天才过，西风初起而水面生縠皱则似人面生愁容。而伤春伤的是春天将去时的暮春。本词用雅洁的语言和深致的情感表达了作者的愁思和怅恨。

词的上片先从人物动作和形象入手，那是一名闺中少妇轻轻地卷起珠帘并挂在玉做的帘钩之上，简单一个动作却体现了她的身份。“真珠”，或作“珠帘”，“珠帘”为珍珠织成，“玉钩”为美玉所雕的帘钩，王勃的《滕王阁序》中有诗句“珠帘暮卷西山雨”，由此可以看出这位少妇是贵族出身。再看“珠帘”在诗词中的另一个含义，李太白有诗句“美人卷珠帘，深坐颦蛾眉。但见泪痕湿，不知心恨谁”，杜牧有诗句“春风十里扬州路，卷上珠帘总不如”，这两人的诗句，一是守空闺，一是诉别离，本词的首句已为将要抒发的离情别苦埋下了伏笔。

紧跟的一句“依前春恨锁重楼”与“小楼吹彻玉笙寒”有异曲同工之妙。“依前”是依然、仍旧的意思，结合前句，少妇的春愁春恨并没有因为她卷起珠帘，看到窗外的春景而减少，她的怨恨仍然充满了闺阁重楼。这是为何呢？是因为窗外的景更悲啊。

“风里落花谁是主”，这就将暮春的落花时节点了出来，这是“东风无力百花残”，是“水风空落眼前花”，闺人本欲出门消愁，却因景伤情，令愁更愁。女子不由得将目光投向春光将逝时的落花，暗问谁才是这散落风中、漂泊无定的落花的主人。于是她的思绪也随风卷起残红。难道她真的在问落花的主人是谁吗？她不过是想为自己孤独的，如落花一样的灵魂寻一个可以依靠的住所。

这首词上片表现手法独特，不落陈窠，一改《诗经》以来的诗作和同时期的词作惯用托物和借景起兴的表现手法的风格。先着眼于人，从人的动作到人的情感，再过渡到窗外的景物。借类似于今天电影的艺术手法进行描述，将视觉美感用一组双镜头呈现出来，这既是由人及景的蒙太奇手法，也是由内而外的移镜拍摄。

从音律上看，《摊破浣溪沙》上片最后的摊破句，似一组“七字问，三字答”的问答。“思悠悠”却只是沉思，并没有给出“谁是主”的答案。作者应该是不想在上片揭示答案，故以思绪做结，深埋一笔留待下阕。这也和后来的宋词习惯于上片和下片分作两事或者上片写景下片抒情的模式不同，让读者读来有意外之趣。

在下片中作者开门见山地给出答案了吗？也没有。作者转了个弯，解释上片中的“依前春恨”的深层次原因：“青鸟不传云外信，丁香空结雨中愁。”这两句是本词的名句，其传诵程度甚至超过了前首词中的“细雨梦回鸡塞远，小楼吹彻玉笙寒”之句。我们且看这两句妙在哪里。首先是形象和意象的使用巧妙。云外青鸟和雨中丁香，画面感极强，云外青鸟在画外，雨中丁香才是要重点表现的事物。其次是典故的使用，青鸟句为史典，丁香句为诗典。青鸟句用西王母和汉武帝的典故，青鸟从云外昆仑传来王母的音信，少时王母便降临建章宫。然而此句使用了该典故的反义，是说就连能飞到云外的青鸟都没有带来所思念的爱人的消息，那么爱人回来的日子就更是不可期盼了。

另一句则是诗典，看似是对春日未绽放完全的丁香花蕾的

描写，丁香花蕾在未绽放之时结成一团，形状好像人的心脏，形为心而名为结，不就是难解的心结吗？这其实是暗用了李义山的绝句《代赠二首》中的“芭蕉不展丁香结，同向春风各自愁”，以及《柳枝五首·其二》中的“本是丁香树，春条结始生”。

史典和诗典的运用让词的文学性上了一个台阶，这也是五代时期词开始文人化的表现。此外诗家在创作中以词句的似是而非为绝妙，既让读者有似曾相识的感觉，又给读者带来别出心裁的表现。比如“青鸟不传云外信”，“青鸟传信”似反借李商隐的“青鸟殷勤为探看”之意，又是承“青雀西飞竟未回”之意，而“云外传信”又是作者给青鸟加的新戏。再看“丁香空结雨中愁”，“丁香空结”与“芭蕉不展丁香结”的相似不再赘述，将丁香结置于暮春雨中的场景，则出自作者的新意。

佳作与过去的名句既相似又有所不同，初读时给予读者似曾相识的感觉，再仔细阅读体味又给读者带来别样的体验，这或许就是李璟这两句词的最大魅力。

当本词读到这里，相信各位读者的感觉和我的一样，用两个字评价就是“细腻”。人是闺中的人，景是特写的景，所有的描写都从细微之处入手。但在下片最后的摊破句中，虽然还是景物描写，但随着思妇的一次回首，她的目光移到了弘阔的场景中。“回首绿波三楚暮”，当她望向绿波时，三楚大地夕阳西下，夜幕将至。说到场景的弘阔，必须要解读一下“三楚”的意思。

“三楚”指的是战国中后期楚国广阔的疆域，为什么要叫

“三楚”？这其实是楚国建国以来疆域扩张的过程。楚国在西周初年成王时期初次受封，当时其领土在南蛮边界，是抵御异族入侵的第一道防线。历代楚君筚路蓝缕地开千里之疆域，使楚国成为春秋时期的大国、南方的霸主，建国时的原领地加上驱逐南蛮获得的领地，再加上春秋时期灭掉周边的封国获得的领土被称为南楚，这里也是楚国的故地。

在战国初期，楚国灭掉了另一个南方大国越国。之后，楚国的疆域再一次扩大，几乎囊括了春秋时期的吴国和越国的地盘。这里被称为东楚。

战国中期后，楚国故地遭受强敌秦国的军事高压而迁都寿春，在政治中心向北方发展的过程中，楚国出兵灭亡鲁国，还乘齐国被燕国击败之机坐收渔利，并杀死曾有东帝之称的齐闵王，获得了大片齐国领土。其后来占领的目前江苏徐州和山东一带的领土被称为西楚。项羽是徐州彭城人，秦国灭亡后，他把自己的封地定在了故乡，所以他的封号也叫西楚霸王。

“三楚”几乎囊括了整个长江中下游江淮流域的土地，三楚日落，展现在我们面前的是一幅“暮霭沉沉楚天阔”的场景。此刻女子眼中的绿波，也与“西风愁起绿波间”的池塘清波不同了，她望向的是横贯三楚的浩瀚的长江之波。“江入大荒流”，浩浩汤汤，向东一去不还，流向远方的天外云边。这位因暮生愁、愁满三楚的女子，唯有将愁情随着视线寄付给春日的大江。正如“问君能有几多愁，恰似一江春水向东流”的意境，本词借思妇之口，诉国事和身世之悲。然而将三楚和大江所能代表的忧愁加于一贵族少妇身上，这是其不可承受之重，事实上这愁应是李璟压抑已久的君王的国愁。

所以有说法称，这是一首借思妇之口来反映当时南唐尴尬的政治处境的词作。我认为很有道理。我认为贵族少妇的形象代表了他们自己追认的大唐皇室的出身，而“青鸟不传云外信”代表了江北十四州在后周世宗柴荣的军事高压下屡战屡败，代表领土的沦陷。“丁香空结雨中愁”是李璟对后周朝廷给南唐在外交和军事上可能带来的压力而感到惴惴不安，而词中的三楚之地，在当时几乎就是南唐的主要领土。

南唐建国时继承了杨吴大唐时期的江南东道吴地、淮南和江南西道部分地区；中主在位初期又曾灭闽和灭楚，所以南唐同时又拥有楚州、海州等西楚故地。南唐最盛时设三道三十五州，成为十国中疆域最大的国家。词中的“暮”，体现的是中主对国家未来和前景的担忧，而对于这种担忧，作为君主的他却无力解决，只能任它向东流向天边。

南唐中主李璟的词流传下来的不多，但不乏精品，这二首《摊破浣溪沙》更是五代词精品中的精品。王国维对这二首词甚为推崇，李廷机则评论《摊破浣溪沙·菡萏香销翠叶残》整首词“字字佳”，更有评论说其中妙句似律诗之俊美。在词还摆不上文学台面的唐末五代，中主词能与律诗相提并论，可见其文学性之高蹈。

关于《摊破浣溪沙·菡萏香销翠叶残》，还有一个小笑话，而这一笑话也让这首词在词史上更放光彩。在北宋中叶，大文学家王安石和黄庭坚曾讨论后主李煜的哪一首词最佳。黄山谷不假思索地说《虞美人》中的“恰似一江春水向东流”最妙，而他的结论或许符合我们今天的审美。

王安石却摇头说“我看不如‘细雨梦回鸡塞远，小楼吹彻玉笙寒’”，显然王安石把李璟的《摊破浣溪沙·菡萏香销翠叶残》当成了李煜的作品。不过结合李璟以一己之力让词这一文体登堂入室的文学成就，再看唐宋诗词大家王安石在无意间对中主词给予的高度评价，我们可以发现，李璟的词作以及他在文学上的造诣是不容忽视的。

神秀——冯延巳

那么对于南唐历史而言，中主时期是个什么样的时代呢？从政治上来看，这是南唐最强盛的时代。与前蜀相似，相对于北方，江南兵事不多，南唐的都城金陵成了文化士人的集中地，南唐经济富庶，经过杨吴和先帝的经营国力不断增强。而在中主前期，南唐开始征伐拓土，平定湖南，灭闽国，灭南楚，之后南唐成为五代十国时期南方疆土最大、军事最强、经济最富庶、文化最为兴盛的割据政权。

从文学发展上来看，宫廷是南唐文学发展的主战场，宫廷文学在南唐成就最高，君主和许多近臣是杰出的宫廷文学诗人。其中很重要的一个原因是，中主李璟喜欢文艺，善文辞，所宠幸之人多擅长才艺。比如他对精于文辞的冯延巳、精通乐律和书画的韩熙载的重用，此处要特别提到的，就是他从小的伙伴冯延巳。

在中主李璟还是太子时，高祖李昪看中了年轻的秘书郎冯延巳的才气，安排他与太子李璟交游，他便顺理成章地进入了东宫。所谓交游，是指两人不只有太子和僚属之间的君臣关系，两人还因为诗词成了很要好的朋友。这也为他后来的人前显贵和权倾朝野铺平了道路，同样让他为自己的任性和无能赢得了盖棺后的恶名。

说到冯延巳，他的名字就很值得推敲和训诂，有一些笺注作品，包括网络上可以查到的资料，将他的名字注释为“也作冯延己”。其实这个“也作”稍微训诂一下就完全可以排除：巳是十二地支，除了生肖对应蛇之外，也对应着十二时辰，巳时是现在的上午九点到十一点。延巳可以理解为巳时的延续，巳时后面就是午时了。午时，也就是十一点到十三点这个时段。此时正是中午时分，所以可以判断“延巳”之名取的是如日中天之意。可以说这个名字取得真好，委婉中带有霸气。

我们再结合他的字来看，因为一般来说古人的名和字存在着一定的联系，他的字为“正中”，时人又称他为“冯正中”，这与“延巳”所指的中午时烈日当空的状态相符。所以“延己”之名应为古代抄书之人笔误所致，笔误多了，也就成了一种“另作”和“也作”了。

记得前些年互联网上发生了一件事，就与冯延巳的词作有关，这个梗也让一句词火了起来。当时某个男明星发了一条微博：“风乍起，吹皱一池春水。”网友在看到这条微博后纷纷猜测，他到底要表达什么意思。

这里其实也涉及一桩文学史上的公案，而这个公案就和李璟与冯延巳这对君臣有关。这个公案说的是，有一天李璟正在和冯延巳讨论词作，忽然李璟想到冯延巳的新作《谒金门》中的一句词，便戏谑地问他“风乍起，吹皱一池春水。干卿何事？”。这里李璟引用了杜牧在黄州所作的一首诗中的句子，即“自滴阶前大梧叶，干君何事动哀吟”。

如果你是冯延巳，遇到这种事，你会怎么回答？如果直接

回怼皇帝，那你的情商就是零分，说不定你还会碰上被贬黜出京等意外惊喜。如果沉默不语，对皇帝报以尴尬的笑容，那你也只能算不及格。我们来看冯延巳的回答：冯延巳心想，自己这首词的传唱度可能有点儿高了，怕是抢了皇帝的风头，必须让皇帝找回面子。于是他马上拍起了皇帝的马屁，说“我的这首词写得不行，和陛下的‘小楼吹彻玉笙寒’一比较就相形见绌了”。这个马屁果然拍得不错，李璟满意地笑了。后来这个故事也就传开了，从此，“风乍起，吹皱一池春水”就代指多管闲事了。

单身的时候逗鸟要谨慎

我们先来看下这首多管闲事的《谒金门》。

谒金门

冯延巳

风乍起，吹皱一池春水。闲引鸳鸯香径里，手挼红杏蕊。

斗鸭阑干独倚，碧玉搔头斜坠。终日望君君不至，举头闻鹊喜。

春风乍起，吹皱了一池春水，这是多平实的语言啊，春风吹春水，平淡的语言给人一种清新的感觉，这就把刚刚迈进文学殿堂的五代词平实通俗的特点展现出来了。描写的画面中，是一名女子，闲来无事在花间小路上揉搓着红杏的花蕊，逗引着池中的双栖双宿的鸳鸯。这首词的画面便生动起来。山本无情，因雪白头；水本无情，因风起皱。本来水波不兴的池塘的水面上却因风平添了些许皱纹。一切景语皆情语，如果是老人脸上的皱纹，这是岁月留下的沟壑，就不能用“乍起”和“吹皱”来形容。

青年女子脸上起了皱纹，那就是愁绪导致的含颦、蹙眉，或许是这春风给她也带来了淡淡的忧愁，让她那美得如西子湖

一般的面容忽然有了涟漪。

一个“闲”字，体现了贵族少妇的清闲和春游中的百无聊赖。古代的春游踏青，很少是一个人去的。在宋明理学还未登堂入室之时，到了上巳清明，青年男女们三五成群，赏春、祓禊、野餐等，可她却是一个人在春游。人家在集体春游的都玩得不亦乐乎，那这首词的女主角在玩什么？她一边逗引着池中的鸳鸯，一边去捏才开的杏花，这得有多无聊。但是我们看了下文就会知道她为何一个人来春游，人家的目的是游玩，她的目的是遣愁。

可遣愁就遣愁吧，非得去逗引个池中鸟，逗引就逗引吧，非要去招惹那出双入对的鸳鸯。在“如何池上望，只是见鸳鸯”之后，她感觉到了在物物自成双的春天，她自己却独自一人。她在逗引鸳鸯时，也勾起了自己的相思，于是遣愁之行变成了添堵之旅。

这种无聊和相思究竟是为何呢？作者在下片做出了解释，“斗鸭阑干独倚，碧玉搔头斜坠”。一个人倚靠在栏杆上看着斗鸭角斗，头上的碧玉簪子也斜垂了下来。在古代，宫廷设斗鸡台和斗鸭栏，供达官显贵享乐，李白的《古风五十九首》中的“斗鸡金宫里，蹴鞠瑶台边”就提到了斗鸡一事，而晋代蔡洪和唐代的李邕都作过《斗鸭赋》。

“玉搔头”，我们在《长恨歌》里也见到过，“翠翘金雀玉搔头”，“玉搔头”就是玉簪。簪子为何叫搔头呢？这和汉武帝的典故有关，汉武帝曾取下李夫人的簪子来搔头止痒。本词女主角的“碧玉搔头斜坠”这里反映出了两点内容：一是这位女性的身份高贵，二是今天这位贵族少妇明显有些心情不佳。

我们先来看第一点，闲看斗鸭是她的日常生活内容，名贵的碧玉搔头也是她的日常配饰，所以她的身份高贵。再来看第二点，看斗鸭的时候她一个人倚着栏杆，这是孤独；头上的碧玉簪子垂了下来，这是随意。在出门前连妆容都懒得去弄，不是她不喜欢美，而是就和温飞卿在《菩萨蛮》中写的“懒起画蛾眉，弄妆梳洗迟”一样，心上人不在身边，她又打扮给谁看呢。

那为什么李璟会把冯延巳引为知己呢？我觉得一个很重要的原因是，冯延巳和李璟很像，他们像到在文学领域中能够心意相通。本词先是写景叙事，再缓缓道来情感，而最后一句和中主的那首《摊破浣溪沙》一样，如“银瓶乍破水浆迸”和“白鸟忽点破”一般，直接点出前面的无聊动作和看似邋遢的妆容打扮的根源。

“终日望君君不至”，直接点出了这位贵族少妇逗鸳鸯、揉杏花、看斗鸭、簪子垂的原因，原来她从早到晚都在思念自己的心上人，想他在何处，念他几时回。此时抬起头听到了喜鹊的鸣叫，作者不说“举头闻喜鹊”，而说“闻鹊喜”，一个“喜”字，不只是表示勾起了她的期盼，还预示着将有良人归来的消息传来。词到此戛然而止，本首作品收束在一个定格的画面上，这也留给了读者一定的想象空间。

五代之冠——《阳春集》

从冯延巳的为官经历来看，他一直走的都是清要部门的纯文人路线，从秘书郎到掌书记再到翰林学士，最后做到宰相。从冯延巳的经历而言，如果这个宰相是被养起来的副相，就像李林甫时代的牛仙客，李德裕时代的其他宰相，那么问题是不大的。但是他偏偏是负责全面工作的首相，这个履历缺陷就大了。先不提他没带过兵，没任过州刺史、节度使等，没有主政一方的经历，就是连六部等机构的主官他也没任过，不管他是不是个奸邪小人，至少他的治政能力是不能满足宰相一职的需要的。以冯延巳多次入相为代表，南唐中主在用人方面的一系列重大失误，是让南唐从盛转衰的重要原因。

但冯延巳为相时，正处于南唐政治稳定和经济富庶的时期。所以即便无能如他，他也一生生活优渥，无所事事，随时可一掷千金。所以冯延巳的词作多是以描写闲情逸致为主，文人气息很浓。他的词风格清新，似女子之淡妆，虽然他的词没有被收入到《花间集》之中，但世人在评价他时多把他和“花间鼻祖”温庭筠相提并论。正如陈廷焯所言，“正中词为五代之冠，高处入飞卿之室，却不相沿袭”。

“五代之冠”，这是极高的评价。一般被称为时代之冠的作品都是文学史上具有里程碑意义的作品，比如《庄子》被称为“先秦文学之冠”，《古诗十九首》被称为“五言诗之冠”。冯延巳的词虽然没被收入《花间集》，但冯延巳也开创了文学史上的一个里程碑。他的词集《阳春集》开创了一个第一，那就是第一部文人的个人词集。如果把《花间集》比作唐五代词坛上的第一张群星精选唱片，那第一个出个人专辑且大卖的就是冯延巳了。

可能会有温庭筠的粉丝说，还不是因为温飞卿的《金荃集》散佚了，否则这第一名怎么会轮到他冯延巳？大家喜欢某位诗人的心情我很理解，但是严格来说《金荃集》不能算是词集，而只能算是别集。《金荃集》所选入的内容不只是温庭筠创作的词作，还有他认为不适合选入到正式的个人文集的诗作。《阳春集》虽然说也是别集，却一首诗都没有选入，作品全部都是冯延巳的词作。

那为何《金荃集》与《阳春集》要以别集的形式存在呢？其实这是由词这类文体在唐、五代甚至北宋早期的尴尬地位决定的。当时文人把填词当成游戏，而不是文学，游戏所作的文体怎么能作为自己的传世作品入集呢？

不过，古代文人也好，现代的诗词学者也罢，常把温庭筠和冯延巳相提并论，以妆容来作比，温词似浓妆艳妆，冯词似轻妆淡妆。其实作比较的话还应该加上韦庄。他们三人的词风格相似，却又有所区别。个人认为用妆容相比，不如用不同类型的女子作比较。如果把三位词人的词作都比作他们眼中的美女，那温庭筠的词就是披锦着绣、描金戴翠、香浓艳抹的歌楼妖姬，鸳鸯锦、蕙香帷、水晶帘、玻璃枕，满眼望下去都

是奢侈品，就连妆残了都是“小山重叠金明灭，鬓云欲度香腮雪”。

韦端己的词作则有点儿“碧玉小家女”的感觉。“红楼别夜堪惆怅，香灯半卷流苏帐”，这就不像温词那样满是奢侈品，但是场景却不失雅致，且不带有一点儿寒酸气。这个女子不是出生于世家大族，但也不是出生于贫苦人家，这样的女子善解人意又清秀脱俗，同时带有一点儿民间烟火气。

冯延巳的词作，俨然是一个和平年代的贵族女性，她也着绫罗绸缎，也饰金佩玉，也用绣被香枕，但是冯延巳词的落点却从不在这些奢侈品上，对于贵族女子而言这不过是她们的日用品罢了，又何足道哉。贵族妇女也有愁情，谁还能没点愁事儿呢？但是她们的愁对于那个时代来讲，确实有点儿不合时宜。她们的愁和恨是什么？是“风乍起，吹皱一池春水”，是“细雨湿流光”，是“楼上春山寒四面”，是“谁道闲情抛掷久”，在平民喊出“宁为治世犬，不为乱世人”的时代，这些愁情算什么呢？用他自己的词来说“为问新愁，何事年年有”，这些愁就是贵族女子不知愁而新生的闲愁。

这和三位词人的社会地位和接触的女性相关。温庭筠为落魄书生，一生求官而屡遭其辱。他也是风流才子，好出入风月场所，所见女子皆为秦楼楚馆的歌女妖姬。虽然五陵年少能为她们一掷千金，她们所用的物件也皆为珍贵之物，但毕竟还是香粉气息过郁。

韦庄参加科举屡试不第，先后旅居洛阳和江南，但是他没有放弃努力，在进士科考试中奋斗了三十多年，近花甲之年才终得一第。在当时的生产力条件下，韦庄能三十多年专注于考试，不但要靠惊人的耐力和意志力，还需要足够的经济条件来支撑。而登第后的韦庄，人生随即高走，先是留京任职，而后作为皇帝特使前往西蜀，最后留在前蜀为相，可谓是苦尽甘来。他遇到的女子，也多数为士人家庭或富户家的女子，就像他笔下“纵被无情弃，不能羞”的女子，或是“说尽人间天上，两心知”的闺人，还有在讲解韦庄篇目时提到的秦妇和那位被王建夺去的爱妾。

冯延巳是位极人臣，相比“温韦”，他可没有那么多挫折的经历。人生高开高走，从东宫到台省枢机，再到权倾朝野，所以他的词相比“温韦”的词更像一位贵族女子或者宫中的女子。正因为拥有不同的经历，冯延巳才能创造出异于花间派的代表“温韦”的词作风格的作品，冯词才能称得上开北宋一代词风之先河。后人对冯词的评价极高，宋人赞冯延巳“学问渊博，文章颖发，辩说纵横”，王国维在《人间词话》中说“冯延巳词，晏同叔得其俊，欧阳永叔得其深”，也就是说为北宋文风改革做出巨大贡献的晏殊和欧阳修的词，都受到了冯延巳的词的影响。

镜里朱颜为谁瘦——《鹊踏枝》

能代表冯词最高成就的，一般认为有两个词牌的艳词。一为《菩萨蛮》，此前讲到过“温韦”也擅长这一词牌，温曾作十四首词，韦曾作五首词，都是传世佳作。二为《鹊踏枝》，相比《菩萨蛮》冯延巳这十几首《鹊踏枝》的传唱程度更高，尤其是下面这首《鹊踏枝·谁道闲情抛掷久》。

鹊踏枝

冯延巳

谁道闲情抛掷久？每到春来，惆怅还依旧。
日日花前常病酒，不辞镜里朱颜瘦。
河畔青芜堤上柳，为问新愁，何事年年有？
独立小桥风满袖，平林新月人归后。

首先还是从这首词的词牌讲起，这首词的词牌名来源于唐代的教坊曲，而这个词牌到了宋代有了一个更加出名的名字——《蝶恋花》。《蝶恋花》词多为描写多愁善感和缠绵悱恻的感情，但在这里为什么不能叫《蝶恋花》呢？据考证第一首易名为《蝶恋花》的词是李煜的《蝶恋花·遥夜亭皋闲信步》，冯延巳的这首词在李煜的《蝶恋花》之前，当时还没有这个叫法，故本词只能用《鹊踏枝》这个词牌名。

这首词的首句，作者用了一个设问起笔，“谁道闲情抛掷久？”，谁说这闲情逸致被我抛弃和忘记太久了？“每到春来，惆怅还依旧”，每到新春来临的时候，我的惆怅一如从前。“闲情”，有的注解解释为春愁，倒也没有问题，毕竟后句跟着春和惆怅。但是闲字没有解释出来，“闲”字说明了什么呢？什么样的人才会有闲情？答案并不是指向某一阶层的人，怀有闲情的人，一定是个多情且孤独的人。多情才会多愁善感，在情感无处安放之时，心中的感情便会漫溢出来，这份多出来的感情便是闲情。

这份闲情可不是钱，不是越多越好，就像一个物件一样，总要有存放的场所，无处安放便成了困扰。那么，有了闲情怎么办？第一句已经在隐约中给了我们处理意见，那就是抛掷，就是把它丢掉。但是丢得掉吗？作者没有丢掉，一个是丢不掉，另一个是他也舍不得丢掉，带来的结果就是平添春愁。

当这闲情已经变成了春愁，又当如何消愁呢？——“日日花前常病酒”。每天一个人在花前月下痛饮，每次都喝得酩酊大醉。

在古诗词中，酒经常以消愁解忧的形象出现。唐代的罗隐曾写下诗句“今朝有酒今朝醉，明日愁来明日愁”，而南宋词人对春愁似乎和冯延巳有同样的理解，蒋捷就曾写下词句“一片春愁待酒浇”，直言有了愁那就得喝点酒。

不过这用酒来消愁其实是有严重的后遗症的，那就是对身体不好，喝酒伤胃、伤肝、伤脾、伤肾，另外还致癌。对于词

中人而言，过度喝酒带来的结果就是“不辞镜里朱颜瘦”。日日病酒导致了朱颜瘦。有人要问了，喝酒为什么会使人变瘦，喝酒的人不都很胖吗？此处有个生活细节要和大家说明一下，喝酒不会令人瘦，大家千万不要用这种方式去减肥，否则就不会出现什么啤酒肚、脂肪肝、酒精肝了，而且高兴地饮酒和郁闷地饮酒也会带来全然不同的结果。词中的人瘦不是因为饮酒，而是因为愁，愁是一种心理疾病，愁会令人瘦，还有什么会令人瘦呢？

那就是病，这个病是身体上的疾病。从生愁到以酒消愁，再到饮酒伤身，心病未去身病又至，这是颓废生活带来的结果。既然都病了，既然都瘦了，为什么还要用“不辞”呢？关于“不辞”，李白有诗句“五岳寻仙不辞远”，皮日休有诗句“不辞相伴到天明”，纳兰性德有词句“不辞冰雪为卿热”。然而这里的“不辞”却浪漫得令人难过，面对着无处安放的闲情，却只能颓废地寄托于酒，哪怕为消愁而身死，也是虽九死犹未悔。然而在镜中看到的憔悴的朱颜，是词中人通过镜子对自己容颜的凝望。当一个人对着镜子看，然后感慨我怎么又老了，我怎么又瘦了，我怎么又憔悴了，这是一种自恋。这种颓废和自恋来源于什么？就是南唐的中主时期的大环境。

南唐中主中期，后周世宗柴荣开始统一计划，周主柴荣御驾亲征，与南唐在淮河以北大战，南唐淮河水军全军覆没，李璟上表向后周称臣，去帝号割江北十四州，迁都洪州（南昌），南唐再也无力恢复全盛时期的版图，同时朝中的党争和相互倾轧也让南唐看不到希望。

蒋勋先生在对五代词进行讲解时，对这个时期的颓废和自恋做了诠释，这里的颓废是炙热之后的冷灰，是伸展之后的收缩，中华民族在大唐之后文化收缩，正如十九世纪末欧洲颓废的美学一般，美国的崛起让欧洲无力回到工业革命早期世界老大的地位。这是一种辉煌后的落寞，人也是如此，为什么很多人考上理想大学或者完成人生中一件重要的事之后会进入一种迷失状态？因为没有找到新的着力点，他们认为我的人生中可能不会再有这种高光时刻了，他们此前的信仰或崩溃或迷失。

蒋勋先生将这类文化现象定义为“南朝文化”，这里的“南朝”不是实指南北朝的南朝，这里的“南朝文化”深受一种心理的影响，这种心理就是一个没有定都在北方的政权，有着特殊的地理位置，怀着独自把经济繁荣和政治稳定下来的期望，可是对于统一却又深感无力的心理。这种心理上的无力带来的就是行动上的收缩。这些收缩行为对于文明和人生来说都是种沉淀。在我看来蒋勋先生的“南朝”可以换一个更恰当的词，这个词同样适合南唐和后蜀，这个词就是“偏安”。所谓偏是与统相对，所谓安是与乱相对。

沉淀的过程中除了颓废还有自恋，自恋的文化其实是自我窥视、自我欣赏的文化。于镜中向内窥视是一个文明，一种文化，或者一个人在扩张时期没有去做的事。这种自我欣赏对于个人而言，是南唐贵族的生活状态，甚至是冯延巳个性化的体验。对于落寞的唐文明来说，是对信仰、对民族价值观的重新审视和思考，是否我们在万国来朝、金戈铁马、慷慨悲歌的那段时间里，对生活、对个性化的内容太过忽略了？

词的上阕已经引起了读者的思考，我们再来看看下阕。与上阕写情不同，下阕将笔墨放在对景物的描写上。词的下阕

读上去好像是在看一幅画卷。河岸上的芳草，河堤上的春柳，铺就了一幅美好的春景图。当看到这美丽的春景时，这位词中人的心情依然不是很好。他不禁扪心自问，为什么我年年都会平添新愁呢？上片有闲情，下片又来了新愁，因何而愁？是像《谒金门·风乍起》那样因心上人不在而愁吗？作者没有说。但他绝不会是因春而愁，他的愁情来自内心，春来只是引发新愁的外因。

他一个人站在桥头之上，怅然远望，任风吹进衣袖，并灌满衣袖。“独立小桥”可以是壮怀激烈，也可以是孤独满怀。风吹起衣袖的飘飘欲仙，和他的孤独感并存，既有喜悦又有感伤，喜悦的是这风可能将他的愁绪带走，感伤的是这风也可能会带来新愁。只有那远处平原上的树林，在暗淡的月光下陪着他。原来作者强调的还是孤独。

这一句景色很美，画面感很强，但是对于“何事年年有”这一问题，作者并没有回答。但是一个人在小桥上吹着风，只有影影绰绰的树木陪着他，这种寂寥的景色不就是词人要表达的吗？“独立”是寂寞，“风满袖”是凄凉，陪伴着他的是暗淡的新月和远方的树林，这还需要用更多笔墨去写怀吗？这正如欧阳修的词句“平芜尽处是春山，行人更在春山外”一般，在这里收笔恰到好处。

一代词宗一代奸相

论诗之后，总要论人，可讲到冯延巳时，我却总想着要跳过这一步，因为他的词真的让我爱不释手。相对于对他的词风做出的评价，历史上对他的官品和人品做出的评价并不是太高。与他同朝的孙晟对他的评价是“鸿笔藻丽，十生不及君；诙谐歌酒，百生不及君；谄媚险诈，累劫不及君”。冯延巳在政治上虽然不似政敌攻击的那般阴险，但说他治国无能、拍马有道却也不是毫无根据的。

陆游的《南唐书·冯孙廖彭列传》中有这样的记载：“以文艺进，实无他长。”这是说冯延巳凭借文学才能和艺术天赋获得了君王的赏识，从而被提拔重用，但他在其他方面实在一无所长。文艺可不是指唱歌跳舞的特长，诗人或者词人没有当过什么像样的官，通常是不会被史书单独列传的，都被归在文艺传中，比如《新唐书》中的孟浩然就被归入《文艺传》中。

此外他还“讥笑烈祖戢兵，以为龌龊无大略。尝曰‘安陆之后，丧兵数千，辍食咨嗟者旬日，此田舍翁，安能成天下事。今上暴师数万于外，宴乐击鞠，未尝少辍，此真英雄主也’”。陆游在传记中举了这个例子来全方位反映他的人品和无能。冯延巳在公开的场合，讥笑烈祖李昪不似人主，缺少雄

才大略，有点儿小家子气。并说在安陆之战后，损失了几千士兵就十几天吃不下去饭，天天愁眉不展、长吁短叹，这怎么能成大事呢？再看看咱们现在的皇帝（指代李璟），数万将士出征他国，他每日丝竹宴饮不断，踢足球等体育活动也没有耽误，这才是真正的乱世英雄啊。

这一段内容，把冯延巳佞臣的形象刻画得非常饱满。妄议高祖已属欺君罔上，他敢这么做，原因在于当朝的恩宠正隆，而这也体现了他蒙蔽君上的能力。把李昪的忧政忧军及勤勉国事讥为田舍翁行为，可见他对乱世政治形势的判断无能，对兵戎军事重要性的一无所知，以及他治国才能的平庸；而贬高祖而赞今上的行为，则是赤裸裸的拍马屁行为。这种把坏事说成好事的极端低劣的行为和令人作呕的说辞，把冯延巳彻底地钉在了祸乱南唐国政的耻辱柱上。

再说回他的词，别样的清新的确是不能被否认的。无论是“细雨湿流光，芳草年年与恨长”，还是“梅落繁枝千万片，犹自多情，学雪随风转”，清词丽句中不但有美好的形象，还有细腻的感情，既没有堆砌文史典故，又没有使用佶屈聱牙的词语。冯延巳的词从来不会曲高和寡，虽贵却又不秾，虽秀却又不瘦，比如在《长命女·春日宴》中，他用“春日宴，绿酒一杯歌一遍，再拜陈三愿”这寥寥数句就把时间地点和想要做的事情交代清楚了。他的作品就像早期的流行歌曲，旋律简单，朗朗上口。

五代词和北宋中期以前的词非常符合通俗歌曲的定位，尤其是像二十世纪八九十年代的流行歌曲。比如看到这首《长命女·春日宴》我会想到邓丽君，想到那首《甜蜜蜜》，就是这么清新，甚至有些直白，但是容易理解，容易传唱。

这就是五代时期词开始代替诗成为生命力最强的文学形式的原因。以宫廷流行歌曲的形势存在，是词经历的第一个时代，而这个时代又被王静安在《人间词话》中称作“伶工之词”时代。然而随着中主李璟时代的过去，一个使“伶工之词”脱胎换骨的人出现了，他就是“千古第一词帝”——李煜。

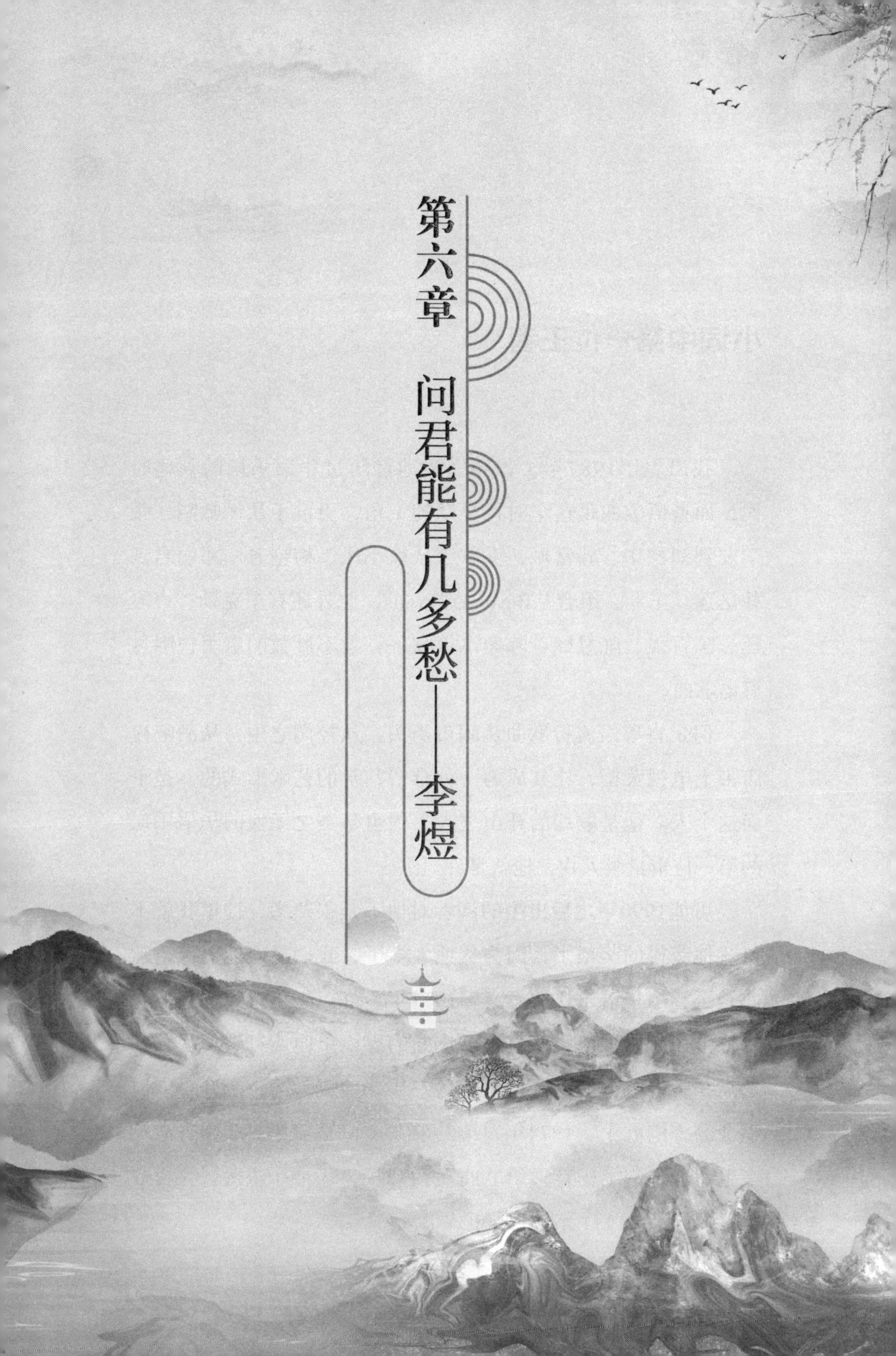

第六章　问君能有几多愁——李煜

小词中第一位王者

我出生于1987年，曾经完整地经历过华语乐坛的鼎盛时代，而粤语歌曲是这个时代早期的主角，男歌手从谭咏麟、张学友到刘德华、郭富城，女歌手从徐小凤、梅艳芳、邓丽君到林忆莲、王菲，组合从Beyond到Twins，此外还有李克勤、卢冠廷、陈百强、陈慧娴、陈奕迅等歌手。数不胜数的歌手曾唱过粤语歌曲。

但是将粤语流行歌曲从闹市街头，从校园之中，从酒吧夜店带上电视荧幕，让其成为一种雅俗共赏的艺术形式的，是下面这个人。他是歌坛的开山之人，他也是当之无愧的华语乐坛的第一位重量级人物，他就是许冠杰。

可能1990年之后出生的读者对他不是很熟悉，这里我就不赘述他获得的奖项了，因为奖项太多了，我们只谈他对粤语歌曲乃至整个华语乐坛的意义。1971年，许冠杰正式签约宝丽金唱片公司，并推出第一首自己作曲的粤语单曲，打破英文歌和老歌在香港电台的统治地位。1973年，他成为第一个开个人演唱会的香港歌手。1974年，他的歌曲《鬼马双星》成为香港英文电台播放的第一首粤语歌曲。1976年，《半斤八两》大卖数十万张，粤语流行音乐市场正式形成。

之所以在本章的开篇花费大量笔墨介绍许冠杰，是因为他和本章节的主人公李煜有着非常重要的相似之处。正如许冠杰对粤语流行音乐市场的正式形成起着至关重要的作用，李煜对于宋词（注意这里是宋词，不是词，也不是五代词）的正式登场也起着不可或缺的作用。

李煜，是一个不想当皇帝的文人，一个可与翰林学士媲美的皇帝。李煜的词作，尤其是南唐亡国之后的词作对宋词的影响实在是太大了。王国维先生在《人间词话》中称："词至李后主而眼界始大，感慨遂深，遂为变伶工之词为士大夫之词。"这句话的意思是，从李煜的词作开始，词的格调开始变高了，之前的词即便是士大夫所作，也是为乐工所作，令歌女歌之，是拿不出手的上不得台面的小词。

词以文学体裁的形势出现是在隋代，可是隋代的词一首也没有流传下来。在第一个大量作词的诗人温飞卿出现以前，在盛唐除了部分不知何人所作的《敦煌曲子词》流传下来之外，我们熟知的佳句大概也只有李白的"平林漠漠烟如织，寒山一带伤心碧"，以及"箫声咽，秦娥梦断秦楼月。秦楼月，年年柳色，灞陵伤别"等，传世的佳句不多，就更不用说佳作了。

中唐时期的诗人如韦应物、刘禹锡、白居易等为了饮酒作乐，也依调创作了不少宴饮词。比如《调笑令》，这是作一种酒令游戏的唱词，有点儿类似于现在的击鼓传花，比如"胡马，胡马，远放燕支山下。跑沙跑雪独嘶，东望西望路迷。迷路，迷路，边草无穷日暮"。这首曲子循环演奏，唱词可能会换，一会儿是韦应物的《胡马》，一会儿是戴叔伦的《边草》，一会儿是王建的《团扇》，当歌唱和伴奏停下来的时候，传递的物品在谁的手中谁就要饮下面前的酒。

当唱到“迷路，迷路”的时候，手中的传递物要传回给上一个人。所以《调笑令》又被称为《转应曲》，而当游戏输了之后，就会奏起小令《三台》，根据内容分为《宫中三台》《突厥三台》等，《三台》就是游戏输了之后饮酒时的唱词。如果这时候有人不想喝酒，歌女们就会唱起催饮词《抛球乐》，以此来劝他饮下酒，“幸有抛球乐，一杯君莫迟”嘛。

中唐时期的小词，除了白居易和刘禹锡的《忆江南》留下了“日出江花红胜火，春来江水绿如蓝”和“弱柳从风疑举袂，丛兰裛露似沾巾”的佳句之外，其他的几乎都是酒宴娱乐的俗曲。

在温飞卿之后，以花间词派为代表的词派婉约惆怅得过于柔弱，多作宫廷里坊的俗作。此时的词尚未创作出雅俗共赏的内容，不像《诗经》那样内容完备，《诗经》俗有《国风》，雅有《雅》和《颂》。而且此时的词还不具备诗具有的言志的政治属性。作为靡靡之音，士大夫阶层也不会认可词成为士人阶层文化的一部分。

当然我们不能一味强调艺术形式的高雅性而抛弃了通俗文学，因为单纯讲求高雅性而不具备通俗性，文学和艺术就像失去了水一样，会因为没有消费市场而消亡，正如南宋词便因士大夫将它全盘文人化而没落。反过来，只重通俗而缺乏艺术性也不行，毕竟只重通俗它会因为没有文化的传承价值而消失，比如隋代和唐代的伶工词作。然而李煜既不是伶工，也不是士大夫，为何词从他这里开始就有了远大眼界，有了家国之情，有了士人之魂？这一切要从他的身世说起。

“五个李煜”之隐士李煜

说到李煜，其实这个时候他还不叫李煜，他不是太子，也不住在东宫，而只是南唐中主李璟的芸芸皇子中的一个，他是皇六子李从嘉。李从嘉从与皇位无缘到坐上南唐皇帝的位置，其实是一个意外接着一个意外的结果。在中主李璟刚刚继位之时，他并没有立太子，而是在烈祖灵前起誓，一定要立弟弟齐王李景遂为皇位继承人。我们看他弟弟李景遂的封号——齐王，在南唐齐王可不是随便封的，因为南唐代杨吴后的第一个国号就是齐。如果按照正常发展的话，李景遂作为储君，以后登上皇位，那么南唐的皇位基本就与李璟的直系后代无缘了。

但是事情并没有那么顺利，第一个意外出现了，李璟继位不久，便在宰相孙晟的建议下开始反悔，打算立战功赫赫的长子李弘冀为太子。这个时候齐王李景遂已经感觉到了事态的变化，于是主动提出让贤，将皇位第一顺位继承人的位置让给了李弘冀这个大侄子。虽然事情有点儿波折，但是皇位还是没有李煜什么事，他哥哥是不可能立他为皇太弟的。

就在李从嘉优哉游哉地当着闲人王爷的时候，皇位继承的另一个意外发生了。太子李弘冀害怕叔叔李景遂以后夺位，在宫中明目张胆地将其当场毒杀。李璟震怒，几欲杀太子，但又不能杀他。在齐王死后，放眼望去，诸位皇子中只有长子李弘冀能保住江山，但是太子李弘冀还是因此被废。这还不是最终的意外，太子被废一年后，又一个意外来了。废太子李弘冀在一年后因梦到齐王叔叔来索命而受到惊吓，最终身亡，这或许就是所谓的一名换一命吧。

此后，意外接二连三地到来，李从嘉的几个哥哥先后离世，最终只剩下他和弟弟李从善有继位的可能。这会儿其实他还有一半的机会躲掉这个皇位。如果说意外还不够的话，那么李从嘉最后成了皇位继承人也是一个意外，而这个意外居然是他曾经为避祸而写下的两首词造成的，下面我们就通过他的两首《渔父》来了解这件事。

渔父二首

李煜

浪花有意千重雪，桃李无言一队春。
一壶酒，一竿纶，世上如侬有几人？
一棹春风一叶舟，一纶茧缕一轻钩。
花满渚，酒盈瓯，万顷波中得自由。

还是先讲《渔父》这个词牌吧，最早写这个词牌的是唐代的张志和，他题的词牌名为《渔歌子》，有佳句“西塞山前白鹭飞，桃花流水鳜鱼肥”，据传当时他一连写了五首。《渔父》也好，《渔歌子》也好，这一词牌大多描写渔家的闲致生活，将渔民的生活诗意化，把渔翁的闲散快乐通过轻松的词作表现出来。当然后世也有人批评把渔家生活诗意化得过了头的

现象，明代大学士孙承宗就在诗中写过“画家不识渔家苦，好作寒江钓雪图”。但李煜的这两首词，却不只为了自己闲情逸致的生活。

首先这是两首题画词，题的是一幅春江钓叟图。先来赏读一下这两首词，其实内容也很简单，第一首先是两幅景色图，浪花卷起了千重雪，桃李树花开一排，春色盎然。浪花和桃李加上了有意和无言，作者把看淡俗事的感情加了进去。像这位渔父一样，每天带上一壶浊酒和一根钓竿到江中怡然自得地垂钓，不用去想那么复杂的斗争，这种快活的生活能有几人拥有呢?

如果说第一首的景物是静态的，那么第二首的景物就动了起来。画面上有渔夫驾着一叶扁舟顺风摇桨，这桨划动的不只是水波，每一次划行都含着春风。此时浊酒和钓鱼竿都有了，再看看他带的渔线和鱼钩吧，是茧缕和轻钩，这钓鱼工具稍微有点儿寒碜，但是对于渔夫来讲这是不要紧的。因为他的志并不在鱼，鱼代表什么？姜子牙钓鱼时讲究“愿者上钩”，李白写过“闲来垂钓碧溪上”，这个鱼可理解为权力的象征。可李煜笔下的渔夫明明在钓鱼，却又不求鱼，他求的是什么呢?

是自由。李煜要的是个人快活的自由，或者退而求其次，是可以活着的自由。

史书记载，太子李弘冀为人刻薄，喜猜忌，入主东宫后，所有可能对他的皇位构成威胁的人都成了他的眼中钉和肉中刺，其中便包括他的六弟，当时还叫李从嘉的李煜。为了避祸，李煜选择隐遁修佛，我们通过他当时的号就可以看出这点，他号钟隐、莲峰居士，有人要问了，隐和莲峰不都是道家的名字吗，李煜不是在修佛吗？

这是因为在六朝之时释、道开始趋向合流，这里要引入玄学的一些知识点，玄学源于道家和儒家的合流，它的发展共分为四个阶段。

第一阶段是以“贵无思想”为主的“正始之音”阶段，代表人物是何晏和王弼，他们的思想受《老子》影响。

第二个阶段是“竹林时期”，代表人物是阮籍和嵇康，他们提出“越名教而任自然”的理论，批判司马氏披着儒家思想的外衣行篡夺政权之事的阴险虚伪的行为。他们的思想主要受《庄子》影响，这一时期政治上的清谈开始出现。

第三个阶段是“元康时期”，是“竹林时期”的发展，代表人物是郭象，他的思想也受《庄子》影响，但是这一时期玄学主张“崇有”理论，反对何晏和王弼的“尚无思想”，还主张“名教即自然”的理论，认为逍遥世外和从事功名事务是一回事，这是儒家和道家的合流。

第四个阶段就是东晋时期，代表人物是僧肇，佛教的快速发展使得佛学成为清谈的重要组成部分，而清谈从政治活动变成了一种文化活动。这一时期儒、释、道三教正式合流，玄学的思想将“尚无”和“崇有”有机地结合起来，合有无为一。至此玄学成为一种集大成的思想，但是三教合流后，玄学这个外壳的历史使命也就完成了，三教互相汲取营养后再次分离开来。

在唐代，佛教和道教实现进一步融合，外来的佛教开始本土化，道教用佛家思想来充实其体系，有一部分原因是唐代国教是道教，但是崇佛的君主有不少，此外还有数次灭佛运动。

通过《渔父》词，李煜表达了自己无意争夺权力，只期待徜徉于山水之间的志趣，我们可以把这个时期的李煜看成一位求生避祸的隐逸之人。在隐士时期，他的词作多为隐逸消沉、简约素淡的风格，格调普遍不高。但是就是他在避祸中的所作所为，表现出的恬淡、谦和和无为，却又意外地被一个人看在眼里，这个人就是他的父亲李璟。

李弘冀死后，李璟不得不考虑另选继承人的问题。李璟在位时期多年的用兵和扩张，不但劳民伤财，还换来了淮北十四州沦陷的败局。他需要的是一位能与民休息的继承人，或许正是李煜这种不争的态度，打动了李璟。就在李璟准备立李煜为太子的时候，重臣钟谟进言称“从嘉德轻志弱，非人主才”，李璟大怒，直接找个借口把钟谟贬到了饶州。其实钟谟说得没错，每次我看到这段进言的时候，总会想起宋徽宗赵佶登基前大臣的那句“端王轻佻”的进言。

李璟心意已决，再也没有什么意外能够阻挡李从嘉成为皇帝。而后李从嘉被封为吴王，任尚书令，开始知政事。李璟迁都洪都后，令其为金陵留守。似乎就在一夜之间，一个闲人，一个修佛之人，成了一人之下万人之上的太子。

公元961年，后唐中主李璟去世。这次没有发生意外，李从嘉顺利登基。南唐的皇帝在登基后都有改名字的习惯，而且他们的名字里都带有一个日字，以期他们所认为的大唐能如日中天。即位的李从嘉也面临着改名这件事，于是“日以煜之昼，月以煜之夜”，南唐后主李煜这个名字被记入史册，这也标志着他的隐士时代正式结束。

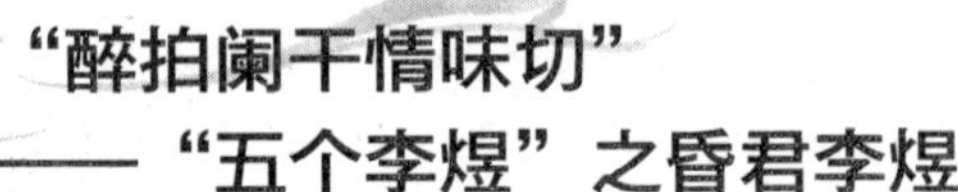

“醉拍阑干情味切”——“五个李煜”之昏君李煜

李煜的昏君时代，也是他的词创作的第二个阶段，是他坐上皇帝位置的第一个阶段，这一阶段主要是指他继位后十几年的太平天子生活。在那个“兵戈乱浮云”的五代十国，这位刚刚继位的南唐新君会拿出什么治国方略呢？很遗憾，史书记载李煜“性骄侈，好声色，又喜浮屠，为高谈，不恤政事”。看来李璟在用人方面眼神真的不太好，不光是选错了宰相，更选错了接班人。

接班后的李煜做了什么事情呢？可以用三个“沉溺”来形容：沉溺于宫廷享乐，沉溺于美人声色，沉溺于艺术创作。作为一位君主，他在这个人生阶段成就最高、最为人乐道的两件事情都与治国理政和强兵富民无关。一是在音乐上的造诣，他在音乐创作中取得了重大成就，他和皇后周娥皇一起搜集残谱，并重新修订了失传已久的大唐名曲《霓裳羽衣曲》。自安史之乱，唐玄宗“九庙不守乘舆西”后，梨园倒闭，弟子星散，代表大唐最高音乐水平的大曲《霓裳羽衣曲》就此失传，一直到唐末长安都未能奏起这首大曲。自诩为大唐接班人的李煜，终于让这首盛唐之曲响彻金陵。

当时大周后有一把焦桐琵琶，它是古代名琴，她经常弹奏起后主所作词的词调，甚得后主喜爱。词作《浣溪沙》中有词句“佳人舞点金钗溜，酒恶时拈花蕊嗅”，描写了李煜和大周后香艳的宫廷生活。

南唐夜宴——重按霓裳歌遍彻

最能体现李煜昏君阶段生活状态的词，将南唐奢靡的宫廷生活描画得最完整的词，将李煜的浪漫展现到极致的词就是下面这首《玉楼春》。

玉楼春

李煜

晚妆初了明肌雪，春殿嫔娥鱼贯列。
笙箫吹断水云间，重按霓裳歌遍彻。
临风谁更飘香屑，醉拍阑干情味切。
归时休放烛花红，待踏马蹄清夜月。

看了这首词你的第一感觉是什么？是绮丽，奢华，格调，以及浪漫吗？是的，这是李煜继位之初、南唐无战事时期的宫廷生活。此前我们提到过南唐在五代时期经济和文化的地位，由于民间的富庶和文化的繁盛，热爱文艺的南唐最高统治者李煜的宫廷生活自然也就更加丰富多彩。

我们先看一下南唐“盛世”宫廷的景象，“晚妆初了明肌雪”，妃嫔和宫女们刚刚化了晚妆，这盛妆下的肌肤如雪一

般明亮洁白，光彩照人。“春殿嫔娥鱼贯列”，晚宴开场了，嫔妃和宫女们鱼贯而入，进入宫殿中开始唱歌跳舞。在头两句中，李煜可谓是极尽渲染宫中夜宴奢华绮丽之能事。先来看“晚妆”这个词，女子化妆就是化妆，而这里为什么要强调晚妆？这第一层意思就是在强调这些嫔妃宫女们每天不止化一次妆，反映了宫廷中君王妃嫔享乐活动的频繁。

另一层意思就是，妆容代表了她们对晚宴活动的尊重程度。在古代，宫中晚宴是宫廷中最为重要的活动，妃嫔也会穿着盛装、化着盛妆来出席活动。春殿更是晚宴活动级别最高的宫殿，李白曾有诗称“宫女如花满春殿”。色泽浓艳的妆容配上春殿的歌舞笙箫，在南唐皇宫，那个时代最富庶的贵族的夜生活正式拉开序幕。

在这场华丽的宴会中又有哪些活动内容呢？“笙箫吹断水云间”，有乐工在吹奏音乐，笙箫一直在吹，夸张到将云和水的连接处都吹断了，相比之下中主词“小楼吹彻玉笙寒”的格局就小了些。除了吹奏还有弹奏，反复弹奏唐代大曲《霓裳羽衣曲》，一再歌唱这首长曲。

此处，我们讲一下《霓裳羽衣曲》的来历。它由唐玄宗时期的河西节度使杨敬中所献，起初叫《婆罗门曲》，听名字应该是南亚的舶来品。而后，唐玄宗亲自重写编曲并召集翰林文人重新填写了歌词，它由《婆罗门曲》变成了具有中华仙界美感的《霓裳羽衣曲》。然而在安史之乱后，“梨园弟子散如烟”，此曲也就慢慢地失传了。后来，南唐后主李煜偶然间得到了谱子，把它交给了一个叫曹生的乐工。曹生非常擅长弹奏琵琶，但是努力之后也只是粗得其声，曲谱未能尽善。正好大周后是一位琵琶高手，她的弹奏水平或许不如曹生，但是从音乐欣赏水平的角度来看，贵族的审美能力当然远远超过乐工的审美能力。经过李煜和大周后的整理，盛唐大曲《霓裳羽衣曲》终于在南唐重现于世。

我们回到这首《玉楼春》的赏析中，这里的“吹断”和“重按”也是对李煜的任性的描写。他喜欢这首曲子，重新创作之后他对这首曲子有着感情，宫中演奏这首曲子时他自然欢愉，而一再重复则体现了他的随意和纵逸。

上阕写了开宴和宴会之中的场景，下阕就该写酒过三巡和曲终人散了。“临风谁更飘香屑？”这句问话好像就是李煜本人问出来的，南唐宫中有掌香的宫女，她们将香粉撒遍宫中，到了这里这个晚宴除了让我们感受到了视觉和听觉上的奢华，也让我们感受到了嗅觉上的奢华。或许是风将香粉吹了过来，刺激到了这位君主的鼻子，他的醉眼隐约看到了撒香粉的宫女，心中感觉“你怎么这么好看”，借着酒劲嗔问了一句“是谁在撒香粉”，然后哈哈大笑，再饮一杯，只留下那名美丽的宫女在风中凌乱。

如果说“临风”一句是醉后赏美，那“醉拍阑干情味切”就是单纯的自恋后一个人的狂欢了。前一句是已醉而不知醉，后一句是已醉而知醉。喝醉的人一般有两种状态，一种是抑制状态，一种是兴奋状态，李煜显然是后者。刚才还在坐着饮酒，现在就跑到了栏杆边上，伴着随风而来的香气，听着宫殿里的曲子，跟着节奏拍打着栏杆，沉溺在自己的世界里无法自拔。从“你怎么这么好看”变成了“我怎么这么好看，这么有才，这么浪漫”。

歌歇舞罢，作者的酒醉也醒了三分。此刻他望向金陵的天空，月色更明亮了。“归时休放烛花红”，其实这是李煜在回寝宫的路上吩咐属下的话，他告诉属下回去的时候就不要点蜡烛了。那为什么不要点蜡烛呢？因为虽然歌舞已散，但是余兴未了。春殿与寝宫之间有些距离，皇帝不选择乘坐龙辇回宫，而是选择骑马回宫。为什么要骑马回宫呢？因为浪漫和恣意对他来说更重要。他要踏着这一路清朗的月色回去。最后一句极妙，妙在月色在马蹄之下，让马蹄之声入耳，让月之清光入目。而且他不直说马蹄踏的是月光，而说是夜月，借着酒劲就好像骑马穿行在天河一样。这首《玉楼春》全词笔法自然，虽格调不高，但描写生动，刻画细腻，喻象中见情思，浅白处见悠远。

手提金缕鞋——与小周后的初相识

这个时期李煜的词作多描写宫廷生活和男女情爱，除了和大周后的故事，还有他和小周后的轶事，当时周娥皇生病，妹妹经常以探病之名进宫，一来二去后主便看上了这位年轻漂亮且机灵有才的妹妹。大周后久病，后主便偷偷地把妻子的妹妹纳为妾，他对妻妹的宠爱不亚于之前对大周后的宠爱。

李煜在《菩萨蛮·蓬莱院闭天台女》中这样形容妻子的妹妹：“脸慢笑盈盈，相看无限情。”这里的“慢”同“曼”，甜美的容颜洋溢着令人融化的盈盈笑意，我看着你，你看着我，怎么看也看不够，情话怎么说也说不完。在《菩萨蛮·花明月暗笼轻雾》中，李煜把与妻妹的一次幽会记录了下来，这首艳情词让李煜看上去更像一个多情郎，同时也让他坐实了昏君的称号。

菩萨蛮·花明月暗笼轻雾

李煜

花明月暗笼轻雾，今宵好向郎边去。

刬袜步香阶，手提金缕鞋。

画堂南畔见，一向偎人颤。

奴为出来难，教君恣意怜。

这首词实在是太直白了，狎昵之意体现得如此直接，很难让人相信这是一首君王的作品。而且这还是一首以女性视角来记录与男子私会的作品。“花明月暗笼轻雾”，在月色暗淡之时，花却显得格外明快和娇艳。在月黑的时候，一般来说都会有点儿事情发生，边塞诗有“月黑雁飞高”，是说要打仗了，酒令中有“月黑杀人夜，风高放火天”，是说要杀人放火了。可是这首词中的月黑之夜，加上娇艳的花色，再笼罩着一层薄雾，似乎就变得浪漫起来。潜台词是女子为了这次相遇，除了本人准备好了，就连月亮都自觉地暗下来，还有一层迷雾为我遮掩，还有花配合我一起浪漫。这花除了真实的花，是不是也指这位精心装扮的约会少女呢？正是有了第一句的景，才有了次句“今宵好向郎边去”的事儿。

再看看这位女子是如何去寻找她的如意郎君的。她穿着袜子走在洒着香粉的台阶上，手里还提着自己的鞋子，是不是感觉这个女子像一只小猫在夜里踱步一样？她脚步轻轻，为了不弄出声响，提着她的鞋子，也可能是出来得太急了还来不及穿上鞋。这双用金线缝绣的鞋子显示了她的贵族身份。一名贵族少女手提金鞋，仅仅着袜子步过香阶来到宫中，她的心情想必是既害怕害羞，又激动幸福。这里已经隐约地暗示了她要见的人是谁了。

下阕写他们约会的场景。“画堂南畔见”，点出约会地点在画堂南畔，画堂好像一直都代表是个浪漫的地方，李商隐也曾在《无题》中写过“画楼西畔桂堂东”的诗句。到了约会地点，她看到情郎早已经在这里等待着，这位情郎相比《静女》中的男子，还是很守时的，也不像《山有扶苏》中的男子那样一见面就和自己的爱人开玩笑。

这位少女是怎么做的呢？一眼瞧见情郎她便加快脚步，一下子依偎在男子的怀里。在刚刚被拥入怀中时，因为紧张和害羞，女子的身体还在微微颤抖。这再次验证了，对于这次约会，女子满怀激动之情。最终，这位女子对爱情的向往和冲动战胜了她的紧张和娇羞，所以就有了下面的词句。“奴为出来难，教君恣意怜”，这是女子对她的情郎说的话，大意是“你知道我出来一次有多不容易吗，今夜请郎君一定要好好爱我”。

关于这两句的含义，我的翻译略显保守了一些。我们来看看“恣意”这个词的含义，“恣意”是任意、放纵、无拘无束的意思。深夜在宫中幽会，越过礼教的束缚，来到了深爱却不能公之于世的爱人身边，我要珍惜这个夜晚。女子毫无忌讳地表达了她对君王的感情，而李煜用极其逼真的描写手法将本词的情感全部释放出来。他没有要感动谁，甚至他连自己也没有感动，但是这首词从专作情语的角度来看，可谓于无声处听惊雷。

读者看到这里一定会觉得李煜是个渣男，在自己的妻子生病期间竟然出来与妻妹偷情，真是不可饶恕。从这首词来看，你说他是一个昏君，我会举双手赞成，但是你说他是渣男，我难以认同。不认同的原因并不是我觉得他可以这么做，而是当时的时代性和李煜身份的特殊性。

不用今人的尺量古人的长短，不用今天的镜子去正古人的衣冠，这就是我一直以来坚持的学习历史的观点。这是什么道理呢？就是说做任何道德评判的时候都要结合其历史性和社

会性。在李煜的时代，莫说是皇帝和皇族，就是官员和富户家中尚蓄姬妾数人。李煜如果真的对妻妹有意，一纸诏书便可让其入宫为妃，何必偷偷摸摸的呢？他在南唐可是拥有绝对的权力，他为什么不这么做呢？

从后来的爱情发展来看，李煜对大周后真的是情深义重。在大周后去世之后，他不但写下诗句“珠碎眼前珍，花凋世外春”来感慨妻子的离世，更是在遭受丧子亡妻之痛后感慨“前哀将后感，无泪可沾巾”。他在悼念亡妻的文中称自己为“鳏夫煜”，在悼念妻子时数次落泪甚至伤心至疾。

最后，他既没有辜负他死去的妻子周娥皇，也没有辜负他的妻妹。他没有宣布将她纳为妃子，在中国古代一夫一妻多妾的婚姻制度下，妃子地位再高，也只能算是妾，比如唐代的杨贵妃，比如明代万历年间的郑贵妃。不久后，李煜将其妻妹封为皇后，周氏一门两女先后为后。

李煜与大周后之间是真的爱情，爱到不愿意让她知道他和妻妹之间的感情，或许他真有些许愧疚，于是暗中将其纳为姬妾。他把大周后当成了他的妻子，他只是一位普通的丈夫。

他让我想起了明代的正德皇帝，也就是荒唐的明武宗朱厚照。当他逃出皇宫，注意这里是“逃”，不是光明正大地走出皇宫，不是像康熙、乾隆那样多次下江南，而是背着内阁大臣去玩，去做他作为皇帝想做而不能做的事情。但是很意外，他在北方的一个关隘被一位正直的总兵拦住，无论这位出宫的皇帝怎么下诏，这位总兵都不肯开关。如果他一定要出去，那么就要以抗旨不遵为罪名，把这位总兵杀了。但是这位青史留名的昏君并没有这么做，因为他知道总兵是在履行自己的职责。但是他还是想出关，他就在这位总兵出去巡视的时候再次出关。

举这个例子的意义是什么呢？虽然李煜和朱厚照有绝对的权力，但是两位皇帝并不是为所欲为之人，虽然这并不妨碍历史把他们定为昏君，因为在治国这一方面，他们确实缺失不小。但是他们还是明白做人的道理的，他们有一定的良知，他们知道什么事情是对的，什么事情是错的。

可能有人会说，你对他们的要求也太低了吧。其实这对普通人而言很简单，但是对帝王来说却很难得，请参考王立群老师曾经在《百家讲坛》中引入的“帝王人格”的概念。这个概念是王立群老师在讲汉高祖时引出的。刘邦被项羽打败了，开始逃跑，身后有追击的敌兵，眼看要被追上了，他一脚就将自己的老婆儿子踹下了车，然后属下帮他救了回来，然后他再踹下去，属下再帮他救回来。对于普通人来说，这是难以理解的行为，但是对于具有“帝王人格”的人来说，保证自身和绝对权力的安全是凌驾于伦理道德之上的。

正德皇帝没有用他的绝对权力去杀掉总兵，李煜考虑到与大周后的情意而不在她活着的时候正式封小周后为妃，这说明他们超越了“帝王人格”，不会随意利用他们手中的绝对权力。如果说明武宗诛杀刘瑾还是展现了他具有“帝王人格”的一面的话，那么这也从侧面说明了李煜不具备“帝王人格”，他真的不适合成为一位君主。

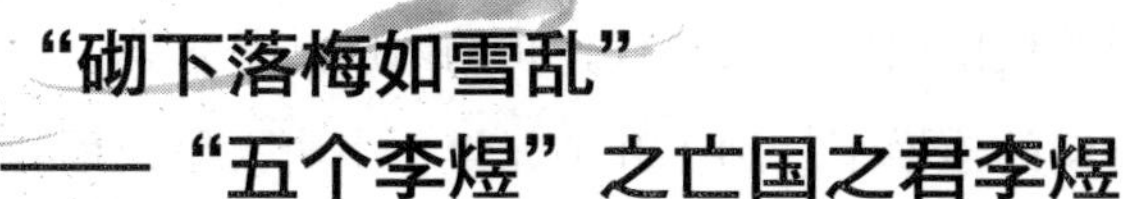

“砌下落梅如雪乱”
——“五个李煜”之亡国之君李煜

同样是继位之后，入宋之前，为什么李煜的君王时期要拆为两个阶段来介绍呢？这里有两个原因，其中一个是主要原因，就是南唐和北方朝廷的关系发生了变化。在李璟去世后，北方政局发生了变化，南唐的军事压力陡然增加。后周世宗柴荣辞世，赵匡胤陈桥兵变黄袍加身，后周柴宗训禅位，北宋建立并且取代蒸蒸日上的后周，北宋这个并吞九州、意欲一统天下的庞然大物开始猛虎下山。

但是猛虎下山总要做好准备，宋的方略是先南后北，先易后难，虽然南唐在南边，但毕竟是个大国强国，不符合“易”这个条件。而且南唐还去号称臣了，于情于理宋也不能先对南唐下手，在实力不占绝对优势的时候，面子上还是要过得去的。

前十年南唐北面向宋称臣，南唐在形式上是北宋的臣属，名义上是北宋的封国。这十几年是南唐与北宋政府的蜜月期，这段时间对应的就是李煜的昏君时代。在这个蜜月期，这两个政权好到什么程度呢？我们来看几个事件。

宋建隆二年，这是北宋建立的第二年，宋太祖发诏祝贺李煜登位；建隆三年，北宋释放南唐降兵千人；乾德元年，李煜亲自到汴梁以臣子身份面见宋太祖，而后请求免除参拜不名之礼，宋太祖没有答应；乾德二年，大周后去世，宋太祖派遣使者前来吊唁；乾德三年，李煜的母亲辞世，太祖又遣使吊唁；乾德四年，李煜派使臣出使南汉政权，相约两国共事宋朝，这简直就是战国时期的连横了。到了开宝元年，南唐大旱，稻谷绝收，宋太祖赐米十万石给南唐赈灾，注意这里可不是借，而是赏赐，是不用还的。在这十年蜜月期里，北面称臣给李煜带来了十几年的太平君王生活，所以他才能“醉拍阑干情味切”，才能“玉树后庭前，瑶草妆镜边”。

可是老虎总是要吃人的啊，事情是如何发生变化的呢？那是从北宋开宝四年开始。这一年北宋灭掉了盘踞在华南一带的南汉政权，屯兵汉阳，对南唐虎视眈眈。然而李煜认为坚持事宋方针不变就可以继续保平安。

为了苟延残喘，李煜已经不在乎南唐的外交地位了，一边继续降低自己的身份，改国号为江南国，自称为江南国主，一边派郑王李从善前往宋朝朝贡，继续请求取消赞拜不名。在蜜月期的时候，对于取消优待的这一请求，宋太祖是一直不同意的。

什么是赞拜不名呢？看过《三国演义》的都知道这也叫参拜不名，是衰弱的汉室赐予权臣的一项特殊待遇，也就是权臣地位和身份的象征。在东汉末年，主要享受这一待遇的就是董卓和曹操，他们的待遇是“剑履上殿，赞拜不名”，下一步就是加九锡，仪同天子，然后就是明目张胆地篡位了。这是从西汉到新政权，东汉到曹魏，曹魏到西晋篡位的标准化流程。

"剑履上殿"好理解，秦汉官员上殿时，虽然不用站着，但是到了大殿门口要脱下鞋子，将佩剑放在殿外朝见皇帝。在宫廷中能穿鞋子的只有皇帝、宦官和侍卫，而"剑履上殿"的待遇就是把这个流程给免了，是一种功臣的特殊礼遇。

"赞拜不名"相对"剑履上殿"就更尊贵一些了，因为汉代时名只有君王和父母长辈能叫，朋辈之间一般称字，叫名就等于骂人。晋见皇帝就不一样了，赞礼官一般要高唱晋见大臣的职务和名字，比如刘备在晋见汉献帝时如没有赞拜不名，那赞礼官就要高喊"宜城亭侯、领豫州牧、左将军刘备晋见"，而有了参拜不名的曹操进殿时就不用被赞礼官喊出大名。

可是这一次，赵匡胤居然答应了李煜，同意了他免除参拜不名待遇的请求，这对于李煜来讲坐实了大宋臣子的地位，地位的下降会不会让李煜伤心呢？其实这个优待对于李煜来说一点儿用也没有，因为他以后根本就不会去东京朝宋。所以呢，宋太祖顺便就帮他选了一个人替他提前享受做臣子的感觉。赵匡胤扣下了使者，这次的使者不是一般的使者，不是使相（外交宰相），不是丞相，而是南唐第二号人物——郑王李从善，由此可见，这次入宋李煜是诚恳得不能再诚恳了。但"人为刀俎，我为鱼肉"，诚恳的外交政策和有超能力的外交官又能改变什么呢？于是就出现了世界历史上最常见、最熟悉且被后人一再重现的一幕，就像巴黎和会的中国，慕尼黑会议的捷克斯洛伐克。一言以蔽之，弱国无外交。

自李从善被扣留后，李煜便感受到了亡国的危机，但是他仍然抱有幻想，这是一种不切实际的幻想，这种幻想也导致他在几年的时间里像一只鸵鸟一样没去做任何事情，就连瞬间烧毁宋军千艘战舰，再次上演赤壁绝杀的机会都错过了。

李煜在政治和军事上不作为，那他把时间都用到了哪里呢？和隋炀帝的后期很像，他日日设宴饮酒，但如今的酒宴已经和前些年的“重按霓裳歌遍彻”的时候不同了。那时是夜宴欢歌，此刻却是愁饮悲歌，这酒正如冯延巳的词“日日花前常病酒”所写的那样，是越喝越冷、越喝越瘦的病酒。

这段时间，他时常感怀他的弟弟郑王李从善。自出使后，李从善从一人之下的王爷，变成奉国礼事大的使臣，又变成被软禁羁押的人质。他整合心中的思念，在一次酒宴之后写下了《清平乐·别来春半》。

清平乐·别来春半

李煜

别来春半，触目柔肠断。砌下落梅如雪乱，拂了一身还满。

雁来音信无凭，路遥归梦难成。离恨恰如春草，更行更远还生。

关于这首词的创作时间有些争议，蒋勋先生在《蒋勋说宋词》中讲到这是李煜本人对旧都和故乡的思念，他认为本词是李煜归宋之后的作品。然而沈永品先生则认为这首词是李煜怀念李从善的作品，詹安泰先生在编注《李璟李煜词校注》中也采信了这一说法，同时央视关于南唐的纪录片中也将这首《清平乐》作为李煜在朝期间的作品。针对这个争议，本人结合了李煜写给被软禁在北方的李从善的《却登高文》来看，认为这首词是李煜在南唐期间创作的这一看法更为可信。结合关于南唐的宫殿装饰和种植植物的记载“以销金红罗罩壁，以绿钿刷

丝隔眼，糊以红罗，种梅花其外”来看，这一首《清平乐》中的“砌下落梅如雪乱”，可以作为李煜在宫廷中饮酒伤怀的证据之一。

从这首词第一句来看，他描绘的是暮春的景色。一般的江淮地区正月春归，二月左右开始落梅花。结合《却登高赋》来看，此时的李从善被扣在东京已经快一年了。春天已经过去一半，李煜在醉饮后看到这个时候的景色，忽然想到弟弟李从善还在北朝，还不知什么时候能回来，想到这里不禁肝肠寸断。

眼前之景描写的是春半之时江南梅花凋落，落在宫殿的阶前，就如白雪一般，落在人身上的，被人拂去，之后又有一层落下。从这两句来看，李煜此时的词相比隐士时期和昏君时期的他的词出现了哪些变化呢？其一是出现了“愁”字，这个落梅代表什么意思？花瓣满地，落在身上的花瓣被掸去之后，又有一层花瓣落在人的身上。阶前花乱便是心乱，拂去心乱却又愁入满怀。这种愁不再是他和冯延巳笔下的在宫廷享乐中感受到的闲愁，而是确实感受到了家国危机，却又无能为力的忧愁。

上阕是眼前景，下阕是情景交融。好像就在此时他站在玉阶上望向北方的天空。春归大雁回，此时已是暮春时节，可是从善，这大雁为何没有带来你的消息？李煜在这里暗用了苏武牧羊的典故，《汉书·苏武传》中有这样的记载：“天子射上林中，得雁，足系有帛书。”就是这汉使编的小故事，让传说中的帛书带回了被羁押在北海十九年的苏武。但此时的北宋不是分裂后的匈奴，南唐也不是强汉，在两家的实力对比如此明显的情况下，即便是出现了雁系帛书的奇迹，李煜知道了李从善在北宋的消息，李从善也不会有北去回国的可能性。“路遥归梦难成”，是因为路途太远了吗？即便是思念着你，我们也难以相见。古人认为梦境相通，即使见不到你，哪怕能梦到你也好。可能这路途真的遥远，我想梦到你，却梦不到你。

词的上阕写了近景，阶前和落梅都是眼前的景象。下阕开始对远景进行描写，作者把镜头拉向远方，在这幅春景图里他看到了天空上的鸿雁，还有遍地滋生的春草。此时的李煜看山已不是山，春草自然也不是春草，它并不能代表春的生机，而是一种诗词意象化的事物。这一意象的使用源于汉代《招隐士》中的“王孙游兮不归，春草生兮萋萋”。后世，尤其是唐代将它作为远游不归的意象大量在诗词中使用，比如王维的“春草明年绿，王孙归不归”和“随意春芳歇，王孙自可留”，白居易的“又送王孙去，萋萋满别情”，杜牧的“日暖泥融雪半消，行人芳草马声骄”。

这里文学典故用得极为恰当，暗含的王孙身份也与李从善的身份极为相符。对于李煜而言，这不是春的美好，而是满怀的离别之恨。比如上阕中的落梅，闲情满满的冯延巳的笔下是“梅落繁枝千万片，犹自多情，学雪随风转”，而到了李煜这里便是“砌下落梅如雪乱，拂了一身还满”，后者的落梅实属令人讨厌。不论走多远，这春草都还在滋长，不管走多远，这恼人的春草还在蔓延。如果说落梅还是愁的话，那么春草就是恨，这里作者用更生动的语言和更形象的比喻，来进一步表达无法摆脱的恨，这就是诗词中比的妙用。

全词以愁和恨点题，一步一步将感情加深，有先后呼应又层层递进，情感和气氛渲染得非常自然，却又力透纸背。这也

是李煜在家国情怀中迈出的第一步。当然这一首词也是词从伶工之词迈向士大夫之词的第一步。

但这首词与李煜入宋之后的作品相比，家国情怀看上去并没有那么浓厚。他只是在饮酒之余的愁情和兄弟之情中隐约流露出一点儿家国情怀。其风格和后来的《相见欢·无言独上西楼》《浪淘沙·帘外雨潺潺》以及《虞美人·春花秋月何时了》的深邃入骨有相当大的不同。相对《清平乐》的感情，李煜的另一首怀念李从善的词《长相思·一重山》则更进一步。

山远天高烟水寒——《长相思》

结合《却登高赋》，李煜的《长相思》一般认为是作于亡国之前，那一年李煜主动上表请求宋太祖赵匡胤允许使者郑王李从善返回南唐。已经铁了心要灭亡南唐的北宋将会做出什么选择？其结果可想而知，赵匡胤断然否定了他的请求，没有办法的李煜在这一年的秋天因怀念弟弟而创作了词作《长相思》。

长相思·一重山

李煜

一重山，两重山。山远天高烟水寒，相思枫叶丹。

菊花开，菊花残。塞雁高飞人未还，一帘风月闲。

此时的词牌，除了来源于五代新声，一般多出自唐教坊曲。《长相思》词牌的来源可以追溯到东汉末年，源于《古诗十九首·客从远方来》中的“著以长相思，缘以结不解”，后来南朝乐府中出现了以《长相思》为题目的乐府诗，南朝著名的诗人萧统、徐陵、江总都有作品，主要内容遵从《客从远方来》的诗意，多写相思之情和离别之苦，形式上一般以五言体

为主，比如萧统的“相思无终极，长夜起叹息”。然而到了中唐时期，《长相思》又变为长短句的词，每句用韵，以白居易的《长相思·汴水流》为正体而固定下来。

回到李煜的这首词，我们可以看出它使用了与《清平乐》类似的意境，同样采取了以物起兴的手法。不同的是所选取的景物，因为《清平乐》作于春天，而《长相思》作于秋天。但用以寄托的身份没有变，李煜在两首词中都把自己比作了思念夫君的闺中人，在《清平乐》中他看到落梅春草而伤春，在《长相思》中他看到枫叶丹菊花残而悲秋。

“一重山，两重山。山远天高烟水寒”，句句用韵且有长短句的参差变化，让人读起来朗朗上口。因怀人而向远方望去，只能看到这一重重山，在深秋之时水天相接的地方烟雾缭绕，阻挡了视线，入秋后天气渐冷，江河之水在烟雾缭绕中释放逼人的寒气，不但使得体寒，更令人心冷。

“相思枫叶丹”，而相思的感情却又随着秋色渐浓，变得像枫叶一样，枫叶越红，思念越浓。此时的李煜看山依然不是山，在感受到了来自北方的压力后，入秋后北方冷空气的入侵让他想起北宋朝廷的军队随时都有可能与自己的偏安政权开战，再加上自己最为信赖的弟弟不在身边，他不禁要打一个寒战。在李煜还叫李从嘉时，我们对他的评价用了“隐士”这个词。隐士时期修道和崇佛的基础，让李煜在处理政治、外交和军事事务时带有佛系色彩。对于处于乱世的国家来说，佛系君主随时都有可能给国家带来亡国的灾难。

继位后，李煜处理与北宋的关系时采取一味事大的策略，这就好像战国时代的连横亲秦的策略，他年年纳贡，自请贬折权仪来委曲求全。在国内，他不思修德整备，每天只是吟咏宴游，苟且偷安，同时崇奉佛教，每日“以无为之心，示好生之德”，希望北宋看到一个听话的南唐，一个无为的君主。他从前是一个隐士，所以他希望他的国家做一个乱世中的隐士，以保全国祚和宗庙。一个人可以躲进山里，一个国家要躲到哪里去呢？而且北宋对待南唐的态度，怎么会和他的父亲李璟对待他的态度一样呢？他的父亲李璟看到他不争权，便把皇位传给他，北宋看到南唐示弱，就会停下统一的脚步吗？

但是此刻李煜把他那隐士风格的处事方式从他心中，从他的王府中搬到了庙堂之上，使它变成了国家意志。此刻的南唐复兴已经是不可能的事儿了，皇帝只会逃避。但是到了李从善入宋之后，亡国的阴影一直在上空徘徊，他已经不能再逃避了。

回到词中，李煜用一组对比来体现对亡国的担忧和对弟弟的思念，“山远天高烟水寒”是视觉上的冷色调和触感上的冰凉，而“相思枫叶丹”中的“丹”不只是视觉上的暖色调，还有热血丹心之意，是有温度感的一种存在。越是在危难之时，就越能想到自己所信赖的人。通过这个对比，李煜的脑海中或许会出现一个场景：“如果这时候李从善在，他会有什么主意？他会帮我做些什么？即使都不能，我还有个可以信赖的人在身边，我们还能说说话。”这是一种什么样的心理状态呢？这是畏惧和思念并存的心理状态，畏惧是萧瑟的寒，思念是炽热的暖。

下阕的“菊花开，菊花残”，和《清平乐》的托物起兴又是很类似，“别来春半”是春天过去大半，“菊花残”是秋

天即将过去，更寒冷的冬天即将来临。“塞雁高飞人未还”是说，大雁都已经回到南国了，而滞留在北方的弟弟却没有返回金陵。在金陵的秋色中，弟弟熟悉的金风与秋月都在，而本应在这里和我一起赏景的你却没回来，即便是良辰好景对我而言也终是虚设，此刻的我无心欣赏帘外的景色。

在《清平乐》中，李煜写下词句“雁字音信无凭”，使用了“鸿雁传书”的典故。在这里李煜也用了“大雁”这一意象，不同之处是这里的大雁不再是传递书信的邮递员。此处作者用大雁知归来反衬人不知还，相比《清平乐》在情感上无疑又迈进了好几步，或许是阔别更久才能有的心情吧，而这也是我认为《长相思》之作要晚于《清平乐》的原因。

对于这首词，前人评价最好的是《南唐二主词辑述评》：“此词以清淡之笔，写深秋风物，而兼葭怀远之思，低回不尽，节短而格高，五代词之本色也。”“节短而格高”，词在五代时能出现“格高”这个评价，恐怕只有李后主一人，即便我再喜欢“柳暗魏王堤，此时心转迷”和“薄幸不来门半掩，斜阳，负你残春泪几行”，我也不会说韦庄和冯延巳格高，他们只是情深而已。

从以上两首词与前面的词的比较可以看出，李煜此时的词已经不再是单纯的伶工之词了，格调较隐士时期和昏君时期的词有了提高。词这种体裁从花间和尊前的束缚下摆脱出来，词不再只是伶人和歌女口中的曼歌吟唱，也不再是士大夫隐而不露的情感表达，而是诗人们进行抒情的新文体选择。在李煜身后，随着文人士大夫涌入词坛，家国情怀和身世际遇的内容被引入词中，词的表现领域开始扩大。

天下大势，分久必合，合久必分。从后周世宗柴荣大踏步地统一计划开始，纷争已久的五代十国乱世行将结束，人心思统，继承了后周遗志的北宋让天下的再次统一指日可待。公元974年，赵匡胤令李煜入朝，李煜托病不去。

随后宋与吴越开始联合讨伐南唐，李煜甘当鸵鸟的时代即将结束。不过有着三十余年积累的江南还是有实力的，即便有着鸵鸟般的君主和混乱的庙堂，在两国的夹击下，南唐仍然坚持了一段时间的两线作战。在公元975年的冬天，宋军包围都城，李煜不投降。十二月，宋军攻破金陵，李煜肉袒出城，奉表投降。同时南唐残兵停止巷战，历朝三代，享国近四十年的南唐正式灭亡。李煜随着宋军返回汴梁，被封为违命侯。

李煜的帝王时代结束了，大宋灭了他的国家，让他成了俘虏。李煜在治国方面无疑是消极的，他在位十五年，对于北宋的无理要求全盘接受，他只是想拖延时间，不去做亡国的君主，不去做俘虏。当时南唐大文学家徐锴在临死前对家人说："吾今乃免为俘虏矣。"可见南唐君臣对即将到来的亡国并不是没有心理准备，而是李煜带着他们做鸵鸟，他们早就料到了国家的亡国结局，只是不愿意去相信，甘愿和李煜一起做鸵鸟。

与此同时，作为词人的李煜，获得了新生。他或许不知道，或许能猜到，又或许根本不会去想，虽然他的国家被征服了，但是他将用文学征服这个新的朝代，他的作品将统治这个朝代数百年。

动摇满怀风——“五个李煜”之翰林学士李煜

李煜在亡国前夜，迫不得已地为国家的独立和自己的自由挣扎了一下，没想到竟然抵御了数年。但长期不修军政的国家，如何能与迈出统一步伐的大宋抗衡。在城破之际，投降的李煜只得带着四十五名皇亲贵胄们北上入宋。

刚刚入宋的李煜一定是不习惯寄人篱下的生活的，想到了亡国之时出城投降的场景，不由得悲从中来，于是将对故国的不舍与当时泪辞宗庙，成为俘虏的场景联系起来，于是就有了下面这首《破阵子》。

破阵子·四十年来家国

李煜

四十年来家国，三千里地山河。凤阁龙楼连霄汉，玉树琼枝作烟萝，几曾识干戈？

一旦归为臣虏，沈腰潘鬓消磨。最是仓皇辞庙日，教坊犹奏别离歌，垂泪对宫娥。

这首词从景到感，是他人生的一次转折，更是一次幻灭。蒋勋先生曾说这首词是李煜一生中最诚实的回忆。诚然，诚实也最真实，在我看来他的诚实主要体现在三个方面。首先是记忆的诚实，这首词从南唐四十年的历史说起，这在五代十国中算是寿命最长的政权了。再说南唐的疆域，统治江南三千里大好江山，而江南富庶，宫中自然就更繁华。具体的表现就是，宫殿楼阁高耸入云，高阙连甍，直通天际。这是他在一国之君的位置上的感觉，这体现了南唐的富庶和宫内生活的奢侈，也体现了这位君主每日都处在深宫之中，尤其对宫殿的华丽难以忘怀，甚至对他而言，对三千里地山河和四十年来家国的记忆，远不如对凤阁龙楼和玉树琼枝的记忆深刻。

“几曾识干戈”则更说明在他的记忆中南唐和江南就没有怎么打过仗，由此我们也能看出，他根本就没有重视过南唐的军事。不识干戈源于他连横事大的外交思想。合纵和连横是战国时期纵横家们提出的外交和军事思想，简而言之，合纵是联弱而抗强，连横是事大而凌弱。李煜采取的就是事大朝的策略。李煜曾经派使相去南汉，注意这里不是使臣，而是使相，是以宰相名义出使的官员，派这么高级别的官员去他国干什么呢，是结交吗？还是谈生意呢？都不是，李煜的使相居然是去和南汉谈一件事情，就是我们一起事宋吧。

南汉政权在口头上并没有反对，而是用行动证实了一切，他们不但没有事宋，还将南唐使相扣在了南汉。但是这个事情，也说明南汉没有正确判断大形势，就在拒绝事宋的不久之后，北宋就率先出兵把南汉灭了。这下南汉后主只能老老实实率先给大宋当儿子了。经此一事，李煜更加坚定了靠着侍奉强国来保住祖宗的基业，不用武力抵抗宋军的想法。于是他和南唐坚持将鸵鸟政策进行到底。

第二个诚实来自感官的诚实。如果说上阕都是旧时繁华的记忆的话，那下阕就是亡国之际的现实感受了，李煜并没有回避什么，而是很诚实地表达了出来。“一旦归为臣虏”，是把自己袒缚出城的场景写了出来，但是带来的是什么感受呢？这里他用肉体上的感受映射出了心灵的难受。“沈腰潘鬓消磨”，“沈腰”是沈约的腰，此处使用了沈约瘦腰的典故。这个典故的内容是，沈约要辞官，就找了自己年老多病的理由，说自己的腰每个月都要瘦掉半分，皮带不得不一直去弄紧一些。后来这个典故多被戏曲用于指代男女情思所引起的病瘦。

这是古代四大风流韵事之一，另外三个典故在诗词上也被广泛引用。第一个典故是韩寿偷香的故事，说的是西晋帅哥韩寿与权臣贾充之女私通的故事，引用该典故的诗句有“贾氏窥帘韩掾少”，词句有“身似何郎全傅粉，心如韩寿爱偷香”。第二个典故是相如窃玉的故事。这个典故大家都耳熟能详了，是指司马相如和卓文君私奔的故事。这里的玉可不是真的玉石，而是说美人如玉，从司马相如当时的身份和处境来看，他将卓文君带到家徒四壁的成都老家，实在属于窃玉之举，宋人刘过的词句“且来卖酒伴相如”便引用了这个典故。最后一个典故是张敞画眉的故事。这个典故的内容是，京兆尹张敞每日在闺中为他的妻子画眉妆。这个典故也有不少诗词引用，最有名的就是朱庆余的诗中的那句“妆罢低声问夫婿，画眉深浅入时无”。然而欧阳修在《南歌子·凤髻金泥带》中直接写到“走来窗下笑相扶，爱道画眉深浅入时无”，描绘了北宋中产阶层的从容生活。

“潘鬓”是潘岳也就是传说中的美男潘安的鬓发，李煜非常喜欢用潘安来比美男子，包括将潘安的小字檀奴和檀郎入词。潘安帅到什么程度呢？古代通俗作品《世说新语》中的《容止》中记载了这样一个故事：“潘岳美姿容，尝车出洛阳道，路上妇女慕其丰仪，手挽手围之，掷果盈车。”这一段内容还是比较通俗的，是说潘安长得太帅，出来的时候，路上的妇女手挽着手围观，看完之后就往他的车上扔水果。

李煜的词也多次借潘安来自况，在词《一斛珠·晓妆初过》中有句“烂嚼红茸，笑向檀郎唾”，大家知道这个红茸是什么吗？是槟榔，看来我们嚼槟榔的历史还是很悠久的。

为什么李煜在成为俘虏之后，首先关注的是他的腰和头发？他怎么会有心情在当了俘虏之后，自顾自怜地去看自己？他先关注的不是十二月的冷风，不是故国消亡的那个冬夜凄惨的景象，而是自己的身材和秀发，这或许就是他在感官上最直接也最实实在在的感受。

第三个诚实是情感表露的诚实，也就是在这一阶段，李煜的词开始有了像样的家国情怀。但是对家国情怀的认识，词人和我们一样，有一个从浅到深的认知过程。这个过程只有靠亲身体验才能够不断加深，而后才能通过文字去不断升华。国破的一刻，李煜还没有到敌国生活的体验，他只是对自己早已习惯了的环境充满不舍，还有对陌生环境以及即将开始的全新生活的恐惧。但是这种不舍的格调已经较亡国前夜有所升华，比如“最是仓皇辞庙日”，说明李煜对祖业和祖先还是有感情的，对江南三千里故国还是不舍的，而这种不舍正是他的家国情怀的初级阶段。

为什么说是初级阶段呢？因为李煜真实地把内心的动态展

示给了我们，而没有刻意去拔高立意，去慷慨陈词，去激扬文字。辞庙那一天，后主流下了眼泪，这是他内心真实的悲伤，但是垂泪向谁呢？“垂泪对宫娥”，他不是泪洒三千里土地，不是悲悯百万江南人民，不是慨叹手下奋战的臣子和将士，也不是愧对草创基业的祖宗们，而是垂泪向宫女。

此前和《中国诗词大会》的参赛选手讨论过这首词，曾有人说，本词赋和比都很好，就是最后一句起兴太弱太乏力，让这首词格调下了几个台阶。诚然抛去格律不谈，以“垂泪对江山”和“垂泪向家国”来收尾，单就格调而言，本词无疑会更上一个台阶。

但是那就不是李后主了啊，也不符合人性的发展规律。李煜从宫里出生，在女人身边长大，二十四岁之前几乎不知政事，他眼中只有风花雪月，为保平安而消极避世。在继位后仍旧如此，他在宫中接触最多的恐怕不是朝臣，而是宫廷教坊梨园的宫娥。如果让一位词人君主，一位艺术家帝王在亡国当天，从儿女情长和艺术沉浸中突然跳脱出来，成为一个慷慨激昂、有着浓厚家国情怀的人，未免对李煜的要求过于苛刻了，毕竟人的情感认知的变化并没有那么快。

当李煜听到教坊奏起最终的离别曲时，他脑海里的印象只有每天晚上吹断笙箫的酒筵歌席，和以往不同的是这一次是乐曲遍彻的终章。当他知道随着亡国，他再也不能在宫中听到这样的曲子时，他可能第一次知道了家国的重要性，所以他对着那些宫女不由得掉下了眼泪。这是一个很合理的逻辑，我们此前说过李煜缺乏帝王人格，也正因为如此我们才可以站在常人的角度去分析他的行为。但是作为一名君王却不具备帝王人格，这也是他的人生悲剧的源头。

传统文化中有一个词叫“文以载道”，在古代尤其是儒家士大夫，还有部分武将都会把自己的情怀刻意拔高，而显得高于现实。这是为何？有的是为了体现忠君爱国的思想，有的是为了讽刺时世，可能以“文以载道”的方式来衡量其他的皇帝和政治家，多半会八九不离十，但是从“文以载道”的视角来看李煜，一定是看不清楚的，也一定不会理解他。

李煜既不是士大夫，也不是武将，更不是普通的民众，他的情感不需要去体现这些，不需要对君主负责，他的情感一定是发自本心的，虽然卑微，虽然未能载道，但是这是他的家国情怀的启蒙阶段的真实反映。故《唐五代两宋词选释》中有这样的记载：“人讥起临别之泪，不挥宗社而对于宫娥。讥之诚当，但词则纪当时实事，相见其去国惨状。”我很赞同这段话，你可以笑话李煜，你也可以看不起他，但是你不能否认他的真实。

在亡国前夜，后主词的表现领域有所扩大，而在入宋阶段，后主词在风格上有新的开拓，在语言上表现力有所增强。从这一阶段开始，后主词再无花间和尊前之风，而是转向反映亡国之痛和感叹身世的题材，风格哀婉凄凉，情感上无不令人哀伤。

粗人出身的征服者，往往喜欢嘲弄战败的被征服者，就算是有仁厚之名的宋太祖也不例外。他调侃亡国之君及臣属的举动在历史上多有记载，比如在讲花蕊夫人的时候我们说过，宋太祖曾经问她女祸亡国之事，被花蕊夫人口占诗句“十四万人齐卸甲，更无一个是男儿”给怼回去了。

相比之下，南汉后主刘鋹就被耍得更惨了。这位南汉后主原本极其胆小怯弱，继位后只能靠滥杀来壮胆，继位之初便效仿他的父亲刘洪熙杀光兄弟亲族。在他的统治下，南汉政权暗无天日，而且他本人极其变态。在南汉，想要当官，不只是要有能力，还要有残疾。在刘鋹手下当官，必须先做个手术，那就是阉割手术。在南汉无论当什么官，都得先当宦官。于是在南汉，全国共有宦官两万余名。这是什么概念呢？这是后周末年宦官数量的四百倍。在南汉当官还时常遭遇飞来横祸，残暴的刘鋹动不动便赐给臣下毒酒，取人性命。

入宋之后，太祖得知此事，心想这小子真是个昏君，于是在一个非正式场合戏谑刘鋹，对他说："听说你在广州的时候特别喜欢赐御酒给臣子。"话音刚落，太祖便命令宫侍赐了一杯酒给刘鋹。这位杀尽兄弟、阉割臣下的暴君，居然当场号啕大哭，求赵匡胤放他一条生路。此时太祖哈哈大笑，自己饮下了这杯酒。

可这刘鋹看似残暴无脑，实则情商不低。入宋后他一改残暴的做派，凭借装疯卖傻的精湛演技，获得两朝厚待，在宋代初期关于他的趣事有很多。这与李煜入宋后通过诗词表达国仇家恨的表现有着鲜明的对比。虽然李煜一直恭顺，但依旧没有能够逃过被胜利者戏弄的结局。在宋太祖调侃李煜时，他与刘鋹的表现完全不同。

有这样一个故事，在一次宫廷宴会上，太祖邀请被大宋降服的五代十国的君主们一同赴宴。胜利者请失败者们吃饭，对于李煜来讲这场面已经相当尴尬。筵席间宋太祖调侃李煜道："听说你诗写得不错，能不能即兴来一首？"李煜不得已吟出一首曾经较为满意的作品，这首诗是写团扇的，如今只剩残句“揖让月在手，动摇风满怀”。这个比兴还是不错的，将团扇比作手中月，不但与班婕好的《怨歌行》中的“裁为合欢扇，团团似明月”相接，还有曹子建的《明月上高楼》中的“愿为西南风，长逝入君怀”的意味，不但咏了团扇，还婉约地说自己投降入宋是顺应天意，还违心地夸了这位皇帝虚怀若谷。我想在作这首诗的时候，李煜的内心一定是痛苦的，而这也触及他的底线了，这是他的最低姿态。

但是武人出身的宋太祖却只说了一句“好一个翰林学士”，当着北宋大臣和其他入宋君主的面这样说，已经够让李煜没有面子了。或许是李煜马屁拍得不够明显，宋太祖显然是没有听懂这句诗的意思，又笑问旁人“这满怀风又能有多少呢？”，然后哈哈大笑，这无疑是在指摘李煜小家子气。然而南唐后主不像南汉后主那样善于化解尴尬的场面，李煜自然是说不出“此间乐，不思蜀也”这样消解的话语，他的应对最多也就是保持沉默，以垂头不语来表示不满。在武人君主面前拉不下面子，这就犯了投降君主的大忌。

入宋之后，李煜受到的刺激对他而言是相当之大。如蛟龙困浅滩，在宋的遭遇让他身心受到了打击，而人一旦对现实产生不满，便会畅想未来，或者怀念美好的往事。李煜也是如此。对他而言，未来也就是个混吃等死了，没有展望的必要，他想做的，就只有怀旧了。

痛苦地回忆着从前的美好

于是他对江南宫廷生活的回忆便一股脑儿地冒了出来，并化为对南唐故国的思念。从这时起，他的家国情怀不再懵懂，他的家国情怀走向了成熟，甚至变成了一种信仰。他的《望江梅》[①]就是他心怀故国、思念故国的回忆之梦。

望江梅二首

李煜

其一

闲梦远，南国正芳春。船上管弦江面绿，满城飞絮滚轻尘，忙杀看花人。

其二

闲梦远，南国正清秋。千里江山寒色远，芦花深处泊孤舟，笛在月明楼。

这两首词要放在一起来看，才能更好地理解他的家国情怀的成熟。作者的这两首词回顾了江南故国不同季节的景色，

---

① 望：此词调名一作“望江南”，又作“忆江南”。

一为春，一为秋。古人在春季和秋季本就易感，所以写春和秋的诗词要远远多于写夏季和冬季的诗词。即便是李煜在梦中回到的季节，也是南国的春季和秋季，或许这与他写作的季节无关。

第一首描写的是李煜梦中的南国春景，这春景中有动态却不失娴静的淡雅。“闲梦远”，一“闲”字道尽李煜的处境，一个亡国之君在敌国做俘虏还能有什么事情好做呢？闲时百无聊赖，白昼浅睡入梦，在梦里回到遥远的故国。此时的故国正如后世词人描写的“若到江南赶上春，千万和春住”的场景，他也想长久地留在那里。这梦中江南的春景有耳中声——船上管弦，有目中色——江上绿水，有自然景——空中飞絮，有人间事——地上轻尘。与此同时，江南春季百花齐发，看花人除了赏花，还要耳听管弦之声，目睹江景和飞絮扬尘，这种幸福的烦恼真是让赏花的人忙坏了。一幅暖调喧哗的热闹图是后主的第一个梦。

梦总是无来由的变化，场景切换也不由人意，你看在第一首《望江梅》中李煜的梦中还是喜庆祥和、热热闹闹的春天，但在同一天同一觉所做的梦中，马上就切换到了南国之秋，在第二首《望江梅》中，李煜的梦瞬间进入静态清幽的萧瑟场景。

这闲梦还是闲梦，这一次的梦与上回的不同，李煜回到了故国的秋天，那秋天的景色对应着什么心情呢？孤独。“千里江山寒色远”，千里江山只有苍茫寒意连绵不绝。“芦花深处泊孤舟”，在江南的秦淮河畔只有高高的芦花丛，梦魂穿过芦花丛之后，唯见一叶孤舟寂寥地停在那里。“笛在月明楼”，

可能就是在中秋的月明之夜，他在梦里听到有人在楼上吹笛。虽和上一首一样有声有色，但色为冷色调，声为凄凉声。这笛声响起不但没有打破孤舟处的寂寥，而且起到了“蝉噪林逾静，鸟鸣山更幽”的作用，让这一个镜头下的南国清秋更显寂静，更加伤感悲凉。

如果这真是中秋之夜，往年的中秋，按照李煜的习惯，宫廷的活动应该是丰富多彩的。为什么这次闲梦，没有回到他熟悉的场景下，而是到了他不会在秋日月圆之夜前往的芦花深处呢?

如果第一首《望江梅》中的芳春还是当年的故国的样子，那第二首中的清秋就是此刻的故国的样子。此刻南唐已经不在了，李煜也只能在梦里回去，那原本应该有的宫廷和宫廷活动自然也不存在了。这梦中的笛声似乎惊破了李煜的梦，让他从梦中醒来，从而感伤故国之秋，也再次唤起了他的亡国之恨。这是他入宋后眷恋南唐的心情的表现，这两首词以景抒情，第一首体现了梦回故国的喜，第二首则体现了梦回故国的悲。《词则》对这两首词如是评价：“该词寥寥数语，括多少景物在内。”

“车如流水马如龙”只能在梦中

如果说这两首《望江梅》是以风景述情、以托梦来述怨的作品的话，那这两首《望江南》就是李煜直接抒发愤懑之情的作品。在《望江南》中，李煜毫不忌讳地讲出了自己在南唐的帝王生活和现在的软禁生活的对比，将自己的愤懑之情展露无遗。

从这一刻起，李煜已经将亡国之君应当有的蛰伏抛到了脑后，他宁愿面对宋太祖的刁难，面对冷嘲热讽，面对随时而来的呵斥侮辱甚至刀斧加身，他已经不去管那么多。如果要李煜在身死和心死之间做出选择的话，他的选择是从心而行。此刻，后主词的境界开始跟随着这颗悲愤之心前行，并一路向上。

望江南二首

李煜

其一

多少恨，昨夜梦魂中。还似旧时游上苑，车如流水马如龙，花月正春风。

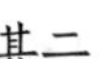

其二

多少泪，断脸复横颐。心事莫将和泪说，凤笙休向泪时吹，肠断更无疑。

细心的读者一定发现，《望江南》不是和《望江梅》的格式一样吗？没错，《望江梅》和《望江南》本来就是同一曲调，也就是说它们是同一词牌的两种叫法。那为何这里要将它们分开来呢？《全唐诗》中将《望江梅》两首叫作《忆江南》，如果依照《全唐诗》的词牌名，读者很有可能将两组词混淆，故用《李璟李煜词校注》中的词牌名《望江梅》以示区别。

这一组词与《望江梅》二首情感表现相同，都为一喜一悲。这两组词有不同的场景布置，前一组词都是梦中场景，这一组词中的其一为梦中场景，其二为现实场景。梦里的回忆为喜，现实的生活为悲。其一的起句“多少恨”，不只是恨，它有两层意思。一为怨恨，是再也不能回到故国的恨；另一则为惊喜，是还能梦到思念的故国的喜，只有在梦中李煜才能少顷贪欢。

通过这两组词可以看出，李煜入宋之后几乎一直在做梦，“多少恨，昨夜梦魂中”“世事漫随流水，算来一梦浮生”“往事已成空，还如一梦中”“梦里不知身是客，一晌贪欢”。做梦就说明他是浅睡眠，反映了他入宋之后的睡眠质量很差，同时反映了他每天都在追思故国的繁华和从前的快乐。算来做梦就是他最快乐的事情。

在昨夜他又做梦了，他在梦中又回到了故国，这一个晚上他不再是《望江梅》中的千里江山和芦花孤舟的看客，而是梦中的主角。在一个美丽的春日，作为一国之君的他带着符合他身份的仪仗，去游览属于自己的皇家园林，皇帝出游车马络绎不绝，而景色也是春风和花月同在。在词中李煜不但不避讳对故国繁华生活的怀念，同时丝毫不在意自己作为臣虏的软禁身份，不贬仪制，直接将自己的园林按照旧称“上苑”来写入词中。这句“车如流水马如龙，花月正春风”不只是现在被视为本词的名句，在这首词刚刚面世的时候就被北宋文人及市井布衣争相传诵。

在第二首诗中，后主结束了昨晚的繁华旧梦。梦醒后，他面对眼前凄凉孤独的景象，不禁流下眼泪，这或许是李煜在太祖时期哭得最惨的一次。这“断脸复横颐”的哭泣是什么样子呢？从眼眶中流下来的眼泪是纵向的，两行热泪先将面部一分为三，这就是“断脸”。为何又“横颐”呢？因为哭到不能自已时，面部的抽动让眼泪在脸上晕开，再加上李煜此时已四十岁，亡国的痛苦让他的脸上有了皱纹，纵泪划过皱纹向面部横向流去，这就如后世的纳兰性德在《浣溪沙·残雪凝辉冷画屏》中所说的“我是人间惆怅客，知君何事泪纵横”。这次哭泣被这首词记载了下来，伤心的程度远远胜过亡国之际的“垂泪对宫娥”。

除了老泪纵横，也别无他法，心中的千百般怨恨更是不能伴随着泪水去说，一惮隔墙有耳，二也少知心之人倾吐。当年他在宫中宴乐时喜欢听的笙箫的演奏，此刻成了他最怕听到的声音。心事不能和泪说，乐曲不能伴泪听，为何？往事一提肠一断，笙箫一声泪数行，何等哀伤，何其悲苦。

入宋后李煜常感到往事太匆匆，而客居的生涯总兼风雨，常作凄凉语来吐心中无限恨，每每提到脸上就会附着泪水。他在《相见欢》中叹息：“林花谢了春红，太匆匆，无奈朝来寒雨晚来风。胭脂泪，相留醉。几时重。自是人生长恨水长东。”身在汴梁心思江南，这是李煜第一次用水向东流来寄托情思，是啊，我为什么不能像江水一样向东流，从而回到江南呢？如果李煜知道，再写江水向东会引来杀身之祸的话，不知他是否还会用此作比兴。

最后的时光——李煜的囚徒生活

李煜入宋还不到两年，宋太祖赵匡胤晏驾，李煜的翰林学士时期就此结束，取而代之的是真正的囚徒时代。是“兄终弟及”也好，是“烛影斧声”也罢，曾经的大内都部署、同平章事、东都留守、晋王赵光义成了大宋第二位官家。

经常有人问起，大宋皇帝为什么叫“官家”这个有点儿土的称呼？其实这个称呼一点儿都不土，不但不土，而且颇有些来头，它的直接来源是曹魏时期的蒋济的《万机论》：“三皇官天下，五帝家天下，皇帝兼三、五之德，故曰官家。”这个其实也不是蒋济的原创，很有可能是他记错了，或者是他故意拍皇帝的马屁，五帝是禅让怎么可能是家天下呢？最早的出处是《汉书》中的“五帝官天下，三王家天下”，意思是在黄帝、颛顼、帝喾、唐尧和虞舜的时代天下是公家的，“三王”是指夏禹、商汤、周武王，此处代指夏、商、周三代，说夏、商、周是以血缘关系相传的家天下。但无论如何官家的意思就是天下，而从西晋末年，就开始有文献称皇帝为官家，在南北朝时期的北魏，官家也成为汉化后的鲜卑皇帝的惯用称呼。

了解了官家的含义，我们再来看这北宋第二位官家。相比太祖，宋太宗是一位更为犀利的君主，登基之后便将自己的名

字改为赵炅，“炅”，日下之火，光芒四射，这是个征服欲极强的皇帝，登基第一年便令助其灭南唐的吴越王钱弘俶入宋，两年后吴越国纳土归降。杭州钱氏自吴越王钱镠起便是望族，一直持续到今天钱氏仍是杭州大姓且人才辈出，有“三钱”之称的科学家和教育家钱三强、钱学森、钱伟长都是杭州钱氏的后人。当时钱氏在吴越国很有声望，钱弘俶（入宋后因避讳太祖父亲赵弘殷的名字而改为钱俶）入宋后，杭州臣民为保住吴越国和盼望国王早日归来，投入大量资金和人力建了一座佛塔。这塔就是今天杭州名胜景点保俶塔。

但是保俶塔不但没有保证钱弘俶回杭，也没有保住吴越国的江山，灭国的李煜迎来了曾与他为敌的南方最后一个偏安的君主，至此宋朝统一了中国南方。

不过看起来，刚登基的宋太宗还是为李后主松了绑的，他去掉了李煜屈辱性的封号“违命侯”，将其改封为“陇西郡公”。可是李煜的命运不但没有因此改变，反而一路向下滑去。如果说李煜遇到了赵匡胤，是从天堂掉落到了人间，开始以臣下的身份感受人间疾苦，那么宋太宗登基后李煜便从人间开始向地狱滑落。虽然赵匡胤偶尔让他在公开场合赋诗作词，偶尔对他进行亡国之君的讽刺，但对他基本的尊重还是有的，至少这位“翰林学士”还能做到衣食无忧。

到了宋太宗时期，这种心照不宣的尊重没有了，虽然赵光义将他的“违命侯”改封为“陇西郡公”，可给他的封赏和俸禄却是不增反减，甚至赵光义一度停掉了李煜的赐酒。虽然宋太宗对文人很重视，但是对这位天下第一文人却是极尽羞辱之能事，从李煜崇文院观书事件就可窥见一斑。一日太宗约李煜和其他归朝君主一同到崇文院，赵光义对李煜说：“这些书大多是你在江南时候的藏书，现在你还会来这里看书吗？”面对旧日的心爱之书心中已然痛楚，被皇帝当众羞辱，李煜更是难以在新朝立足。不仅是羞辱，太宗动辄对其进行呵斥，让李煜的日子更难过了。让李煜更受不了的是前南唐的臣子在降宋后多对他避而远之，至此，太祖朝的“翰林学士李煜”沦为了“囚徒李煜”。

不过还是会有老部下来探望他。有一次，一位前朝的臣子来到了这位陇西郡公的府上，见到老部下的李煜喜出望外。但是没有料到的是，这位臣子来的目的居然是到这位前君主这里来打秋风，讨要钱粮。在宋太宗继位后，李煜的日子过得每况愈下，但是死要面子的李煜还是哭笑不得地将一个白金脸盆送给了这位臣子，而后又有臣子以探望的名义来看他，其目的也多为打秋风。这让李煜不禁悲从中来，现实如此，他能做的只有逃避，最理想的去处就是梦境。

梦境成了他唯一的避难所，在梦中他能靠近故国，能回到过去。可是梦总是要醒的，做梦如饮鸩止渴，醒来后他对于故国的思念更深，而眼下的悲惨凄凉让他更加难过。就似下面这首《浪淘沙》中写的一样，亡国的情感就像李煜流血的伤口，自入宋以来在不断扩大。此时，这种亡国的情感在他心中已经扩大为对生活生命繁华的最终幻灭，而那伤口虽然已经结痂，但是已经变为他身体的一部分，那是一道终身的伤疤。

浪淘沙·帘外雨潺潺

李煜

帘外雨潺潺，春意阑珊，罗衾不耐五更寒。梦里不知身是客，一晌贪欢。

独自莫凭栏，无限江山，别时容易见时难。流水落花春去也，天上人间。

这首词是李煜在他的软禁之处所作，一个暮春的拂晓，窗外的天还下着蒙蒙细雨。“春意阑珊”是说春天已经凋残，这不但是指春天将要过去，还指李煜消沉的心情。“罗衾不耐五更寒”，古人从黄昏开始计更，一直到拂晓时正好是五更，在夜将去、天近明的时候天是最冷的，他身上盖着的被子不够厚，他从睡梦中惊醒，然后起身长叹。我觉得这句话有两层意思。第一层意思是从罗衾来看，这反映了李煜盖的被子是贵族的用品，体现了他的贵族身份。但是作为一名入宋后的前君主，又是公爵身份，在天冷的时候他的被子居然薄到将他冷醒，可见李煜在宋太宗时期遇到了严重的财务问题。

第二层意思就是心寒，已至暮春，中原虽不及江南温暖，但天气已然转暖，虽然天在下雨，但即便遇上倒春寒也不至于将这位前君王冷醒。这里暗示李煜的身体状况可能出现了问题，同时他不仅是不耐身体上的寒冷，也不耐内心深处的荒凉和凄凉，两个不耐让他从梦中惊醒。那么，刚从梦中醒来的李煜的感觉是什么样的呢？这个我们都有亲身体会，当我们在做梦时，尤其在这个梦做了很久的时候，忽然被惊醒，第一感觉是不知道自己是在现实中还是在梦里。李煜这次被冻醒或许是比较突然的，突然到让他忘记了自己已经成了北宋的俘虏。我记得王立群老师在讲这首词时结合下一句对这个“客”字做了强调：“他是客吗？不是，而是俘虏的身份，所以才在梦中以为自己还在故国，所以才享受梦境而不愿意醒来。”

如果说之前在《望江南》中李煜做了他入宋以来最难受的一次噩梦，那这一场梦应该是他为臣虏之后最美的梦。在梦中他回到了故国宫殿，回到了临春飘香、醉拍栏杆、马踏清月等一个个场景。他仿佛看到了大周后，看到了韩熙载，看到了李从善，那一盏盏春酒，一张张笑颜。

可好梦却不长，竟然被春寒而惊醒，李煜还沉溺于梦中的感官享受，享受这短短时间里的欢愉，“贪欢”一词表明他还没有醒来，或许他也根本不愿意醒来。梦中之乐和现实之苦的对比让李煜的心在这个清晨剧痛起来，而词的下阕就是对这种痛苦的描述。对于这种剧痛，《西清诗话》如是说：“后主归朝，每怀江国，且念嫔妾散落，郁郁不自聊。”

“独自莫凭栏”承接了上阕“郁郁不自聊”的感情，或者在这个时候他已然披上了衣服，一个人站在栏杆旁远远地眺望，拂晓的清冷给眺望的他带来了更为难以抑制的伤感。“独自莫凭栏”也是他在提醒自己，在告诫自己，一个人的时候莫要凭栏远眺，否则便会因为思念故国而徒增伤感。

故国南唐的“无限江山”似乎也已经与他无关，曹丕在《燕歌行·其二》中言“别日何易会日难”，后主于此处说“别时容易见时难”，当时分别得容易，可是现在再回去已经是难上加难。当时分别就真的很容易吗？也不容易，辞别宗庙，垂泪美人，肉袒出城，交出玺绶江山，分别时的哪一件事

对于一个亡国之君来说都不容易，可是比起这终身软禁的生活，以及只有在梦中才能回去的故国，做这些事情还是相对容易的。所以他借“别时容易见时难”来表达对南唐和过去日子的依恋。此处曾作“关山”，“关山”相对“江山”更含军事用途的关隘之意，我更偏向江山，因为李煜对军事并不感冒，而且江南为水乡，李煜在入宋之后怀念故国时多是写江山，而且用于防御的“关山”字眼过于敏感，千里关山未能抵御住北宋的进攻，也是南唐和李煜本人的耻辱，在本词中又何必再提及呢。

“流水落花春去也”，再相见已经很困难，李煜把过去的日子比作春天，而此刻正是春之将暮，故国的美好就像暮春的流水落花一样，目之所及却无能为力，这又让他陷入了迷惘之中。不知是春尽而落花，还是流水要将春天带走。“天上人间”可拆作“天上”和“人间”理解。一个是故国是天上，一个是汴梁是人间；过去生活在天上，此刻身在人间；梦中是天上，梦醒是人间。无论是哪种解释，天上和人间都是永隔而不能相见的，尾句四字，才是本词最无奈和最悲伤之句。

蒋勋先生称这首词为李煜成就最高的作品，称其为“后主美学上的极品”。《草堂诗余正集》评价这首词道：“那知半生富贵，醒亦是梦耶？末句，可言不可言，伤哉。”《云韶集》如是评价这首词：“凭阑远眺，百端交集，此词播之管弦，闻者定当垂泪。”然而我认为《唐五代两宋词选释》中的一句注解是最好的总结：“《浪淘沙令》尤极凄黯之音，如峡猿之三声肠断也。”这是说，人之哀鸣能如三峡之猿，令人泪垂，令人肠断，哀鸣之人命亦不久矣。

乌夜啼——别是一般滋味在心头

李煜的哀鸣自入宋起，到赵光义继位后尤甚，这和当时他的境遇变化密切相关。与赵匡胤善于接受臣子的意见以及对入朝投降的君主相对宽容不同，赵光义控制欲极强，凡国家大小事尤其是对重要人士的任免一定要自己说了算，而且他喜怒无常，经常大发雷霆，从征伐北汉的力排众议，以及伐辽失败后德昭太子自杀事件就可窥见一斑。而且在李煜入宋前，他的词就已经成为大宋宫廷和民间教坊喜闻乐见的流行歌曲，宋太祖对此睁一只眼闭一只眼。他认为，李煜在南唐时都做不好皇帝，入宋后更是翻不起什么大浪。赵匡胤对李煜的认识是正确的，他的确只是个文人，不过就是个翰林学士。

但在赵光义眼中，这件事并不简单。自古以来，民间的歌谣就有政治暗语和政治谶语之用，而李煜在入宋后多作对自己的生活不满的词。随着后主词在民间广为流传，由词到人，李煜也逐渐成为汴梁城举足轻重的大明星，继而民间对他被软禁的境遇充满了同情。这是民意，但这对于敏感的宋太宗来讲是一个政治信号，李煜以囚徒的身份生活在他的国都还能有如此之大的影响力，这对于他来说是断然不能容忍的。于是他三番五次派遣命官至李煜府上以宣圣意的形式来呵斥他，敲打他。

乌夜啼·无言独上西楼

李煜

无言独上西楼，月如钩，寂寞梧桐深院锁清秋。

剪不断，理还乱，是离愁，别是一般滋味在心头。

这首词的词牌可作《乌夜啼》，亦可作《相见欢》，在讲解本词之前，我们先看这首词的词牌的来源，从而得知李后主的情感指向。《乌夜啼》本是乐府旧体，其来源有二，一说是源于曹魏时何晏之女，何晏下狱后其女听见“二乌止于舍上”，便称“乌有喜声，父必免”，不久何晏果然免罪出狱，所以作琴曲名《乌夜啼》。

另一说是源于南朝宋元嘉时期的故事，刘宋宗室二王刘义康和刘义季因为得罪宋文帝刘义隆而被囚于浔阳。有一天夜里，二位王爷的家人听到了所囚的庭院上有乌鹊啼叫，连忙敲门向两位王爷报喜，称“昨夜乌夜啼，官当有赦”，果然没过多久朝廷的使者就带着赦免二王的诏书来到了浔阳。

虽然两个故事发生的时代不同，但都表示一个意思，即乌啼见赦，这是否极泰来的好兆头，六朝时鲍令晖和庾信都以《乌夜啼》为题而作诗。唐人好用汉、六朝乐府题目命名唐曲，唐代诗人好用六朝典故作诗，所以《乌夜啼》也就成了唐教坊曲目，诗人李白、白居易和王建等也有以此为题的作品。

但是作为词牌名的《乌夜啼》与其他词牌的一曲多名不同，它是“一牌名双曲调”，也就是说这一个词牌名对应两种曲调。第一种曲调是双调四十七字，其曲调是借用唐曲旧名而实为五代新翻曲目。最具代表性的是李煜入宋之后的名作《乌夜啼·昨夜风兼雨》。

乌夜啼·昨夜风兼雨

李煜

昨夜风兼雨，帘帏飒飒秋声。烛残漏断频敧枕，起坐不能平。

世事漫随流水，算来一梦浮生。醉乡路稳宜频到，此外不堪行。

此作与《浪淘沙·帘外雨潺潺》的意境极为类似，故被认为是李煜入宋后的作品。这一曲调的《乌夜啼》流传下来的最早的作品就是李煜的这篇《乌夜啼·昨夜风兼雨》，后世的欧阳修、贺铸和陆游曾依此调作正体或变体。

第二种曲调就是我们要讲的《乌夜啼·无言独上西楼》，其为双调三十六字，曲用唐曲原调，以花间词人薛昭蕴所创为正体。薛昭蕴另有与李煜的《乌夜啼·无言独上西楼》格律完全相同的《乌夜啼》变体小令，该小令以《相见欢》命名，故此曲调的《乌夜啼》又名《相见欢》，李煜也另有《相见欢·林花谢了春红》，这首词也是依此变体而作。在《南唐二主词》和《唐宋词鉴赏辞典》中，编者以《乌夜啼》为《无言独上西楼》的词牌名，以《相见欢》为《林花谢了春红》的词牌名。

编者为什么这样安排？从两首词的品读角度出发，我认为是因为两首词的不同意境，以及内容所带来的不同感觉。《相见欢》中的花与春的相遇，本就是相见两欢，无奈朝雨夜风让这难得且美好的相见离散。花如此，李煜的人生亦是如此。花与春的离散堪恨，那人生呢？自是长恨水长东。为何是水长

东？因为故国在东，心亦在东，相见则欢，不见则如空心之人，所以名《相见欢》为宜。

以《乌夜啼》为《无言独上西楼》的词牌名，除了取何晏之女和刘宋二王典故中遇赦转喜的意义，还有一种含义。如初唐四杰之一的卢照邻曾在《长安古意》中写到“御史府中乌夜啼，廷尉门前雀欲栖”，用来讽刺长安权贵骄奢到司法官员都不敢对其进行约束的程度。后世的纳兰性德也曾在词句中用过“乌夜啼”这个意象，写过词句“空房悄，乌啼欲晓，又下西楼了”。群乌夜啼，渲染出凄冷、孤独、幽怨的场景。

夜有乌啼，这对于李煜来说可能早已习惯，而李煜的府邸如《长安古意》中的御史府一般，定是每夜乌鹊空啼。在某个寂寞的深夜，李煜心中或是思念着小周后，或是高立于危楼而悲秋，或许这就是他人生最后几年每个夜间的活动。

词起笔便是“无言独上西楼”，淡淡六字三重孤单，“无言”代表沉默的心情，“独上”代表现实的孤单，而“西楼”代表什么呢？韦应物有诗句“闻到欲来相问讯，西楼望月几回圆”，李益有诗句“从此无心爱良夜，任他明月下西楼”，李清照有词句“雁字回时，月满西楼”，“西楼”在诗词中多象征思念和等候。李煜在等候和思念谁呢？我认为是南方的故国，以及过去的生活。近景如此孤寂，天上的景象也是那么配合。世间人不全，天上月难圆，心绪烦躁的他登上西楼，望向如钩残月，再望向被深秋的萧瑟笼罩着的清冷小院，这月下的梧桐和他一样都被深锁在了这寂寞的清秋中。他在遥望着，也在盼望着，盼望等待的人为他和这深秋的小院打破寂寞。

盼而不得，望而不见，旧事如潮水般涌来，拍打着凄凉的现实，潮汐般的潮涨潮落也摇晃着他那颗脆弱的心灵。但他不能多想，不忍多想，一动念头便引出无尽的哀伤。“何处合成愁，离人心上秋，纵芭蕉，不雨也飕飕”，李煜的离愁正和吴文英词中的芭蕉叶一样，随着清风摇曳不定。

“剪不断，理还乱，是离愁”，这离愁，即便没有与爱人的分离之愁，还有与过去生活告别的忧愁，有与家国分开的忧愁。这离愁似藤蔓爬满心头，似一团杂乱的麻缠绕在心头，这离愁剪不断，理还乱，让他的心中似五味瓶倾翻。李煜在感受到烦乱的同时也感受到了痛，在这独立西楼的秋夜，没人能帮他剪断忧愁。最后，李煜似乎对这种凄凉欲言又止，欲说还休，其实这是一种既无奈又正确的选择。情到深处，苦到极处，是为无言，是为不说，个中滋味不在口头而在心头。将心中事和泪寄予思，或用烈酒送入回肠中，即便心倒肠断，不愿为人也不必为人知晓。有词评云：“词之妙处，亦别是一般滋味。”李煜就是用生命来为词这个文体作献祭，让以后的词作都有他的血肉和灵魂。

似乎入宋后这样独守的秋夜不止一个，通过《捣练子令·深院静》，我们知道李煜一直在重复这样的夜。

捣练子·深院静

李煜

深院静，小庭空，断续寒砧断续风。

无奈夜长人不寐，数声和月到帘栊。

秋天夜已渐长，无心之人早已入眠，李煜却在这一个个秋夜中难以入睡。这楼上的栏杆不知倚了多少遍，这院中的夜景也不知看了多少次。

陇西郡公府本就门可罗雀，何况是到了夜深人静之时呢。陪伴他的只有断续的秋风和门外时时传来的捣衣声。对于这座城市来说，夜是真的深了，这捣衣声如“鸟鸣山更幽”一般衬托着夜的死寂。可李煜并没有入睡，或许是因为心中的人还没有回来，而三更听砧的场景，用在这位曾经的君主身上，读罢更是令人悲从中来。

砧，本义是用来捣衣的石板，后来又被引申为切菜的石板和铡草的垫板。这本是一个女性意象，从发生学来看这是源于古代男女分工的不同。所以在诗词中，“砧”往往被用来表现闺中少妇思归的形象。唐诗中有“九月寒砧催木叶，十年征戍忆辽阳”的个体形象，也有“长安一片月，万户捣衣声”的思妇群像。此时的李煜把自己比作思妇，那么他的夫君又是谁呢？我们还是要分析一下“石砧”这个意象的来源和用法。

这就要荡开一笔，来看诗词中的谐音梗，追溯到和后主时期类似的乱世——东汉末年的一首诗，看汉代杂曲歌辞中的《古绝句》中的意象应用。

古绝句·其一

佚名

藁砧今何在，山上复有山。

何当大刀头，破镜飞上天。

这首诗实在是太重要了！它为后世的思归意象的用法提供了成功实践，如藁砧、刀头、破镜成为后世这一类型诗词创作的重要意象，如李白的“藁砧一别若箭弦”和“月下飞天镜”，杜甫的“归心折大刀”和“满月飞明镜”。

另一个就是谐音的使用。藁是稻草，砧是切割稻草的石板，还少了什么呢？少了一把割草的铡刀。缺了这个工具，活儿就没有办法干了。这把铡刀在古代被称作“鈇”，谐音来了，这个鈇又被谐音为丈夫的夫，无鈇即无夫。另外铡草的工作算是重体力劳动，古代在家中这一般是男人的工作，铡草没办法进行也能从侧面说明郎君不在家。

大刀头也是谐音梗，这也和当时的乱世相关。东汉末年，战乱频仍，一般男丁远离故乡不是征战就是修城，总之多数是和军事有关系。刀又是汉代比较重要的武器，这里就要说汉代刀的特点了。汉刀为环首刀，在刀柄的尽头处配饰金属环，这个金属环就被称为刀头或刀环。汉代人取其音谐“还”，是盼君早还的意思。后来有了刀头梦典故的进一步支撑，刀头和刀头梦也就成了表达即将还乡意思的意象。

屠刀举起——旧臣入府之后

让我们把视角从陇西郡公的小院调到大宋朝廷，在李煜低婉凄吟的时候，继位不久的赵炅似乎已经搞定了内部的一切。他首先将雨露恩泽释放给皇族大臣们，这恩泽可谓是历史上从没有过的：二哥当了皇帝，大哥和三弟的儿女均为皇子和皇女，皇子和皇侄一字之差，却包含着是否有皇位继承权的问题。然后，他将太祖朝旧臣薛居正、沈伦、卢多逊和曹彬等人加官晋爵，同时对自己在潜邸时期的亲信予以提拔，将他们安插到各个要职上。新朝对于天下文人来说，是又一次的欢呼雀跃，因为天子门生扩招了。太宗朝第一年科举录取人数，是太祖朝最多一年的数倍，天下英才尽入朝中，太平兴国二年也被称为真正的进士科举扩招元年，新皇帝令皇室成员、大臣、民间英才皆大欢喜。

在搞定内部的同时，北宋的对外政策进一步强硬，在太平兴国三年陈洪进与钱俶先后纳土归降，南方诸国全部平定。随即赵炅将注意力转向了五代十国最后一个残存的国家——北汉。对于统一，大宋已经做好了准备，哪怕北汉背后还有镔铁一般的契丹铁骑的支持。

在北宋蒸蒸日上的某一天，对于李煜所居的礼贤府来说，这是不平常的一天，因为一位大宋的朝廷命官走进了李煜的家中，他是徐铉。他的另一个身份是南唐旧臣。他此行的目的是什么呢？不会也是来打秋风的吧。

说起这位徐铉，他可是一位有骨气的人，他曾有诗云“乱臣无所惧，何用读春秋”。在南唐为官时，他曾出使宋朝，还被宋太祖叱责“卧榻之侧，岂容猛虎酣睡”。但在归宋后，在面对宋太祖的谴责和折辱时，他不卑不亢地应答道：“臣为江南臣子，国亡而身死，如是而已。”如此不卑不亢的态度，让本欲治其罪的宋太祖对他予以重用。徐铉是个重感情的人，他更是一位忠臣，无论是对于南唐，还是对于北宋。

徐铉走进府门，见到了从前的皇帝。徐铉见过李煜往日的奢侈，如今郡公府的清贫是在他的意料之外的。三两句寒暄过后，昔日的君臣变成了今日的主宾，李煜虽然穷，但是架子还在，旧人来访总要请他吃个饭再赏赐点东西吧。宴席间，李煜在喝酒，可是这酒不是金陵宫中夜宴的欢歌，而是他一个人的独酌，这酒是让人日日沉沦的病酒。

“陛下，您老了。”旧日忠臣的一句关心，让李煜激动了，他脑子里闪过了他十五年皇帝生涯中似乎从未关心的政事。酒后的他怔怔地望着徐铉，想到了十五年内政治上和军事上一个又一个的昏招，还想到自己的事大政策，以及杀死忠臣的错误。李煜醉了，从主位上冲到徐铉的面前，拉住徐铉的手。徐铉看到，李煜那布满血丝的眼睛冒着黯然的红光，这光芒是李煜以前从未出现过的杀气。

徐铉看着这位前朝君主似乎有些不敢相信，瞬间李煜一闪而过的杀气消失得无影无踪，取而代之的是满眼的泪水。他

抓住徐铉的衣襟号啕道："我不该杀了潘佑和李平啊。"李煜喝醉了，彻底放飞自我了。从皇帝到囚徒，李煜的身份一直在变，但是他一直保持着他的真性情。

在南唐时期，潘佑和李平愤恨国家政治腐败，军事颓败，奸臣当道，潘佑曾连上八道奏疏请求李煜让李平担任宰相，由于徐铉等人的反对和排斥，李煜将两人下狱，两人先后自杀。这次党争让本就凋敝的南唐更无图求改变的人才可用。

李煜是真的喝醉了，他看到这位旧臣，就提及了当年两派党争的事儿，然而言者无心，听者就未必无意了。徐铉来访，名义上是来看望李煜，实际上是替太宗来刺探李煜的言行。可我们刚才不是说过徐铉是一名忠臣嘛，没错，但南唐已经亡了，此刻的他是大宋的忠臣。

李煜说完便坐在客位上黯然垂泪，他进入了自我思辨的境界。"陛下，你醉了，早点休息，臣告辞了。"徐铉说完便走出了礼贤府。可是他并没有回家，而是连夜进宫去面见赵光义，将李煜的现状和对他说的话一五一十地反映给了赵光义。徐铉真可谓是一位忠臣，每每看到这里的时候，我总想骂他一句贰臣，可是怎么也说不出。我从不惮于以最坏的心去怀疑别人，我也从不吝于用一颗包容的心去相信他人。此时，我愿意相信徐铉是善良的，他对太宗说了李煜的清贫，以及李煜每日濒临崩溃的生活状态，他认为这种抱怨是可以理解的。但是他要把他看到和听到的全部说给皇帝，上不负天子，下不愧对李煜。

愚忠，徐铉显然不够了解赵炅。否则，他会深刻理解向这种领导汇报工作的技巧：假话全不说，真话也不全说。他认为的李煜简单的抱怨，在太宗皇帝那里也很简单，就是李煜要复国！李煜要谋反！李煜要动我的权力！李煜要挑战我至高无上的权威！

《默记》记载，赵炅大怒，欲赐死李煜，被徐铉死谏阻止。两朝忠臣让太宗将手中的杀人剑缓缓放下，可剑已出鞘，这可是君王之剑，剑未饮血是不能收回剑鞘之中的，而那位画地为牢的可怜人仍然在放飞自我。太宗在等待一个机会，一个让李煜永远消失的借口，而历史也在为李煜安排一个机会，一个让他在历史的舞台上华丽谢幕的机会。

七夕：生于兹日，别于兹日

太平兴国三年的七夕节，或是汴梁城建都以来最热闹的乞巧节了，本来门可罗雀的陇西郡公府邸内外却格外热闹。昔日“深院静，小庭空，断续寒砧断续风”的礼贤馆好像换了一位主人一样，似乎这座府邸的主人不再是一位被软禁的囚徒，而是一位权臣。今天的熙熙攘攘，也吸引了关注李煜的皇帝的眼线们的注意力。他们看着日常无人到访的虏臣的门前居然来了这么多人，觉得一定是有大事要发生。

他们观察久了，总感觉来访的人有哪里不对劲。那就是今日到访的客人几乎都是女子。她们走出紫微宫中，从王公府邸，从烟柳巷陌，从青楼妓馆出来；头戴金泥凤带，面着桃李之妆，身穿锦绣罗襦，配饰琵琶翠羽，足蹑金线绣履，带上丝竹管弦，乘坐七香宝车。她们此行的目的地是同一个地方，就是李煜的礼贤馆。她们此行的目的，是为她们从前的君王、从前的主子、从前的男人李煜过四十二岁生日。

我看到这里时总会有莫名的感伤，也会佩服这些女子。李煜归宋后，来探访他的大臣寥寥无几，来拜访他的亲人也少之又少，可是这一天，被掳到汴梁的原金陵城的女子却不约而同地都来了。她们当中可能有李煜宫中夜宴的掌香宫女，可能有见过小周后手提金缕鞋的后宫侍女，也可能有国破之时后主垂泪所向的乐女。莫说女子无义，也休说女子无情，至少此刻，无情不是婢女子，寡恩偏为读书人。

女为知己者容，当年作为高高在上的皇帝的李煜，令无数宫女为他魂牵梦绕不足为奇，可在此时此刻，他名为公侯实为臣虏，仍能让无数女子痛他之痛，苦他之苦，实属难得。似乎在国破之前，李煜的风情和才气便令她们心甘情愿地从其一生。

这一夜李煜是高兴的，他拿出了所有的酒招待这些旧人，在这小小的礼贤馆中，看着这些旧人，她们如当年一样奏起管弦，翩翩起舞，临轩飘香，再望向天上清月和杯中美酒，他不由得忘记了所有烦恼。醉吧醉吧，他忘记了前朝宰相冯延巳词中的“昨夜笙歌容易散，酒醒添得愁无限”的劝告，旧时人，旧时景，酒过三巡恍惚间梦回金陵。这一夜，他是君王。他似乎忘记了自己的处境，更忘了背后有一双眼睛始终望向这里，而那人的手中还拿着一把寒光凛凛的杀人宝剑。

享受着南唐宫廷乐曲之乐的李煜似乎还在沉迷和陶醉之中，“陛下，填一首词吧，很久没有唱您的新词了”，这句话没有让李煜从醉拍栏杆中醒来，但是这句话却会在无意间要了他的命。

半醉欲仙的后主此刻没有不答应的道理，他提笔走向他每夜凭栏的阳台，望向每日投以目光的梧桐小院，不巧这时吹来一阵风，传来了门外女子捣衣的声音。

风声、树声、寒砧声让李煜瞬间酒醒，金陵梦碎，不禁悲从中来。他想起了昨夜的东风，明明已经入秋，西风已紧，

为何东风还来？这风来自故国，他自言自语着“是时候回家了”。从久别重逢的狂喜，到酒醒梦碎的狂悲，明明知道狂悲狂喜都是自欺欺人，他却在这个夜晚彻底痴狂，他将一生经历的喜怒哀乐浸入墨中，再用心尖上的血和眼中的热泪与墨相和，选了一段以悲剧著名的曲调，不消半个时辰一挥而就。李煜将填好的词写在纸上，掷向侍女乐工，然后他下了他一生当中的最后一个命令：“唱。”乐工和侍女对着新词，唱起了这首凄凉的曲调。

虞美人·春花秋月何时了

李煜

春花秋月何时了，往事知多少？

小楼昨夜又东风，故国不堪回首月明中。

雕栏玉砌应犹在，只是朱颜改。

问君能有几多愁，恰似一江春水向东流。

“春花秋月何时了”，从观春花到赏秋月，一年又一年，人生何处是个终点，什么时候才会结束呢？当年在故国那些最值得回忆的事情如今不知各位还记得多少。

“小楼昨夜又东风”，昨夜他又站在了软禁谪居的深院的小楼上，东风又一次吹来，这是从故国方向吹来的风。有人将东风理解为春风，我认为结合“故国不堪回首”来看，本句的东风还是应该理解为单指风向。一个原因是金陵在汴梁的东面，从东面吹来的风让他在昨夜望向故国金陵，却又不堪回首。另一个原因是此时是七夕前夜，已经到了初秋了，是“金风玉露一相逢，便胜却人间无数”的时刻，可此时李煜没有这样的心情，且这金风就是秋风，而秋风在诗词中还可以唤作西风，比如纳兰词中的“西风一夜剪芭蕉”和“谁念西风独自凉”等。

但是初秋天气尚未转凉，从地理学的角度来说，此时的东南季风尚在影响中国大陆，夜来东风也没有什么大不了的。但是李煜十分敏感，在这本该吹西风的季节却来了东风，这是在提醒他思乡吗？可即便再思念，身又不能至，又当如何？不想去看，不忍去看之时，暗月轻雾这样阑珊的夜色反倒不会让人如此惆怅，而此时，天空上的月亮非常明亮，让他想不看都不行了，不看难受，看罢伤心，所以月明之中的故国不堪相看。这里还有一个词，就是“回首”，回首望向故国，说明李煜昨夜独立小楼是背对着故国的，那一夜他一定是“怆然而涕下”。

再看下阕，“青山一道同云雨，明月何曾是两乡”，故国明月和头上之月是同一轮明月，刚才讲不堪回首，可李煜有没有回头去望向故国方向呢？有，他回头看了，他抬头望月，在同一轮明月里，他看到了故国，看到了自己的宫室。这次不再是“闲梦远，南国正清秋”，也不再是“多少恨，昨夜梦魂中”了，而是在月里实实在在地看到“雕栏玉砌应犹在”。

宫室还在，还是华丽的建筑，还是精美的配饰，玉栏杆还是那个玉栏杆，雕刻过的汉白玉台阶还是那汉白玉台阶，只是它们因年久失修、无人维护而不复当年崭新的样子。那么这里为何要进行拟人化处理，使用“朱颜改”这样的字眼呢？因为他认为他在通过月光看故国的宫室的同时，故国的宫室也在望

着他，不只是宫室由新变旧了，他自己也是容颜渐衰。正如王国维先生在《蝶恋花》中所言的“最是人间留不住，朱颜辞镜花辞树”。故国变得不再像从前，再看到自己老去的容颜，失国的愁情再次涌起，然后这一切引起了李煜的自问自答：“问君能有几多愁？”这次问答不只是一次心灵之问，也是一次生命之问，更是一次历史之问。

所谓心灵之问，是李煜入宋之后的多次内心之问的一次，只是这一次他找到了最合适的答案；所谓生命之问，是他不顾自己的囚徒身份向宋太宗和大宋朝廷进行的发问和坦率的吐槽，“你们知道我来到这里之后平添了多少愁情吗？”；而最后一问，是历史之问，作为亡国之君的李煜，说出了每个亡国之君想说而不敢说的话，问出了他们想问而不敢问的问题，这个问题刚好他有答案。亡国之君能有几多愁？有几人能似蜀汉后主“此间乐，不思蜀也”？或许南汉后主刘鋹可以做到人不要脸天下无敌。但是他是李煜，他的人格不允许也不支持他做如此选择。这愁似什么呢？如同江中的水自西向东流。

“水向东流”在这里有下面几层意思。第一层含义是，李煜的愁无处排遣，只能寄予流水，这不是他第一次将愁情寄予流水，他曾经也这样做过，比如“流水落花春去也，天上人间”。第二层意思是，江水自西向东流这种自然现象是没有办法改变的，就如他的囚徒身份，想要改变当前的处境，只能做梦。就如同江水不能回流一样，这对于他来说是既无奈又无能为力的事情，而且他还不具备一代哲人苏东坡那“门前流水尚能西，休将白发唱黄鸡”的豁达眼界。这是令李煜最为困扰的处境。

最后一层意思，可能就是言者无意，听者有心了。“小楼昨夜又东风”“恰似一江春水向东流”，李煜的故国在汴梁的东方，东风唤醒了他的思乡愁情，令他将目光投向故国，他也想随着春水而向东回到故国的怀抱。江左之地乃鱼米之乡，虽然李煜已经入宋，但江南人士对南唐仍有怀念。两年时间的归化稍显不足，与吴越国王钱俶一样，李煜在其统治的时代也受到国民爱戴，他入宋之后的境遇，时刻牵动原南唐子民的心。所以李煜对故国的思念和眷恋之情，对于宋朝的统治者宋太宗而言不是单纯的情感，这种思念是可怕的，这是要复国，这是在策划谋反！

礼贤馆内，这一首小令，侍女乐工们一遍一遍地唱，不只是因为李煜的命令，毕竟他已然是个被软禁的前朝君主，也不仅仅是因为他们喜欢李煜这首用尽平生感情写出的词。是因为他们不知道在今夜之后，何夕才能再见到李煜，而李煜也耽于其中，虽然心里有无限苦楚，但是今夜至少在排面上找到了当年宫中的感觉，旧人唱新曲更是别有一番风情。

琴瑟管弦，愈唱愈悲，室内燕歌声闻于府外。相信这时礼贤馆的门前除了太宗的眼线，还有不少汴梁城流行音乐的爱好者，李煜的词在都城向来是被这些音乐爱好者们争相传抄的。李煜在太宗登基后终日以泪洗面，越是郁郁不乐，心灵就越悲，词句就越工，就越是受到市民的喜欢。直到一百多年后，才有另一位大才子的才气超过李煜，那位才子厉害到即便身在天涯海角，他所创作的词，不足一月便可风靡京城。与后主终日以泪洗面相反，三教贯通的他，将命运和生活对他的不公，报之以笑，是大笑，甚至是一声狂笑。

这一夜，李煜开心到放肆，乐工和宫女们也尽兴，就连礼贤馆外的路人都驻足而赏。这是一个热闹的七夕，当这场宴会结束的时候，在酒熏客散之际大家还有些许不舍。就在这时一位皇族的仪仗正在赶往这里，这位皇族的仪仗仅次于皇帝，他就是赵光义的四弟魏王赵廷美。看他的来意应该是私人的事儿，他没有大张旗鼓，而是径直地走向了礼贤馆，同时还带着御赐的礼物。

李煜入宋之后所过的生日从来没有被如此重视过，皇帝赠送礼物贺寿，携礼前来之人不是宦官，不是旧臣，竟然是魏王，此时魏王还是未来的皇位继承人。平日魏王赵廷美与李煜的关系还算不错，赵廷美也喜欢词乐，虽然身为皇室贵胄，但他与这位一代词帝颇有惺惺相惜的感觉。李煜看到来到礼贤馆的魏王也格外高兴，他以为魏王是以私人身份前来为他贺寿的。当魏王将御赐的毒酒交给李煜时，李煜没有丝毫怀疑地饮下这杯让他送命的酒。然而魏王也不知道，这杯酒会要了李煜的命。

据传，在李煜饮下御酒后不久，他的身体开始抽搐，手捂腹部动弹不得。魏王以为他不胜酒力，便去搀扶他，并令府中医官救治。但一切都是徒劳，不消一刻，李煜的身体蜷缩成一团，腰弯到了极致，头部和足部蜷到了一起。旁人皆惊，唯有赵廷美脱口而出："牵机药。"是的，他的哥哥赵光义赐给陇西郡公的御酒里加了牵机药，它与鹤顶红和钩吻并称为三大毒药。人服用后腹如刀绞，全身抽搐，最后头与脚相接而死，形似牵机，故称牵机药。

宋太宗终于假魏王赵廷美之手将入朝四年的南唐后主李煜

鸩杀，他明知两人的关系却做出这等龌龊之事。而现在还可以以皇位继承人自居的赵廷美并不知晓，他在不久后也将面临赵光义的逼迫，从被移封到被罢黜，再到被活活逼死。赵匡胤的子嗣们也在赵光义的逼迫下或自杀或蛰伏。后来的太宗朝，全无年号太平兴国的期盼，不但宫内不太平，就连收复燕云也一败涂地。赵光义用一系列的政治清洗，保证了他的子嗣的皇位继承权。可人在做，天在看，天道好轮回，靖康之后，太宗一脉尽数被虏往北方，陪同徽宗和钦宗北狩。唯一在南方的宋高宗赵构，又在战乱中失去了生育能力。当南宋的太宗一脉彻底绝后后，在南宋孝宗朝，皇位重新回到了太祖一脉。

词帝已去，魂归北邙，宋廷追赠其为太师，追封其为吴王。李煜走完了他人生的五个阶段，仅四十二年他扮演了多个角色，从隐士到皇帝再到囚徒。是时候给他盖棺定论了。作为一名君主，诚然如欧阳修所言，他“性骄侈，好声色，又喜浮屠，为高谈，不恤政事”，不能算是一位明主。

但是他却是个好人，尤其是在那个乱世，作为君主，能抱有纯良的性格更是难得。相比王衍、孟昶和刘鋹等人的残暴和淫逸，李煜可谓是天性纯孝。南唐旧臣潘慎修曾言：“后主若真为无能之辈，何以守国十余年。”徐铉在给李煜的墓志铭上写道：“李煜敦厚善良……虽孔明在世，也难保社稷，既已躬行仁义，亡国又有何愧。”如果说南唐旧臣的评价带有感情回护色彩的话，我们再来看看撰写《南唐史》的陆游的评价：“后主专以爱民为急……境内赖以少安者十有五年。”在五代十国这个武夫鹰扬、专嗜杀戮的时代，能爱民为急、安境少战的君主又有几人？

真正让他光耀千古的身份，不是他的君主身份，更不是他的好人身份，而是他的文学家身份，他是宋词之祖，是词家之帝。同时代的诗人说他“酷好文辞，多所述作”“天纵多能，必造精绝”；宋人赞他“为文有汉魏之风”；明清代文人对他推崇之至，明“后七子”领袖王世贞称“词至李王父子而妙”；胡应麟称他为“词家王孟”；纳兰公子称其词兼有花间和宋词之美；“词中南面王”“男中李后主，女中李易安”“重光天籁，非人力所及”等均为后人对他的赞美。

李煜生于深宫，长于妇人之手，作为一位君主，这样的人生经历是他的短处。然而作为一位文学家，一位词人，这样的人生经历反而是他的长处。性情真挚，不混于俗世，故能如王静安先生所言的“词至李后主而眼界始大，感慨遂深，遂变伶工之词为士大夫之词”。李煜是王静安先生眼中第一位有句有篇的词人。于是，宋词，自李煜始。

参考文献

刘昫，《旧唐书》，中华书局，1975.2

李肇，《唐国史补》，中华书局，1991.1

欧阳修，宋祁，《新唐书》，中华书局，1975.2

司马光，《资治通鉴》，中华书局，2019.10

欧阳修，《新五代史》，中华书局，2016.8

马令陆游，《南唐书》（两种），南京出版社，2020.5

傅璇琮，《唐才子传校笺》，中华书局，1990

司空图，袁枚，《二十四诗品续诗品》，中华书局，2019.1

沈德潜，《唐诗别裁》，上海古籍出版社，2013.7

严羽，《沧浪诗话》，崇文书局，2018.2

王国维，《人间词话》，人民文学出版社，2018.9

王力，《诗词格律》，中华书局，2018.9

俞平伯等，《唐诗鉴赏辞典》，上海辞书出版社，2013.8

周汝昌等，《唐宋词鉴赏辞典》，上海辞书出版社，2016.1

李璟，李煜著，詹安泰校注，《李璟李煜词校注》，上海古籍出版社，2015.6

计有功，《唐诗纪事》，上海古籍出版社，2008.4

程千帆，《唐代进士行卷与文学》，中西书局，2020.3

杨柳，《李商隐评传》，当代中国出版社，1997

李定广，《唐末五代乱世文学研究》，中国社会科学出版社，2006.8

张锐强，《诗剑风流（杜牧传）》，作家出版社，2015.8

李金山，《花间词祖（温庭筠传）》，作家出版社，2016.6

郭启红，《千秋词主（李煜传）》，作家出版社，2014.1

蒋勋，《蒋勋说唐诗》（修订版），中信出版社，2014.9

蒋勋，《蒋勋说宋词》（修订版），中信出版社，2014.9

李定广，遭遇历史误会的文学巨人——罗隐文学史地位之重估学术界，2006

侯培，陆龟蒙散文研究，华中科技大学，2007

熊艳娥，陆龟蒙及其诗歌研究，南京师范大学，2008

王伟，京兆韦氏家族与文学研究，西北大学，2009